中国年度作品 2019

小小说

杨晓敏——主编

中国出版集团 现代出版社

图书在版编目（CIP）数据

2019中国年度作品．小小说 / 杨晓敏主编．—北京：现代出版社，2020.3

ISBN 978-7-5143-8306-5

Ⅰ．①2… Ⅱ．①杨… Ⅲ．①中国文学—当代文学—作品综合集 ②小小说—小说集—中国—当代 Ⅳ．①I217.1

中国版本图书馆CIP数据核字（2019）第287874号

2019中国年度作品．小小说

主　　编：杨晓敏
组稿编辑：庞俭克
责任编辑：申　晶
出版发行：现代出版社
通信地址：北京市安定门外安华里504号
邮政编码：100011
电　　话：010-64267325　010-64245264（兼传真）
网　　址：www.1980xd.com
电子邮箱：xiandai@vip.sina.com
印　　刷：三河市宏盛印务有限公司

开　　本：710mm×960mm　1/16　　印　　张：18
版　　次：2020年3月第1版　　印　　次：2020年3月第1次印刷
字　　数：323千字
书　　号：ISBN 978-7-5143-8306-5
定　　价：39.80元

目 录

小小说创作简论（序）…… 杨晓敏（1）

一个老百姓 …… 赵 新（1）
山中，那座雕像 …… 申 平（3）
小人书店 …… 聂鑫森（5）
看 戏 …… 非 鱼（8）
如 果 …… 袁炳发（10）
发 现 …… 芦芙荭（12）
朱 鹮 …… 陈 毓（14）
银 洋 …… 陆涛声（17）
姨 妈 …… 蔡 楠（19）
面包师的奇想 …… 谢志强（21）
二舅的儿子 …… 津子围（23）
升级版 …… 孙春平（25）
我以前住在这里 …… 刘国芳（26）
猫叫春 …… 江 岸（30）
施先生 …… 张晓林（32）
将军赞 …… 刘建超（34）
赛烟花 …… 田洪波（36）
夜 行 …… 薛培政（38）
小菊的心事 …… 范子平（40）
扎灯的老方 …… 刘立勤（42）
灯 …… 侯发山（44）
翻过一座山 …… 金 光（46）
希望像只小狗 …… 陈 敏（47）
威 风 …… 马宝山（50）
存 在 …… 于德北（51）
王公安 …… 欧阳明（54）
父与子 …… 夏 阳（56）
黄 鼬 …… 高沧海（58）
娘 心 …… 梁有劳（60）
卖鸡蛋 …… 李立泰（62）
碎碎念 …… 梁小萍（64）
老 姜 …… 戴智生（66）
谜 案 …… 雨 瑞（67）
寻 找 …… 符浩勇（69）
今夜无法入眠 …… 胥得意（71）
求爱攻略 …… 邢庆杰（73）
二胡与乐队 …… 白 秋（76）
恒记肉铺 …… 徐水法（78）
茶 祖 …… 卢 群（80）
诗 人 …… 徐全庆（81）

鸡鱼肉蛋……宋以柱（83）
二姑的笛子……白云朵（85）
最美好的瞬间……非花非雾（87）
钥　匙……朱红娜（88）
她是谁……徐　东（90）
入冬的样子……吴富明（93）
水　鬼……曾冠华（94）
忽如归……王东梅（96）
卖　画……周东明（98）
我的战友老潘……原上秋（100）
老牛握手……郭金勇（102）
飞行员的父亲……胡亚林（104）
记你一辈子……李军民（106）
寻找莫子西……苒小雨（108）
桃花盛开的地方……任瑞娟（110）
祖父往事……王若冰（112）
67号马车……刘　帆（115）
将进酒……天　晴（117）
玫瑰见证的爱情……王培静（120）
书记约读书……安　谅（121）
往事如花瓣飘落在眼前·杨　景（123）
偏　心……曹洪蔚（124）
大　河……陈小庆（126）
玲珑醉……张俏明（128）
亲爱的父亲大人……冷清秋（129）
过　客……王苏华（131）
给父母送书……田光明（133）
结巴其实不是病……安晓斯（135）
抓　药……莫小谈（137）
铜锣李……杜景礼（139）
挂靴记……肖曙光（141）
小呀小米牙……骆　驼（143）
六指杨……王　苟（145）
历　史……祝全华（147）
体　检……邓丽星（149）
烟枪与爱情……唐波清（150）
魔方鸡蛋……赖海石（152）
52号讲的故事……庞　滟（154）
梨花白……赵淑萍（155）
刘大嘚瑟……张广建（157）
将士帅……任喜录（159）
锔匠老张……白龙涛（161）
乡　井……纪东方（164）
相思鸟……杜　华（166）
半掩着的门……高淑霞（167）
抓　奖……王继颖（169）
喜民的艳遇……杨树也（171）
说句感谢不容易……尹延哲（172）
母爱与家风……林美兰（174）
星期八理发店……李学志（176）
黄河岸边蝴蝶飞……李亚民（178）
出门见春……杨帮立（180）
花老太……朱莲花（182）
你笑起来真好看……刘　捷（184）
荷叶狗肉……邹立文（186）
远　行……陈艳玲（188）
葫芦爬满架……蔡雨艳（190）
和领导撞衫了……陈小莲（192）
青玉案……贺向花（194）
躺在这儿不回家……胡发平（196）
大　海……黄庭凯（198）
关于爱情……王小宁（200）

老潘叔进城 …………… 寇富城（202）
神秘聘礼 ……………… 木　槿（204）
柏拉图之恋 …………… 白月霞（205）
胜利重逢 ……………… 鸟　语（208）
一朵特殊的小红花…… 任　欣（210）
一九九〇年的初夏…… 李胜今（211）
莫名喜欢你 …………… 崔永照（213）
败家子………………… 李汤波（215）
谎　花………………… 叶征球（217）
上马饺子下马面 ……… 吴小军（219）
永不辞职的人………… 白　茅（221）
白　发………………… 葛丽红（223）
父亲的班中餐………… 刘海红（224）
老　边………………… 王秋平（226）
散猪崽………………… 钟祥荣（227）
无　语………………… 蓝　静（229）
风　景………………… 叶北海（231）
忏　悔………………… 刘小玲（233）
地瓜花开 ……………… 李伟杰（235）
云中的红围巾………… 郝　明（237）
哨所送水人 …………… 郎　丛（239）
画家的画 ……………… 蒋玉巧（241）
放　生………………… 杨娟梅（243）
保安杨大全 …………… 非非鸟（245）
姥姥和黑毛驴………… 张淑清（247）
变身记………………… 陈惊鸽（249）
韩妈借钱记 …………… 梁丽红（251）
金玲婶………………… 李小菁（253）
莲儿花开 ……………… 杨丽平（255）
喊　魂………………… 张玉萍（257）
又逢木棉花开………… 李木兰（258）
蝼　蚁………………… 赖燕芳（260）
母　心………………… 姚筱红（262）
鱼　事………………… 王　巍（264）
老家河南 ……………… 侯家豪（265）
疯　子………………… 王晓飞（267）
风雨声声 ……………… 惹残烟（269）
斗蛋王……………… 三月丫头（271）
两棵树………………… 浊　木（272）

小小说创作简论（序）

杨晓敏

小小说语言：有限的文字，无限的感染力

在千把字的篇幅里，小小说的语言，是提升艺术品位的至尊法宝。因为小小说是文学入门的一条捷径，从者甚众，多有靠编排故事，且乐此不疲者。殊不知，如此惰性的取巧，难以使小小说表现出多层次的内涵，容易落入通俗文化的简单审美的窠臼，致使作者长期在原地徘徊不前。归根结底，终因过不了语言这一关。

囿于字数的限制，小小说能否写得内涵丰厚和境界高远呢？作为写作者，都想用极其经济的文字，来传导出无限的艺术感染力，于尺幅之内承载丰厚的题旨。只有美感丛生，语言质地能表达出复杂含义的好作品，才能准确地凸显出作者赋予的寓意，才能让人在阅读中产生深层思考。

虽然小小说因字数限制总体上“属于大众化写作”的文本，但在人数众多的写作者中，依然不乏追求“精英化写作”，灼人眼目的人。他们坚持或执着于在小小说艺术手段的调动使用上，譬如在文字的精练、语言的质感、人物性格的刻画、情节设置的技巧等方面，显示出某种从不妥协的孜孜以求，力争千锤百炼，表达准确，以质取胜，多少有点“阳春白雪”式的意味。小小说的剪裁取舍间极有学问，在千把字的篇幅里何处写意、何处泼墨，大有讲究。

讲好一个故事：跌宕起伏，九曲回肠

能把故事尤其是传奇故事讲得一波三折、九曲回肠、跌宕起伏又不纯粹猎奇，不能不说是写作者能赢得读者青睐的一种有效手段。虽说它多少含有一些取巧的成分，但事实上有不少小小说写作者成功地徜徉在这条捷径上。作为一名文学写作者，或许谁都梦想写出一篇能超越时空获得永恒的具有传世意味的杰作。譬如像唐诗中的《春江花月夜》、宋词中的《明月几时有》等篇章。

令人郁闷的是，在当代人的文学作品里，这种精品佳构甚少，多是一些心气乖戾浮躁，追逐世俗功利和无端炫耀技巧的琐屑文字。那种令读者神往、直逼灵魂深处的文学境界，那种沉静大气、钟灵毓秀、恻隐思辨和禅意无限的文韵蕴含，几或成为可遇不可求的凤毛麟角。好小说离不开一个故事核，然而写作质量的高下，则体现在作者能否调动出具有合理密度的小说艺术手段，来表述或诠释好这个故事，即在语言、描写、叙述、留白、思辨、剪裁乃至情节设置和营造氛围等元素上，为之服务。所以，不会“编故事”则小说寡味，仅会“编故事”则小说流俗，个中奥妙，全凭写作者下功夫体味。

在小小说千把字的篇幅里，要写活一两个人物，让它血肉丰满；讲好一个故事，一波三折，微言大义，让读者为之心跳动容，的确不能忽略了观察生活、明辨事物。因为作者在作品中提出问题的深度，解决问题的质量，设计细节的缜密无懈，要通过思想容量的比拼，来显示艺术品位的高低。

小小说的潜内容：蕴藏丰富，动人心弦

读小小说最怕一览无余，作者把话都说尽了，读者的阅读兴趣也就会锐减。有人说小小说是“留白的艺术”，这话虽有所偏颇，却也道出了这种文体的特征之一。当代小小说能被称为经典的作品，无不隐含着极丰富的潜内容。可以这样说，小小说创作的潜内容匮乏还是充盈，是衡量一个小小说作家精神特质、文学素养的重要标杆。

小小说的潜内容，和现实内容一样，都是具体可感的，潜内容涵盖了留白、余音、潜台词和潜意识，是小小说里特殊的精神产物。凡是能拨动人们的心弦、感染或启发读者的那些部分，通常都是作品潜内容蕴藏丰富之所在。它使小小说拥有了美学价值和艺术魅力。让我们读起来意犹未尽，回味无穷丰厚的意蕴是小说与故事的分水岭。故事和小说的差异究竟在哪里？当然还是思想内涵、艺术品位和智慧含量的高下。文学作品的分量和写法不尽在抖包袱上，而艺术手段的使用密度和认知社会人生的深度却不容忽略，它所潜在的鉴赏、审美功能亦需开发重视。

阳刚之美：遒劲文风，极具震撼力和美学欣赏价值

如果说柔美一族属于凝脂之血肉，而硬朗一脉则是岩石般的骨骼了。刚健文风如泼墨，浸染处有力透纸背之劲道。塑造的人物，个性鲜明，举手投足，充满

阳刚之美。开掘深层次的生活内涵，聚焦特定环境中的人物个性，凸显其人格魅力。小小说在有限的篇幅里，极难写得大气磅礴，头角峥嵘。尤其塑造时代人物，不易把握的，其实也是一个“度”。稍一过，便概念化了。然而支撑小小说文体，却非得有此文字筋骨才行。

如果小小说只能写生活浪花、人物素描和幽默讽刺之类的小品，无形中就缺乏了文学作品应有的厚重感和使命感，那么，小小说文体和专事小小说写作的作家们，还能从真正意义上“立”起来吗？有人常感叹偌大的小小说领域，多是软弱的笔力在写庸常的生活内容，或使用一些小技巧来完成一个小故事，既忽略了文学艺术品质的锻造，也缺少敢于提出问题的勇气和胆量。缺乏那种强悍凌厉、颇有霸气，如雪原鹰击、旷野厉风一样肃杀的文字。因为具有阳刚之气的遒劲文风，读来荡气回肠，极具震撼力和美学欣赏价值。

浅平与高度：作品高度和厚度的统一是“数质兼具”

众所周知，当代小小说之所以30年兴盛不衰，有一个不容置疑的事实是，小小说写作队伍的梯次结构的合理形成，各个时期均有雨后春笋般的写作者涌现，而每一茬新生队伍里面，又都有在创作数量和质量上等量齐观的代表性人物，成为这一时期业界的翘楚。这种波浪涌动蜿蜒前行的引领状态所形成的活力，构成我国文坛一种独特的团队精神景观。

一方面，这种现象是动态的，尚需要长期实践来遴选和淘汰，物竞天择，毕竟作家终是要以作品来证明自己；另一方面，囿于小小说文体自身的局限性，小小说作家要耐得住寂寞，方可保证自己的写作才华一点一滴地释放出来，以集腋成裘、聚沙成塔、滴水成溪的力量，来完成所需的文学储备，以求登顶。所以仅有创作数量构不成作品的高度，那只是一片低矮的小丛林，它会显得单薄而浅平；或者偶尔写出了一篇脍炙人口的名篇佳构，奠定了某种高度，也只能是一朵花的芬芳、一棵树的摇曳，终究无法与满坡姹紫嫣红、一片葳蕤森林的神奇魅力相提并论。

因此，能否成为一个时期内的真正意义上的小小说作家代表性人物，作品高度和厚度的相对统一，一般会以“数质兼具”的标准来考量。

小小说的智慧量级：用聪明的办法直接解决顽症的途径

有主流评论家曾冷静地评价中国作家，尤其是针对在尺幅之内企望图腾的小小说作家作品时，说和西方的优秀作品相比较，作品中所蕴含的智慧量级不够，所携带的哲理性、双关语、幽默成分的使用尚有差距。

凡生活型的作家，从互补的角度来说，还是要多读书思考来拓展自己的艺术想象力，尽可能营造出更大的文学空间，给生活的真实插上飞翔的翅膀才好。在众多小小说写作者中，具有良好素质能自觉强化自身文学储备的人并不多见，许多人长期倚仗自己的“小聪明”来挥霍自己的生活素材，只有极少数有此天赋并能自律的作家，才肯在长期的写作实践中，不懈地锻造、提升、健全和完善自己的文学人生。

有人说，写小小说非聪明人不能经营，我深以为然。小小说是作者用聪明的办法直接解决顽症的途径。这些灵光闪动的智慧资源蓄存起来，便会催生庸常生活的“技术革新”。他们为读者提供的，是打开困难之门的金钥匙，这是小小说的优势之一。

小小说艺术风格：熔裁说白了就是“炼”字

形成独具艺术特色的创作风格，历来是作家们所追求的目标。试想，在作品的构思和语言上，没有鲜明个性的作家，该是多么悲哀！衡量一个作家的艺术成就，其创作风格占有重要的一笔。然而，风格又是一种束缚作家进行自由创作的锁链，一旦风格固定，如不能刻意求新，不再有另辟蹊径的创造，只在原地踏步，千篇一律地重复自己，那又是多么乏味的事情。

小小说的文体特征所限，写作中不能像长中篇那样一泻千里，千把字的尺幅之内，要做到文美意深，实非易事。选择一种合适的文学意象，且能运用得恰到好处，常常会收到事半功倍的效果。写作时，单就情节安排、人物塑造而言，熔意指文理通畅，裁辞属文脉清晰，凡缺少这二者的文章，首先就减弱了文学应有的感染力。

小小说因其篇幅所限，要求叙述周密而不繁杂，更需要熔裁提炼，去芜存精。熔裁说白了就是“炼”，一个“炼”字，形象地概括并体现出了创作的状态。一位小小说作家，写出一篇好作品不难，难的是摇曳生花的妙笔，在各个时期都留下“雪泥鸿爪”。

注重艺术表现力：灵动、洒脱且不乏慧敏，弥漫出独特的艺术感染力

写小小说能提升作者的品行修养，当然也会培养写作者的洞察力和领悟力。

大千世界，无奇不有，芸芸众生间总有一些有意思的物事纠葛，被有心人串缀成或喜怒哀乐，或酸甜苦辣的故事，供人们思索品评。一旦变成充满灵性的文字，便蕴藉着隽永的哲思，灵动、洒脱且不乏慧敏，弥漫出独特的艺术感染力。

在千把字的篇幅里，作者总要提出或传导出一个问题，然后调动小说的艺术手段来解决它。作者的办法和表达太过平庸肤浅，自然引不起读者的共鸣。所以，写作者需要读书、思考，不断充实自己的技艺，才能不负众望。文学即人学，意味着作家关注的中心是人，作家的创作力，表现的是对人的关注。

一个作品中所凸显的东西，必然蕴含着作家特定的思想情感的价值取向，给人以生活的希望和对未来的憧憬。真正的文学创作要有高远、深广的精神向度，给人艺术的享受和思想的提升。一般来说，一篇优秀的小小说，总要在千把字的篇幅里，营造出一个刺激读者阅读的“兴奋点”。如深刻或敏感的立意、故事的陡转、人物性格的升华、结尾的悬念等。

一个老百姓

赵 新

村里人把在国家机关正式上班的人叫作公家的人。

他就是一个公家的人：他在市政府上班，名字叫作张亦然，男性，35 岁，面皮白净，举止文雅，是某某局办公室主任。

过了中秋节，草木上有了一层霜雪的时候，张亦然到市郊的 S 县下乡。在县城办完公事、开着车往回走的时候，看见了大路旁边红了叶子的柿子树，看见红了叶子的柿子树上挂着的密密麻麻的大柿子，那柿子就像灯笼一样，红得耀眼，红得透明。正是傍晚时刻，夕阳西下，山野苍茫，那一棵又一棵的柿子树就是一团团烈火，就是一簇簇落霞。

张亦然心里一激动，就放慢了行车速度。

张亦然心里一兴奋，就把轿车靠路边儿停了下来。

张亦然是个爱吃柿子的人，张亦然的夫人是个非常爱吃柿子的女人，张亦然 12 岁的女儿是个特别爱吃柿子的孩子。他们一家三口，脾气、秉性各不相同，但是都喜欢吃柿子，都喜欢吃硬柿子、脆柿子，在这一点上和谐一致，口味相同。

张亦然下了车，立在田埂上四面八方地看了看，前边的村庄炊烟缕缕，朦朦胧胧，有饭香时隐时现地飘了过来，却看不见一个人。

张亦然跑了几步，登上了一面斜坡，猛地仰头一望，一棵树上的柿子碰疼了他的额头，而那柿子也在悠悠地晃动。

他感到很有诗意。他在心里问那颗柿子：你晃悠什么呢，我没有把你碰疼吧？

他感到很是奇怪：有这么大个儿、这么鲜亮、这么让人垂涎三尺伸手可得的柿子，有这么繁茂、这么丰收的一大片柿子树林，怎么没有一位看护人员呢，不怕被谁谁偷了柿子，不怕被什么什么糟蹋了东西吗？

他笑了。他想，谢天谢地，我今天算来着了。

他抬手在树上摘了三颗柿子。他默默地说：够了，我们家一人一个，拿回去尝尝新鲜，意思到了就行了；我张亦然是干部是主任，切不可人心不足蛇吞象，摘了一个又一个，树的主人非常辛苦，一年四季披星戴月，忙忙碌碌！

张亦然走了几步又返了回来，又从树上摘了三颗：啊，我反正也是摘了，反正也是来了，那就好事成双，一个人吃两颗吧。

这一次他拔腿要走时，从背后响起一声怒喝：站住！你为什么偷我的柿子？

他浑身一颤！回头一看，一位老汉从柿树后面转了出来。老汉中等个头，黑红面孔，身体硬朗得铜膀铁臂，年龄在50岁左右。

在一片落霞里，老汉手里握着的镰刀寒光闪闪，给人一种冷飕飕的感觉。

他立在那里，低头说道：大叔，您好。我错了，我不该摘您的柿子。

老汉走到他的跟前，拍拍他的肩膀：光天化日，你那是摘吗？你重说！

他血红了一张脸：老人家，是偷，是偷。

老汉不依不饶：你说怎么办？

还能怎么办呢，无非是拿出一些钱，赔偿人家的损失罢了。他很虔诚地问：大叔，您说吧，您是主人，您要多少钱我给您多少钱！

老汉倒背着手，从头到脚把他打量一番，然后问他：你能给我多少钱？

他没有说话。他从兜儿里抻出一张百元大钞，一伸手递到了老汉面前。

他想早些回去，他不愿意在这里和一位农民老汉讨价还价，来回纠缠。

老汉斜斜地看了他一眼，啐了一口唾沫说：同志，你很有钱是不是？你太小看人了，我几颗柿子能值那么多钱？你这不是污辱我吗？

张亦然觉得自己的脸火辣辣地烧起来，赶紧把那张100的换成50的。

老汉把他的手推了回去：多，还是多！

张亦然又把那张50的换成20的。

老汉把脚一跺：多，多，多！

他真的迷惑了。他说：大叔，我还急着赶路呢。求求您，您老人家高抬贵手，放我早点回去吧。

老汉缓和了口气，很认真地问他：同志，看你也是一位公家的人，一位通情达理的人，你说这世界上只有钱才能解决问题吗？

他马上回答：当然不是。还有政策，还有章程，还有纪律，还有思想觉悟，还有真诚和友谊，还有人格和品质……

他把那六颗柿子掏出来，整整齐齐摆在了老汉面前。

老汉说：还有规矩，还有教训，还有记性，还有良心！同志，你给我5块钱算了，5块也不少啊！

张亦然把一张10元的钞票塞到老汉手里，说自己身上再也没有比这小的零钱了。

老汉说：你一位国家干部，为什么要在野地里摘人家的柿子呢？

他觉得很难堪，很羞臊。他眨了眨眼睛，低下头回答：大叔，我老娘已经上了年纪，她牙口好，非常喜欢吃新鲜柿子；作为她的儿女，我……

老汉挥了挥手：明白了，你走吧，你也是一片孝心啊。同志，我想搭你的车回家，到前边那个村你给我停一下，行吗？

他拍手欢迎：大叔，那太好了，您收拾收拾，就来上车吧。

想了想，他又问了一句话：老人家，您挺好，您是村干部吗？

老汉摇了摇头：哪里呀，我就是一个老百姓，就知道耕种锄耪收获庄稼！

月亮已经出山了，山野一片烟霭，一片朦胧。老汉坐在他的车上时，他足足等了十五分钟。

第二天他上班时突然发现车里有个鼓鼓囊囊的书包，书包里塞满了红得透亮的柿子；倒出来数了数，一共十八颗；还倒出来一张10元的钞票。

张亦然沉默了，心里却波涛滚滚。

张亦然想，这柿子是给老娘吃的吗？可老娘远在乡下，离这里有千里之遥。

张亦然想，这柿子不给老娘吃吗？可那话是他亲口说出来的。

张亦然拿起那张钞票看了又看，倏忽之间，闻到了一股汗腥。

山中，那座雕像

申 平

这个故事本来老掉牙了，说的是一个女人被猿人掠进山洞当老婆，并且生了一个孩子。后来，女人千方百计逃出了深山，还带出了那个孩子。

以前，总觉得这个故事离自己很遥远，却不料突然有一天，我和几个驴友竟然走进了这个故事之中，并成为故事结局的参与者。

那天，我和几个驴友进山去探险。大山里到处是奇峰怪石，充满神秘传说。由于人迹罕至，山里根本就没有路。我们几个人只能靠着指南针和手里的刀具开路前行。我们的目标，是要爬上那座最高最陡的主峰，也好成为探险英雄。

行进中，我们忽然发现有人先行一步。从砍断的树枝和标出的记号看，他就在我们前面。于是我们就顺着那个足迹追上去，很快就发现了一个人影。

简直不可思议！这是一个挑着担子的老者，年龄至少有60岁开外了吧。他就那么抱着扁担，一步步地往山上挪，遇有阻拦，就腾出一只手来挥刀去砍，行进速度犹如蜗牛。但是他似乎一点不气馁，一股劲地奋勇向前。

我们立即大声招呼他。他看到我们，显得也很高兴。交谈之下，知道他来自山外县城。我们注意到，他的担子一头挑着生活用品，另一头挑着的，竟是半袋水泥。

老伯，您带水泥上山干什么去呀？

我呀……说来话长了。简单说吧，我是要上山去找一个山洞，完成一个心愿。

找山洞，完成心愿，这人在我们的眼里一下子变得神秘起来。于是大家一起上前帮忙，搬的搬，扛的扛，大大加快了他的爬山速度。

老者显然被感动了。这天夜里宿营的时候，他给我们讲了一个故事，就是那个猿人掠走女人的故事，但是他的版本却和我们听过的不太一样。

他说，当年猿人并不是抢掠女人，而是救女人。女人当时是来山里寻死的。她遭人抛弃，万念俱灰，几近疯癫状态，不知怎么就走进这大山里来了。你想，一个头脑不清、手无寸铁的女人，面对狼虫虎豹，随时都会有生命危险。这时，猿人出现了，把已经昏迷的她背回山洞，然后开始照顾她。女人清醒之后，还是想办法逃跑了……

听说女人还跟猿人生了个孩子？

说实话，我们这些人对这个最感兴趣了。每个人都在想象着山洞里猿人和女人做爱的情景。哦，猿人与人类交配，而且有了后代，那么这个后代应该是什么样子的呢？

老者却摇摇头说，没有！那个孩子不是猿人的，是她肚子里本来就有的。

哦？这个结局太令我们失望了。我们就问他，这些你是怎么知道的呢？

老者却不肯往下说了，似乎要卖关子，来个且听下回分解。

终于看到那个山洞了！老者的情绪开始激动起来。他说，你们注意啊，如果没错的话，洞口的石头下面，应该有一堆白骨。

我们一点点攀爬过去，探头一望，真是奇了怪了，只见洞口稍进去一点的地方，顶部果然悬着一块石块，石头下面，隐约真的有一堆白森森的骨头！

老伯，难道你到这里来过吗，你怎么知道这里有堆白骨？

老者却不回答。他只管扑过去，仔细查看并聚拢那些骨头，然后他竟然一点点跪了下去，一连磕了几个响头。再抬头的时候，我们看见他已经泪流满面。

孩子们，你们就帮人帮到底吧。我想在这里塑一个雕像，一个猿人两手托着这块石头的雕像……你们能帮我完成吗？

可以……但是，你要告诉我们，这……到底是怎么回事啊？

先帮我干活吧，干完了我会告诉你们的。

为了知道故事的最后结局，我们开始给老者当义工。我们到周围找来各种形状的石头，先把那些白骨埋在下面，然后开始垒石头，用水泥勾缝，一点一点，终于完成了一座雕像，一座猿人两手托举那块石头的雕像。还真的有点活灵活现哩！

老者非常高兴，拿出一瓶他带上来的白酒慰劳我们，然后他开始讲述故事。

那个女人被猿人背进山洞的时候，其实已经怀孕几个月了。它给她吃生肉，喝生水，吃野果，加上妊娠反应，她又吐又泄。猿人除了外出觅食，一刻不停守在她的身边，小心翼翼伺候她。后来女人清醒了，又开始感到恐惧。猿人就到洞口去守着，尽量不到她的身边来。当然，它也在洞口挡了块大石板，不许女人到洞外去。这样过了几个月，女人生下了孩子。生了孩子的女人吃得多，猿人每天忙着出去打猎采野果。在一起的时候，猿人依然注意和女人保持距离，对她百依百顺，充满柔情；但是女人在心里还是对它充满厌恶和恐惧，一心想找机会逃跑。她开始抱着孩子在周边转，熟悉地形，寻找路径，但是晚上她还是回到山洞里来。猿人的警惕越来越松了，这天女人便准备逃跑了。她怕猿人追来，就指着洞口一块松下来的石头，要猿人托住。她比画说：没有我的允许你不能松手。然后她就假装去找吃的，抱起提前转移出去的孩子朝山外跑去。女人后来获救了，但是她一辈子也没有活好，她总是梦见猿人。先是梦见它手托石头站着，后来又梦见它变成了一堆白骨……

老者说到这里停住了，后来他语调沉痛地说：这些，你们都亲眼看到了。

哦！原来……老伯，请问您是……

不错，我就是故事里的那个孩子。猿人救的，就是我的母亲。我来，就是要完成母亲临终的遗愿，替她对我父亲一样的猿人说声：对不起……

我们久久无言，抬眼重新打量那座雕像，竟然感觉那个猿人正一点点活过来。

小 人 书 店

聂鑫森

这家专卖小人书的店，叫“连广宇”，嵌在古城湘潭雨湖边的兰布街，春风秋雨，四十年了。

这个姓连名广宇的店主，从满头青丝的小伙子，变成两鬓染霜的半老头子，六十有五了。

门脸不大，匾额很旧；店堂不大，还有些拥挤。除了店主，再无多余的店员，店主是名副其实的“一把手”。但店铺和店主的名声却很大，喜爱小人书也就是连环图的“连友”，本地的、外地的，与这里多有交道。

“连广宇”既是姓名又是店名，这三个字原本出自鲁迅先生的《无题》诗第三句“心事浩茫连广宇”。连广宇自小就喜欢看、喜欢买、喜欢收藏小人书，父母亲都是小学教师，很欣赏他的这种爱好。到1978年，连广宇不想在一家街道小厂当钳工了，辞职办起了卖小人书的店子，把姓名当作店名去注册。他对本地的“连友”解释：这店名的意思是连环图里也有大世界！

“连友”们说：“这个店名太好了！”

连广宇身高不过一米六〇，还单瘦，如一根干柴棍，他自嘲说：“我是小人开小人书店！”

大家说：“卖小人书也可以有大作为，我们拭目以待。”

所谓连环图，是用多幅图画叙述一个故事或事件发展过程的绘画形式。我国古代的壁画、故事画卷及小说、戏曲中的“全相”等，都具有连环图的性质。连环图因为通俗易懂、寓教于乐，很适合少年儿童阅读，故又称作小人书。中国新连环图的创始人是清末民初的吴友如，他的《点石斋画报》令读者耳目一新。中华人民共和国成立后，连环图更是风行，或改编自古代和现代的小说名著，或改编自广为人知的新闻故事，如《三国演义》《水浒传》《红楼梦》《西游记》《阿Q正传》《山乡巨变》《烈火金刚》《铁道游击队》《雷锋》《为了六十一个阶级兄弟》……一大批专职或兼职的连环图画家热情参与，如程十发、张乐平、贺友直、刘继卣、黄永玉等，这是第一个高潮期。第二个高潮期，是十年动乱结束后，二十世纪的八十年代，连环图又重新焕发生机，佳作迭出，读者如云。此后呢，电视进入千家万户，接着是互联网的横空出世，连环图逐渐萧条，创作和出版变得冷清。连环图成了“连友”的收藏项目，不再是阅读的热点。

连广宇老了。他卖小人书没有像“连友”们所预测的有什么大作为，更没有大富大贵，只是衣食无忧而已，但他很满足。他人生的历程亦如常人，恋爱、结婚、生子。然后送二老归山，培养独生子读书、参加工作、组成另一个家庭。

连广宇为人和善，喜交朋友，店里的货源总是很充足。全国各地的美术出版社有什么连环图面世，他总能第一时间得到消息并立即进货。他在电脑上有公众号，专门介绍连环图，本地的上门来选书，外地的可以在网上购买。因他是出版社的常年客户，给他的价码往往是对折，他卖出去顶多是七折或八折，图的是皆大欢喜。

店铺每天都是上午九点开门，晚上九点关门。来购书的连友，他热情接待。来这里看书但不买书的顾客亦不少，他照样是笑脸相迎，只是叮嘱一句：“别弄脏了书，品相不好的书，我没法子出手啊。”

熟悉连广宇的人都说他有君子之风，是儒商，而不是见利忘义的小人。

连广宇此生有口皆碑的事，多矣。

连广宇家住本市平政路十一总的当铺巷，巷中有一位工作于电影院画广告画的美工周子方，与连广宇的父亲是好朋友。因业务需要，周子方喜欢收藏小人书，以作绘画的参考。周子方的夫人是电影院的售票员，两口子和和睦睦，却没有一男半女，他们很喜欢连广宇，每次连广宇随父亲来做客，又是端茶又是端点心，然后引他去书房，任其翻阅连环图。1985 年，五十岁出头的周子方患肝癌溘然辞世。周夫人把连广宇叫去，说："你周叔叔有遗言，说你在开店，他所藏小人书五千册全部赠送给你。"连广宇说："谢谢，我收下。"但第二天，他上门去送了个红包封，里面放了两万元钱。周夫人不肯收，连广宇说："你不收，小人书我还没运走，我也不能收你们的馈赠。"周夫人说："这孩子，真拿你没办法，我收下吧。"连广宇说："周姨，小人书里有很多珍本，待到出了手，我还得给你加上补偿。"果然在几年后，连广宇又给周夫人送去一个两万元的红包封！

外地的顾客，也有不辞辛苦上门来买小人书的。究其原因，其一是想和连广宇零距离接触，也来看看小店的风采；其二是比较偏僻的地方，不通网络，没法子在网上选书和付款，这种客户大多来自乡间，风尘仆仆的模样。连广宇一定要招待吃个盒饭，在价格上也多给一点优惠，穷乡僻壤的"连友"，不简单。有一个姓张名大田的老爷子，快七十了，来自湘西古丈县牛角乡牛尾村，每隔两个月就要来一次，两个人谈得很投缘。张大田最后一次来，是两年前的一个冬天，选了两百本小人书，但钱带少了，写下一张欠了三千元的欠条，说下次来买书再把欠款还上。几个月过去了，泥牛入海无消息。连广宇着急的不是欠款未还，是怕张大田出了什么意外。张大田不用手机，他又没有张家的座机号。于是，连广宇不顾车船劳顿，去了张大田的牛尾村。他先找村民了解情况，才知张大田那次从湘潭买书回来后就病倒了，几天后驾鹤西去。原来张大田是个退休的乡村小学教师，他买书是自己掏钱，在本村和外村建立"留守儿童阅览室"；他的退休工资很少，却拼命省出钱来买书……

连广宇没有去张家，但去了张大田的墓地，鞠了三个躬，然后把那张欠条点火烧了。

……

如今，连广宇的儿子连城雪已年近不惑，孙子也上初中了。连城雪自小临习小人书上的画，很有天分；大学读的是美术学院的连环图创作专业，毕业后，自己开了一家文化美术公司，闹得红红火火。

有一天，连城雪对父亲说，他想搞一个新业务，就是把 1966 年以前的一些美术大家所画的小人书，一一临摹出来，如贺友直的《山乡巨变》、黄永玉的《阿诗玛》、刘继卣的《武松打虎》等。再照相制版，版权页也按原来的制作，一定有很好的销售前景。

话音刚落，连广宇扬起右手，狠狠地抽了儿子两个耳光。

“歪门邪道！小人所为！我要为那些大师、大家对天一哭！你敢干这种造假的玩意儿，从此再不要进连家的门，我也没你这个儿子！”

连城雪捂着生痛的脸，说：“我……不……敢……”

“好好地画你的小人书！”

“是……是……”

看 戏

非 鱼

连枝和她嫂子在她娘过头七的那天下午吵起来了。

孝子们脱了孝衣孝帽，在院里说话等吃饭，女人们一路哭回来，走得慢，回屋后跪在灵桌前拖长了声哭，连枝和她嫂子比赛似的，都不肯先起来，本家嫂子拉了这个拉那个，总算是把两个人拉起来。

连枝去里屋脱孝衣，顺手掀开了娘的板箱。她嫂子看见了，问她：连枝你干吗呢？咋翻娘的箱子。

她嫂子的意思很明显，爹不在了，娘过世后，连枝就是外人，不能动了。连枝觉得这是她娘的箱子，她开箱子也就放一下孝衣，怎么还就不行了。两个人你一声她一声，声音越来越高。

连根在院里听见，先吼了自己媳妇几句，又说她妹子：也不怕人笑话，娘才过头七，你们俩就吵，咋说她也是你嫂。

原本连枝和嫂子也就是顶碰几句，过去就算完了，连根这样一说，连枝又哭起来，跪在灵桌前哭，哭可怜的爹，哭可怜的娘，哭可怜的自己。越哭她越觉得伤心，越哭越觉得自己委屈，哭得满院子亲戚饭也吃不成，跟着掉泪。

那天下午，连枝没和她哥她嫂打招呼就走了。这也就意味着，这个娘家，她没法再来了，她娘的三七、五七，连枝都是直接去坟地，上完坟就走。

连根觉得这是连枝在让他难堪，拗劲上来，也不跟她搭话，她爱咋咋。兄妹俩结了疙瘩，谁都不让步。

转眼到了四月底，正是青黄不接的时候。连枝家四个大小伙子，麦子刚过了正月就快接不上茬，只剩半瓮的白面不敢动，要不来个客擀面烙馍都没面了，一家人黄面馍、红薯馍、黄面汤吃了俩月，黄面缸也快见底了。

往年都是连枝跟连根借粮食，今年是没法跟她哥张口了。她让男人出去借，谁知道窝囊男人天天夹着布袋出去，又夹着布袋回来，一颗麦一粒玉米都没借到。

连枝骂他：借不来，就等着吃风屙沫吧。男人一声不吭，圪蹴窑门口抽烟。四个儿子不行啊，一溜行大大小小进门就吆喝肚饥，说她做的饭都是哄鬼的，不顶饥，转个圈尿一泡肚子就空了。连枝也饿，但她不能说。

连枝见天去麦地里看，这麦咋还不熟啊，急死个人哩。她偷偷掐一把青麦穗，揉揉，麦籽稀嫩，看样子再半个月也熟不了。面缸面瓮都见底了，一家人的嘴都要搁起来了。她只好自己再出去借，满村也就借了一碗玉米面，这时候，家家都是吃了上顿没下顿，难熬呢。

端着一碗玉米面回到家，连枝坐饭棚下哭，正哭着，听见院里扑通一声，像是啥东西从崖头上掉下来了，她抹着泪出去一看，是一大块土坷垃。准是哪个淘气的娃扔进院的，她没心思管，扭头进了窑。不一会儿，又听见扑通一声，出去一看，又是一大块土坷垃，她得上崖头看看。

一打开院门，门洞里放着两个口袋，她一眼认出那是连根家的。打开，半口袋麦子，半口袋玉米。她跑上崖头，崖头上空荡荡的，连个人影都没有。

粮食算是续上了，不到一个月，新麦下来，可连枝犯了难，连根送来的粮食吃了，口袋咋还？让男人去，男人死倔，不去，让几个儿子去，几个儿子更是不去，说以前要去大舅家，她都不让去。连枝天天看着那俩粮食布袋，熬煎得不行。

一直到阴历九月，观头村要唱戏，破天荒请了运城蒲剧团，连唱五天。家家户户都打发孩子去接姥姥、喊姑叫姨来看戏。

这时候，是一个村子的狂欢。大戏下午一场，晚上一场，有为看戏的，有为戏台下卖吃食的，打石子火烧、炒一生凉粉、烧醪糟、炸麻花、炸糖糕、炖羊肉汤、卖针头线脑鸡零狗碎……台上台下一样热闹非凡，大人叫，孩子跑，一个村子都沉浸在喜庆和热闹之中。

连枝也听说了观头村要唱戏，心里急得五脊六兽的。娘在时，只要有戏，娘早早就叫侄娃来接她，她从开戏一直住到戏班子走。想起她跟嫂子的仇气，想起连根那俩空布袋，想起马上要唱的戏，她跟吃了草一样，心里乱糟糟的。

连根跟她一样，心里也跟吃了草一样。去接连枝吧，抹不下那个脸，还怕媳妇不乐意。他还恼着这个妹子，自己主动送了粮食去，吃完了咋也该把布袋送回来啊，没句话，布袋也给吃了。

还是连根媳妇嘴快，喊她儿子：明儿早起去接你姑去，就说咱村唱戏了，叫她早点来，这回请的好戏。连根听见，心里有了着落，却装没听见。

连枝在炕上纳鞋底，猛听见侄娃在崖头上喊：姑，我妈叫你看戏去。

连枝着急忙慌出来，仰着脸冲侄娃喊：唆，唆，石头，赶紧下来，姑拾掇一下马上去。

还拾掇啥啊，包袱早绑好了，在炕头放着，两个布袋里装着苹果、暖柿子，也在墙角放着。

侄娃推着自行车，驮着布袋和包袱，连枝跟着。村里人看见，问她：连枝，回娘家看戏去啊？

连枝大声野气地喊：看戏去。这不，侄娃来接了嘛。

秋阳高照，田地里、村庄里，万物生长。

如 果

袁炳发

这是一件旧事，那时我刚三十岁，爸妈都还健在。

那时，常听爸妈唠叨："当初是因为你，才把大你三岁的姐姐送给了别人。"

我就不服气地问爸妈："为什么非得是因为我，而不是因为别的什么呢？"

妈听后，思绪仿佛沉入遥想之中，眼里涌上一层泪花，说："那时候，闹灾荒，收成不好，没有粮食，大家都挨饿。为了少一个和你争食的，保住你的命，袁家后嗣有人，我和你爸一商量，一狠心就把你姐姐送给了别人。"

听了妈的话，我完全明白了爸妈的初心，因为我是儿子，能延续家族的香火，他们便把我留了下来。

因此，在我长大成年以后的岁月里，我几乎是背着沉重的感情债过日子，内心里有许多对姐姐的歉疚与不安。

因此，我想靠自己的努力，找回大我三岁的姐姐。

我问爸妈："姐姐当时送给了谁家，你们现在还记得吗？"

爸爸说："记得还好了。我是在车站里把你姐姐送给了外地的一对青年夫妇的。"

爸爸说完，妈妈就在一旁流泪。

妈说："当初我们的想法怎么那么傻呢？"

爸说："就是，其实不把你姐姐送给别人，也不至于都饿死呀！"

我说："爸妈，事情都过去三十多年了，别后那个悔了。"

我常固执地认为世上不存在什么难事，就看用不用心，只要努力用心总会找到我的姐姐。因此，每次出差的时候，在车上或旅馆里，我总要对三十多岁左右的女人特别留心，也特别愿意和她们闲聊。没准，就能聊出许多意外的话题来。

一次，我从外地出差回小城。在火车上，坐在我对面的是一位三十多岁的女人。当女人的那双很美的大眼睛，不经意地看了我一眼后，我的大脑神经就很特别地跳动了一下。

这个女人看上去很文静，她在读一本书，眼睛时不时地看看车窗外。

说不清的原因，从看到这女人的第一眼后，我就对这女人感到特别亲切。我总觉得她的那双大眼睛，很像我妈妈。

我试探着和女人搭话闲聊。

在我和这位女人聊了很多的话题以后，我就投石问路，说："大姐，您的父母真有福气，养了您这样优秀的女儿。"

谁知，女人听后，脸就一下变得阴沉起来，说："我是被父母抛弃的，到现在也不知道自己的父母是谁。"

听后，我的心律加速跳动，便急急地问："大姐，您的生父是姓——"

女人看我一眼后，挺平静地说："我生父姓刘。关于生父，我仅知道这个姓，其他一概不知。"女人说完，就抬头看着车窗外。

我的心一下凉下来，心中刚刚升起的那一点希望瞬间便熄灭了。

车到一个小站，女人背起她的行包，对我说："老弟，我下车了，再见！"

我点点头："再见。"

还未等女人走出车厢，我竟也莫名其妙地背起行包下车。

女人回头看见我，就挺吃惊地问："你不是终点站下车吗？怎么在这个站下了？"

我说："我也不知道为什么下车，突然间有了想下车的念头。"

女人听后咯咯地笑，说："你这老弟怪有意思的。"

其实，我中途下车纯粹是为了这位女人。我就觉得这位女人和我或者我的父母应该有一些故事的。

很快，我和这位女人并肩走出了站台。出站口的人群中，一个脖子上挂着一条金链子、脸上长着络腮大胡子的男人，挺着肥胖的肚子，急急地奔我身边的这位女人走来。

近了女人前，大胡子男人打了一个响指，竟在众目睽睽之下"叭"的一声亲了一下女人的脸蛋，还说："宝贝，可把你等来了！"

大胡子男人又问："到这来你怎么和你丈夫说的？"

女人回答说："我骗他说出差开会。"

大胡子男人听后就哈哈大笑，还嚷："真他妈开心！"

大胡子男人和这女人勾肩搭背地走了。

我的脚步停下来了。看着他们走在阳光中歪歪斜斜的影子，听着他们低一声高一声的怪笑，我的心酸楚起来。

当天，我乘了下个班次车回到小城。到家后，我便把火车上那个女人的事情，讲给了爸妈听。

爸妈听后一起说："不可能是你姐。哪会有这么巧合的事？！"

我说："如果她真是我姐呢？你们认不认？"

爸妈听后又一起说："如果——如果——咱家不可能有那种人！"他们一起摇头。

我觉得爸妈很好笑。

在我叙述这个故事的时候，已经是近三十年以后了，是把世事看得都很开的年龄了，突然间便懂得了爸妈当时的摇头，是代表着他们那一代人的人生经验。

发　现

芦芙荭

第一次遇见那对老夫妇，是在去年冬天。

那天，我去一个山区采访。陪我一起去采访的是当地县委宣传部的小苗。小苗是我们报社的通讯员。我们两个在一条山沟里走了好长时间，没见到一户人家。

已是午后了，太阳的光都有些往回收了。我们都有些疲惫。小苗走在我身后，不知啥时候，她竟然弄了一根树棍拄在手上。

这时候，我们看见有一缕烟从前面的树林里冒出来，淡淡的。

转过弯，果真就看见了一户人家。

走近时，就看见一个老太太正坐在门前的场院里晒太阳。她的面前还有一个火盆，火盆里的一只铜水壶正咕嘟咕嘟地往外冒着热气。烟大概就是从那里冒出来的。

老太太远远地看见我们，就伸长了脖子往我们这边看。眼神里满是好奇。等我们走近，老太太就站起来，说，来了？好像我们是她的熟人似的。

我说，老人家，您好！

老太太说，烤一会儿。

说着，老太太就弯腰往火盆里添了些柴。火盆里顿时又蹿起一股浓浓的白烟。

我们就走过去。刚走到场院口，旁边突然就冲出了一只黑狗，那条狗不叫，却吓了我一跳。小苗尖叫了一声，竟然扔了手里的棍子，一把抱住了我的膀子。老太太就在那里嘿嘿地笑，说，它不咬人呢，是稀奇你们。果然那只狗摇着尾巴一蹦一跳地在我们身前身后撒着欢。

这真是个不错的农家小院。冬日的阳光铺满了院子。院子边有一块竹园，一群鸡正叽叽喳喳地在里面觅食。还有些鸟儿的叫在竹叶间飘来飘去。叽叽喳喳的，很热闹。竹林旁边有一棵柿树，柿树的叶子都掉光了，一颗颗柿却红红地挂在枝头。

这时，我闻到了一股异香。我回过头，就看见房山花的一块场地里，挂着两排刚刚熏好的腊肉，那些腊肉在午后的阳光里冒着猩红的光。一个老人正忙着把那些油旺旺的肉往一间屋子里运送。

老人看见我们，也说了一句，来了。算是打过招呼。就提着肉进屋了。

我向老人走过去，香味越来越浓，我还闻到了一股松木间杂着柏木的香味。当我顺着那股香味走近门的那一刻，我一下子被眼前的景象惊呆了。那间屋子的房梁上挂的全是腊肉，一块挨着一块整齐地排列着，足足有几百块。

我激动地叫了一声。

老人听见叫声回过头来，就在那一瞬间，我按下手里的快门。

之后的许多日子，我的脑子都被这个画面充盈着。那一排排腊肉中，一张古铜色的脸。没有欲望，没有贪婪，平静而安详。

我和小苗帮老人把那些腊肉挂在了屋子里的房梁上，之后，就和老人一起靠在房山花的墙上晒太阳。太阳并不暖和。

我说，老人家，你这腊肉卖不卖。

老人说，不卖。

我说，这么多的腊肉，怎么就不卖呢。

老人说，为什么要卖呢?

是呀，为什么要卖呢? 我真不知该怎么回答。

回来后，我把照片做了些技术处理，取名《守望》并参加了省摄影大赛。很快，《守望》就以参赛作品展的形式在省报发表。之后，《守望》以其强劲的视觉冲击力，在初赛、复赛中脱颖而出，冲进决赛，成了获奖呼声最高的作品。据小道消息，我的这幅作品很有可能冲击金奖。朋友们已在私底开始向我祝贺了。5万的奖金，对于获奖者来说，是个不小的诱惑。更重要的，这是省两年一度的最高摄影奖呢。

我打电话把这个消息告诉小苗时，小苗在电话里沉默了半天却不说话。

我说，小苗，怎么不说话呢?

又是一阵沉默。

我说，小苗，是不是出了什么事？

小苗说，老师，那个老头出事了。

什么？老头怎么了？

小苗顿了顿，说，老师，你不该拍他。没等我回答，小苗又接着说，你拍的照片在省报发表后，不知怎的，老头老太太的家就被贼盯上了。一夜之间，只是一夜之间哪，他们一屋子的腊肉就被贼洗劫一空。那个老头一急就脑出血了……

你为什么不早些给我说？我有些急，对着电话喊了一句。

小苗说，我也是不久前才知道。再说，我们领导不让我告诉你。

小苗，我在电话里说，等着我，我立马动身，我们一起再去那里看看吧。

小苗说，老师，你别来，真的你千万别来。那个老头的病已有所好转，你就让他安安静静地养病吧。我们别再去打扰他们了。

我还是去了。

那天，我和小苗再次踏进那个农家小院时，我被眼前的情形惊呆了。

已是春天了，草已绿绿地在院子里铺了一层，院子的周边探头探脑地开出了一些花来。而那个老头坐在椅子上，歪着脑袋，嘴里流着哈喇子，口眼歪斜地冲着我们傻笑。那个院子再也闻不到那股奇异的香味了。我想，即使有香味，那个老头怕也是再也闻不见了。

那个老太太，见了我们，还是那句话，来了。

我说，来了。

那时候，我看见一只鸟从天空飞过，鸟叫了一声，又叫了一声。

朱　鹮

陈　毓

老饕年轻的时候在华阳当过知青，老了爱忆当年，几次约我们陪他回去看看。

上次说是在早春，现在已经初冬。老饕感慨，离开这多年，竟没回去过。老饕说，没回也正常，没颜面，想一想，我们吃了村里那么多东西，却没回报啥。

老饕在华阳吃过娃娃鱼。

“味道实在不咋样。”

“不如鳖。”

“更不如桃花瓣鱼好吃。”

“熬一锅白汤，岛屿一般浮着鱼脊。”

“香气捂都捂不住。”

回忆弥漫口水中消化酶的味道。

好在出发了。车上高速、下高速，入国道、出国道，之后是盘山水泥路，所见干净，清爽，像一个人睡到自然醒，清明饱满。

老饕感叹交通的方便，说他当年来，可是走了两天一夜，乘绿皮火车，坐长途汽车，再搭手扶拖拉机，最后进村那段，是被顺路的老乡用牛车捎带上的。

去看老饕耙过的地，地已退耕还林，现在种着一坡的厚朴。老饕记忆中的知青点，早先是生产队，现在重新划分归并，名儿都不同了。

当年老饕插队的华阳村因为秦岭自然保护区的设立，现已升级为镇。保护区跨越汉中洋县、佛坪。佛坪的三官庙、大古坪和洋县的长青华阳，三大保护区呈“品”字，摊在秦岭腹地的这块秘境中。大熊猫、金丝猴、羚牛和朱鹮，被称为“秦岭四宝”。羚牛、金丝猴、大熊猫三个保护区都有。朱鹮却只在华阳保护区内出现。

老饕带我们来，老饕是忆旧，我们呢，旅游顺带找点好吃的。朱鹮能见就见，见了也不能吃。

问老饕当年在华阳是否见过朱鹮，老饕不确定，说或许见过，或许见过的是白鹭。

四十年前，被判定“已经灭绝”的朱鹮忽然在华阳发现，七只，引起国际自然保护专家的关注，最终促成一个国家级保护区的设立。

不时出现在路边的朱鹮广告牌，提醒我们这里的美与静是和朱鹮相关的，是朱鹮和华阳关系中的因果。朱鹮喜欢山地、森林、丘陵、溪流、水田、河滩、池塘，华阳一样不少，朱鹮捕食小鱼、河虾、泥鳅、青蛙、螃蟹，华阳样样生长。

保护区最初设立，但专家担心人。人百年来耕作生息在这片地域，现在鸟出现了，首先提醒专家的是人，需提防的也是人。但不能因此就搬迁人，人也是生态的一部分，但可以制约人。华阳该是华阳人和朱鹮、大熊猫、羚牛、金丝猴共有的华阳。山石林木、每一滴水、每一条河流都是。百十年来人在这片土地上种稻子、种油菜、种玉米、种洋芋，现在人继续种，池里养荷花继续养，但森林茂盛甚至更茂盛，河流丰沛甚至更丰沛。

眼前的景象叫我们惊讶、恍惚，像是我们回到了过去，我们看见农耕文明积攒下来的经验在这里被推广应用，比如堆肥和使用堆肥。垦殖区种植着本土的传统作物。田园如画图，如唐诗宋词，如果我们不是开着越野车来，我们也会给镀上古意吧。

初冬时节，木叶萧瑟，河流深长，阳光照耀山林，一片白如雪，一片红似火，一片灿如金。白的是白桦，红的是红枫黄蜡，黄的是青杨叶子，阳光照耀眼前长路恍若指引，收获过稻田的田地在初冬一片金黄，那是农人割过稻子的田地又长出了稻谷苗，农人任这谷禾枯黄在地，冬天割了喂猪牛喂鸡鸭。

白鸟悠悠下，朱鹮三五飞，这桀骜孤僻的鸟在起飞的那一瞬真是美艳，美在姿态，艳在颜色。红冠、红掌、红尾、雪白的羽毛，展翅的那一刻，显现太阳鸟一般的明艳色彩。朱鹮慵懒滑翔，落脚在河溪边，长而弯曲的嘴插入水中，捉鱼吃。等待它起飞，不料是何时分。

远山覆雪，也可能是雾凇；峡谷云雾蒸腾，时雨滴答一阵。厚朴硕大的叶子积满林地道旁，如华丽的毯子，人走上去，噗噗响动。茱萸果实嫣红，看着喜人眼目。我们赞叹、赞颂，停车、再停车。

我们说回到了从前，但从前怎可比眼前的优美富足。我们说去了未来，但不确定未来是否会有这么美好原始的生态和自然。农民在地里间苗的姿态是原始的、优美的，鸟掠过河谷，鸣声跌进河水是古意的、诗情的。

我们如此喜欢，全心全意。

老饕想起来，他在华阳吃过一种香米饭、喝过一种黑米酒。有人立即附和，这里出产一种香米，卖几十块钱一斤。

还有茱萸酒，价格不菲。还有五味子酒，真个好滋味。

白墙青瓦，还是传统的房子和山水搭调，我要画一组写生，一个新近学绘画的人说。

开车过来有好几个小时了吧？你看，我一直奇怪呢，现在明白了，这一路我没看见一个塑料袋，没遇见一个塑料瓶，这真实吗？另一个说。

山头俯视，河流滔滔向前，河水清且涟漪，有人造句，最后总结，这河是从《诗经》里流淌出来的。

去看大熊猫，和“请勿挑逗熊猫”的牌子合影。三点钟，在饲养人的监督下给下山觅食的金丝猴投花生，有人尝一颗花生，慨叹花生新鲜，肯定是当季的。

我们去寻朱鹮，朱鹮飞过长着桦木和领春木的山坡，朱鹮飞过菜地，朱鹮飞过河谷……后来我们在一段清浅的河流边发现四只朱鹮，朱鹮吃鱼，长长的弯曲的嘴伸向溪流，再一仰脖子，把一条清流里的鱼儿吞进肚子。我们眼看着朱鹮逮鱼吃，一俯一仰，俯仰由它。

朱鹮的吃启发我们的饿，有人问，这大半天了，我们都没好好吃点东西，我们赶紧去寻点好吃的？

老饕冷淡地说，他倒是很想涉水过河，向对面地里拔萝卜的老乡讨一根带泥巴的萝卜，就用这河水洗一洗，吃一吃。但他要忍一忍。

我们眺望远处，河流泛着粼粼波光，像是涌动着一川碎银子。

老饕的话使我们迷茫。那个无所不吃的老饕，现在要对一根泥萝卜保持克制，这到底是怎么回事。

银　　洋

陆涛声

段祺瑞当民国总统时，江南小城毗陵有个姓汤的人，开了一爿小小的南北杂货铺子。他有个交情很深的老朋友，姓宋，在离城七八里的乡下种十亩水田，日子过得还算富裕，每逢上城来买点什么，总要到汤老板店里来坐坐聊聊天。汤老板也总要备一些小菜与他一道小酌两盅。老宋自酿了米酒，逢年过节总要给汤老板送上五斤十斤；汤老板到外地添货捎回上好的高粱烧，也总要给老宋留两三瓶。老宋早年曾走南闯北到过大半个中国，很有些见识。汤老板遇到什么疑难事，总要找老宋商量。

汤老板开了十年杂货店，年终结算，积攒了三百块银洋钱，想用这笔钱做市面大些的生意。究竟做什么好，拿不定主张。

新年正月初五，老宋来拜年，他想与老宋私下商议，特地在房内四仙台上备下小菜两人对酌，喝酒时候，汤老板就向老朋友吐了心事，还兴冲冲从枕头下取出用布卷着的银洋让老朋友也过眼。

老宋停杯凝神望着银洋愣了好一会，说："当年'长毛造反'江南被烧了不少屋，如今砌房造屋的人家逐渐多起来，需要用木材的多了，你这后门外就是城河，可以放木排，不妨从江西山里进一批木头开一家木行。这生意大进大出，赚钱快，又没有风险。"

汤老板觉得是好主意，当即说，过几天就到江西山里去买。

老宋却又叫他莫慌，到江西去批货，路途遥远，这季节砍伐下的木头还都堆在山里，用人力往外运很麻烦，花用又大。不等两三个月，雨季发水时，他们那边就会大批木排顺山涧水流放出山，从河道撑运过来，沿河各城镇兜售，经过我们这里，到时只要多留心河道里过木排，就地收买，既方便成本也低。

汤老板又佩服又感激，收起三百银圆放到床上枕头下，陪着老宋，一杯又一杯，喝了个痛快，一瓶酒不够，又从货橱里拿了一瓶。

眼睛一眨，三个多月过去了，果真有一批江西木排经过毗陵城河。汤老板和木材商谈妥交易，便到枕头底下去取那三百银圆。哪知晓，翻遍床上床下，一卷银圆不翼而飞！十年积蓄，一下丢失，怎么了得！

他一时急得浑身冷汗直冒。想来想去，这钱除了妻子只有老宋一人知道。记得那天把银圆摊在台上时，姓宋的一直盯着发愣。他又想起他把银圆放在枕头下时，老宋也看见的。他还想起，那天他出去添第二瓶酒时，姓宋的曾一个人留在房里的。汤老板想去报官，怎奈无据无凭。他便先叫木材商等两天，然后备了点酒菜，连夜赶到乡下，把姓宋的请来。三杯酒过后，他客客气气地说："哎，宋兄，我枕头底下的三百块银圆，是你借去用的吧？"

老宋一脸愕然："银圆？"

"嘿嘿，你当时……你当时可能跟我说了的，都怪我酒喝多了，记不清了。"

老宋愣愣地望着他，一言不发，嘴唇一直微微抿动着似在品酒。

汤老板又皱起眉头，苦苦哀求道："老兄啊，你知道，我苦了十年，才积下那么点钱。刚才找不到，急得我正想投河、上吊，想到是你老兄借的，才稍微放心。只是眼下与木材商谈好交易，正等这笔钱用……"

姓宋的紧皱眉头连喝了几口酒，突然笑着说："老弟别急，三百块钱……既然你有急用，我后天一早一定送来。"

果然，第三天老宋送来了三百块银圆。

汤老板买下几排木头，木行开张，生意兴隆，当年就赚了一大笔钱。自从有了三百银圆的纠缠，他再也看不起老宋。老宋也不再露面。

汤记木行，越开越兴旺。三年之后，便着手扩大店面和改造住宅。拆除旧屋撬起地板时，汤老板突然发现地板下有个布卷，解开一看，三百银圆一块不缺。原来房里的地板年久失修，床头下靠墙那块地板烂了一截，有了一大窟窿。显然是他当时放银圆后，不知何时从床头落下掉了进去，而且滚到了另一块地板下。

汤老板醒悟到自己冤枉了好朋友，想想自己这几年生意发达，本是靠老宋指点，而且是用了老宋的本钱，万分愧疚，准备诚诚恳恳赔罪还钱。

他带上三百银圆，匆匆来到老宋住的村上，大吃一惊：三年前，老宋为了凑足三百银圆给他应急，除了倾一生积累，竟还卖掉了三间堂屋和十亩上好的水田，如今住着简陋的茅草屋，只种三亩薄田，生活十分清苦，人也苍老得多了。汤老板望着老朋友，悔恨不已，不由得落泪，双膝一屈跪下，捧上银圆说："老兄，我害苦了你。我真该死，这三百块钱你收下，我还要加倍还你，还要……"

老宋连忙和蔼把他搀起："老弟不必这样。三百五百块钱，与你我之间交情相比，又算得了啥？别再提它。我有三年不到你家喝酒了，走，上你家喝几杯。"

汤老板心里更加难受：是啊，真诚的情谊和信任，哪是三百五百银洋能买得到的！

姨　妈

蔡　楠

（30）父亲走了。也许他在风雪中驾车返回老家的路上，父亲就走了。（29）是本家水泉哥给他打的电话，说父亲突发急病，让他赶紧回去。他扔下手头的工作，叫了救护车，就想飞回老家。（28）可天却飘起雪花。很破碎很疯狂的雪花。他车子只能爬，不能飞。（27）到了老家门口，他叫的救护车先他而到。炕上炕下围了一堆人，一个戴眼镜的白大褂正给父亲按压胸部，父亲脸色发青，已经没了呼吸。（26）人工呼吸，人工呼吸哦——他冲上前，嘴对准了父亲的嘴。（25）父亲牙齿整齐，却冰冷。父亲83年没刷过牙，可牙却整齐。（24）五分钟后，他的嘴都麻木了，父亲的牙仍然整齐，却冰冷。胸部也没有起伏的迹象。（23）我爹没病，他不会死，这到底是怎么回事？说——

我也没有想到，我真的也没有想到——一个怯怯的声音在他的背后传来。这声音知道逃不过他的寻找，就从人堆里挤到了他跟前，这不是下雪了吗？屋檐上有冰锥锥，你爹早上起来就举着竹竿去捅冰锥锥。你爹仰头捅了有一个小时。他捅着，还嘟囔，亏了这屋顶没换，屋顶跑水的地方也坏了，要不哪有这么多好看的冰锥锥！我那时正在熬粥，我说，天气好了，抓紧让双福给换换屋顶吧！你爹说，换什么换？他工作忙。粥熬熟了，我出去叫你爹吃饭，却见他蹲在地上捂着胸口咝儿咝儿地撮牙花。我扶他起来，问他咋的了，他说没事，就是有点憋闷。我赶紧把我的速效救心丸塞进他嘴里两粒。他缓了缓，说，没事了。就又起来去捅炉子，他说天冷，你的心脏不好，让火旺些。谁知道，捅了不几下，他就栽倒在炉子旁——

（22）大姨啊——你真笨，他指着那个怯怯的声音说，我爹这是心肌梗死。你应该给他嘴里至少塞15粒救心丸，不让他动，就坐着，然后你就去叫医生。（21）我都蒙了，大姨抽噎着，我哪想到这么多啊。（20）大姨是父亲的后老伴儿，也没办结婚证，就是一起过日子就伴儿的那种关系。（19）起初，他和姐妹们都不同意父亲再找。他想将父亲接进城。父亲说，他进城睡不着觉，也上不了厕所，他屁股一沾到坐便器，就便秘。（18）父亲就常往婚姻介绍所跑，跑了半年，后来就联系上了这个大姨。（17）一家人吃饭的时候，父亲说，其实是你妈临死前让我找一个伴儿，好让双福安心工作。以后呢，你们就别往家跑了，也不用给我钱了，我还能干，我和你大姨种烟卖烟，再加上国家给的老年补助和粮食补贴，就够了。（16）但他怕父亲被骗，就要过来大姨的身份证。他说大姨，我去给你办医保。（15）他没用大姨的身份证办医保，却给大姨重办了身份证。身份证和医保卡的名字都换成了母亲的名字。（14）大姨的身份证他就收了起来。他没有上报母亲去世的信息。派出所的户籍上，母亲还健康地活着。（13）然后呢？然后就是大姨和父亲一起过了十年。（12）再然后呢？就是现在了，父亲走了。有着十几年心脏病的大姨平安无事，而健壮如牛的父亲却骤然离去了。（11）父亲不能复生了。救护车要走了。他握住戴眼镜的白大褂的手，说辛苦了！戴眼镜的白大褂说，救护车的钱谁付？500元。（10）他打开微信付费，乡下却没有网络。大姨急忙从西屋里取出了钱，递给了戴眼镜的白大褂。（9）一屋子的人都闻到了钱上的烟味儿，父亲和大姨的钱原来是藏在烟叶子里面的。（8）接下来，就是他料理父亲的后事。（7）父亲圆坟那天，大姨的儿子风尘仆仆地来了。开着一个面包车，他是来接他母亲回家的。他当然希望大姨走，尽快走。哪怕给她10万块钱，甚至将她儿子的面包车装满东西都行，只要大姨别提继承房产的事情。（6）自从雄安新区成立以来，附近县市的房子直线攀升，听说开发商正策划乡村征地事宜。（5）他想找大姨商量一下善后的事情，可找不到她。（4）这时候，一个电话拨了进来，是村主任水泉哥。

（3）他揣着10万块钱的银行卡来到了水泉哥家，就看到了大姨端坐在沙发上，茶几上是父亲赶集卖烟常带的小背包，脏兮兮地散发着浓烈烟味儿。大姨见他进来，就打开小背包，拿出了几张卡。大姨说，双福啊，我吃完中饭就要走了，有些事情得当着你水泉哥的面交代给你。这第一张卡里，有两万七千八百五十五元钱，是我和你爹种烟卖烟的积蓄。密码是你的生日。你爹说哪天交给你，给孙子买房用，钱不多，添点儿是点儿吧！这两张卡，是我和你爹的医保卡。还有这两张，是俺俩的老人补助卡和粮食补贴卡，要到镇上邮政银行去支，你爹腿不好，不能长时间骑三轮，我们也没支过，你就开车去支吧！还有这个粮食本，里面有4000多斤麦子。你爹不让卖，怕哪一天遇到饥荒，有钱也买不到粮食，就将麦子存到了面粉厂。你啥时候吃，啥时候去取吧！我要走了，只要两样东西，一个是那台电视机，就是你买了大电视替换下来的那台。你爹爱听戏，我就把频道锁在了中央11台，我带回去守着它，也是个念想。另一样东西呢？就是我的身份证，你还给我吧！我的真实姓名叫赵芙蓉，家住内蒙古赤峰市三座店——

（2）他朝面前的女人走过去，扑通跪倒，扶着她的膝盖，哭喊着，姨——妈——

(1)姨——妈走了。他却多年没有联系她。他想将来有机会亲自去看她，然后接她回来，给她养老送终。

(0)可至今，他都没勇气成行。

面包师的奇想

谢志强

我有一个交往频繁的同学，现在是艾城有名的面包师。当年，一点儿没有显示：我有写小说的天赋，他说有做面包的感觉。

他有名气，不过在业内，再缩小是西餐，再再缩小是一个必需的食品——面包。我笑。我俩合起来，就是两手抓，我是精神的面包，他是物质的面包。我俩相互欣赏，他嫌这样还不够。他确实是所有饭店、专营店制作面包的头块牌子。他不以为然。因为，他期望直接听到顾客赞赏他的面包，可是，他不能跑到餐厅里去吧？那是他不该去的地方，他总是待在厨房里。

我安慰他。写小说，烤面包，某种意义上都一致，甘愿躲在作品（小说，面包）的后面，不直接露面。我要是露面，就不是写小说了，而要改行为戏剧，演员不是在台上吗？每个人都有自己的位置。

他相当在乎亲耳听见、亲眼看见顾客对面包的反应。他已流露出想当餐厅的服务员，认为这跟改进面包的质量有关。

有一天，他打电话，叫我速去他家。我以为他开发出又一种口味的面包。我只得从小说里脱出身来，换了别人，我会拒绝。

我在客厅里站着，期待他给我什么意外。

他要我坐。我落坐单人沙发上。他看着我，有期待。我说：别要噱头了，你叫我有什么事儿？

他说：你感觉如何？

什么感觉？

坐着……没感觉？哦，什么味道？

屁股又没味蕾，沙发又不是面包。

他的表情失望，像挫败了。

沙发的形状，颜色，像刚出烤箱的面包。我说：面包师改行当木匠了？哪来的灵感？

他曾跟父亲学过一年木匠手艺，很可能重复制作面包，他厌烦了。他的灵感来自一个梦。梦里他饿极了，遇见了一个偌大的面包，可是，面包把他吃了，或说，他融入面包。

于是，他依照梦中的面包打制了一个沙包。他记得梦中坐在面包上，屁股的感觉出奇好——那是品尝面包的味道，他不知不觉被面包吃了。面包很温柔、清香。

我起身，担心消失在面包里。我拍拍屁股。说很温柔的沙发。我顺口赞赏沙发。

他抬抬手，像拂苍蝇，说：算了算了，我挑明，你滞后，就像你约评论家评你的小说，不是评，是捧，净说好话，不真诚。

隔了一天，他又来电话，好像很苦恼。我知道，他要想做一件事儿，很执着，像我，一根筋。他说：我很失败，约了几位朋友来，他们都没关注我制作的沙发，当然，他们闻到了沙发散发出的面包的气味，还以为我从面包房带回来的呢。

我没话找话：沙发就是沙发，面包就是面包，你要破吉尼斯纪录，就烤制一个像沙发一般大的面包吧，可是，艾城具备这样的大烤箱吗？

他说：怎么才能叫别人注意这个奇特的沙发呢？

我说：你就这么在乎吗？

他说：你写小说，没地方发表，发表了没反响，你是什么感觉？你难道不怀疑自己？

我说：你不是木匠，你是大名鼎鼎的面包师。

他说：你还是不懂我的本意，怎么才能叫别人注意这个沙发呢？

按照我写小说的习惯，人物出现在他常出现的地方不被注意，出现的时候还是老服装也不被注意。唯有人物出现在他不该出现的地方他才惹眼。就如同沙发放在客厅里，这是常规——熟视无睹。

不等我说完——我一说就来劲儿了，像有瘾，他撂断了电话。

第二天傍晚，他来电话：还是效果不显著，误导了。

他竟然请了假折腾沙发。他住在临街，沙发摆在人行道上，有过路的人询问价格。他邀请了几位过客坐，人家以为要收费，谁也没有发现沙发的独特。他说：现在的人已经没感觉了，迟钝了，麻木了。

我劝他别折腾沙发了，叫沙发回归它该在的位置：客厅。无非是安放屁股的物件嘛。

他说：你这个人，一点同情心也没有，你发表了小说，有读者反响，你不是得意得不得了吗？你得意，我就不能得意，饱汉不知饿汉饥，你这个人，说不拢话。

再过了几天，我接到他的电话，从拘留所打来，要我帮助他出来。我在交警大队有一个写小说的朋友。

还是罚了款。因为，他造成了一起交通事故。我确实误导了他。他把沙发摆在不该摆的街路中间，一辆轿车打方向盘，车头撞在人行道的树上，人伤，接着后来的车辆混成一团，整个一条街交通堵塞。

确实，现场的人们，都关注那个沙发。他帮交警把受伤的女子搀扶到他的沙发上。他甚至询问睁开眼的女子说：坐在沙发上，感觉如何？

沙发受到车撞，散发出清香，人们闻到了面包的味道，终于有人知道他是个面包师了。随后，他接受了笔录。他还强调那是沙发。

骑车送他回家，他兴奋地说：沙发引起如此轰动，值了。

我不想扫他的兴。不过，他表面一向是个安分人，破天荒惹出这么大的麻烦。

二舅的儿子

津子围

二舅是我家亲戚中的怪人。

二舅琴棋书画样样精通，才华横溢，生活中却笨手笨脚，炒菜不是咸了就是淡了，煮个粥也能煳锅底。传说二舅年轻时英俊潇洒，现实中的他却普普通通，甚至有些邋遢。我见到二舅时他已经老了，灰白的头发，干裂的嘴唇，时常带着眼屎。

二舅一生未娶，大概是习惯了独居生活，亲友家庭聚会也难得见到他的身影。也许我与二舅有缘，毕业后我留在了都市，暂且寄居在姥姥留下的老房子里。这样，我就经常与住在后院的二舅打交道了。

一开始，二舅对我并不友善，不友善也不是反感，他只是漠视，说漠视也不够准确，用“忘记”也许更好一些，我与二舅见面打招呼，他神情淡然地看着我，最多也就点点头。那年冬天，二舅滑倒摔坏了股骨头，我先是背他回屋，后来又送他去医院，那之后我们的关系发生了改变。二舅出院后经常叫我陪他喝酒，他酒量不大，但酒瘾很大。

我陪二舅“喝两口”的时候，他会讲一些陈年旧事，比如，早年在故宫里整理文物，他教过谁谁谁鉴定文物，谁谁谁还拜他为师。他说的那个谁谁谁可是了不起的大名人，风风光光频繁出现在电视台鉴宝节目里，“大师”了很多年，而二舅却默默无闻。我当然不能驳他的面子，说他吹牛。二舅很聪明，他从我的眼神里承接了问题，主动回答说："你认为二舅在吹牛吗？二舅没吹牛，二舅说的都是实话，有据为证。"说着他从覆满灰尘的书堆里寻找一封信，二舅说那封信是"大师"写给二舅的，里面涉及请教和致谢的内容。可惜，找了半天也没找到。对此事，我半信半疑。

一次酒后，二舅说了一件更超乎我想象的事情，他说他有儿子，并且，有三个儿子。这还不算，二舅还说孩子的母亲是唐代某某公主，绝对的大美女！我立时目瞪口呆。二舅说："你认为二舅在吹牛吗？二舅没吹牛，二舅说的都是实话，有据为证。"

等了好一会儿，我问："凭据呢？"

二舅说："在博物院呢。"

二舅是这样对我解释的，他说他年轻时在故宫里修复珍藏的字画，吃住都在那个泛着霉味的大房子里，有时忙起来昏天黑地，不知道白天何时遁去，也不知道黑夜何时降临。有一天，画里那个某某公主突然出现在他面前，对他哧哧地笑，他不知道自己是醒来了还是在梦中，反正情不自禁，频繁地和公主会面，并定期偷偷幽会。吟诗作画、琴瑟和鸣；月下对饮，红烛帷幔。他们整整幽会了十年。后来，二舅被下放到北大荒，在北大荒一待就是十二年。二舅返回京城时已经双鬓满霜，步伐老迈。一次参加故宫文物鉴定，二舅见到了那幅唐末仕女图，他惊讶得张大了嘴巴，以为那幅画被人"偷梁换柱"了，因为那幅画中的某某公主束发改变了，原来是未婚的"双环垂髻"，现在是已婚的"云朵髻"。关键是公主的膝下还有三个玩得正欢的孩子，都是男孩的装束。二舅对那幅画做了全面鉴定，可以肯定画是真的，可画里的变化怎么解释呢，二舅苦思冥想，联想到当年他与公主的约会，再仔细端详那几个小儿，怎么看都觉得模样像自己……我想二舅一定是醉了，沉浸在他的幻想之中，或许他的幻想早在修复字画时就已经发生了。

二舅是五年前冬至去世的，那件事随着他的离世也淡出了我的记忆。春天时我陪导师到故宫博物院搜集资料，突然想起了二舅，对二舅曾经说过的仕女图也格外留意。看到那幅仕女图时，我顿时目瞪口呆——那幅唐末仕女图中的确有三个小孩儿，公主的装束与二舅曾经描述的一模一样。我的第一反应是，既然叫《仕女图》就不应该有儿童，后来我煞费苦心，几乎查阅了涉及那幅画作的所有资料，没有任何文字记载证明那幅画里有儿童。

当然，我也这样想象过，画中人物的改变会不会是二舅修复原作时补画上去的，这一点，至今没有任何证据。

升 级 版

孙春平

时下，乡村的经济发展规划里有个目标，叫一村一品。具体说，就是一个村庄要有一个品牌。于家台村位于九河下梢，无名山，也无名川，全村都是水田，难成品牌。村主任带领村民开了几次会，总算达成共识，搞农家乐。于家台离国道不远，国道连接着人口百万的南北城市，可谓天时地利。村主任跑乡奔县，总算争取来低息贷款，农户们装饰过家舍院落，一家家便热热闹闹地开业了。

开业虽热闹，营业却冷清。偶有几个城里人进村，用过餐，抹抹嘴，黄鹤一去，再无踪影。

村主任再开会，说别村有的，咱也有不行。时髦话，咱们要想取胜，就得搞升级版。听城里专家讲，叫作你有我优，你优我奇，你奇我……怎么样呢？大家冷了一会场，便有人喊怪，又有人喊鬼喊神的，人们的一阵阵笑声惊得夜空中不时有流星划过。

最先升级的是于华家。客人带着两个小朋友，小朋友抱怨乡下没意思，于华便说，我带你们去摸螃蟹好不好？那一家人去了村外，于华亲自下稻田摸上来一只螃蟹，不比纽扣大多少。于华说，螃蟹正在生长，到秋后才大些，所以现在只能叫扣蟹，只比大纽扣大不多点。小朋友不甘心，也要下田。于华不允，说人一踩踏，收成必受影响。孩子哭了，家长求告，说俩孩子一人只摸一只，我们包赔损失。于华犹豫有顷，说那就五元钱一只吧。那天，那家人在稻田里花了一百多元，不光孩子下了田，两大人也下水助了一阵兴。

于华家的升级版项目很快见了效益，城里的汽车来，几乎都带着孩子，进村时又几乎都打听哪家农家乐可摸蟹。但这也只是几天的光景，再有汽车进村，便有村民神神秘秘地附耳低言，说摸蟹就摸大的，不低于一两一只，摸上来或蒸或烤，保证鲜美。游人问，也是五元钱一只？村人摇头，说上市场的蟹子起码要长到两年，那种扣蟹是当年的，我家的多养了一年呢。我也不多要，十元。城里的小孩子才不在乎贵贱，闻此言，自然都喊摸大的。

聪明的于华知道是自己开启了乡亲们的心智。许多村民家并没养蟹，而是见他家没少挣钱便连夜将自家稻田也用塑膜围上，又去养蟹村买来大个头的蟹子，悄悄放养在田里。于华家的新升版也很快闪亮登场，村口立起广告牌，摸泥鳅黄鳝，二十元一条，提供免费烹饪，可立时品尝。此项目一出，于家台更热闹了，城里人不光来吃来玩，不少人还住了下来，因为摸泥鳅黄鳝难免扑腾起满身的泥浆，到农家洗一洗，再躺热炕头上烙烙腰，舒坦，值!

乡里开会，表扬于家台。村主任做苦笑状，说全村的水田都踏毁了，还不知明年吃啥呢。众村官便笑呸他，说不带这样的，得了便宜卖乖，手里有了钱，还愁几袋米?

于家台农家乐的升级版不断翻新。一天，在于大龙稻畦里摸泥鳅的人突然在泥水中摸出一个小物件，清水濯，衣襟擦，原来是一枚带方孔的古币，顺治通宝。很快，又有人摸出乾隆通宝。消息在无言中风传，那块稻畦很快涌满了人，有人还带来军用铁锹，悄悄将畦埂扒开口子，稻畦里的水很快流泻得干净了。于大龙不急不躁，端立畦边，放声开价，一个人五十元，不论摸多久，也不论是否摸得到。村人对数票子的于大龙说，你这招儿挺绝，但小心有人告你伪造假币。于大龙冷笑，说我说卖了吗? 这叫姜太公钓鱼，愿者上钩。来，嘴巴别闲，抽着。说着，一颗软中华便递了过去。

于家台越发热闹起来，夜幕下，稻田里到处都有熠动的光亮，比萤火虫不知亮上多少倍。又一日，入夜时分，突然有人竟从于小荷家稻畦里揪出一只青花瓷瓶，尺半高，颇似电视寻宝节目里的文物。摸出的人要带走，于小荷不允，双方争吵，引得全村人都忘了瞌睡。村主任凑前一看，不由大惊，这瓷瓶不是自家的吗，算不算文物不好说，但是祖太爷留下的物件却绝不虚诳。开春时，儿媳猫月子，老两口进城侍候，回来时便发现平时放在柜上的大瓷瓶没了踪影，报过警，警察也曾来村里转悠，却没想是被人藏在了田里，看来，窃贼是想躲过农忙，等庄稼地里没人时再来取货呀。

警灯闪亮，警笛噪鸣。县刑警队长下了命令，封堵于家台村所有路口，无论是村民还是外来客人，一律只进不出。马上跟乡政府协调，近两年邻近村屯报失的案件不少，请求暂停所有农家乐的营业，支持公安机关的工作。

于家台的村民心有点热，又陡地凉下来。戏法讲求的是出奇制胜，来年的升级版还会有吗，有了又会是什么样呢?

我以前住在这里

刘国芳

以前他去过一次凤岗镇，镇上有一条小街，人很多，几乎是人挤人。他不明白一个小镇怎么会有这么多人，便问一个人说:“这个小镇上怎么这么多人呀?”

“今天当街。”对方回答他。

他当然明白当街什么意思，他说：“天天当街吗？”

“阴历逢双当街。”对方告诉他。

既然当街，他也买了些萝卜芋头薯回去，很便宜。

后来，他还想过去凤岗买东西，但很远，从抚州城里到凤岗，差不多有二十里远，他不可能为了买东西跑那么远。

但有些事让人想不到。

他住的地方拆迁了，他搬到一个叫怡然的小区。这儿其实是乡下，但随着城市一天天扩张，很多村庄拆迁了，消失了，也就是乡村变城市了。但这样的地方生活设施跟不上，就说他们怡然小区，附近既没有超市，也没有菜市场，买东西很不方便。有一天他站在楼上，忽然发现那个叫凤岗的小镇离他住的小区很近，他还记得凤岗逢双当街，一天逢双，他就往凤岗去，也就走了十几分钟，到了。

街上还是那么多人，差不多人挤人，他买了两斤肉，一把菠菜和一把韭菜。卖韭菜的是个女人，很年轻，看上去只有三十来岁的样子。小镇上卖菜的大都是老人，一个年轻的女人混在他们当中，很显眼，他买好韭菜，随口问了一句女人：“乡下年轻人都打工去了，你怎么没出去，还在这儿卖菜？”

女人说：“我喜欢作田，喜欢享受‘春种一粒粟，秋成万颗子’的乐趣。”

他说：“可是‘锄禾日当午，汗滴禾下土’的劳作很辛苦呀。”

女人说：“只要喜欢，就不怕苦。”

女人不仅卖韭菜，还卖薯，女人随后又问他说：“要薯啵？”

他拿了几个薯，让女人称，但女人让他把薯全买了去，女人说：“不多了，你全买了去吧。”

他说：“二三十斤还是有吧，这么多，我住那么远，怎么拿得动？”

女人问：“你住哪里？”

他说：“怡然小区。”

女人说：“你住怡然小区呀，那里以前是王家村，我以前住在那里。”

他问：“你现在还住那里吗？”

女人说：“不住那儿了，那儿整个村都拆了，我们搬到凤岗这边来了，现在叫王家新村。”

他“哦”一声。

女人说：“都买了吧，我给你送过去，反正我菜卖完了，现在也没什么事，我去看看我们王家村现在变成什么样子了。”

他点点头，让女人把薯全称了。

女人随后真帮他把薯送回去，女人骑一辆三轮车，慢慢往他小区骑，进了小区，女人神情忽然变了，一脸忧伤的样子。他当然发现女人的变化，他问："怎么啦？"

女人像是回答他，又像是自言自语，女人说一切都变了，面目全非了，但以前的样子，我记得一清二楚，我们王家有很多大房子，我住的那幢房子五层直进，而且好几幢连在一起，走在里面，迷宫一样。记得有一年，是我很小的时候，我在那些大屋子里走，走着走着就迷路了，不认识回家的路。后来大人找到我，骂我，说我在自己家里都会迷路。我们这儿的人也姓王，有时候我甚至怀疑王安石也是我们村里的人，因为他有一首诗是这样写的，'茅檐长扫净无苔，花木成畦手自栽。一水护田将绿绕，两山排闼送青来'。我们这儿就有两山排闼送青来的景致。我们村里还有一堵墙，上面长满了薜荔，我小时候就会背一首诗，'惊风乱飐芙蓉水，密雨斜浸薜荔墙'。薜荔墙边上有一口大水塘，那时候看着那些水塘，我又会想到这两句诗，'唯有门前镜湖水，春风不改旧时波'。以前总觉得什么都没变，可是现在，春风依旧，山河变样，一切都变了。

他静静地听，没插嘴，女人不说了，他才接话："城里也到处拆迁，我住的地方也因为拆迁，才搬到这里来。"

女人说："真不晓得为什么要这么拆！"

说着话就到了，要走进他住的那幢楼里，女人这时停了下来，女人说："你这幢楼的位子，就是我以前住的地方，我以前住这里。"

他开了个玩笑，他说："是不是有回家的感觉？"

女人说："完全不同，我以前住平房，现在是高楼。"

女人说完后，把他买的薯从三轮车上拿下来，然后要走，他喊住女人，说："上去喝口水吧。"

女人就跟他上去了，女人敏感，一进屋就发现问题，女人说："你屋里好像没有女人。"

他说："是没有。"

女人说："你家女人呢？"

他说："在外地打工。"

女人说："你怎么不出去？"

他说："像你一样，我喜欢抚州，喜欢我们抚州'远色入江湖，烟波古临川'的风景。"

女人说："我们是一样的人。"

几天后，他又见到女人了。这天又去买菜，老远，女人就看见他了，女人大声喊着他说："又来啦。"

他说："来买菜。"

女人说："今天你把这些芋头全买去吧，我给你送去。"

他说："又要去你住过的地方看看？"

女人说："就是这个意思。"

他说："好吧。"

同样，女人又骑着三轮车往他那儿去，进了小区，女人又那样自言自语地说起来，女人说你知道吗，其实拆迁之前，我也很伤感，王安石有一首词，我总觉得是写我的，'小院回廊春寂寂，山桃溪杏两三载，为谁零落为谁开'。你不明白吧，我为什么会有这样的伤感，告诉你，我丈夫在外面打工，被一个女人勾走了，然后，他就跟我离婚了。所以，我不知道自己将来为谁零落为谁开。

女人说的时候，他同样没插话，女人不说了，他才接嘴："'行到水穷处，坐看云起时'，你不会零落。"

这后来，他和女人还见过好几次，女人总是先看见他，大声喊他。他当然买女人的菜，但有时候不是买，是女人把菜送给他。他不要，女人硬塞给他，还说："你住在我以前住的地方，我们有缘。"

只能笑纳。

后来，有半个多月或者更久，女人没看到他来买菜，有些记挂他，便去看他，把门敲开，女人问着他说："最近怎么没来买菜？"

他说："心情不好。"

女人说："怎么啦？"

他说："我老婆在外面打工，跟人家跑了。"

女人说："这花花世界，正常。"

他说："可我却'剪不断，理还乱，是离愁，别是一般滋味在心头'。"

女人说："'东边日出西边雨，道是无情却有情'。"

他说："我忽然想起张沽的一句诗，'两三星火是瓜洲'。"

女人后来搬来和他一起住了，才住了几天，女人就扛了锄头在小区外面挖了一块地。女人真的喜欢种地，也会种地，没多久，那块地便青青翠翠了。一天，女人看着那片青翠，跟他说："住在这儿，我觉得我回到了从前。"

猫叫春

江岸

宁静的午夜，住宅附近如果有一只叫春的猫，简直就是灾难。林承安老师难以理解，一只小小的猫，在呼唤爱情的时候，何以叫得如此丧心病狂，完全可以称得上惊天地泣鬼神了。

黄泥湾秋天的午夜就笼罩在这种躁动不安和没羞没臊的气氛之中。

林老师退休之后，本来是回故乡黄泥湾寻找宁静的。

年轻的时候，因为家庭出身好，在生产队参加集体劳动又特别积极，更因为大队支部书记是他亲姑父，他便被推荐读了义阳师范学院。他们这些工农兵大学生，很多人文化基础差，在大学期间，除了学习毛主席著作和学工学农，并没有学会多少专业知识。好在他读中学的时候，成绩还不错，多少有一些文化底蕴，大学毕业以后，分配到县高中教书，他边教边学，教学相长，艰难地将高中语文教师这一工作应付下来，总算没有误人子弟。熬到退休那一天，他草草收拾一点行李，回到了乡下父母留下的红砖黑瓦的老式平房里。父母去世之后，这座房子门鼻子上就常年挂着一把锁。这样的平房，趴在黄泥湾林立的小楼中间，显得特别破败，门锁锈死了，门前长满了蒿草。他找邻居小凤借来斧头，砸开了门锁，又借来锄头，将蒿草刨掉了。他原本是土生土长的黄泥湾人，他的乡间退隐生活虽然开始得有些草率和将就，他倒也能坦然处之。不像他老伴，人家本来就是城里人，陪他到故居粗略看一眼，借口要接送孙子上学放学，就着急忙慌地逃回了城市。

他的瞌睡轻，动不动就失眠。他万万没有料到，入住的第一个夜晚，就被叫春的猫给搅和了，被折磨得痛不欲生。他用两团卫生纸塞住耳朵，猫叫春的声音从纸缝里钻进大脑；他用被子蒙住脑袋，猫叫春的声音从被子角落里钻进大脑。该死的猫无休无止地嚎了一夜，林老师在硬板床上翻腾了一夜。

第二天清早，林老师站在小凤面前的时候，眼眶像极了大熊猫。小凤是他的远房堂侄媳妇儿，带着一双儿女住在他家旁边的两层小楼里。她曾经在县高中念过书，只是成绩不太好，没考上大学，后来嫁到了黄泥湾。林老师没有直接教过小凤，小凤有时候喊他林老师，有时候按家族的排行喊他五叔。

五叔，您没有休息好吧？小凤问。

谁家的猫吵了一夜？烦死了。林老师说。

谁知道呢，也许是一只野猫。

我去找找，找到了，活活打死它。

林老师手持擀面杖，在黄泥湾的角角落落里寻找夜晚叫春的猫，居然难觅踪迹。到了夜晚，猫叫春的声音再度裂石穿云而来。

故乡仿佛不太欢迎林老师。林老师遭遇的更大的烦恼是在入住故居的第三个午夜开始的。淅淅沥沥的秋雨在午夜不期而至。开始的时候，林老师也没在意，只是觉得有些湿意，有些薄寒。到了后半夜，秋雨竟然越下越大，雨水从年久失修的瓦缝间滴落下来。前窗滴水，林老师用洗脸盆接了；墙角滴水，林老师又用洗脚盆接了；床头处滴水，床尾处也滴水，林老师没有容器接了，只好披着被子，坐在床帮上，听任雨水滴答个不停……这哪儿还是家呀，简直就是水帘洞。

五叔，五叔，林老师，林老师……门外响起敲门声和呼唤声。

林老师开门一看，小凤打着雨伞站在门口。

小凤说，五叔，您先搬到我家住吧，您这房子，等天晴了，找人捡捡瓦，不漏雨了再住。

林老师说，打扰你，那多不好意思。

一笔难写两个林，谁让我们是一家人呢？

那好，我去抱下被子。

您还抱什么被子啊？我家什么都不缺。

就这样，林老师在午夜淅淅沥沥的秋雨中搬到了小凤家里。

林承安，你这条老骚狗，你给老娘滚出来！黄泥湾秋日的宁静被这声暴喝打碎了。

小凤到镇上学校接孩子去了。林老师打开门，老伴手叉着腰，气势汹汹地站在小凤家门口。老伴是县麻纺厂下岗女工，多年来一直在集贸市场卖水果，不仅历练得嗓门大，而且词儿多。

咱家旧房子漏雨，不能住，人家好意收留我，你别狗咬吕洞宾了。

我宁愿房子倒了，来给你收尸，也不愿你到外面放浪发骚。

林老师咬紧嘴唇，忍了又忍，才极力将一句“你怎么像猫叫春呢”咽进了肚子里。他扯起老伴的胳膊，说，你快别胡说八道了，我马上搬出来。今天有点晚了，咱们只能在老房子里凑合一夜，明天一早，我跟你回县城。

老伴终于留在老房子里住了一宿。

当天夜晚，猫叫春的声音如期响起。林老师原本鼓了一肚子气，对老伴爱搭不理的，听到猫叫春的声音，忽然心有所动，朝老伴偎了过去……

老伴朝他腰眼上不轻不重地砸了一拳，嗔怪地说，你个死老头子！骂过了，又忍不住咔咔地笑了。

施 先 生

张晓林

已经没人能知道施先生的名字了。

据见过施先生的人说，他长着一头油光可鉴的黑发，发梢长长地拖到脚跟。在街巷深处行走，会友，雅集，或者行医，那头黑发就像一面黑色的旗帜，能瞬间刻印在人的心底。施先生好像不怎么喜欢吃面食，一个月都难得吃上一顿。他平日吃得最多的，是一些时令的果子，然后，再饮上几杯淡酒。倘若有人硬强逼他进主食，他也不拒绝，一顿饭能吃光一斗的糙米。

施先生原是一介书生，醉心于科考，一心想金榜题名。从七岁开始攻读《论语》《中庸》《春秋》等圣贤典籍，为此也曾头悬过梁，锥刺过股，遭受过里间人的嗤笑。但他并不把别人的看法放在心上，依然青灯黄卷，夜点油灯下苦功。果然，在秋天的一次科考中他中了进士。穿戴上朝廷御赐的鞋帽衣衫，他落下了眼泪。终于熬出头了。

然而，喜悦的眼泪还没有干透，御赐的鞋帽衣衫便被追缴回去。有人向朝廷举报了他，说他在这次科考中舞弊，而作弊的工具就藏在他那头茂密的黑发之中。那个时候，施先生的头发还没有留长，但已经很惹人眼目了。对于这种莫名的诬告，施先生极为愤怒，但却无法辩解得清楚。看着作为功名象征的进士帽被摘去的那一刻，施先生忽然大笑起来。

在成为郎中之前，施先生还画过一阵子的画。他不画花草，也不画虫鱼，画人物。施先生画人物有天赋，他不仅能惟妙惟肖地画出人物的面貌，而且人物的内心都能通过他的笔端鲜活地映现在练素上。练素是白色的纸和绢帛的统称。画画花费很大，颜料、纸或者帛绢，需要大把白花花的银子，施先生原来家境还算殷富，可画的画卖不出去，渐渐地也有些扛不住了。后来，施先生的母亲得了重病，长时间卧在病榻上，他得四处借钱来给母亲治病了。他才知道，这个世间，画是个可有可无的东西。

成为郎中是个漫长的过程，因为施先生这个人骨子里很孤傲，怕学医不精，治病不成，反误了人家性命，让人戳着脊背说是个庸医。学医后的一段时间里，施先生见过太多的庸医，太多的病人因为遇上了庸医而倾家荡产，人财两空。因此，施先生认为从医之道，攸关性命，比考进士画画都要艰难得多，甚至说凶险四伏。他曾指天为誓，行医不能辨病症的细微处，决不贸然出手以取其辱。

施先生读私塾时，有一个同窗，姓孟，二人意味相投，结为异姓兄弟。姓孟的同窗不屑于科考，却走上了另一条道路：经商。做的是丝绸生意，很快成为一方巨富，出手阔绰，家里豢养着十几个歌伎，夜夜丝竹管弦之声不绝于耳。他曾数次邀施先生来府上雅赏歌舞，对饮小酌，都被借故拒绝。孟同窗也不勉强，一笑置之。在母亲病重卧床、施先生四处筹借银两期间，孟同窗隔三岔五就会送些银子过来，帮了施先生的大忙。施先生也不言谢，都记在了心里。

孟同窗有一个黄发小儿，尚在髫龄，很顽皮。有一天突然病倒了，遍请方圆数百里的名医，用尽了无数剂验方，病情依然不见一点起色。孟同窗很是焦急，嘴周遭起满明晃晃的燎泡，丝竹之乐也没有心情听了。施先生知道了这件事，登门造访，在孟同窗惊异的目光里，他给黄发小儿把了脉，然后，开了药方，对孟同窗说："先服用三天，三天后我再来。"

孟同窗看着药方，有些狐疑不决。

施先生笑笑："你难道还有别的方法吗？"

等施先生再次来到孟同窗府上时，黄发小儿的病竟有了很大起色。施先生给他调了调药，叮嘱孟同窗，一定要照药方煎服，不可有半点差错。孟同窗诺诺。一个月后，黄发小儿的病彻底痊愈，又开始去院子里蹦蹦跳跳了。

孟同窗很吃惊地说："只耳闻你在探求医术，没想到已精深如此？你是用什么药医好小儿的呢？"

施先生淡然回答道："几味平常草药而已。"

孟同窗越发惊奇："别的郎中多用犀珠金箔尚且束手，年兄真是当世良医啊。"

施先生的医名迅速地传扬开去，来请他治病的人一天比一天多。秋天到了，正是疾病的高发季节，一天下来，施先生常常累得沾床就能进入梦乡。这天黄昏，他睡得迷迷糊糊的，听到有人拍打窗棂。披衣下床，来到院子里，见一个衣衫褴褛的老者瘫卧在东窗底下。施先生急忙跑上前去，半蹲在地，去摸乞丐的脉搏，已经很微弱。他疾速将乞丐背进医室，放在病榻上，解开衣衫，正说要施救，不想乞丐已断绝了气息。

施先生怅然若失。抬起头来，窗外，又大又圆的月亮已爬上村东的土岗。他忽然意识到，今夜是中秋节了。

将军赞

刘建超

将军脾气倔，做事说一不二。

将军得知学习成绩优秀的孙子晓龙要报考外交学院，他手中的拐杖捣得地面咚咚作响。

将军用拐杖点着晓龙的鼻子，好铁要打钉，好男要当兵。我家的男儿世代都要当兵，报效国家。

晓龙说，爷爷，国家需要您和父亲这样的卫国将士，同样也需要像您和父亲一样优秀的外交官，我要当外交官。

将军说，别扯淡。你小子只能给我报考军校，军校！我家的后代只能报考军校，否则不要再登我的家门。

将军用拐杖将房门猛地关上，屋外寒风料峭。

晓龙也是个倔脾气，还就是报了外交学院。

将军气病了，晓龙几次去探望，都被将军用拐杖给轰出来了。

晓龙上大学期间，将军从不接晓龙的电话，都是夫人转告说晓龙问候你个老顽固哪。

晓龙大学毕业派驻到非洲工作，将军都没有理睬。

晓龙打过来的越洋电话，将军也是毫不理会。

夫人告诉晓龙，你爷爷的房间里挂了一幅世界地图，我看到过好几次，他拿着放大镜找你工作的国家。

将军扔下放大镜，就你话多。

将军十四岁当兵，人长得瘦，个头又小，肥大的军服穿在身上，人就像套在麻袋中。

团里派他去卫生队，学护理。他去了，一看都是女兵娃娃救治伤员扭头就走。他找到团长说，我要跟你打鬼子。

团里又安排他去炊事班，他还是不去，端锅做饭谁都能干，他找到团长说我就是要跟你打鬼子。

任凭你讲道理骂娘关禁闭，他一根筋就是要跟着团长打鬼子。

团长只好把他留在身边当通信员，打鬼子我让你第一个冲锋，到时候你小子可别尿了。

鹿鸣山伏击战，鬼子走进了包围圈，我部另一支包抄的部队还没有就位。

将军急了，催促着团长，赶快冲锋啊！

团长严厉瞪他一眼，你懂个屁。

再不冲锋鬼子就跑了。他居然忽地站起身高喊着，同志们冲啊！带着头就冲了下去，战士们也不明情况，跟着就发起了冲锋。

团长骂了一声，吹响了冲锋号。

伏击战取得了胜利，将军举着缴获的歪把子机枪又蹦又跳，团长一脚把他从山坡上踹了下去。

团长揪着他耳朵，来到一片草坡前，这里埋着刚刚在战场上牺牲的战士。

团长一脚把他踹跪在坟前，你好好看看，如果不是你的鲁莽，他们可能还活着。

他哭得稀里哗啦，头磕得砰砰响。我要替你们报仇，我替你们多杀鬼子。

他就是不认错，俺爹俺娘都被小鬼子杀害了，我杀鬼子有啥错?

团长气得掉泪，小鬼子该杀，杀十个鬼子也抵不上我一个战士的生命。他们活着就可以多杀鬼子，多打胜仗。

将军跪在战友的坟前，直至东方发白。

将军带兵打仗了，他更加爱惜自己的将士。每次布置完任务，他都要强调，完成任务是必须的，能活着回来才是真英雄，活着回来才是真胜利，活着回来才是你有真本事。

将军带兵严厉，很少见到他笑，更听不到他的赞扬话。

有一次，将军视察战士训练。

一位神枪手士兵，射击十发十中。

将军拍拍他的肩膀，嗯，合格。

听惯了赞扬的战士对将军只给个合格的评价，显然不满意。他不屑地小声嘟囔，才合格，有本事你来个合格。

将军听到了，也不多说话，压上子弹，站立射击，砰砰砰砰，十发十中。

将军说，枪枪命中是一名士兵最起码的要求，否则就有可能被敌人撂倒，我也只是个合格的兵。

将军带过的兵个个都成了神枪手。

将军曾经指挥千军万马，如今却连自己的孙子晓龙都管不了，晓龙他远在万里之外，已经是驻 T 国大使。将军觉得有劲使不上，这让将军十分气恼。将军常常站在地图前，用拐杖捣着一片疆域，你小子有种，有种就别回来！

晓龙所在的 T 国发生了骚乱，武装冲突升级。上百家华人华侨的店铺被焚，一伙不明身份的暴徒还绑架了五名中国商人。

晓龙大使出现在镜头前，他介绍了当前的局势，并将前去同绑架商人的暴徒谈判，解救人质。电视里的晓龙从容自信，眼里却掩不住疲惫。

将军家人聚集电视机前，将军站立在地图前塑像般一动不动。

桌子上的饭菜早已放凉，杯中的茶水也没有了温度。

新闻播报说，在我国驻T国大使馆人员的积极斡旋下，遭到不明身份者绑架的我国五名人员已经成功获释。

同时，中国政府派出近百架次中国民航包机、军用机、军舰、中远、中海货轮，历时十二天成功撤离中国驻T国人员三万余人。

家人欢呼起来。

将军兴奋地在屋子里来回踱步，拐杖捣得地面咚咚响，将军指着地图说，弱国无外交，是国家强大了，军队强大了，在国外的中国人才有底气。

将军对家人说，告诉晓龙，就说他干得好，要他好好干！

将军又用拐杖点着电脑，说，点个赞，给晓龙点个大大的赞。

将军推开了房门，清风扑面而来。

赛 烟 花

田洪波

我居住的这座小城布局，有火车道南和道北之别。道南住的都是在机关事业单位工作的人。道北则就不同了，市井平民居多，多数人做买卖，即使不做买卖，也干着与买卖藕断丝连的活儿。

我住道北广益街，经营百货批发兼零售。广益街上商铺林立，经营什么的都有，已经蔚然成为商贸集中地，每天的喧嚣声此起彼伏。

此街每年正月十五有一景，即两家大的水产商户燃放烟花。事实上，谁早谁晚，已经无从考究，从何时开始，两家如何较上劲才是真格的。我在这之中的角色堪称绝配。概因一家系我左邻，一家则处于斜对面。左邻的张先生平头，矮胖，爱抽烟，对面的周先生瘦弱，高挑，喜喝茶。

说实话，我在心底是不太待见张先生的。既然仅一墙之隔，潜意识中自觉亲近些，然则不然，每次买他的鱼，斤两不足尚可不计较，以次充好，以太湖白鱼假冒兴凯湖白鱼，则就让人心生愤慨了。

白鱼是我家乡兴凯湖的特产，学名翘嘴红鲌。此鱼的气性大，离水即死。它的嘴总是倔强地翘着。张先生从冰柜中拿出的鱼，是他事先用钳子，把嘴掰上去的，再沾水冻冰。结果看上去就真假混淆了。

这鱼是准备会亲家用的。我自然给气得不行。去买鱼的孩子要上门讨理，我思谋良久阻止了。

自此，我对张先生心存芥蒂。一般场合下，该怎么招呼还怎么招呼，却从此不再买他的鱼。

如果实在馋鱼，我就让孩子去对面周先生的店。买回的鱼，用硬黑塑料袋装好，再放在纸箱里带回来。周先生有时还捎带给我茶叶，让我心生阳光。

此街大的水产户就他们两家，有时，进店买东西的顾客会问哪家鱼好，我朝对面努下嘴，算是无声回应。也因此，每年正月十五赛烟花，成为全年生意好坏盘点的一个注脚。

早前，小城每年正月十五晚上，雷打不动，会由市政府燃放半小时烟花。后来，不知何故就不放了，结果，更多的人拥到广益街看稀奇。也没什么约定，时间就定在晚上七点，两家商户各自在门前摆开长约十米的铁皮柜，柜上柜下依次摆好烟花，时间一到，即开始燃放。

人们也真是开眼界，张先生这边九天揽月升空，大家“噢”的一声，道声精彩，周先生那边天女散花绽放，大家“呀”的一声，高喊漂亮。

有句话怎么说来着，叫你方唱罢我登场。对，这是最好的诠释了。

每年赛烟花，并不是比拼谁家的烟花漂亮。比拼的是气势，看谁放的时间长，看谁放的档次高，看谁的烟花造型美。

隔日早起，满街的炮屑。有人感慨，这是放了多少钱的烟花啊！于是乎，小孩子们盼着来年，大人们也不再对市政府不放烟花患得患失。

就这么起劲了几年。忽一日，张先生给我带来两条鱼，明日，送过来尝尝鲜。这倒是开天窗头一回。

我见张先生脸色苍白，白中还带着青，问他，你好像脸色不对呀？

张先生两手插在袖子里，半趴在我家柜台上，良久无言。

正待追问，张先生却叹气说，刚在医院确诊了，肝癌，晚期。

我心惊怪，不敢相信矮胖的张先生会得此病，面对此病，又如此坦然。一时间，我竟无法言语了。

张先生苦笑，你说，人这一生争个什么？挣多少钱算是个多呢？活着的意义在哪儿呢？

如此情境下，我也只能安慰张先生，现在医疗技术发达了，有些病不见得有医生说得那么吓人，主要还在于人的心态。不惧怕病，心宽，有的人还自愈了呢。

张先生感慨地说，这理呀谁都懂，可临了，能洒脱的，有几个？劝人易，劝己难。

那天张先生回店前嘱咐，千万给他保密病情，拿我当朋友才说出来的。他这样说，反倒让我自责起来，觉得在气量上不及张先生。起码，我没把他待若朋友。

此后，张先生就基本隐身了，店里的一应杂事都由孩子们打理。

隔段时间，我去周先生那里闲坐。周先生手擎一杯浓茶，正与三五同道围坐一圈下棋，对妻子不时要帮忙的招呼，有一搭无一搭地应着。

如此洒脱，自然让我佩服，待了半久，想和他说说张先生的事，临走，还是没说出口。

因此，这年的正月十五晚上，张先生破天荒缺席了放烟花。孩子们通过视频，让他一睹风采。这一年的阵势上，明显差了往年，让人意外的是，周先生的阵势更是弱。从民众评判的角度看，张先生胜出了。

正月十七中午，周先生给我打来电话，告知张先生去世了。我一时反应不过来。这样的消息，怎么会由周先生通知到我，而不是张先生家人？周先生低声解释道，他的主治医生，与我是连襟。老张不认识他。

我回店里时已是晚上，街道上零星散落着一些炮仗纸屑。眼望天空，迷蒙无星，耳畔不由得传来赛烟花时的喧嚣，蓦然觉得一切不过是虚空罢了。

夜　行

薛培政

那天夜里的月亮啊，白亮白亮的，就像被水洗过一样……

九十多岁的凤山爷，说起一九四一年白露前夜的月亮，依然啧啧称奇。

老人呷了一口茶，顿了顿，继续说道：

抗战爆发后，为打击日军的嚣张气焰，八路军某支队于一九三九年八月间，经淄河流域进入鲁中南地区后，我就担任起了地下交通员。

那天刚擦黑，我放羊回来，正圈羊哩，镇上开羊肉馆的刘大眼来了，他是我的上线。一看他眨着那双忽闪忽闪的大眼，我就知道有任务了。

他一把将我拉进羊圈后，从鞋帮上抠出一张二指宽的纸条，交代务必在天亮前，送到队伍首长手中。他说完，逮上两只羊走了。

我坐在院里那棵国槐下，边抽烟边琢磨着行程。待主意拿定，我舀瓢凉水喝下，回屋和婆娘交代几句后，就揣上张煎饼上路了。

按说我一个棒小伙子，六十多里路程，天亮前赶到不算啥。可自打日本鬼子侵入朐城后，接连在一些交通要道上修筑起据点。国民党军也陆续进驻朐城西部和南部山区。这方圆几十里的地盘上，日军、伪军、国民党军、土匪和地方游杂武装盘根错节，敌我难辨，要将情报安全送到，并非易事。

出村后，大路不敢走，我观察了一下周围，便疾步走进村南野猫沟里。

月亮升起来了，像一个硕大的玉盘，把山沟里照得如同白昼，一草一木看得真切，这对夜间秘行极为不利。

为便于隐蔽，我顺手拔草编个草帽戴在头上，又折下几根树枝用桑皮编个蓑衣，一番伪装后，继续悄悄地前行。还好，这段路上，除了几声狼嚎外，倒也没遇上险情。

从沟里出来，要过一个三岔路口，这是进入南部山区的必经之路，也是各路武装经常出没的地带。

我躲在庄稼地里仔细观察，见没有动静，就想快速通过。谁料没走几步，我忽然看到从西边过来的路上，有个人影一晃不见了，我惊得头皮一奓。

站在明处的我，躲是躲不过去了，便极力定了定神后，小声朝那边喊道：兄弟，都是过路人，出来吧！

不一会儿，那人站到了我的面前，看上去也是庄稼人打扮，对方倒是先开口了：这位大哥，半夜三更的，这是往哪儿去？

唉，俺娘傍黑得了急症，要去南厢水泉村王仙儿家药铺抓药哩！我回过话后，看了对方一眼，便随声问道，这位兄弟是——

俺是沟北刘家坡的，吃过晚饭撵驴进圈时，才发现驴挣断缰绳跑了，出来找驴哩，您从东边来，有没有碰见头大灰驴？

这一路没碰见驴哪，要不您再找找看？我想尽快甩掉对方，离开此地。

哦，那我再往前找找。说罢，他便朝向南的那条小路走去。见此情景，我的心里不由得咯噔一下，这也正是我要走的路，怎么办？改道已经来不及了，看来只好陪着走下去：正好，我也要走这条路，咱兄弟俩就做个伴吧！

那好，大哥请！望见他不经意的一个手势，我对其不敢小觑了。

半夜了，月亮依然亮得让人晃眼，青纱帐边幽静的小路上，忽近忽远的虫鸣，衬托夜的寂静。

不明身份的结伴同行，非但没觉得壮胆，反让人心里发毛。每走一段，他或说脚心被石头硌了一下装作磕鞋，我或怨裤子被露水打湿要拧裤腿，心照不宣变换着行进位置，谁走在前，都用余光左右扫视，提防来自背后的袭击。

突然，随着扑棱棱一阵响动，栖息在路边庄稼地里的几只野鸡腾空而起，四处飞散。那一霎间，我俩本能地拉开架势，同时朝腰间摸去。虚惊一场的举动，彼此已多少猜出了对方的身份，相互对视了一眼，转身继续赶路。

走出青纱帐后，我俩停住脚步，趴在草丛中仔细观察周围的动静。放眼望去，南边村口新修建的跑楼上，鬼子的探照灯鬼眼一样照来照去；东边的大路上，几辆摩托车“突突”地来回穿梭，听声音像是伪军在巡逻，只有西边一片寂静，只能从西边绕行过去。我朝他使个眼色，他会意地与我同时起身，悄然向西摸了过去。

原来，西边不远处是一条深沟。站在沟沿朝下看，深不见沟底。只见他紧了紧身上的衣服，沿着沟边骨碌碌朝下滚去。我正惊讶时，就听他在下面小声喊道：没事的，下来吧。我也照着他的姿势下到沟里。

穿过那条深沟，又前行十几里山路后，我俩在一个岔路口，抱拳揖手道别，我沿路向东去，他朝西进山了。

月亮偏西，天快亮时，我终于赶到了目的地。看见村口站岗的八路军哨兵，我悬着的心才放了下来，便加快脚步朝前奔去。

小菊的心事

范子平

小菊的丈夫顺德是乡里海水养殖办公室干事。新上任的县委书记下乡调研认识了他，看来对他很是赏识。前天县委办主任让他去谈话，接着就通知他到县里报到。顺德昨天下午从县委出来，半路被几个老同学截走，晚上聚宴肚里灌了不少酒，到家时走路都有点踉跄。村委会头头们好像接到命令一样都来了，邀请他去村里小酒店再喝一场。世俗的喧嚣像涨潮的海水一样涌过来，他们的农家小院怕是第一次承载这么多纷乱的脚步！嫁过来十年，小菊忽然感到这环境是那样陌生。她想叮嘱丈夫几句，但竟找不到机会。丈夫跟同学已喝得不少了，但公公和婆婆说无论如何得给村里头头面子，这个最得罪不起，于是丈夫又跟他们走了。夜半丈夫才烂醉如泥回到家，出溜一下跌到床上，已经听不进任何话语。小菊将热毛巾给丈夫搭在额头，看上去丈夫倒像是从战场下来的伤员。

一大早许多人又聚到她家门口，天空蓝莹莹的万里无云，太阳刺眼地照下来，像是提前到了夏天。村委会的“双排座”开来了，强子的面包车开来了，但顺德用不着——县委办的小汽车要来接呢。强子说，以后咱村谁家娶媳妇就用顺德哥的好车。村主任说，顺德这是大好事！才起个头，以后步步高升，没准儿会当县长呢！各种祝愿升迁的吉利话像春雨一样纷纷落下来，村里疯疯癫癫的老严头也来凑趣，说：“大好事啊，又一个故事开始了。”小菊听了心猛地一沉。

这么多年来，她家里家外忙碌，丈夫在海水养殖办做事，抽空也来家帮忙，夫妻俩安分守己心灵清净。可是，丈夫要去县里了。那里是什么地方？街头巷尾人们没断传言。一旦丈夫踏进那种地方，就像叮咚流淌的小溪汇入江河，那他还会是他吗？这会是什么样的好事呢？这个家庭能一直平安和谐吗？

丈夫满脸堆笑器宇轩昂，又是握手又是抱拳行礼，陷在人丛中，被满院的夸奖话、奉承话湮没了，迷醉了，醉得比昨晚还厉害。丈夫常穿的那件深蓝色夹克衫，她跑了许多趟县城选购的夹克衫，今天一早被丈夫换掉了，换上他到新马泰旅游时买的黄色夹克衫。小菊忽然觉得浑身冷飕飕的。她尽量放松自己——大家都说了，今天是大好事，是大喜日子，可自己身子轻飘飘的，好像要浮起来。她抬眼望去，村口倒是满眼的春光，老母鸡带几只鸡雏悠闲地散步，那株老柳树枝丫鹅黄嫩绿，青春得叫人爱怜。小溪旁一溜桃花儿，一簇簇正葳蕤地开放，好像一片霞光，远处则是一地黄灿灿的油菜花。微风徐徐拂过来阵阵芳香。她想，官场里和咱村里一样，好人还是多。这样想着她轻轻舒一口气。

家在邵屯的舅舅也赶过来了。他是红白喜事的老主持，号称办事手，黄眼珠滴溜溜乱转，由于兴奋，更是抬高声调吆喝似的说，俺村，俺村……

小菊忽然惊觉，舅舅该不是提他们村邵泰吧？她恨不得上去堵舅舅的嘴，但这院里满当当都是人。舅舅村的邵泰，十几年前大学毕业分配到市海运处，吹气泡一般升上去，副科长、科长、副处长、处长，一直当到海滨县的县委书记，原先瘦削的前胸渐肥渐厚，凸起的肚子尤其显眼，家里高朋满座，小汽车来来往往好不风光。后来邵泰就变了，他贤惠的媳妇早就被迫离婚，含着眼泪离开了邵屯。小菊听丈夫说，邵泰前几天被市纪委立案审查，估计事儿不轻——这消息暂时还没传开。小菊心里祈祷，老天爷，千万不要让舅舅再说下去，千万别提那个不吉利的邵泰，老天爷保佑吧！她急急地从人群中挤过去。她要拉舅舅过来喝水，借机堵住他的话。可舅舅已高声吆喝出来：俺村邵泰多荣光！咱家顺德升官，跟邵泰一条道，肯定一样的！老严头偏又来凑热闹似的喊：“故事的开头跟结局都是一样的！”

这真是不祥之兆，小菊脚步一踉跄，几乎跌倒。她目光僵直，一时不知自己身在何处，回过神来喃喃自语：俺家顺德不是那样的人，绝对不是！但当年的邵泰媳妇是不是也这样愿祷过？天气也怪，好好的晴天，忽然起了大风，海浪的喧哗声隐隐传来了。远处的油菜花还是那样鲜艳耀眼，可近处的桃花飘落下来了，满眼的落英缤纷。

扎灯的老方

刘立勤

老方是半个篾匠。

老方做的东西与竹篾有关，但他不会做篾器。

老方会做灯，花灯、云灯、宫灯什么的都会。老方还会扎狮子，会扎龙。他有一双生了魔法的手，用竹篾做好狮子、龙的骨架，然后蒙上纸，涂上色，狮子和龙就像着了魔，活灵活现随风腾舞惊煞人。

老方不会做篾器，平日靠手艺挣不来钱不说，还赔钱——他要买纸，买竹子，买构皮。老方买的纸是皮纸，那种手工作坊用春天的构皮酿造的纸，那种纸筋道，皮实。白皮纸用来做龙衣，糊花灯，蒙狮子头。黑皮纸用来做捻绳，捆扎竹篾的接头。老方买的竹子是清一色五年的竹子，老竹子的篾太刚，缺少弹性；嫩竹子的篾没韧性，容易折。只有五年的竹篾最好，不刚不折还有灵性。构皮要用熟皮子，好除粗皮好上色。

金竹刚柔并济，老方把竹子剖成一厘米左右，去芯，刮光，用来做狮子和龙的骨架。水竹节长，老方用来做花灯，做狮子舌头、耳朵和头上的九个包，做龙的角、眼睛。黑皮纸则裁成一厘米两厘米三厘宽窄纸条，再捻成捆扎竹篾的捻绳。白皮纸则和朱砂等颜料一起，等待腊月正月的到来。

腊月是老方的忙日子。

那年月人们喜欢热闹。丰收的年景需要庆贺，办场灯会；遭灾的年景需要祈福，办场灯会；谁家生了儿子或是发了大财，也要办灯会。

灯会要有花灯。老方用竹篾做出十二生肖的骨架，再贴上白皮纸，用朱砂和五色颜料勾画羽毛皮色，那些可爱的生肖就在寒冷的夜晚升到空中，高高兴兴给人照亮前程。灯会需要纸船，老方也会。他扎的纸船亮丽精巧经得起风浪，要丑的老胡和唱旦角的小桃红唱船歌唱花鼓，给人们送来了喜庆和欢笑。

老方最见功夫的是扎金狮和龙。狮子是瑞兽，龙是神物，扎金狮和龙时，老方会提前三天沐浴吃斋，开工时还要祭天地神灵。做狮子头最费劲儿，耳鼻嘴舌繁杂多变不说，头上还有九个福包，麻烦得很。扎好骨架，又要贴上十八层皮纸，更是破烦。龙头更为复杂，长嘴，利牙，还有一对雄鹿犄角一般的龙角和一节一片的龙鳞龙纹。老方极有耐心，一点儿懒都不躲。

贴上了纸，该用老方的绘画手艺。老方手艺好，把金狮和龙画得纤毫毕现。

老方心善，画龙画狮也喜欢用一点朱砂，避避邪气。所以，人们都说老方扎的金狮和龙威风八面不说，也有慈悲心肠，既能赈灾辟邪，也能给人间送来吉祥。所以，找他的人特别多，老方也特别忙，忙得连屁都顾不得放。

忙完了腊月，正月接着忙。灯会要到正月十二才开始。舞狮舞龙要用赤花筒烧，狮子头和龙都是用纸糊的，难免有烧伤的地方，老方必须及时裱糊补色。小伤小疤倒也罢了，要是烧得太厉害，他能忙到几天几夜不睡觉。忙是忙，老方高兴，赤花筒烧得越是厉害，年景越是风调雨顺，老百姓的日子也越是红红火火。这是玩灯的目的，也是老方的愿望。

老方一直要忙到正月十六或者十七的晚上。那是残灯的日子。忙活一个多月扎的花船、金狮、龙，都要在那天晚上用一把火烧了。那是祖辈流传下来的规矩。尤其是费时最多的金狮和龙，是非烧不可的东西，否则它们都会成精作怪兴风作浪。这时，也是老方最高兴的时刻。终于可以喘一口气了，一方百姓的日子将被熊熊的大火照耀得红红火火。

年景越来越好，老方没想到的是灯会被停办了。原因是别的地方办灯会死了人，一竿子领导丢了乌纱帽，县里的有关领导担心我们县的灯会可能出事死人，勒令停办了。领导一句话，几百上千年的传统说停就停了，金狮神龙也没有办法，老方更没办法。老方的手艺挣不来钱不说，还弄得像疥疮一般，得空还痒痒得让他不自在。

好在有钱的人越来越多，活着时铺张，死了更是气派。不说气派的墓地，高级的棺木，还要楼房大瓦屋的灵屋，外带小车电器。爱好的人家还要扎上几个丫鬟仆人，让享惯清福的父母继续作威作福。最不济的穷人家，也要做一座三层别墅，配上豪车和电视，让亲人在那边过上阳间未曾享受过的好日子。

这是老方的长项，有人找老方。怎么说老方都不答应，自己的手艺是给活人做的，那是高雅的艺术，咋能去扎灵屋骗死人呢？可惜，老方的老婆是个病壳壳，她离不开药罐，药罐离不开钱。老方的儿子要娶媳妇，娶媳妇离不开钱。老方的女儿读大学，读大学也离不开钱。

老方开始扎灵屋了。

灵屋极其简单，只求艳俗不求手艺，老方觉得很不过瘾。老方就把自己的技艺融进灵屋的制作——他把灵屋扎成古代宫殿的模样，然后把十二生肖扎成极小的灯笼挂在宫殿飞檐斗拱之上，再在门口扎上两只石狮子，一座豪华的灵屋就建好了。

可是，老方还是不尽兴，老方又开发了一种新项目，做了一个龙头船身的棺材罩子，预示后人一帆风顺飞龙腾飞。

老方手艺好，做工精致，这东西很受欢迎，人们抢着买老方做的灵屋和棺罩。老方咬牙喊了一个天价，依然供不应求，甚至还有活人交钱预订这样的灵屋和棺材罩子。

可是，老方依然不高兴，依然看不到他的笑脸。每逢道士作法事、交包袱、烧灵屋时，老方还会痛哭流涕，哭得比孝子还要伤心，让人不明就里。

灯

侯发山

周末，小伟回乡下看望父亲。

看到小伟回来，父亲的眼角、眉梢，还有皱纹，舒心的笑意都一起弥漫出来。小伟还算个孝子，虽然在城里上班，平时没少回家看看，有时忙，回不来，打个电话，或是在微信上视频聊天，真的是远在天边近在眼前，这一切都让父亲自豪、欣慰。

吃罢晚饭，父亲提出要带小伟到东江捉鱼。

晚上钓鱼？黑灯瞎火的能钓到吗？父亲要给自己做鱼吃？还是父亲缺钱花啊？小伟心里打了不少的问号，嘴上还是爽快地答应了。他知道，老还小，人上了年纪，往往跟小孩子一样，会做出一些看似可笑或是愚蠢的事；小伟还知道，什么是孝顺，顺着老人的意思就是最好的孝顺。母亲死得早，是父亲一把屎一嘴饭把自己带大的，风里来雨里去，靠捕鱼供自己吃喝，供自己上学。小伟毕业参加工作后，想把父亲带进城，父亲执意不去，说自己在乡下惯了，说自己还能干得动，每天活动活动筋骨对身体有好处。小伟也就没再坚持，他心里清楚，最主要的，家里有母亲的影子和味道，父亲舍不得离开。

来到江边，天已经完全暗下来，江和天似乎连接到一块了，只能听到江水不安分的波涛声。

父亲没有拿出鱼竿，没有带鱼饵。小伟以为父亲忘了，正要自责自己没有提醒他，父亲笑了笑，说，孩子，不用鱼竿，照样可以捉鱼。

小伟吃惊不小，心说父亲什么时候说会徒手逮鱼了？从未见过，也从没有听说过啊。难道是父亲早就有的绝技，今天要露一手给自己瞧？

小伟正在胡乱猜测，父亲拉着他来到浅水处，让他往水里看。顺着父亲的手势，小伟辨认半天，才看清水底下有个闪闪发光的东西。那是什么？小伟心里疑惑，正要问父亲，父亲说，小伟，那是蛤蟆鱼，也叫老头鱼，学名鮟鱇鱼。

还有这种鱼？它怎么会发光呢？小伟惊诧不已。他又往水里细看，看到这种鱼头顶上有一根钓竿，这根钓竿不时会发出星星一样的闪光，像一只悬挂明灯的钓鱼竿。

父亲说，蛤蟆鱼基本上是吃等食的，平时潜伏不动，以背鳍第一棘的皮瓣为钓饵，诱捕那些趋光的鱼虾。

说到这里，父亲挽起裤脚悄悄下水，探下身子，手猛地一伸，就抓到了那只蛤蟆鱼。

蛤蟆鱼在父亲手里扭曲着身子，但被父亲牢牢抓在手里。小伟打开手机的电灯，看到这种鱼头大，口宽，胸鳍宽大，尾部细小，背紫褐色，腹面淡色。

小伟呵呵一笑，对父亲说："爹，这就叫作螳螂捕蝉，黄雀在后。"

这种鱼肉少，吃起来不过瘾。父亲甩手把鱼扔进了江里，然后继续说道，咱江边好多渔民都喜欢逮蛤蟆鱼，好逮，不费劲。孩子，人跟这蛤蟆鱼一样，不能太出风头。

父亲这是哪里话啊？小伟心里打了个愣。

父亲说，你下乡扶贫，你改造危房，你资助贫困大学生，这些都没错，不要传到朋友圈嘛。

原来父亲天天去自己的朋友圈里转，时时关注着自己呢！小伟恍然大悟，心里一下子热乎起来。天天点赞的不一定是朋友，不点赞的不一定就不是朋友，看来这话真是没错说。

父亲说，你若挺不下来，或是做得不够圆满，让人揪住把柄，可就不好喽。你是单位的一把手，有时不能太招人眼了。

小伟说，爹，我是故意那样做的。

父亲愣怔了一下。

小伟说，我那样做，一是督促自己坚持到底，不能半途而废；二是让大家监督自己，杜绝自己有谋私利的行为，还有一点，就是做一个样子给他们看！爹，无欲则刚，有什么好怕的呢？

龟儿子，咋不早给我说呢？害得我担惊受怕，好几个晚上都睡不着。父亲说着，拿起拳头轻轻捶了小伟的胸脯一下。

有轮船的汽笛声从江面上飘过来。父亲指着远处的灯塔，自豪地说，小伟，爹希望像你说的，要做灯塔发出的光，不要做蛤蟆鱼身上的光！

小伟依偎着父亲，感觉到父亲的身板还是那样结实，那样硬朗，那样温暖。

回家的路上没有路灯，黑瞎瞎的，有父亲在身边，小伟走得很踏实，一点也不用担心会迷路。

翻过一座山

金 光

秋收过后，村里人就闲了下来。按照传统习惯，男人们或外出打工或做些小买卖，填补这段时间的空白。久子原打算跟邻居宝山去苏州工业园打几个月工，但媳妇挡住不让去，理由是她坐了二胎的怀，大丫没人管。久子本来就有点惧内，媳妇这一拦，就不再外出了。

但老在家待着也不是个事儿，他跟媳妇商量到山南贩香菇。山南与山北一岭之隔，但属两个省管，山南是陕西的丹凤县，山北是河南的卢氏县。卢氏早先建立了食用菌基地，福建人在这里驻点收购香菇，把价格抬得很高。而丹凤那边没有形成市场，多是山沟沟的人单干，零零星星的，如果自己背到卢氏卖，很费功夫，不划算。村里的人就过去收购，一斤能赚三四块，一来一回两天能赚二三百块，虽然不抵外出打工赚得多，但能照应家庭。久子媳妇从箱里取出两千元递给他，让他去丹凤看看。久子接了钱往兜里一揣，骑着摩托车就出了门。

久子翻过一座山，顺着沟沿蔡家店、双路坪到灰池子，一路上询问，种香菇的人家不是已被人收走了就是还没有出菇，直到后晌也没有收上一斤香菇。久子饿了，在灰池子街吃了碗炝锅面，往清油河去。半路上他有点犯困，在河边找了个拐弯处，躺在一块大石头上睡着了。

日头西下的时候，久子被散落的脚步声惊醒了，他抬头看见有人在他旁边的深水潭里扔尼龙绳。久子很好奇，就走过去看究竟，那人在尼龙绳上穿了一串针钩，挂了些吃的东西，绑着小石块往河里丢。久子问这是干啥，那人指着绳子反问："你没见过钓鱼？" 久子当然见过钓鱼，只是钓鱼有鱼竿，绳子也很细，哪有这么粗的尼龙绳。那人知道久子的疑问，笑着说："我这是钓老鳖哩，现在下绳，明天就能钓住。"

久子一直看到那人把尼龙绳放完，离开水潭，才觉得没趣儿，也骑着摩托车往峦庄去。

峦庄是通往丹凤县城和洛南县城的重镇，来来往往的生意人很多。久子打听了一圈，确实弄清了新一茬香菇还没有下来，就找了家旅社住下，呼呼地睡了一觉。早上他不死心，吃了碗老豆腐，又到山里去问生意。他想，兜里揣着两千块钱，即使贩不成香菇，收点天麻、猪苓之类的名药也行，但跑了大半晌也没有找到合适的东西，只好往回返。

到了清油河的那个拐弯处，他看见钓鳖人正站在潭边往上捞绳子，绳子上是一串大小不等的老鳖。久子停了摩托，过去看稀奇。钓鳖人一见又是他，炫耀说："这下看明白了吧，我昨天放绳子，夜里老鳖就咬钩了。"然后，指着石滩上一堆挣扎的老鳖补充说，"这大的有三四斤，小的也有斤把重。"久子看得入了迷，连连点头。

钓鳖人把绳子捞完，灵机一动说："你贩香菇还不如把我这些老鳖买下，贩到你们镇上的饭店里，肯定比贩香菇赚钱。"

"咋说？"久子问。

"我卖给你按个儿算，你卖到饭店按斤算，利润翻一倍。"

"我不喜欢这东西。"

"兄弟，喜欢钱不？"

"钱是死东西，这是活东西，我贩了造孽。"

"真是死心眼，又不是你自己吃，造啥孽？这一堆估给你两千块，你卖到饭店四千块，净赚两千。"

久子犹豫起来，挠着头看眼前的一堆老鳖。钓鳖人看久子有点动心，就给他讲贩鳖的门道，末了久子说："好吧，你帮我装到编织袋里，我怕它们咬我。"

钓鳖人赶紧取了摩托车上的两个编织袋，将老鳖一个一个从尼龙绳上摘下装进袋子，扎了口，又帮久子拴到摩托车上。

久子把媳妇给的两千元数了数递给钓鳖人，骑着车往回赶。天擦黑的时候，久子翻过了山，忽然将车停下，望着百花河发愣。良久，他将编织袋取下来，解了口，把两袋老鳖倒进了百花河。

老鳖们一到水里，伸开四条腿就爬进了大石头下面，一眨眼的工夫，全不见了。

久子摸了摸空瘪的口袋，蹲在河边洗了把脸，莫名其妙地叹了口气，骑着摩托回家了。

希望像只小狗

陈 敏

大学毕业几年，一直找不到谋生方式，于是开始南下，定下心过屌丝式的生活。

我租住的宿舍位于市东郊一个视野狭窄的巷子里，占地小，四周围着高高的围墙，一副巨大的广告牌耸立在那里，站在底下朝上望，天空都让给遮盖得成了一条线。我在这矮小的空间里早出晚归，替人维修电器，吃泡面、加晚班，一个人孤寂地过活。

那天调休，我决定走出巷子，去对面长有绿草的地方透透气，没走多远，刚好碰到一群洋狗和一只小土狗在打架。小土狗明知势单力薄，却丝毫不畏惧，张着小嘴巴朝群狗猛扑，汪狂直叫。我站在那里观狗咬仗，观了很久。

那只黄色的小土狗终因寡不敌众身负重伤，尾巴被群狗中最大的一只胖狗咬掉了，红红的血滴了一地。小土狗呜呜哀鸣，眼里流露出哀伤的表情。

我的心被小土狗的不屈精神所打动，于是，便决定出手救小土狗一命。

我带它去了附近的一个宠物诊所，为它做了简单的包扎。本想这样就结束了，它哪儿来哪儿去，我们各行各道。可谁知小土狗从此就黏上了我，怎么摆也摆不脱。从小土狗身上，我看到了自己的影子，随之便收留了它，让它做了我的“小弟”。

小土狗自从跟我混后，也算有了个家，它恢复了体力，在那些贵族狗面前气势一点都没减弱。不过有时，我依然能看出它故作的强势，毕竟它失去了尾巴。一只没有尾巴的狗在狗族的眼睛里，肯定要低“人”好几等。看看，我和狗的命运多么相近！

很快，春天来了。出租屋边杂物中寄居的野猫们夜夜叫春；小土狗受到感染，竟然勾搭上了一条漂亮的小母狗。

两只狗耳鬓厮磨，缠绵悱恻。看样子，这只漂亮的小母狗并不讨厌我的小土狗。我的小土狗趾高气扬起来，抱着小母狗在草地上翻了几个跟头。

小土狗还要跟小母狗继续缠绵时，却被小母狗的女主人看到了。穿着睡袍的女主人对我小土狗的行为极为不满，她一顿怒喝，把小土狗吓得直往我腿边靠。我将目光从小母狗身上移向它的主人，惊讶地发现，我们彼此住在同一个院内。

我心中蓦地飘过一丝欣慰。谁跟谁混！小土狗，小土狗混得比我好，人家尾巴都没有，竟然敢去泡漂亮的小母狗。

落日的余晖将我和小土狗的身影拉得悠长，我们就这样背对着夕阳漫无目的地走着。那一刻，我感觉那个城市是那么大又那么小，大得能容纳千万人，小得却容不下我的心。黄昏时，我和小土狗走进院子，回到出租屋，开门，猛一抬头，又看见了她——小母狗的主人。她闪入一扇门，倏忽不见了。

我一直在等候，等候她再次出门后的回头一瞥。但是她没有，一直都没有。但我能听到她房门里透出的音乐声，有时她出出进进，或去附近的便利店，或在大门前等待公交车，我从楼道往下看：一个高高瘦瘦，绾着黄色发髻的女子，眼睛望向往来的人群，我只能想象，她的内在世界一定和我的一样孤独吧？

不停运转的119公交车上，不论我坐着或站着，总能看到她的身影，我用目光跟着她的背影一寸一寸往前挪，一会儿又拥上一拨儿人，挡住了她的身影。车子开走，像一条长龙，摇晃着，爬进拥挤的街。

我的小土狗再一次和她美丽的小母狗缠绵在一起的时候，我站在较高的位置上窃窃欢喜。不过这种喜悦没持续多久，我听到那个女子又一次的怒喝声。那怒喝显然是针对我的。

“你不会有虐狗癖吧，你的狗为何没有尾巴？”她歪着小脑袋，朝我瞅。

“它原本有尾巴，跟大狗咬仗时，让大狗咬掉了！”我对她说，话语里充斥着真诚。

“嘁！”她扭头走掉，还给我很不友好地回了句，“把你的丑狗看好，如果它让我的小母狗怀孕了，我就饶不了它！”

她生气的样子也很好看，我想即使每天能受到她一点小小的斥责，我心里也会十分舒坦。

院子外，马路对岸有一块绿色的草地，草地边还有些供附近居民活动的小设施，一架秋千上，总有人荡来荡去。

我又听到了狗叫声，似乎比刚才更近了。两只狗欢快地跑往一处如小丘般的坡，我看见她跟在狗身后两三步的距离。看样子，她只愿意让两只狗在一起追逐嬉戏，但不能做过分的事。

她的行为激发了我勇敢的心。我悄悄地往她的门上贴下了我的电话。

之后的第二个星期六，她果然打了电话过来。一小时后我们便约会了。应该可以说是约会吧？我想不出其他更适当的字眼。

这一次我有了收获，知道了她的名字：阿环。在一个幼儿园里当幼教；还知道她狗狗的名字：雨儿。是她在夜晚的雨地里捡回来的。

我们在小道上踱步，偶尔随意走进一家店里买点零食，之后又继续踱步，我们有一搭没一搭地说着话，但她似乎并不很在乎。我们只谈谈彼此的生活或她所在的那家私立幼儿园的事，但尽是些片断的话，没什么关联性。我们绝口不提家庭，不提过去，像一对不食人家烟火的小青年，事实上，我们都过了小青年这个坎，正朝中年方向迈进。

我们几乎每个星期都能碰上几面，或早上，或晚上。有时，她走在前头，我紧跟在后面，她的发型总是不断变化，她说，孩子们喜欢新鲜的、美的事物，她要用不断变换的发型和不同形状的发卡来满足孩子们的新奇心。阿环常会动手去拨弄发夹，时不时地将贴在前额的一缕头发往脑后甩一下，她这么一甩，顿时增添我对她的好感与神往。渴望走进她生活的心愈加迫切。

我多次想向她表白，让她明白我的那点小心思，但由于羞赧，又一次次将到嘴边的话咽了回去，我们都是不善于谈情说爱的老男女。不过，这天，倒是她有点主动，我受到邀请，进了她的出租屋。屋里的摆设相当清爽，没有丝毫凌乱的赘物。让我有点慌乱，我搓着双手，不安地站在亮光光的地板上，猥琐而尴尬。

告别时，我鼓起多日来所积攒起来的全部勇气，装着很有绅士般的派头，走到她跟前，才意识到，我的高度只齐到她的肩。

我踮起脚尖，努力地向上攀缘，才环住她的脖子，如同抱住了长颈鹿的颈。

刚才还火热的心“哗啦”一下，重重坠地，顷刻间熄了。

两只狗在楼下亲密无间。

威　风

马宝山

小城官宦巨贾名流云集，这里不说小城红顶官老爷们，单就开储粮仓的田把头，办盐业的杜董，开钱庄的宋庄主，经营绸缎的卜掌柜，个个财大气粗，威风八面。还有小城名流、画家“程疯子”，挥毫几笔，涂鸦出来的两幅画就能赁回卜掌柜的绸缎店。你说这些人多牛吧。

可是，他们在吴先生面前都得矮半截儿。

吴先生是谁?

吴先生是个只有一座小院，几间瓦房子的私塾先生。

吴先生一米八的高个子，一件深灰色长褂子套在瘦骨嶙峋的身上，就像一根竹竿子挑着一件长褂子。吴先生不苟言笑，一张冷脸为他增添了许多威严。特别是当吴先生坐在自家太师椅上，背后墙上一幅“身正为范，为人师表”八字条幅，让先生陡然添了许多威风。

送先生这八个字的人叫魏瓒甫，是先生多年前的弟子，此刻在紫禁城里大红大紫。吴先生的威风大半来自这位昔日弟子。

吴先生能教出这般好弟子，那些望子成龙的人家千方百计拜他为师。有人就拎着厚礼裹着红包来求吴先生。这些礼金先生和夫人是不过手的，进门交给一个叫秋儿的丫头，再进书房和先生说话：“先生，想送孩子来您这儿……”

吴先生问过大人名字，再问过孩子名字就没话了。弄得来人很是尴尬，站起来说一句：先生，不打扰您了。就急忙站起身走人。

吴先生收徒很讲究，也刁钻，要过三关。第一关，报名的几十名孩子齐聚在院子里，每人双手举两块青砖，过头顶。没几分钟就有龇牙咧嘴的孩子放下砖头，被先生推到一边去了。这一关就被淘汰下去一大半的人。留下来的孩子过第二关。他们被领进先生的书房，依次排好静坐。先生坐在一旁看书，不时用眼里的余光暗中观察孩子们。没过几分钟，有的孩子开始挤眉弄眼，搔首弄姿，东张西望，被先生推到门外去了。只有少数几个孩子能安静地坐到规定的时间，这几个孩子便留下了。第三关是，吴先生对留下的几个孩子家庭进行查访。有失信失德，家风不好人家的孩子不收，一般小商小贩的孩子也不收。这样能过三道关的孩子也就是三五个有幸成为吴先生的弟子。

吴先生的这三关，其实淘汰掉的是那些娇生惯养、怕苦怕累的孩子和行事不专心的孩子，这样的孩子一般出息不大。至于那些小商小贩的孩子不收，是因为这些家庭并不要孩子多读书，读两三年，会记账能写书信就够了，不会成大器。还有不收那些失信失德，家风不好人家的孩子，是怕他们走歪路，有辱师门，一定是拒之门外的。

这样选拔出来的孩子经吴先生悉心教导，一次又一次通过府试、院试、乡试、会试，甚至有的弟子进京参加殿试，做了京官。那些经过院试、会试的一茬又一茬弟子也都做了州、府、县官。他们相互依附联袂在一起，形成官僚体系，统治一方。那些官宦、商贾、财东无不有攀附之心。他们依附这些官家，先要求拜到吴先生门下。这样一介书生的吴先生就比任何人都高出一头了。

吴先生的威风一直摆到废除科举制建立民国之后。这时候老先生已经九十岁了。吴先生总结他的一生说：一个人要有头，有脸，有面子，就得有诸葛孔明借东风的智慧。学会借风、借雨、借他人的光亮来照耀自己。会这样做的人就抖威风，摆谱儿，讲派儿。不会这样做，那你一辈子就弯腰、缩脖子、靠边站。

存　在

于德北

我的一个朋友，当年写诗，写得很好，后来突然不写了。不写了，去挣钱，六亲不认，只认钱。大概用了十年左右的时间，他挣了许多钱，在北京买房，买车；在海滨城市买房买车；在海岛上买房买车，目前正计划在国外买房买车。因为久未联络，不知道他选择的国家是法国还是德国。

法国浪漫。

而德国，更趋于现实。

大概是二十世纪八十年代的事，那时我们都年轻，只有二十岁多一点，读书，上班，恋爱，憧憬未来，对世间的一切都充满新鲜感和好奇心。

我的这个朋友姓栾。

因为他读的学校是中专，所以毕业早。等到我寻思着去读书了，他已经上班了；一样，等我寻思着找女朋友了，他已经恋爱成功了。他的女朋友姓殷，是一家大医院的护士。他们的恋爱有一定的传奇性，栾去殷所在的医院做阑尾手术，一下子就被殷看中了，殷热烈、大方、漂亮，很快就征服了栾。

他们闪电般地恋爱了。

我们都为栾感到高兴，大家在一起喝酒，吆五喝六的，通宵达旦。

我们高兴的原因很简单——栾是我们这一帮人中第一个和女生有亲密交往的！所以，那段时间，大家轮番请他喝酒，目的就是想听听他和殷的恋爱秘闻。

第一次拉手。

第一次拥抱。

第一次接吻。

第一次抚摸。

第二次拉手，拥抱，接吻；第二次抚摸。

这些叙述让栾幸福，让我们激动并浮想联翩。

他们的交往大概持续了一个月，突然有一天，栾向我们宣布，他和殷，只有他和殷，他们两个人要到邻近的一个城市去旅游了。换言之，他们要背着家人，以撒谎的方式在外边过夜了。

我们一律紧张得要命。

我们尽可能地想象他们在一起的那个夜晚，但这样的想象实在无法填充我们大脑的空白。好在只有一夜。那时，还没有大礼拜之说，一周工作六天，只有周日一天休息。他们周六走，周日一定要回来，不然就会耽误工作。我们等待的这一夜过去了，他们也真的回来了，只是，回来的只有栾，而殷并未和他一起。

这让我们深感纳罕。

于是，有了栾的一段表白。

栾是哭着说这番话的——他和她去了那个城市，一切都是那个殷在主动，包括晚上睡觉。他们住到了一个房间里，并共同完成了男孩女孩儿向男人女人过渡的全部过程。可是，令所有人不解的是，第二天一早，当他们又一次激情过后，殷冷静地向栾提出分手。为什么？为什么？为什么？不为什么，就是分手。如此决绝，不可商量，毫无回旋余地！

那以后，栾多次去医院找殷，都被殷拒绝了。

最后一次，殷说："别找我了，好好工作，多挣点钱，你一定会遇到一个好姑娘的。至于我，实话实说，我根本不爱你。"

栾委屈极了。

我们一班人马在询问了所有细节之后，得知，在栾和殷的交往过程中，基本上都是殷在花钱，看电影，买瓜子，包括去邻近的城市过夜。每次栾想花钱，都被殷拦下了。

栾以为这是爱的表现。

谁知，竟是他们分手的根由。至少我们这样认为。

女人的心，海底的针！她们做的和想的根本就是两回事！

我们都为栾感到惋惜。

时间过得飞快，一晃几十年过去了，我们各自挣扎，各自奋斗，各自立业，各自成家。生活是一成不变的清水，原来什么样，现在还是什么样，我们终于深切地明白，什么是"汉之游女，不可求思"。

直到有一天，我再次遇到殷。

那是在一家书店的休息室里，我意外地看见了殷。恰巧的是，她手里拿的正是我的新书。显然，她也看到了我，先是一愣，随后笑了。

她说："真巧。"

我也说："真巧。"

接下来是沉默。

大概有十几分钟，她突然问到栾："他怎么样，好吗？"

我笑了笑说："他现在穷得只剩下钱了。"

殷一下明白了我的意思。

她说："我和他分手不是因为他穷，你们都想错了。"

殷认识栾的时候，正在追求同院的一个大夫，只是，这个大夫新婚不久，说什么也不肯"就范"。原因是她是处女，他不敢也不能为她负责。于是，殷就遇到了栾，她追栾的唯一目的是付出她的第一次，因为只有这样，她才能毫无障碍地直抵幸福的彼岸。

表述完这一切，是彼此间的沉默。又一刻，殷放下手里的书，冲我礼貌地点点头，站起身走了。我想，她也是几十岁的人了吧？她追求上那个大夫了吗？他们结合了吗？如果这一切就是生活必须存在的理由，那么，谁又能告诉我，真正的幸福的彼岸，它究竟在哪里？

王 公 安

欧阳明

在牛王镇，王公安名气比派出所所长老丁还要大。

王公安其实不是公安，是水利站的职工。他和派出所长老丁是同乡。两人从小就在一起。有事无事，王公安都喜欢往派出所跑，找老丁吹牛谈天。有时老丁下村办案，他也跟着跑。老百姓不明就里，以为他也是警察，就叫他王公安了。

牛王镇地处偏僻，民风相对淳朴，至今没发生一起杀人放火之类的大案要案。但百姓间纠纷频繁，经常闹到派出所来找老丁评理。一次，两个村民因承包地界发生了抓扯，非要老丁给断个对错。老丁给他们讲法律，讲忍让，不听，还越闹越凶，弄得老丁不知所措。当时，王公安正好在派出所，他在旁边看了一会儿，突然桌子一拍，吼道，闹个锤子！

双方被这突如其来的吼声镇住了，即刻停止了吵闹。王公安吐出一口烟，问其中一个，他睡你婆娘了？回答说没有。又问，杀死你爹了？也说没有。

既没夺妻，又没杀父，哪来的深仇大恨？都是邻居，抬头不见低头见，闹啥？回去！再闹把你们都抓起来！王公安说完，朝他们挥了一下手，像赶蚊子。

二人一起看了看王公安，接着就灰溜溜地出去了。

老丁没想到，平常说话吊儿郎当的王公安，居然几句话就把事情摆平了，竖起大拇指说，高！今后来纠纷了，你来断。

之后，老丁经常给王公安打电话。每次，王公安都是几句话就把事情解决了。解决了就强迫老丁请客，去“好又来”喝酒。

“好又来”餐馆，是和尚开的。和尚不是真和尚，场镇居民，因头上天生无毛，大家才送此绰号。

和尚雇了个十几岁的乡下妹子，叫丁香，脸儿漂亮，肤白胸大，尤其是夏天穿衬衣走动时，胸前像藏了两条鱼，活蹦乱跳的，跳乱了所有男人的目光。

丁香给“好又来”带来了人气。和尚天天都在笑，才三年，便在场口修了楼房。和尚以前一直没女人喜欢，楼房让他腰杆儿硬了起来，很多寡妇主动送货上门，他都懒得多看，几句话就回绝了。寡妇们觉得很没面子，转背鼻子一哼，骂道，叫花子还嫌冷饭馊，呸！

一九九九年秋天，和尚结婚了，老婆竟是丁香。丁香比和尚小二十多岁的。老牛吃嫩草，男人们得到消息，心里酸溜溜的，夜里开始失眠，在床上翻来覆去。

很长一段时间，在夜里，从场头到场尾，都能听到床吱嘎吱嘎的叫声。

一天，和尚突然报警，说有人调戏他婆娘。老丁赶到现场，一问，说是幺鸡摸了丁香的胸。

他这是耍流氓，必须抓起来！和尚要求老丁。

只是抬手时不小心碰到的。幺鸡申辩说。

不抓人，你们就是不作为。和尚威胁老丁。

老丁知道，就算幺鸡是故意摸了一下，也够不上抓人。一时不知道怎么办才好，便打电话给王公安。

王公安了解情况后，对丁香说，把衣扣解开！

你也是流氓！和尚骂道。

什么流氓？！这叫取证！没有证据，怎么处理幺鸡？

你也想占我女人的便宜，没门！和尚顺手抓了把菜刀。

报了案，就得按照案子的要求来。否则，你就撤案。王公安说完，转身问幺鸡，你杂种真不是故意的？

幺鸡赌咒说，故意的死我爹。

屁话！你爹死很多年了。王公安说。

妈还在，死妈！幺鸡说。

不孝之子，滚！王公安踢了幺鸡一脚。幺鸡急忙起身离开了。

你这是私放罪犯！和尚很不满。

看你聪明绝顶，结果是个傻子！隔着衣服摸一下，也摸不脱二两肉，这事要是闹出去，你脸上也无光。再说，幺鸡什么人，混混啊，打光脚的还怕你穿皮鞋的？最好不要得罪。王公安说。

和尚挠了挠脑袋，没再开腔。

事后，老丁说王公安，你断道理都是和稀泥。他说，这些事，抹平就是水平。

几天后一个下午，镇上召开职工大会，不准缺席。会前几分钟，王公安给镇党委书记打电话请假，说父亲突发脑出血，死了。王公安的父亲老王是镇上的职工，退休后居住在老家乡下，月底领工资时才到镇上来一趟。书记问什么时候下葬，会后赶去看看。王公安说，不用不用，看了日子，马上就埋。

可让书记意想不到的是，到月底发工资的时候，居然看到了老王。书记问王公安究竟怎么回事。他说，那天中午在和尚馆子喝多了，今后一定改正。书记想骂他，话没出口，却忍不住笑了。

丁香到县纪委告王公安强奸，是三年后的事。消息传出，街上炸开了锅。

结果通过调查，事情却不是丁香说的那样。二人是你情我愿的。开始，丁香只顾睡觉。后来，竟提出要嫁给王公安。王公安本来就只是玩玩，从没想过要和老婆离婚。从此断了和丁香的来往。

王公安最后挨了个处分。调离牛王镇时，老丁请他喝酒，问他，你嘴巴那么厉害，怎么连个女人都没哄住呢？他说，她不要钱，只要人，有啥办法？老丁说，谁叫你去勾引她的！

王公安一拍桌子，提高嗓门吼道，搞清楚，是她主动勾引我的！

是吗？老丁惊讶不已，盯着王公安的脸看了一会儿，说，没想到你还有这么大的魅力。

这事要怪就怪和尚自己无能，老子助人为乐，还遭处分，冤！王公安说。

老丁哈哈大笑，说，占了便宜还卖乖，你应该姓何，叫何该！

父与子

夏阳

事情的发生纯属偶然。

妻子生日，他买了一盒面膜送她。妻子很不高兴，冷着脸说："什么意思，就嫌弃我了？"他忙解释，解释半天，越说越乱。最后，他一跺脚，咬牙切齿地说："我自己用，满意了吧？你成天嫌我脸黑，我这次整个小白脸给你瞧瞧。"

几天后的一个晚上，他在书房上网，看见有文章说如今男人护肤美容已悄然成为一种都市时尚，欣慰地笑了。他缩在房门口朝外面瞄了瞄，关上门，打开面膜，对着说明书照虎画猫，捯饬半天，才熨帖地敷在脸上。脸上一片沁凉。他揽镜自照，觉得挺好玩的。

这时，他听见妻子在外面唤他的名字，叫他给餐厅的饮水机换一桶水。他犹豫了一下，想起上次为面膜拌嘴的事儿，便有些赌气，直接走出了书房。客厅里，儿子坐在沙发上看电视，瞧见他这般瘆人的模样，吓得立即捂着小脸儿。他根本没注意到这一切，依旧昂首挺胸，春风满面地步入餐厅，妻子正在厨房里洗碗，一转身，瞅见他脸上雪白的面膜，扑哧一声，笑了。妻子的笑，让他有些得意忘形。他换完水，经过客厅时见儿子调皮的神情，觉得应该逗逗他。他悄悄走到儿子跟前，忽地移开他的小手，龇牙咧嘴地嚷道："嘿，老爸帅不帅？"

儿子呆呆地看着他，双眼发直，像遭了电击一般僵在那里，好一会儿，哇的一声哭了。他感觉不对劲，忙摘下面膜，伸手去抱儿子。儿子死命地挣扎，哭得更欢了。妻子明白了是怎么回事，奔了过来，一把推开他，将儿子揽在怀里，嘴里不停嗯嗯地哄。儿子浑身瑟瑟发抖，小脸儿涨得通红，双眼像雏鸟一样惊恐地看着他。妻子惊慌失措，一边嘤嘤地哭，一边狠狠地踹了他一脚，气急败坏地说："姓夏的，我告诉你，儿子要是有个三长两短，我饶不了你。滚！"

他怏怏地回到书房，坐在电脑前发怔，为刚才的行为感到懊悔。一个多小时后，他蹑手蹑脚地走进卧室，发现儿子似乎有些发烧，呼呼地喘着粗气，任凭妻子怎么哄，就是不肯合眼。妻子对他摆了摆手，低声吩咐："你今晚睡客厅吧。"他小心地问："要不要上医院？"妻子乌着脸说："应该是吓到了，先看看再说，你别添乱了，出去吧。"

他和衣躺在客厅的沙发上，辗转反侧，无法入睡。一想到儿子惶恐不安的眼神，他恨不能抽自己俩耳光。我究竟是怎么了？一个大老爷们，干什么不好，偏偏学小娘儿们敷面膜。如果儿子被惊吓过度，被吓傻了，成了傻子，那将是天大的笑话。

黑暗中，他坐立不安。忍了半天，他还是猫着腰溜进了卧室。妻子困乏地斜倚在床头打盹儿，她怀里的儿子眯缝着眼睛，在梦里依然窸窸窣窣地抽噎着，时不时地一惊一乍。他心疼不已，泪水无声地涌了出来。

烟，一支接一支，在嘴边明明灭灭。

凌晨时分，他惊惶到了极点，像一条疯狗在客厅里不停地转圈。转到最后，他拨通了乡下老家的电话。五十公里开外，父亲在电话另一端费了不少劲，总算弄明白了什么是面膜。这次，父亲意外地没有恼怒，而是平静地安慰他，说孩子惊吓一下，不要紧的，怎么可能会成傻子呢？你小时候不也被我吓唬多次，不照样挺好的吗？

放下电话，他心里踏实了许多，倒在沙发上很快沉沉睡去。

第二天早早地，他去看儿子。儿子醒了，笑眯眯地看着他。他不放心，问儿子："老爸在哪里？"儿子指了指他。"妈咪在哪里？"儿子指了指妻子。"夏晓亮在哪里？"儿子指了指自己。他如释重负，又问："x+y 等于几？"妻子禁不住破涕为笑，在他屁股上亲昵地踢了一脚："滚！"

这时，敲门声咚咚地响了。他打开门，只见父亲推着自行车站在门外，两鬓凝霜，风尘仆仆。他惊问："您，您，您怎么来了？爸，您老人家不是说不要紧吗？"

父亲眉毛一挑，说："你心疼儿子，就不许我心疼儿子？"

他心中顿时涌起万般柔情，但还是装着大大咧咧的样子，说："瞧您说的，我又不是三岁小孩。"

像他小时候考试不及格那样，父亲掏出烟杆，在他脑壳上不轻不重地敲着，愠怒地说："还嘴硬，弄狗屁面膜去吓我宝贝孙子，这不是三岁小孩干的事儿？"

他吓得赶紧往门后缩了缩，孩子一般红着脸，唯唯诺诺。

黄　鼬

高沧海

她三十九岁的时候，丈夫向她提出了离婚。

她喜欢读书，喜欢思考，在她身边的各色人的经历里，在她所读到的小说故事章回里，婚姻大幕分分合合，早已帮她剧透了各样的爱恨情仇。

她痛快地签了字，一别两宽。

公婆待她原是极好。当时，公公气得摔杯子，婆婆举着个小鸡毛掸子，一边哭一边抽打她又蹦又跳夸张极了的儿子，骂他不争气。装的也罢，演的也罢，至少他们传达成功了一条信息，他们儿子上演的逼宫这出戏，他们是反对的，他们是跟她站同一条战壕的。

离婚后，老太太还经常来串门儿，历数新媳妇的种种不是，引用老太太的话就是，四十岁的老儿子，二十岁的新媳妇，怎么看都是一碗夹生饭，硌牙不硌牙先不说，就是眼看着都不舒服。

他们早晚还得闹幺蛾子。

幺蛾子是她的家乡话，多为贬义，在此处可理解为，这俩活宝打打闹闹不知还会惹出什么笑话。

她一笑了之。

当年晴雪饮醇酒，可人如良玉，往事历历在目，可他竟然弃过往于不顾，重新温习青春年少去了，想起来不由得还是心疼。

老太太来她这里的次数慢慢减少了，但她也还是零星地知道一些事情，比如他们为去公园还是去看海而吵嘴了，比如新媳妇生气回娘家了，还有，他们生了孩子。老太太给她传过照片和视频，是个恬淡的小女孩。在小女孩的脸上，她轻易就可以找到她熟悉的她丈夫的大眼睛，女孩白皙的肤色，微卷的头发，显而易见来自她年轻的母亲。

离异四年后，她的儿子上大学去了，他青春若朝阳的样子让人无比欣慰，他说，妈妈，再见，我爱你！

她父亲的拜把子兄弟住在桃花庄，桃花庄坐落在桃花坳里，每到春来，风景极其优美，吸引众多游客前来。进山的道路九曲十八弯，山连着山，若没有导航，一定会迷路。她喜欢这里，受其邀请，本来打算就住个三五天，却一直住到了春去夏来。山里的夏天非常宜人，从她站着的地方看去，山道蜿蜒曲折，穿云绕峰，竟不知通向哪里去，她想她正在读的一本童话书里那只黄鼬在山道上出现时的样子，还有它变成人形时它穿一件蓝格衬衫，一个背着双肩背包的男人就在这时出现在她的视野里。

男人恰巧就穿一件蓝格衬衫。

男人脚上穿一双圆头圆脑的洞洞鞋，好幼稚，也顶可爱。她捂住嘴哧哧笑了。

男人被她笑得有些发呆，她说，没事啊，刚才一只穿鞋子的黄鼬跑过去了。

男人四下里张望，在哪里，在哪里？

她说，在那里，在那里。

男人笑了，他说，妹儿，我迷路了，讨一杯茶吃。

她的电话却在此时急促地响了。

她要马上离开桃花庄，这是她放下电话后第一时间里最强烈的想法。房东婆婆极力挽留，房东婆婆说她给的钱足以让她住到过年，不，住到明年这时候都没问题。你就吃那么一点点，根本花不着钱。房东婆婆反复说着。

以后我还会来，她安慰房东婆婆。

在她曾经住了十五年，而今被重新装潢一新的她完全陌生的家里，她见到了那个曾经是她丈夫的人。一场意外，让他失去了双腿。

老太太小心翼翼地对她说，饿了吧，来，来吃饭。

那个她只在屏幕上见到过的小女孩，应当有三岁了，吃饭时，她怯怯地哭着，她说她要妈妈。

孩子的妈妈才二十四岁，这样的结局令人始料不及，或许在她看来，悄悄离去是最好的选择。

老太太唉声叹气地说老了，老了。老太太说，你看，你看，老的老，小的小，不老不小的又残。不想打扰你，可真的是没有办法了。

她没有说什么。

她带走了那个三岁的小女孩。

那个穿蓝格衬衫洞洞鞋的男人打电话了，他说他如今就住在她山中的那间房，他说他读到了她匆忙落下的书，他说他读到了那只黄鼬，他特地加重了语气，一只黄鼬啊，穿鞋子的黄鼬，它穿洞洞鞋吧……电话两端，两个人便一同开心地笑起来。她向他讲述她的小天使的样子：大大的眼睛，白皙的肤色，微卷的头发……她说，小天使不喜欢叫她阿姨，更喜欢喊她妈妈呢。

他说，那么，那么……天使也需要爸爸，你，要不要考虑一下下呢？

她笑了。

她曾经的丈夫后来给她打过一个电话，他在电话那端沉默了许久，终于，他说，谢谢你。

她也沉默了许久，然后，挂断了电话。

娘 心

梁有劳

二妮出嫁那天，没有张灯结彩，没有锣鼓唢呐，没有亲朋好友，没有成叠成摞的嫁妆，也没有婚庆的鞭炮和化妆师化妆，只有长根家送来的一套嫁衣，三妮帮着穿戴打扮。出得屋门，二妮突然转身一跪，朝娘那屋连磕三个响头，哭道：娘，妮子不孝，妮子走了，您多保重！眼泪顺着面颊直往下滴答。

一开始，娘就反对二妮跟长根好。二妮给娘下跪，求娘同意他们的婚事，可娘就是不松口。二妮鼻涕一把泪一把地求，娘的泪像开了闸的河一样地流，但还是抛下一句狠话：你要是真嫁他，那娘就不再是妮的娘，妮也不再是娘的妮！

儿大不由爹，女大不由娘。娘在屋里，已经成个泪人！她恨自己，怎么养了个这么个死性的东西！就在三妮陪着二妮走出院子的时候，她忍不住从窗户瞅了一眼二妮的背影，心口像有把剪刀在铰，身上仿佛掉下一块肉，一阵疼痛和眩晕袭上头来。娘醒过来的时候，三妮还没回来。瞅着这空荡荡的屋子，娘哭出了声来：老天爷呀，俺的命咋这么苦啊……

娘不是狠心。娘十八岁看上了爹，被姥爷锁在黑屋半年。任爹怎样乞求，姥爷就是不吐口。爹要人才有人才，要力气有力气，又有一副菩萨心肠。就是家太穷，揭锅没有熬粥米，穿衣没有无丁衫！娘看上了爹的人，死活非爹不嫁！在一个风高月黑夜，屋外一声猫叫，娘翻窗逃走了。在那个贫困的年代，爹都累死了，娘也没过上好日子。穷怕了。

爹走了，娘拉扯着三个妮，过着恓恓惶惶的日子。大妮能念书，念书念得让字儿糨糊了脑袋，大学毕业跟着一个省城的小伙儿跑了。这二妮，学没考起，成天跟在镇东头的长根屁股后边跑。长根有啥好，一家人一双筷子夹骨头，三条光棍儿！那老爹是个罗锅，哥哥是个憨子。长根灵透倒是灵透，长得也有模有样的，心灵手巧。虽说也没考上学，但干啥像啥，是个好小伙。可那日子，吃不赶时穿不着季，三间破瓦房竟是最好的家当！这死妮子，中邪了。庄稼地里撒石子——硬种，气死娘了！

二妮一嫁，娘的心里就像醋泡霜打过，酸唧唧蔫巴巴的。三妮发现，娘头上又添了白发，脸上多了皱纹，走路动作也慢了。每次放学回来，娘不是站在大门口往东瞅，就是盯着窗外流泪。

三妮在镇中学读高中。学校在镇东头，离长根家不远。学校中午休息时间短，所以午饭自带。三妮偶尔也去二妮那儿蹭个伙。三妮发现，自打二妮出嫁起，娘对自己可真好：带的饭盒里，不是多出一颗煮鸡蛋，就是多出一张烙油饼或十几个饺子！每天回来，娘总要看看三妮带的饭剩没剩回来。一回两回，剩回来了。娘骂：死妮子，真不懂事；三回四回，剩回来了，娘又骂：这榆木疙瘩脑袋！三妮纳闷：娘这是咋啦？突然地明白过来。后来，娘翻饭盒子，没剩了，脸上的肉堆成了一朵盛开的菊花。再后来，娘总是变着花样给三妮多带饭菜，回来一口不剩，娘高兴，有时还哼上两句。

娘的话也多了起来，妮呀妮呀一个劲地喊。一会儿问：上学累不，作业多不；一会儿又问：班上的人好吗，没人欺负你吧；一会儿再问：碰没碰到熟人啥的？！三妮佯装不懂，娇嗔地说，烦不烦！娘一嘿嘿说，俺没事问问！

一天，三妮腹痛得厉害，请了假回家休息。回家的路上，看到一个人包着个头巾，穿一件大衣，脚下垫着个石头，正鬼鬼祟祟趴在长根家墙头上朝院子里张望。谁呀！干什么呢？！三妮喊，惊得那人脚下石头一滑，摔倒在地上。三妮正想追过去看个究竟，却发现那个身形咋那么像娘呢！刚想喊娘，谁知小肚子突然地又疼起来，就在她猫腰的工夫，那个身影就消失了。

娘突然病了，经常发烧。大妮把娘接到省城去瞧大夫。没过多久，大夫说娘的病很不好，乡下空气好，养人，让大妮把娘送回来调养。娘不发烧的时候，心事重重，一脸抑郁；烧得高了，就喊二妮。一天，娘没发烧，却执意让大妮、三妮用轮椅推着，说要到镇上转一圈看看。转到镇东头，娘说停停，看着长根家新起的二层小楼和外墙贴的白白的很是晃眼的瓷砖，娘不言语，只是流泪。

这天突然起了大风。大风裹着黑压压的浓云从西边滚了过来，弄得人心沉甸甸的。娘又发烧了。村医说，准备后事吧！长根和二妮听到消息，赶来看娘。大妮喊，娘，二妮来看你啦！娘睁开了眼睛，看了看长根，又看了看二妮，用她那干枯的手，费力地抓过长根的左手，又抓过二妮的右手，把两人的手叠在了一起。二妮喊了一声娘，刚想说话，却看见娘的嘴唇一张一合，像是有话要说。二妮俯下身子，把耳朵贴了上去。就在这一瞬，二妮看见娘眼睛里流出了一行泪水，双眼一闭，走了！

“咔嚓”一个雷闪炸响，长根、三个妮子齐刷刷跪在了地上，长长地哭一声我的娘唉，瓢泼大雨就突然地倾泻了下来……

卖鸡蛋

李立泰

小卢是咸水刘村校改以来的第十七位老师。

报到那天村主任喜忧参半地眏眏小眼睛看这娃娃，说："卢老师来俺村教书好啊！我们热烈欢迎。只是俺村条件差，生活艰苦，但，俺村人好，不会欺负你的。"

卢老师腼腆地看着村主任，说："谢谢您！主任。我会认真教学的，培养好孩子。"

村主任说："好，卢老师，我代表村民感谢您！今上午你就别开伙了，我请你。"

咸水刘村校改前租赁民房，现建三间混砖的教室，流动的三十几个学生，四个年级，学生到考五年级就到另一个村上学。教师宿舍，单人床、桌子、破橱子、脸盆架和塑料脸盆，有把吱吱呀呀的所谓椅子。伙房里有个煤球炉子，小案板，铝壶、暖瓶、铝锅、炒锅各一个。校园东侧有压水井，有点菜地，老师可种几畦子菜。还栽着个象征性的篮球架子，投篮的篮筐丁零当啷的。

午饭后小卢老师跟村主任来到学校，校园、教室、宿舍、伙房都打扫得干干净净。煤球炉蹿着火苗，烧着水，暖瓶里灌了开水，村主任提前安排妇女主任来整理过，送来一兜馒头，几把干面条，一兜小米、油盐酱醋瓶瓶罐罐满满地都送来了。小卢老师看在眼里，激动在心里，感觉到了温暖。暗下决心，我要好好地干，对得起村上。

卢老师说："主任，您想那么周到，不过这些生活用品我要交钱的。"

村主任一拍大腿，说："卢老师，这是我应该做的，不用交钱，你若不走，俺村管你吃饭还算事吗？"

开学了，小卢老师的确不错，学生反映卢老师教学棒，认真。复试班，一、二、三、四年级，一、二年级学生朝东，三、四年级学生朝西。每天四个年级的语文算数都教一遍，布置作业，晚上罩子灯下改作业、备课，忙到深夜。生活清汤寡水，早晨萝卜咸菜，中午白菜炒萝卜，晚上萝卜炒白菜。

这还不是最艰苦的，最苦的是感情生活，寂寞难耐。小青年孤军奋战，白天学生相伴，放了学就老师孤苦伶仃一人，连个说话的都没有。小伙子该找对象的年纪，往哪儿找对象呀？晚上睡不着，在床上辗转反侧。老师大都是从报到第一天就开始考虑啥时调走。短期行为能教好学生？来的老师有教一年的，有一学期就调走的，也有教一个月的，一星期的，也有没来报到的。有男老师，也有女老师。啥情况都有。

下午小卢家访，来到一胡同口，忽听得母鸡“咯咯嗒、咯咯嗒”的叫声……小卢知道这是母鸡下蛋了，向主人讨赏。何不买点鸡蛋改善改善伙食，他走进了这家家门。“家里有人吗？”小卢问道。

一老太太出来堂屋门，一看是没见过的生人，问他：“你找谁呀？”

小卢面带微笑回答：“大娘，我不找人，我是咱村上的老师。”

老太太热情地招呼：“噢。俺知道你，才来的老师，俺孙女说你脾气好、教得好，快屋里坐。”

小卢也就实话实说了：“大娘，我听到您家鸡咯嗒，就想来买你的土鸡蛋，您卖吗？”

老太太说：“老师，别说买，我给你拿，你带回去吃。”

“大娘，不买可不行，您怪不容易的。”

老太太提出来一兜鸡蛋，说：“拿去吃吧老师。”

“大娘，我可不能白吃，这样行吗？一个给您五毛钱。”小卢知道母亲买鸡蛋大约四毛一个，人家老太太这是土鸡蛋，给五毛吧。

老太太说：“我叫你吃去，你不落意。行！”

小卢吃完鸡蛋，就去老太太那儿买，价格嘛小卢慢慢地从五毛长到五毛五，长到六毛，六毛五……

几个月后的一次，小卢来到胡同口去老太太家买鸡蛋，听着她家有人说鸡蛋的事。

“大娘我给你七毛……”

“不卖。”

“八毛……”

“不卖。”

“一块行了不？！”

“一块也不卖。”

“你有多少我包圆多少！”

“你给我多少也不卖，包圆也不卖，俺说不卖就不卖。”

“你为什么不卖呢？给你多好几毛了，你嫌钱扎手吗？”

“没为什么，也不嫌钱多。”

“那你是为啥？”

"俺给小老师留着哩，俺村上得有他教书，孩子离不了老师。"

小卢闻听此言，心里一震，激动得暖流穿遍全身。多好的大娘，多好的老乡，他踟蹰不前了。他离开胡同口，回校。

他思忖，星期天到镇卫生院跟小刘把话说开，让她再找合适的吧，我现在不忍心离开刘庄。

碎 碎 念

梁小萍

女人的碎碎念，往往一念就是几十年。

如母亲问父亲："那个时候，你想到我们了吗？"

1967年的3月，五指山的春天似乎已经没有了春意，清晨的风迫不及待送来了夏日的燥热。

父亲把年幼的徐军抱在膝上逗玩，早饭时间向来是这对军营父子的温馨一刻。

茶几上的电话陡然响起，母亲随手接过父亲怀中的孩子，父亲站起身去接电话，眼见得父亲的脸色越来越严峻，随之用命令式的口气说："立刻集合队伍，我马上到。"

父亲放下电话，急切地对他们母子说："后山发现火情，我去看看，你们先吃饭，不用等我了。"而后一个箭步冲出了家门。

每每回忆的时针走到这儿，眼神迷离的母亲会略一停顿，想来又回到了那个时候的那天清晨。母亲抬眼找一下徐军，而后幽幽叹口气："那个时候，你的父亲跑得真快啊！连个头都不回。"

那个时候的父亲还年轻，自然跑得快，那个时候的母亲才随军，一家人的小日子才刚刚开始。

部队营区驻扎在五指山脚下，那一天，整个团的兵力都调动到了山上救火。整个营区空荡荡的，随军家属寥寥无几，母亲抱着徐军徘徊在山脚下，远远就能看见山火燃起聚集的烟雾，萦绕在山头久久散不去，母亲两只手下意识地把怀里的徐军抱得紧紧的。直到徐军喊饿了，母亲才发现时间已经过了正午。

简单做了点饭，碗筷还没顾上收拾，此时已是半下午，一辆部队的吉普车停在了他们家门口，车上下来了两个团部参谋，说是来接他们母子上山。

一路上，母亲心思忐忑，不敢猜想发生了什么事，可是无论母亲怎么着急或者小心询问，两个参谋就是不吐一个字。当他们坐车赶到刚扑灭了森林大火的后山，一片刚刚清理出来的坡地上，尚残留着星星点点的灰烬，徐军的父亲身上覆盖着一条军用毛毯躺在那里。

徐军的父亲死了，一同牺牲的还有三位年轻的战士。徐军的母亲拼了命要冲过去，腿却不当家，一下子瘫软到了地上。母亲想见徐军的父亲最后一面，反被军医们死死拉住。大家不让他们母子去掀开那块隐约可见火燎斑痕的毯子，因为徐军的父亲，他们的团政委已经被山火烧得面目全非。

那天早上，徐军的父亲接到火情报告，随即集合部队上山救火，先行带着警卫进入火场查看火情，部署灭火指挥，不料归途中被迅速蔓延的山火阻断山路，继而深陷火场。

很长一段时间，母亲动不动就流泪，一遍又一遍喃喃自语："你不知道水火无情吗？你想过我们吗？"

每当这个时候，年幼的徐军就想：那个时候，父亲一定会想着我们，因为他是世界上最好的爸爸。

一个缺失了男人的家庭，难免举步维艰，生活中的磕磕绊绊时有发生，凡事都可以是母亲念叨的话题。

母亲对此念念叨叨了几十年，一个女人对于丈夫的深深的情感，终究不能释怀。徐军却坚信了父亲几十年，他们母子是父亲最亲的人，父亲生死关头肯定想到了他们。可是不论徐军怎么安慰母亲，年迈的母亲依然会念叨，终于有一天，母亲不念叨了，母亲亲自找父亲寻求答案去了。

长大了的徐军，自愿报名参军，子承父业成了一名军人，有了家庭和孩子。

一个双休日，徐军抱着儿子和妻子一起在海滨大道漫步，海风渐起，波涛翻涌。忽然耳边传来呼救声，循声而觅，不远处栈桥边有人不慎落海，正在挣扎呼救，徐军迅速把孩子往妻子怀里一送，转身跑向栈桥，而后越过栏杆，一个猛子扎入了波浪汹涌的海水中。

落水的人被救了上来，徐军也姗姗上了岸，他的妻子抱着孩子踉踉跄跄奔过去，全然不顾地投入了他湿淋淋的怀里，不可名状的情绪袭来，以致浑身发抖。

夜来妻子依偎而泣："你不知道水火无情吗？你想过我和孩子吗？"

面对妻子的温存，徐军蓦然一愣，继而缓缓拥紧了妻子。黑暗中的徐军，眼涩了。那个时候、那个时候，还有时间去想什么吗？

晨曦微露，徐军默默看着母亲的小像，欲言又止。徐军想对母亲说的话，终究没有说出来，他冥冥中意识到，母亲或许早已知道了答案，或许根本不需要答案，母亲一辈子的碎碎念，仅仅只是思念。

老　姜

戴智生

姜遇安过了花甲，没啥看不开了，他好日子过过，苦日子过过，无非三餐饱饭的事情。他祖上经营药材，家财万贯，爷爷手上衰败了。中华人民共和国成立后，父亲彻底改行务农，不会耕地，做了村办会计。好在有这些变故，他的家庭成分被评为“下中农”，避免了后面各种磨难。所以嘛，前好后好说不定的！话说回来，瘦死的骆驼比马大，姜家底子厚，三年自然灾害，人家挖野菜捡田螺，他父亲在床底下挖现洋，偷偷换回口粮。那时姜遇安还小，不谙世事。轮到他持家，娶了女客，小孩接二连三地出生，生活全靠工分，日子艰难。

不管怎么说，儿女总归拉扯大了，米缸有米吃点稠的，少粮就吃点稀的。爷爷讲过，祖上有钱的时候，也不是每天吃肉，不是每天吃干饭。况且，鄱阳湖畔，鱼米之乡，山上水里有填肚皮的，只要肯起早摸黑，大凡饿不死人。

姜遇安比父亲勤快多矣！

他与父亲还有不同，就是老姜非常爱惜祖上传下来的东西。值钱的物件被父亲卖光了，瓦房还在。难得父亲聪明一回，当时要求铲除梁上雕刻的木像，父亲用黄泥巴抹平应付了过去。后来老姜一点点抠出黄泥巴，擦净，重新描金，雕梁保存完好。堂前八仙桌配套的一对太师椅，平时一定搁在阁楼上，过年时才肯搬下来坐一下。

这对太师椅其实简单，就是框架扶手椅。祖上原来一对鸡翅木质地，透雕荷花嵌大理石靠背太师椅，雅观大气，被父亲换了一担稻谷。

阁楼还堆放了一些什物，簸箕箩筐、木桶竹床，都是破旧的东西，老姜舍不得丢。整齐摆放的二十几只小口大陶坛，更是他的宝贝，里面装满老姜收集的桔子皮。爷爷告诉他，桔子皮是调味品，又是配方不可或缺的一味良药，益气化痰和脾，能治百病。

村后大片丘陵，老姜名下有十几亩坡地，他全种了桔子树，冬季施肥培根，入夏枝条挂果累累，无奈果实青而无味。也好！姜遇安记得爷爷的话，专门收集桔子皮，亲自采撷、剥皮、晒干、大锅翻炒、封坛保存。偶有红透的桔子，他也送给邻里品尝，桔子皮一定要收回。

桔子皮与果瓤很容易分开，但有讲究。先用指甲在桔子底部抠开一个小口，用力分为两半，又把两半一分为二，撕成四瓣，取出果瓤，果皮上部连接，合拢来依然像完整的桔子。

老姜的老伴很熟练，女儿也会搭把手。他有两个女儿一个儿子。儿子最小。儿子小时候，娘舍不得他做事，他就在树林里蹦来蹦去，间或采来一把狗尾巴花，插在蹲在地上剥桔子皮的姐姐发梢上。

女儿出嫁了，老姜希望儿子帮把手。儿子不愿意，说："你留这些桔子皮有啥用？没看你卖一分钱。"

老姜说："你懂啥，桔子皮是放得越久越好，所以叫陈皮。"

儿子已经长大，有自己的想法。他说，砍了桔子树栽葡萄，办采摘园，收益快。

老姜懒得搭理，儿子只晓得图眼前，目光短浅。

父子观念不同，冲突在所难免。父亲除了固执地收集陈皮，主要精力都放在几亩农田上，日出而作，日入而息；母亲养两头过年宰杀的猪，养几只生蛋的鸡，典型的小农经济。儿子看见村里盖起一幢幢水泥楼房，心里痒痒的，他决定也去广东打工赚钱。

儿子出去闯荡一下是好事，老姜不反对。他交代：

"有心在哪儿都有机会。你记住，饭是一口一口吃的，莫想一口吃成大胖子。"

儿子仅出去了半年，竟然悄悄回来了。他兴高采烈告诉父亲一个特大喜讯，广东陈皮市场价比黄金。

老姜并不诧异。他说："我知道呀，那是放了八十年以上的陈皮。"

儿子说："三四十年的陈皮也卖好几万一斤。"

老姜摇摇头，告诉儿子："南方桔子北方叫橘子，都能做陈皮。药性最好的是广东新会出产的陈皮，就如人参是长白山的好，价格也最高。"

儿子当即说："反正外观一样，我们就当新会的陈皮卖。"

老姜面露不悦，说："家里的陈皮到底值些钱，我生不带来死不带去，迟早是你的。"他停顿了一下，继续说，"你也不要想歪了，新会陈皮做工特殊，切三刀分三片，我们全部是手撕四片。"

谜　　案

雨　瑞

H 省 W 市的一家金店最近发生了一桩盗窃案，店里有价值近千万的金银珠宝被盗。不幸中之大幸的是，这家金店里装有一套电子监控系统，其中有一个摄像头，将窃贼的行窃过程拍了下来。大家在监控室回放监控录像时，店老板和在场的保安人员都惊掉了下巴：原来这个夜间行窃的盗贼不是别人，竟是本店的女收银员王准！

负责此案的市公安局刑警队队长江海觉得案件似乎一下子简单明朗了起来。有了这个第一手的证据，下一步就是抓人、审讯、起赃、起诉，进入正常的法律程序了。

可是仅仅几个小时后，江海便不再觉得这个案件简单明朗了。因为有三个人同时证明，犯罪嫌疑人王准在案发时间内根本不在犯罪现场。案发当晚，王准在一个邻居家和几个朋友打麻将，参与牌局的三位牌友可以为她证明。

监控录像由于是夜间拍摄的，有些细节并不十分清晰。江海将这段录像送到省公安厅的技术部门进行技术处理。处理后的录像看上去清晰多了。江海又从公安户籍网上调来了王准的照片进行比对，左看右看，这个人就是王准。要说有差别，那就是录像中的那张脸的左嘴角处有一个不大明显的、只有绿豆般大小像是痣类的斑点。但这类斑点也可能只是一颗“火疙瘩”，属于上火了就会生出来，过几天又会自动消失的那种。

江海带着处理过的录像光碟来到了王准的家。

见了王准，江海仔细地瞅了瞅她那白皙且光滑的面孔，没有找到从理论上说应该存在的痣斑或痣斑存在过的痕迹。江海犹豫了一下，从公文包里取出光碟，说：“给你看样东西。”

王准看了录像，神态有些异常，似惊，似怒，似忧，似惧。

江海说：“现在你知道我们为什么找你了吧？你能给我一个合理的解释吗？”

王准摇摇头，淡淡地说：“找出合理的解释，那是你们的事。”

“协助警察破案，维护社会稳定，制止和打击犯罪活动，我想这也是每一个有正义感的公民应尽的义务。”

“如果昨天晚上我没有打牌，我单独一个人在自己家里，没有人可以证明我不在犯罪现场，那我现在是不是已经被你们当作犯罪嫌疑人拘起来了？”

江海仔细想了想，点点头，说：“坦率地说，有这种可能。你可能会受一些小委屈，但事情最终会弄清楚的。我们不会冤枉一个好人！”停了一下，又说，“你信不信？”

王准对江海瞅了瞅，点点头：“我信。”

“谢谢。公民对我们警察的信任本身就是对我们的一种支持。”

王准盯着江海看了好一会儿，说：“其实，你刚一进门我就知道你是一个聪明的人。我盯着我的脸看了好半天，我就知道你在找什么。你让我看录像就已经说明你已经把我排除在嫌疑人之外了。现在，你距正确答案只有一步之遥了。”

“是吗？”

“是的。但这个答案不能从我的嘴里说出来，请原谅。”

“我理解。我们从来就不会强迫公民说他们不愿意说的话。但你是否可以稍稍提示一下？也算是出于公义吧！”

王准沉默了一会儿，轻轻地说：“你已经看出来了，那个人的脸上比我多了个点。这就是答案。”

“哦？”

“对不起，我还有事，要出去一会儿。”

回到队里，江海一直在反复咀嚼着王准的那句话：“那个人的脸上比我多了个点，这就是答案。”

这算什么答案呀？中国十几亿人，我又如何能找到这个和王准长得相像又比她脸上多了个点的女子呢？如果能知道她的名字，还可以发个通缉令。但连名字都不知道——咦，对了，名字！

江海脑中一个激灵，似乎悟出了王准那句话的真正含义了。会不会是比“王准”多了一个点的名字呢？符合这“多了一点”条件的似乎只有“主准”“玉准”和“王淮”。前两个都不像是汉族的人名，那就只有“王淮”了。他马上打开电脑，在本省户籍档案的人名查询栏上打上“王淮”两个字。不一会儿，屏幕上出现了二十多个名叫“王淮”的人。他逐个查看下去。突然，他眼前一亮，一张丰富生动而又熟悉的面孔出现在他的眼前——就是她！

太像了，与王准太像了！二人唯一的差别就是眼前这个人的左嘴角边长了一颗并不显眼的小黑痣。

电话铃响了，竟是王准打来的，声音带着哭腔：“她是我的同胞妹妹。三年前，我鬼迷心窍，爱上了她的男朋友，她便离家出走，至今没有消息。这一次，她一定是为了报复我才这么做的。她并不是一个贪财的坏女孩呀！”然后又说，“我现在要是说服她去自首，能不能宽大处理呀？”

“能。我等着你们。”

寻　找

符浩勇

他踟蹰在街道上，前路，弥漫着寒雾。

他只想拨开缠绕的迷雾，去寻找心灵的幸福路。

他清楚地记得自己被当作杀人嫌疑犯抓起来的那一幕。他精神备受折磨，终生刻骨铭心。连续几天的审讯，他几乎合不上一眼，喝不上一口水，精神恍惚，濒临崩溃，被迫承认杀人，后被判死缓。入狱后，他不断上诉，可还是被驳回。母亲遭受打击离开了人世，父亲长期积劳成疾，妻子也离他另觅幸福，两个孩子由他的姐姐来抚养。他跌入了人生冰点。后来，他又继续上诉，法院重新审理案件，发现疑点，终于判决无罪释放，并将真凶缉拿归案。

五年后出狱，三十出头的他已头发鬓白。他在痛苦与彷徨中苦熬着日月，简直是度日如年。这个世界还有他期待的东西吗？日思夜熬，他心里终于长出一种报复的欲念，心坎上搁起一把雪恨的尖刀。

他拄起拐杖，戴上黑墨镜，企图把自己和外面的纷杂世界隔开，期盼透过心灵过滤窗外人生，企盼拐杖探路寻找幸福指数。

马路上，车辆川流不息，街边商铺琳琅满目，店员爆卖火热，此起彼落。人行道上，行色匆匆，擦肩而过。路上，外地来的散工三五成群，等待雇主。可他视若无睹，木杖探路摸索着前行，似乎是黑暗世界里的独行者。

他来到繁华街头俨然停住脚步。对面走来三个人，中间那个腆着大肚子，一副老板模样。

“请问先生，往桃花公园的幸福路该怎么走？”他怯怯地问道。

老板目不斜视，昂首阔步，擦身而去。

“去去去！快走开！”身边那个拎包的把他推向一边，一副悻相。

“你这个死瞎子，别挡道，真晦气！”另一个引路的怒目圆睁，粗声粗气。

“你，你们……怎么这样？”他一个踉跄，几乎要扬起木杖，心坎上的尖刀闪过几缕寒光。但为避免露馅，他只好装作气愤骂不出声。

“狗仗人势，有钱有啥了不起！”他愤愤地啐了一口。

他继续往前走，前路的雾气更浓了，心坎上又亮起了尖刀。

对面走来一对情侣，手拉着手说说笑笑，无限的甜情蜜意。

他走过去，拦住了他俩，笑问：“请问先生，往桃花公园的幸福路该怎么走？”女的斜睨着他，硬邦邦地说不知道；男的打量着说，从右边这条路往前走，左拐右弯看到一条匝道就到了。男的说完扮了个鬼脸，诡谲一笑；女的看后掩嘴窃笑。他明白男的是有意给他指了一个相反的方向。他摇了摇头苦笑。

一阵寒意骤起，雾气迷蒙起来，心坎上的尖刀在磨动。

他终于来到了桃园公园。公园里青草逼眼，树木葱茏，鸟声悦耳，假山矗立，花儿鲜艳，湖水在微风中泛起层层涟漪。游人三三两两，赏花观景，悠然自得。

他站在路口边，静静地观赏着公园美景。可是，美景始终打不通他闭塞的心，驱不散他脸上的愁云。

“妈妈，到那边看看！”一声童声稚气的话飘进他的耳朵。

一个五六岁的小女孩由她妈妈牵着蹦蹦跳跳地往他这边走来。他连忙伸出木杖拦住了母女俩。

“请问，小朋友，到幸福大道的路该怎么走？”他问。

小女孩一脸茫然，说：“大伯，我真的不懂路。妈妈，你懂幸福路吗？帮帮盲人大伯吧！”她摇了摇母亲的手，一双眼睛扑闪着亮光。

母亲抚摸着小女孩的头，冲着他笑了笑说：“真不好意思，我是外地来，也不懂路，你问问别人吧！”

他摸索着往前走，失落犹如沉石压紧心头，那把尖刀似乎锈钝了下来。

在怅惘中，他的视野里出现了一位二十岁左右的盲人姑娘正拄着木拐，一步一步地走过来。

“请问姑娘，通往幸福大道的路该怎么走？”他跨步上前问道。

“你是……也是……”盲姑娘侧着耳朵听了听，柔声地说。

“我和你一样……”他忽然觉得负罪一样，说。

“好的，我带你去！”盲姑娘脆生生地说，随后在他身边停了下来，他透过窗户，看到盲姑娘长得很秀气。

“谢谢！”他说，“谢谢你……相信我！”

“不用谢！”盲姑娘报以甜甜的一笑。随着右手握住木杖探路，左手紧抓住他的左手，一前一后，朝幸福大道走去。

不知道从哪里起了风，他眼前的雾气散开去了，心坎上那把尖刀已失落了……

今夜无法入眠

胥得意

奇乾是中俄边界上的一个小地方，就在额尔古纳河的边上。四周是茂密的林海重叠的高山，如果没有那条通往山外的小路，森林消防的驻防点便与世隔绝了。可即便有这条小路，驻防点还是与世隔绝着。信件送不到，手机信号也传不到，最近的人家在三百里远的镇上。六七个消防员在排长的带领下，就裹在了大兴安岭原始森林深处。如果不是生了大病或是休假，没有人有机会下山。

驻防点的粮和菜由山下供应站一个月送上山一次。连同送上山的还有信件和报纸。驻防点自从允许消防员使用手机后，信件已经逐渐消失了。可是奇乾驻防点的消防员还在收信，不然，他们就和外界断了联系。送菜的车从几里外开过来，驻防点的消防员还没看见车，听到马达的声音就开始兴奋。山外又来人了。

确实，如果能在奇乾驻防点待上半年，真的就知道什么叫寂寞了。这里的警犬是除了人以外唯一的生物，锅炉房的烟囱是方圆几百里唯一的工业象征。除此之外，就是高山，就是林海。

自从自驾游兴起以后，装备良好的越野车开始试探着往大兴安岭原始森林深处开。听山下送菜的队友讲，他们偶尔在路上也会遇到车。听此，驻防点的消防员们心里就痒痒的，如果下山也能遇上该多好。

结果没过多久，驻防点的车送消防员下山看病返程的途中真的就遇上了一辆自驾游的车。

排长带车刚刚拐过山嘴，那辆蓝色越野车突然就出现在了前面。蓝得发亮的越野车被绿林衬得格外显眼，排长惊讶地对驾驶员喊：“看！”驾驶员屏着气没出声。排长问：“咋不说话？”过了半晌儿，驾驶员说：“我想开近点看看是不是真车。”坐在后排的预备消防士有些激动：“排长求你慢点开，千万别超它。”

越野车显然对山里七扭八歪的路不熟，像是一个步履蹒跚的老人，左拐一下，右拧一下。越野车司机对这里的峰回路转实在不太适应。眼前正看着是一片浓密的林子，一转弯，可能又是一处悬崖。驻防点的车走惯了山路，对路况已经很熟了，紧紧地跟在越野车的后面。

排长忽然叹了口气，说：“他们一定是第一次到这儿来，好像没有什么经验呀。”他说话的语气里带着担忧。

预备消防士倒是不着急起来，先前他还是怕驾驶员超过了越野车，在走了一段之后，他不再担心这件事了。这路实在是窄，一辆车开起来有时还要刮到路两侧伸过来的树枝，哪还有超车的可能。

越野车继续在前面开，两个多小时的时间很快就过去了。在一块稍宽阔的地带，越野车终于停了下来。驻防点的车贴着它也停了下来。越野车门开了，两个年轻的男子满脸歉意地走了过来。“我们路况不熟，路又窄，给你们让不了路，真是不好意思。”

没等排长开口，预备消防士说：“没事的。”

排长看了一下他，对两个青年说：“我们的驻防点在山上，常年见不到外面来的人。你们这一来，我们倒是觉得路上有个伴儿呢。”

半天没有说话的驾驶员问："从镇上开到这里，一直往前走，开出去一百里就是边境了，是没有加油站的。难道你们还要往前开吗？"

听驾驶员这样一讲，地方青年显然也吓到了："我们以为往前开一开，就会有掉头的地方，也没想到一直开到这儿才能往回转。我们车里的油已经不够返回镇上了。"

"那怎么办？"预备消防士问。

"那怎么办呀？"青年的眼睛盯到了哨长的脸上，声音里明显带着焦急。

排长走到越野车前，看了看，然后抬起腕子看了看表，问："你们急着回镇上吗？"

"不急。我们是放假了才跑出来玩的，没有目的地。"

"那你们只能开到驻防点去住了。我们帮你们加上油，等明天天亮了再去镇上找加油站了。"青年已经听出来了，排长打算帮他们。

另一个青年问："你们的驻防点在哪儿呢？"

驾驶员说，"沿着这条路一直开，开到头就到了。"

排长看了一眼预备消防士，对两个青年说："天快黑了，你们的车跟在我们后面走吧。只能去驻防点过夜了。"

听排长这样讲，预备消防士有些担心地小声问驾驶员："他们要是坏人怎么办？"

"咱们守林的熊都不怕，还怕坏人吗？再说了，你入队后不是天天要抓坏人吗。如果他们是，不就送上门了吗。"驾驶员小声地对预备消防士说。

预备消防士好像来了劲头儿："得是什么智商的犯罪分子往咱们原始森林深处来呀。"说完自己自嘲似的笑了。

两辆车又上路了，一前一后隐入了渐渐暗下来的森林里。预备消防士在车里把头一直扭向后面，呆呆地看着。驾驶员打起了口哨，有点幸灾乐祸的感觉。后面越野车的灯亮了起来，一缕孤独的光照着驻防点的车。

"今晚驻防点的消防员们还能睡觉吗？"排长盯着眼前的路，好像是自言自语。

车里安静极了，就像是他们已经被这个世界遗忘了。

求爱攻略

邢庆杰

青青，你肯定不知道我们的前世。其实，我也是最近才得知的。我请一个来自茅山的高人给我们推算出来的。我提供给那个高人我们的生辰八字，他闭关推算了九九八十一天才得出这个结果。

青青，前世，你是一个大户人家的小姐，你家门前有一条官道，是进京的必经之路。

我是一个屡试不中的落魄秀才，穷困潦倒。

你十八岁那年，我第三次进京赶考，路上盘缠用尽了，就一边讨饭一边赶路。那一年年景不好，闹了蝗灾，庄稼颗粒不收，讨饭的人特别多。

这一天，我一天没有讨到东西吃，饿得头昏眼花，加上又累又冷，就晕倒在你家的门前。你的管家看到了，怕我死在你的门前，就让家丁把我扔到村外的路边上。恰好，你从庙里上香回来，发现了我，看我还有一口气，就让家丁把我抬回了家，用一碗小米粥把我救活了。

你家是书香门第，重视读书人，就把我留在你家里调养。我在你家待了一个多月，因为和你天天见面，日久生情，我们就私订了终身。我发誓如果考中了，一定敲锣打鼓回来娶你。我走的那天，我们在运河岸边的官道上，洒泪而别。

皇天不负有心人，那一年我终于高中，被圣上钦点为头名状元。我欣喜若狂，就写了一封书信，让邮差给你报喜。

青青，可惜的是，你并没有见到那封信。因为你家没有男丁，管家早就有让他的儿子入赘的想法，那样他就能得到你的万贯家财。如果我们成亲，他的如意算盘就打空了。所以，他扣下了那封信。在这同时，我及第的消息由官差一路送到我的家乡，当然，肯定会在你的门口路过。

青青，你知道了这个消息，就日夜盼着我的书信。这时，我正在京城忙着四处拜访当朝的官员。这时，有人传话给我，当朝宰相有意招我为婿，如果我同意了，就不外放，可以直接留在京城进吏部为官；如果拒绝了，就把我放到千里之外的边陲之地当一个小县令。当时，他们对我恩威并施，而我因一直没收到你的回信，以为你那边有变，就动摇了。

在我成亲的那天，恰好你千里迢迢地来京城寻我，见到我胸佩红花的样子，你马上晕了过去。而我忙于应酬，没有看到你。你醒来后已经在我府上的客房里，是我的管家救了你。你没有见我，身体恢复后，就黯然离去了。

你走后，管家才告诉我这件事情。我猜想应该是你，就骑马去追你，一直追到你的家，也没追到你。从那以后，你在那个世界消失了……

一直到了晚年，在一个偶然的机会里，我在回乡省亲的路上遇到了你，虽然那时你已经白发苍苍，但我仍然一眼认出了你。

那一年，你离开京城后，没有回家，而是遁入了空门。我悔恨交加，但无论我怎样苦苦哀求，你也不肯原谅我了。

我知道在那个轮回里，我们的误会消除得太晚了，曾经的爱情已经无法挽回。临别，我曾对你说，下辈子，我一定还你！如果你肯给我一个赎罪的机会，下辈子就让你的父母给你取名叫青青，我一定会在茫茫人海中找到你，用八抬大轿把你抬回家，好好爱你一生一世……青青，我今生来到这个世上，就是向你赎罪的……

武承伟的真情告白说到这里，房间里已经是一片哄笑声，还夹杂着几声口哨。方青青满脸通红，低着头说，你的故事很动人，但是——我仍然不能接受你……

竟然拒绝得这么直接，大大出乎了武承伟的预料，他整个人愣在了那里。

武承伟想追求方青青已经很久了，但他没有轻易出手。

方青青很清高，光本公司曾追过她的就有一个班了，全碰了一鼻子灰。武承伟通过观察和多方打探，知道方青青是一个比较喜欢浪漫的女孩，尤其喜欢穿越的故事。他就在她的生日前夕，花了三个晚上的时间，创作了这个凄婉动人的爱情故事。

在方青青的生日派对上，当气氛达到高潮时，武承伟挤到方青青身边，郑重地向她献出了这个故事。没想到，他提前设计的浪漫告白竟遭到了同事们的嘲笑和方青青的直接拒绝。

好在，已经到了吹蜡烛的桥段，同事们很快把注意力转移到青青身上。

武承伟在一片“Happy Birthday to You”的歌声中黯然离开了房间。

武承伟把手机关了，找到一家叫“伤心欲醉”的酒吧，坐在一个角落里自斟自饮。他喝红酒，像喝啤酒一样，一口一干。喝到深夜，酒吧要打烊了，他被两个服务生搀着送出了酒吧。

武承伟摇摇晃晃地走到路口，伸出右手的拇指拦车。一辆出租车从他身旁停下，司机摇下玻璃看了看他，突然一踩油门，逃也似的疾驰而去！

这时，一个人影从树影里扑过来，一下抱住了他。

是方青青。

青青焦急地说，你知道吗？你吓坏我了，我一直在找你，电话也打不通。

武承伟轻轻推开她，冷冷地问，尊贵的公主，你找我干什么？

青青又用力抱了抱他说，你走后，我一直心不在焉，我慢慢记起来了……前世你确实欠我的，这一辈子，你得还我。

昏暗的路灯下，两个人吻到了一起。

整个深夜的街道也温暖起来。

二胡与乐队

白　秋

演出到了最后阶段，舞台上指挥转向吹箫的二虎，手轻轻地一点，是个非常漂亮的兰花指。走！

可是，没有声音。

张小泉的心陡然提了起来。隔得太远，他看不清师弟为什么没有吹出那串音符，是期待过久紧张；还是刚吹笛嘴型不适；抑或其他原因？忍不住脸上汗水沁沁落下。

二胡作为主力伴奏乐器，在所有的民族乐队中，是必不可少的。但它似乎也从来没有做过任何戏剧的主弦。这门不知何年从西域传到中原的乐器，就不紧不慢地繁衍着，直到成为最能代表中国音乐特色的乐器之一。

那几年，整个民乐都不景气。有点爱好的人都愿意学钢琴、管乐和小提琴。二胡、琵琶、古琴这些流传在民间，司空见惯的东西根本就引不起人们的注意。那一届学校想组建民族乐队，总共只收了三把二胡，张小泉、刘二虎和方晓月，其中后面二位还是半道出家。

二虎本是演员出身，转为乐队相当于酿酒坏了改酿醋，没办法的事。有天分不努力，学了两年，觉得闷得慌，又改行吹笛了。方晓月是另外一码事，上学前就没碰过二胡，满腔热情却总找不到北。倒是张小泉深得家传，从小爱好，上学前独奏曲子都能拉“长城随想”了。

基础不同，原理一样，日子久了，师兄妹三人相处的倒还算融洽。只是方晓月有点黏人，学琴一年多，老对不准弦，还信不过二虎。上课、考试、伴奏前总缠着小泉给她对弦，小泉也自认是半个师父，逢求必应，细心呵护。三人一个琴房练琴，二虎略显有点生分。恰好乐队需要一个吹笛吹箫的，便做了兼职。

组建民族乐团，演奏自己的曲目，是他们老师，老师的老师，也是三个人共同的心愿。这在张小泉心里尤为强烈，上学四年没少为这个操心，他不停地搜集名家演奏曲目，还自学写谱、配器与编排，遍访名家找人来排练曲目。

一天，小泉在学校一个废弃仓库里寻得一批乐曲总谱，其中就有华彦均的《二泉映月》。他如获至宝，信誓旦旦对二虎和晓月说：“你们等着，我一定要把它搬到舞台上去，咱们二胡不光是伴奏的乐器，也能当主角。民族乐器一点都不比西洋乐器差，这也是咱们师父的一个心愿。”三人欢呼雀跃，击掌相庆。丝毫没有感觉到，不久后各自的去向。

那个年代，对他们学习的这个专业来讲，毕业和失业已经是一对意义非常相近的名词。等他们意识到这一点，机会蓦然就来了。小泉专业优秀，直接让市里的专业剧团挑走了；二虎的兼职吹打乐被认为一专多能，也全盘接受；只有晓月临时在乐队里晃荡了半年，便托关系去企业改行搞宣传了。

山不转水在转。没几年剧团改革，单位养活不了那么多人，要砍去乐队一大半人员。二虎潇洒地挥了挥手，工龄买断，下海办实体。同时，他捎带着办了一个音乐培训学校，逐步成了省内知名的文化企业。

那一天，他找到了张小泉："师兄，你说过的话还算数吗？组建自己的乐团，演奏我们自己的曲子。"

"当然算数，可我们专业剧团只能维持这种鸡窝里刨饭的状态，不会单独排练那些没用曲目的。"已经成为乐队队长的他满脸疲惫。

"我出资，你出面，咱们组织自己的民族乐团，怎么样？"

"那当然好！"张小泉神情为之一振，"只是这六七十个人的集体，平常工资待遇……"

"这不用你操心，你只管召集人。咱们专业人干业余的事，不影响大家正常上班时间。乐器、排练场地、演出的市场，我来运作。"二虎两根手指头在小泉眼前晃了几晃，晃得他有点眼晕。

不久，建制完备的"二泉民族乐团"正式成立。弦乐、管乐、弹拨乐、吹打乐样样齐全，光二胡就有二十多把，首席当然就是张小泉。还专门从国内请来了最有名的民乐指挥担纲，一时声名大噪。

大家天南海北凑一起排练了半年，才有了今天，这场在市里最大音乐厅汇报演出的机会。关键时候，二虎你可不能掉链子啊！小泉心里那个急。

著名指挥到底是久经沙场，就见他稍停片刻，又温柔地抬起了头。目光笃定望向刘二虎，含肩塌腰嘴唇微张，右手再次用力一挥！

一声深深的叹息，从刘二虎竹箫中呜咽而出。

长出一口气的张小泉，率领乐队群涌而起。大家都沉浸在瞎子阿炳那沉重的经历中不能自拔，二胡与乐队《二泉映月》演奏近乎完美。乐曲结束，大家甚至忘了鼓掌，整个剧场一片寂静，每个人都能听到自己的呼吸。

此刻，就见剧院场中间的一名粉衣女子站了起来，大喊一声："好！"

现场顿时响起了雷鸣般的掌声。就在粉丝赠送鲜花的空隙，张小泉瞥见那女子人群中一闪，不见了。

据说，那是专程从国外赶来看他演奏的小师妹方晓月。这几年，她在美国华人圈里也是知名的二胡演奏家了。

恒记肉铺

徐水法

赵大海恒记肉铺坐落于东街自西向东第一家，坐南朝北，一间铺面，卸下手掌厚的木排门，临街一张要数人抬的杂木肉案，黝黑的案板足有半尺厚，整块案板中间低四周高，纵横交错深浅不一的刀痕，仿佛告诉每一个看见它的人，这块案板有些年头了。

说起来赵大海的肉铺也算是祖产了，据说他的爷爷就是城东一个走村串户的杀猪佬，他的父亲子承父业，父子两代节衣缩食，到了赵大海出生，才算兑下了这东街转弯的小铺面，行商成了坐商，才有了恒记肉铺这份赵氏产业。

赵大海从小就跟在父亲后面，或许是杀猪人家不缺少肉吃，十四五岁就长成了别人十七八岁的个头，已经能够单独杀猪了。他从年迈的父亲手里接过肉铺之后，整天想着的就是把生意做大，让一间铺面扩大成两间，甚至更大的铺面，这样才是光宗耀祖。

赵大海心里想着，手里做着，东街几家肉铺里，他每天几乎是第一家开张营业。头顶着星星出门宰猪，一早手脚麻利地卸下铺板，精神抖擞地站到那块父亲传下来的案板前，挥动最厚的斩肉刀，“砰砰”一阵响，夹心、肋条、腿肉等一样样分类排好，猪肚、猪肠用箬壳丝扎好挂在一旁的墙上，这些猪下水下端“滴哩答啦”的血水滴到砖砌的地面，是他最喜欢听的声音。做好这一切，赵大海就在案板后的板凳上坐下，等待顾客上门。一个上午，新鲜肉卖得差不多了。下午赵大海把店铺交给老婆，有客人上门买点自制的腌肉、腊肠，老婆可以应付，他就走村串户到乡下找第二天要杀的猪，付下订金，约好早晨杀猪的时间等。

中午时分，鲜肉卖得差不多了，只剩一点零零散散的小生意，这个时候才是赵大海天马行空琢磨发财的黄金时间。卖了几十年的肉了，每天基本就是这点水口，不可能一下子冒出许多客人来，即使周围或亲朋遇上大事，一般会提前一天预订。提价就是赶客人，就这东街几百米的地方，肉店就有三家，自己一提价，客人还不跑到另外二家去。乡下的杀价都差不多，听说东街另一家三星肉店有时候低价出卖，可人家儿子身强力壮，肉是百十里外的山里低价收来的啊！想归想，真要发财不是件容易的事啊！赵大海愁得头发都白了。

“不准以次充好，祖训！不准短斤缺两，祖训！不准欺老凌幼，祖训！……”

年迈老父亲一遍遍的絮叨，时不时萦绕耳边，让赵大海心里总是怪怪的。祖训祖训，如果一代代人永远遵循上一辈人的活法，追溯赵家的先人，说不定还守着一亩三分田在乡下那个山村里种田。哪怕是按着爷爷的路子，挑着担子走村串户卖肉，父亲也不可能在县城里买下一家铺面。一代新人换旧人，自己这脑子又不比父亲笨，也愿意吃苦耐劳，这辈子怎么说也要比父亲更上层楼，不然老了怎么和子孙们交代呢！

春去秋来，赵大海感觉肉铺每天的流水从悄无声息渐渐成为细流淙淙，只是自己脸上的笑容没法子灿烂起来。这边店铺里的生意是水涨船高，一天比一天好，舒坦的心里却被家里发生的事弄得七上八下。两个儿子一个女儿先后犯了同样的病，先是儿子，不明的肚子痛和腹泻，没几天女儿也跟着一样的病症。隔壁的葆和堂，东街另外两家康济堂、太和堂，几个大夫轮流会诊，中药汤剂、丸剂、针灸，都是一样的结果。症状缓解一两天，然后又是外甥打灯笼——照旧。眼看两个儿子一个女儿像秋天里霜打的草木，一天天萎靡下去，赵大海心里急得不知道如何是好，城里城外的大夫几乎都找遍，孩子还是那样。

孩子是母亲身上掉下来的肉，赵大海的老婆更是心如火焚，除了看大夫，疯了一样去城南的城隍庙、关帝庙，城北的白鹤圣殿、城东的太极宫，还有城外仙姑山上的仙姑庙、宝掌谷宝掌寺……见寺庙就进，见神佛就拜，祈求神灵保佑自己的孩子早日康复。

有人到东街给赵大海带来白鹤圣殿长清道长的口信，让赵大海自己去见道长，说是能告诉孩子的病因，赵大海连忙带上老婆，关了店门直奔城北白鹤圣殿。

一身青袍端坐蒲团上的道长用手中的拂尘，指着赵大海说："天作孽犹可饶，自作孽不可活。赵掌柜自己作的孽报应在你孩子身上啊！"赵大海心里一凛，连连磕头："请道长明示，请道长明示！""你这半年多来，店里卖的是什么肉你自己心里清楚，人在做天在看啊！如果再不改邪归正，不仅你的子女，恐怕全家人都遭报应了。"赵大海吓得一身冷汗，这道长是修道之人，怎么会知道自己店里的事呢，莫非真的有老天爷？"是，是，谢谢道长，我一定改正，一定改正！"赵大海把头磕得山响，连皮蹭破鲜血直流也顾不得了。

从赵大海违背祖训做一些见不得人的事开始，很快被偶尔来店里的老父发现，老爷子几次劝解都没用。后来看到媳妇到处求神拜佛，就专程去找长清道长了。不知情的赵大海老婆是个节俭人，每天挑些颜色暗淡或又瘦又老的肉回家，煮烧给无肉不欢的孩子吃，她哪里知道这些肉其实是一些母猪肉、死猪肉，日积月累，孩子自然吃出病了。家里肉不断，病自然没法彻底痊愈。

茶　祖

卢　群

午后的阳光，透过窗帘的缝隙，给茶房撒下了一把金子。陶瓷煮锅里的水，在小火炉的怀抱中快活地呻吟着，沸腾的蒸汽，被阳光熏染得五彩缤纷。你拿起一撮茶叶，轻轻地放入煮锅，兴致勃勃地看茶叶在水涡间慢慢地翻腾着、舒展着。

"大人，来客了。"

门童的话音刚落，刘讷已站到面前："哈哈，我就知道，老兄一定在品茶。"

你连忙起身，给刘讷斟了一杯香茗。

刘讷端起茶杯，轻轻地呷了一口，只一口，嘴巴就张成了类人猿。

你知道，他是被惊艳着了，故意调侃："不好喝？"

"哪里哪里，妙极了，水至清、叶至美、香至芬、味至醇，方叔，我终于知道，你为什么爱茶如命了。"

"是啊，宁可一日不食，不可一日无茶。"

"方叔，你这么爱茶，不如写篇茶文章，让大家分享分享。"

"好啊，恭敬不如从命。"

你对茶的痴迷，已有些年头。小时候，你随父亲拜访一位高士。高士隐居在山里，几小时的跋涉，累得你嗓子冒烟，脚上打满了血泡。高士热情地接待了你们，用艾叶给你泡脚，用山珍办了一桌子佳肴。最难忘的是开胃茶，抿一口消暑解渴、口齿留香。临别时，你们啥都没要，只带走了一包山茶种子。

经过多次改良，山茶已成为茶中极品。春天，茶树刚刚冒出新芽，你就把它采回来了。先冲去泥沙，再一枚一枚清洗干净，然后倒进铁锅里炒。炒熟后放在干净的门板上，将茶叶中的苦水踩出来。踩得好的茶，茶水不苦不涩，形状均匀好看。熏茶是茶叶制作中最关键的一个工艺，除了不能碰到明火外，烟也要恰到好处，否则熏出来的茶不是烟味太重，就是淡而无味。后来，你还突发奇想，在熏茶的柴火中添加了花生壳、稻壳和核桃壳，使得茶的味道，越发地香而纯正。

有了好的茶叶，还要会煮茶，这就涉及茶艺了。茶艺是饮茶的艺术，它包括选茶、备器、择水、取火、候汤、习茶等技巧。多年的摸索，你对茶的生长环境、采摘的时节、水和茶具的选择等，有了较深的研究。刘讷的建议，给了你很好的启迪，稍作思考，一篇以茶为主题的文章，就新鲜出炉了。

在这篇题为《荈赋》的文章中，你以自己的亲身经历，比较完整地记载了茶叶从种植到品饮的全过程，第一次把茶与文化联系起来，提升了茶的品位和意境，于无心之中摘得一项茶史上的桂冠，成为人们口中的“茶祖”“美丰姿”和“使饮茶具有风雅文化第一人”的美誉。陆羽在《四之器》《五之煮》和《七之事》中三次提起你；皮日休在《茶中杂咏序》中说：“《茶经》是《荈赋》之注释，《荈赋》是中国茶文学的开山之作。”东坡先生专门赋诗一首，赞美《荈赋》的首创之功：“赋咏谁最先，厥传惟杜育。唐人未知好，论著始于陆。”宋代文人吴淑也对你的《荈赋》作了充分肯定：“清文既传于杜育，精思亦闻于陆羽。”

当然，“茶祖”也好，“美丰姿”也罢，这些都是后话，你处的那个年代，舆论复杂多了。因为这点爱好，称你“不务正业”的有之，“贪图享乐”的有之，“不思进取”的也有之。就连鼓动你写《荈赋》的刘讷，也在晋武帝面前说你“拙于用长”。这句话的后果，导致你失去一次升职的机会。好在你并不在意，你说：“有饭吃、有茶喝足矣，身外之物，何必强求？”

你写过很多诗文，可惜那时没有互联网，也没有电脑和手机，流传下来的只有《易义》和《杜育文集》两卷，另有五篇小文被《全晋书》收录。

平心而论，你所有的文章中，《荈赋》无论是文学性还是趣味性，都不属上乘。然它所产生的影响和作用，却远远超过其他作品。因此，你曾天真地打算，退休后专门进行这方面的研究，然后再写一本厚厚的、分量重重的，关于茶文化的书。

可是，你的愿望没能实现。公元311年，东海王司马越病死，刘聪、石勒等趁机进逼皇城。为救晋愍帝于水火，你不顾力量悬殊，立刻出兵营救，结果晋愍帝获救了，你却落入敌人手中。临刑前，刘聪问你有没有遗憾？遗憾当然有了，你才三十岁，很多事情都没来得及做呢。不过，这些话你一字没说，你只提出了一个请求：“让我喝杯茶再上路。”

诗 人

徐全庆

汪海华是个诗人。

作为县作协主席，我却不知道我县有这么个人。直到一个朋友谈起他。我这才知道，汪海华是某镇的镇长，很喜欢写诗。朋友说，哪天我给你介绍一下。然后又补充说，他是你的粉丝呢。这话说得让我有点飘飘然。又想，既然他是镇长，也许能为我们的文学聚会提供一点帮助，比如解决一顿饭什么的。于是对与他的见面就有了些许期待。

朋友走后，我在网上认真搜索了一下，并没有见到汪海华的作品。一首诗都没见到。见到的都是作为镇长的他的新闻，比如他到困难群众中家中慰问，他到田间地头与农民座谈，等等。或许是他用了笔名，又或者他并没写过什么诗作，只是喜欢而已。我这样猜测见不到汪海华作品的原因。

之后很久，我和汪海华都没有过交集，渐渐地把他淡忘了。

有一天，汪海华突然找到我，拿出一沓打印的诗稿，请我指点。还有一个精美笔记本，里面贴着他发在报纸上的几首诗。汪海华诚恳地望着我，目光中竟还有一丝腼腆。与我想象中完全不一样，明显少了些成熟与世故的感觉。

我先看了一下笔记本上的几首诗，全发在本市日报或晚报上。且都是十多年前的作品。诗还显稚嫩，但好在还算清新。我又简单翻了一下那沓打印的诗稿（都是近几年的作品），觉得没什么诗味。比起十多年前发表的那几首，竟然明显不如。我不知道该怎么和他说，生怕说得太直让他生气。我放下那些诗，说待我认真拜读后再提意见。然后我们就随便聊些有关文学的东西。

我问他平时读不读诗，他说很少。又感叹道，没时间呀。我呵呵笑了笑，说，还是要多读一点。不读诗怎么能写好诗呢？他连说，是，是，我尽量多读一点。态度颇似一个小学生。

汪海华说今天恰好有空，要请我吃个饭。我说不用，其实只是客气。这时他接了个电话，然后一脸歉意地说，实在抱歉，今天还真不行了，改天我再请你。然后又解释说，他们镇正在洽谈的一个大项目的负责人来了，他要去陪一下。这个项目要是谈成了，他们镇的好多蔬菜就可以就地加工了。汪海华说。

之后我们又通过几次电话。于是我知道，汪海华从学生时代就立志当一个诗人。毕业后他选择当了一名老师，因为这个职业有利于他创作。我说这倒是的，那你为什么又改行了呢？他说是因为一次上访。你还上访？我惊奇。他说，是帮别人。

汪海华有个学生，父母双亡，和爷爷奶奶生活在一起。家里很穷，爷爷奶奶身体也不好，完全符合低保的条件，但村里就是不给申报。汪海华就找到村书记，说了一通大道理，既有义正词严，又有饱含深情。汪海华觉得，铁石心肠的人都会被他感动的。但村书记只丢给他一句“符不符合条件不是你说了算的”就不再理他了。汪海华就到镇里上访。镇长也签批了，要求村里“按规定办理”。可村里说“按规定”不该办。那一刻，汪海华发现，手中无权，想要为别人做点事居然那么难。于是，他决定从政。

再次见到汪海华是在电视上。那段时间连降暴雨，淮河水位猛涨。汪海华任职的那个镇内有一条淮河支流，因为地势低洼，每次防汛都是重点。电视上，汪海华正扛着一个沙包加固一处要决堤的地方。记者采访他时，他很豪迈，表示一定能战胜洪水。最后他还即兴作了两句诗："我兀立于淮河之上 / 滔滔河水在我脚下打战。"记者还笑着说了一句，这只是淮河的支流。汪海华也笑，说，是淮河咱也不怕。

然而第二天就听到了汪海华去世的消息。

又是一夜暴雨，那条支流还是决了个口子。水流太快，沙包扔下去就被冲走。汪海华带头跳进水中，像根木桩拦住沙包。决开的口子终于被堵上了，但汪海华由于太疲惫，滑倒水中被冲走了。

我的眼泪立刻流了下来，耳边响起他最后创作的那两句诗：我兀立于淮河之上 / 滔滔河水在我脚下打战。

我觉得，这是他一生中写得最好的一首诗。

鸡 鱼 肉 蛋

宋以柱

宋大国刚工作时十七岁，是二十世纪八十年代后期，单位叫物价局。单位不大，五间平房，办公室、伙房、宿舍，各有其用。人不多，局长、副局长、会计兼出纳，加上宋大国，一共四个人，四个男人，三老一少。

好在宋大国很快乐，因为大伙处得好，工作也顺心。那时改革开放刚起了个头，市场经济还像个害羞的丫头，还不太敢走门串户。一把菠菜，几个鸡蛋，一只鸡，一捆树苗，都想拿到街上去换钱。只几个胆大的，横竖拿了自己地里的粮食，院子的鸡鸭，踽踽地走了去，找一个不起眼的墙根蹲着，等穿四个兜衣服的干部来问价。

给钱就卖。卖了就赶紧回家。一路上自言自语。你若是能听见，无非就这么一句：这不是能换钱吗？这不是能换钱吗？二十世纪八十年代当爹当娘的，都喜欢自言自语，大概就是这么来的。

时间一长，在县委招待所南边的街上，有了一个自由市场，从东到西，几百米长，一时热闹起来。管理自由市场的活，就派到了物价局。一开始，几个人都犯愁，怎么弄啊？没有经验啊。局长说你们是干什么的？掌握市场价格的啊，那个你——他用短手指一指张玉奎，张副局长你说了算，能不能给他们定个价？不管老百姓拿死的活的来卖，给他们定了价再卖。

张副局长是退伍军人，浓眉大眼，粗手大脚，极要面子，心思极细密。在自贸市场建了入口，搭了一个棚子，摆了一张桌子，来往的人和死的活的山货，先得登记定价再进市场，否则——没收。这一来，就等于同意老百姓自由买卖了，就像给黄河开了口子，自贸市场一而再，再而三地扩大，后果是，市里一下子知道了。

市里要下来了解情况。

局长说这几天我要回老家一趟，张副局长你和谁谁接待一下，实话实说，爱咋地咋地吧。

市里来了四个人，一个副局长带队，一个科长，一个副科长，一个司机开着一辆黄皮车，那车和县委书记的车一样，像一只黄皮大青蛙。

不得已，张副局长使劲攥着两只手，开始给市里领导汇报，宋大国一个劲添水擦桌子，说到中间，就是给老百姓的死物活物定价进市场那儿，市里的副局长一拍桌子，叫了一声好，说你们找到了一个管理自由市场的好路子，这样吧，好好总结总结，写出一个材料报市里，明年春上，咱们来开个全市的现场会，怎么样？

市里的领导接着说，今天中午在这里吃饭，你们安排一下吧。张副局长看看左，看看右，憋了一脸汗，一拍左胸说：去县委招待所吧。一桌子七个人坐好，服务员要领导点菜，市里的领导不肯点，一摆手，二摇头，说客随主便客随主便，有啥吃啥有啥吃啥。

还得是张副局长往前冲，他把一桌子人看了一遍，又看了看厨房的方向，憋出来了一句话：鸡鱼肉蛋，拣像样的上就是。

那一顿饭花了三十二元五角六分。宋大国喝了酒，蒙眬中，他记得是张副局长交了酒饭钱。

第二天上班，张副局长到得有点晚，不像以前那么准时。到了办公室就坐在那儿，不说也不笑。宋大国刷了他的杯子，给他倒水送过去，一低头的当口儿，发现张副局长的脖子里有几道血印子。一开始，宋大国以为张副局长喝多酒，在哪个墙角，被树枝给划破了。没在意，也没敢多问，怕伤了领导的面子。再过一周，张副局长却坚决地辞掉了副局长，而且是，坚决地要求去了另一个单位。

年底，宋大国在街上遇到张副局长，才明白其中缘由，招待市里领导那一顿饭，花完了张副局长一个月的工资，回家刚说明白钱怎么花的，老婆嗷嗷叫着扑上来，就给他脖子挠了几道血口子。张副局长觉得丢人，就要求去了另一个单位。

拐过年去，到了春深时节，局里又接到通知，把写好的材料交到市里，市里领导要审阅，届时开现场会。送材料时，宋大国遇到年前去调研的副局长，那位副局长一问，宋大国一说，那边“啊呀”一声，一连串地说，公务接待是可以报销的，怎么可以让个人花钱呢！啊呀啊呀，这事弄得，你看看，你看看，不应该呀！

宋大国听了，回来一说，大家哦了一声，就各自去忙手上的活。

二姑的笛子

白云朵

用了五年的等待，二姑终于等来了动迁。这意味着，二姑成了新城镇人。用二姑的话说，抱上了个蜜罐子。

兴兴轰轰了一阵，二姑闲不住了。二姑说：“这闲了，倒闲出病来了，吃饭饭不香，睡觉觉不好，骨头里出脓了。”

这也难怪，我家这二姑，年轻时可是村里的好劳力。挖河泥、挑粪担，脚头比男人还轻；割稻插秧，男男女女没一个能赛过她的。当时，二姑还是村里唯一书读到高中的文化人。这还不止，她还是一个奇人。

奶奶曾给我说过这样的故事。

说二姑从小爱好丝竹，善吹笛子。那时，家里养了一头黄牛，每当爷爷牵着牛赶车时，二姑总在一旁吹笛，笛声娓娓，耕牛赶车则车水不止，笛声悠扬，耕牛犁地则脚步欢快。后来，爷爷故世了，二姑见牛伤情，就把牛卖给了同村的三伢子。三伢子牵牛赶车，因无笛伴奏，牛竟然停步不前。于是，三伢子请来二姑。二姑一吹笛，神了，牛赶车就又车水不息，牛犁地就又脚步欢快起来。

三伢子见牛这等样子，马上请了媒婆拿了聘礼上门求亲。怎奈，二姑瞧不上三伢子。三伢子没法，最后就把牛转卖了。

后来二姑又学会了缝纫，给人家做衣裳，吃百家饭。二姑头颈里挂着软尺，划石粉在布料上一画二画，大剪刀“嚓嚓嚓”，三下二下剪出衣形来，再在缝纫机上手推脚踩的样子不晓得迷倒了多少男人女人。

那时，二姑常常把笛子带身上。做完一天的活，主家叫吃饭前，二姑必净了手，双手捧着笛子，将吹孔置于下嘴唇下沿，对准孔吹……那时，十乡八里的人都请二姑去裁衣，尤其那些有女儿要出嫁的人家，更是以请到我二姑来做嫁衣为荣。

为别人做嫁衣的二姑，也期待着能给自己做回嫁衣。可她的心气儿高。奶奶也给她张罗过几回，包括那个三伢子，但终究落了个“剃头挑子一头热”。

能降住二姑的那个男人，自然是二姑夫了。二姑横挑鼻子竖挑眼的男人，最终把她带到黑龙江——鹤岗煤矿，挖煤去了。

这一走，就走了二十多个年头，回来时已是两鬓染霜了。其时，娘家传出要动迁的风声。

二姑变卖了东北的那个土坷垃，跟二姑夫"离"了婚。一家四口，破釜沉舟似的投奔了娘家。说是娘家，其实哪里还有娘。

二姑的娘，亦即我奶奶，临终前把一根竹笛交到我父亲手里。我见过那根笛，普普通通，由一根竹管做成，里面去节中空，管身上开有几个孔。浅黄色。笛梢刻着爷爷的名字。笛，装在一个绛紫色的丝绒袋子里，袋口用缎带绾着。二姑去东北前，没把笛子带上。

父母收留了二姑一家，暂住在我家老屋里。

动迁的事不是二姑想动就动的。还没等到动迁，却先等来了二姑夫的动静。二姑夫名正言顺地把二姑给甩了，他跟投奔他们来的、一个比二姑年轻十来岁的老乡妹子私奔了，还带走了二姑变卖土坷垃的所有钱款。

屋漏偏遭连夜雨。

好在，二姑的两个女儿相继出嫁了，且，都嫁得不错。根算是扎了下来。

足足等了五年，苦尽甘来。

二姑像城里人一样住上了新居。

住上新居后的二姑，跟一些烂地较上了劲。这些地都是开发商造房子时没利用好的边角地，这边一小块，那边一大块，草、碎砖头、烂木板充斥其间，二姑每每看到，便会像圈地一样圈起来。天一亮就荷锄出门，天擦黑才肩锹回家，奔东跑西，忙得像只织布梭子。

"这几天，天天到棉花田里摘'小耳朵'，天天老晚才回家！"母亲告诉我。

棉花有"小耳朵"？这我是第一次听说。

中秋日，我让母亲叫二姑跟我们一起吃晚饭。母亲一大早就去敲二姑的门。

"去晚了，到了田头，就难找了，天晓得她在哪一块田里。"母亲说。

晚上，二姑吃着饭，心里却忧着她田里的那些棉花。

"说不定这会儿就有人在棉花田里下手呢！"

我们只好让二姑提了几个月饼到棉花田里赏月去。我特意问了她棉花田的位置。

想到二姑棉花田里那些"小耳朵"，勾兑得我脚步轻松，朝着她所说的那块田去了。经过一个荷花塘，穿过柳树影，行过一个小拱桥……

还没到河畔，就听到一阵悠扬的笛声，时而娓娓动听，时而高亢激昂，时而又如泣如诉。我驻足聆听。笛声升到那有着星辰与皎月的深空里，和着云丝曼妙轻舞。

我不由得鼻子一酸，眼含热泪。

转头，见不远的地方，蹲着一个跟二姑年纪相仿的男人。

最美好的瞬间

非花非雾

中原老城西大街，有一间照相馆。二十岁的摄影师常宽不爱言笑，拍照时却不厌其烦地给紧张的顾客示范指导，为他们留下最美好的瞬间。

照相馆有一个大大的橱窗，透过橱窗玻璃，能望到街对面的白粉墙，墙上高高钉着一块毛主席像纪念牌。没有顾客的时候，常宽便从橱窗望向纪念牌下的土路。路上行人总是稀稀落落，服饰清一色的蓝、白、灰、黑。

这时，照相馆走进来一对年轻人。男青年穿着一身灰蓝色工人装，女青年两条长辫子垂到腰际，脖子上围一条碧绿的方巾，穿着红花格子上衣，军绿裤子，手里拿一只新脸盆，盆底印一只大帆船，旁边写着一行红字：大海航行靠舵手。他们拿出介绍信和结婚证，要照一张结婚相。常宽突发奇想，把一人多高的照相机推到门口，让这两人站在毛主席像纪念牌下，拍了一张合影。在暗房冲洗时，常宽在上面记上日期：一九五三年十一月。这张照片一直夹在橱窗里，相里人对着路人幸福地微笑了十年。

常宽正拿了毛笔低头在照片上描彩色，一个穿绿军装，戴着红领巾的小姑娘走进照相馆，怯怯地看着常宽说："那是我爸我妈。"常宽抬起头，看见小姑娘指着橱窗里的照片，再看看小姑娘的眉眼，明白了是怎么回事。他说："让他们来，给你们免费再照一张。"

那对夫妻来了，男人的上衣变成两只兜的干部装，女人剪了齐耳短发，蓝洋布的对襟上衣干干净净。常宽请他们三口站到纪念牌下，拍下全家福。照片冲洗放大，标上：一九六三年十月，和那张结婚照并排摆放在橱窗里。过路的人都要往那里看一眼，看完，不同的人就有了不同的表情。

照相馆门前的土路变成了柏油路，橱窗对面的纪念牌已在墙上斑驳了。一个漂亮的女青年走进来，她穿着白衬衫、蓝裙子，长头发用手帕扎在脑后，腕上一只闪闪发光的坤表，眉眼间是似曾相识的笑意。她拉进来的是一位穿军装的小伙子。女青年问常宽："你还认识我吗？那两张照片上是我爸我妈还有我。"常宽激动地取下眼镜，打量着她，请一对年轻人一定站到纪念牌下照一张合影。这张照片被标上日期：一九七七年六月。然后端端正正地放进橱窗里，和已经发黄的两张照片摆放在一起。

又是十年，照相馆对面的院子要拆掉，建一座中外合资的山货加工厂。厂子的负责人就是结婚照上的军装青年。他发了福，宽大的西装掩不住高凸的肚子，女人也显老了，眉眼间还有些当年的风韵。他们在那图像模糊的纪念牌下合完影，纪念牌就随着白粉墙一起化为土砾了。常宽把这张照片标上日期：一九八六年四月。

常宽没有把最后一张照片放入橱窗，反而把里面的三张也取出来，小心翼翼地保存起来。

常宽退休了，这间当地唯一的国营照相馆也关门了。腿脚利索的常宽，背着他的相机走遍四乡给人做婚礼跟拍。他的相册里存满了十年来红衣红裙的新娘照。那一年市摄影协会的人找到他，拉他搞摄影讲座，他成了讲师。

为了跟上时代的潮流，他买了电脑、数码相机。一切都重新学起。他请那对老夫妻又拍了一张婚纱照，当他在电脑上把婚纱照的背景 PS 成毛主席像纪念牌时，心中百感交集，那张照片他标上：一九九七年十月一日。

常宽随着摄影采风队来到平遥古城，一对“80 后”年轻人正拍外景婚纱照，常宽走上前去“蹭”拍，用颤抖的手把相机安在三脚架上，测光，对焦，按快门，他的白发在夕阳晚风中闪光飘动。他挑出背景为五星红旗的那张，标注：二〇〇八年十月一日。后来，他才知道，那对年轻人是老夫妻的孙辈，多么深的缘分！

二〇一八年九月，常宽已是满头白发的八旬老人。他应邀参加山西平遥国际摄影节，带着自己珍藏了多年的六张照片来参展。

整个平遥古城成了摄影艺术的海洋，常宽目不暇接。他的六幅作品似乎很老土地挂在城隍庙的一隅，默默地承载着一段漫长的岁月。

评委们走过来，评委会主席盯着这组图片看，慢慢地有一种奇异的光彩在他的眼中闪亮。他拉住常宽的手，赞叹说：“这是六十余年社会变迁的记录，六十余年对艺术的执着追求，可敬！”

常宽很惊讶：“我哪有什么追求，这是我的工作，我的爱好。”

常宽的这组照片获得了一等奖。

钥　匙

朱红娜

碧翠回不了家了。

早上门“砰”的一声关上的瞬间，碧翠尖叫了一声“糟糕”。钥匙落屋里了。

碧翠没有时间处理钥匙问题，她要赶着送女儿去幼儿园，赶着买菜，赶着去上班。路上太堵，几公里的路要提前一个小时，她不能迟到，迟到的代价太大。不知哪个斩千刀的，发明上班指纹打卡，一分钟都逃不过。碧翠恨恨地骂了一句。

小区保洁阿姨上次就让碧翠换指纹锁，上次碧翠是将钥匙落在了钥匙孔上，害得一整天提心吊胆，一会儿担心家里的贵重物品，一会儿担心电脑上的珍贵资料。工作恍恍惚惚，还出了小差错，跟经理吵了一架，幸得小区保洁阿姨好心收好了她的钥匙。

碧翠没换指纹锁，不是不想换，是想换的东西太多了，不是想换就能换的。一把指纹锁要多少钱啊？次的1000多元，好的上万元。那是碧翠半个月一个月的工资啊！房贷、车贷、女儿幼儿园费、女儿艺术培训费、水费、电费、物业费、停车费，碧翠不想再算下去了，头已经很疼了。

别说指纹锁没得换，上次跟经理吵了一架，口气牛×哄哄地说要辞职换工作，结果问了几家同行公司，工资标准都要从新人开始，那可是差了一大截，碧翠只得乖乖地向经理低头，赔礼道歉，才保留了这份工作。

老公又出差了。

碧翠想想就来气，三天两头地出差，拍拖的时候怎么没见你总出差啊？

老公回她，拍拖的时候怎么没见你脸上有斑啊？一句话噎得碧翠嘴里的饭卡在喉咙里。碧翠学公鸡的样子，拼命拉抻脖子，硬是把饭挤进了肚里，把肚里的气挤了出来，装成一排子弹射向老公：好啊，狗嘴里终于吐出屎来了，是嫌我脸上长出斑了，还嫌我腰上长出来的赘肉吧，还嫌我眼角生出来的鱼尾纹吧，出差找脸上嫩滑的吧，找身上锁骨凸出的吧……

碧翠看着她的气噌噌跑到老公面前，老公深深一吸，吸进肚里，估计在肚里翻了十二个滚吧，又滚了出来，吼，你就是个神经，泼妇。

三日一小吵，五日一大吵的，这日子过得像冬天下雪的时候，要多冷有多冷。

碧翠还想换老公呢，换个活法，能吗？

碧翠接了女儿，投奔到闺蜜家里。人还没见到闺蜜，声音就传到她耳朵里了：惨了惨了。闺蜜吓了一跳，碧翠下半句才出来，钥匙忘家里了，回不了家了。

这一惊一乍的，还以为被人强暴了呢？闺蜜和碧翠便哈哈大笑起来。

笑声还在半空，碧翠又哭泣起来，控诉了老公一番。

看看，看看，我在他眼里由天使成了神经了，泼妇了，整天在外不回家了……碧翠一边哭诉，一边用右手擤了一下流出的鼻涕。闺蜜抽了一张纸巾给她，这纸巾上印着暗蓝的蝴蝶，有一股淡淡的清香，碧翠擦干净手，再去擦鼻子。闺蜜又抽了一张纸巾给碧翠，说，擦鼻子要用干净的纸。

我不是要节省着用嘛。碧翠就不明白了，闺蜜夫妻也是白领，工资高不到哪里，她怎么就能用这么高级的纸巾呢？这一打纸巾抵我家三打啊。

闺蜜安抚了一下碧翠的情绪，说老公快回家了，我要做饭去了。

碧翠最喜欢闺蜜做的饭菜了，总是找借口过来蹭饭。厨房很快飘出菜香，一盘客家酿豆腐，一盘青椒炒牛肉，一盘清炒龙须菜，一条清蒸桂花鱼。汤是老火靓汤：艾茎褒鸡肉。闺蜜说，这汤暖胃，男人外面吃多了，胃都不好。

碧翠心里暗暗叨咕，怪不得老公胃不好，是外面吃多了。

吃完晚饭，闺蜜拿着一大串钥匙给碧翠，说，看看这个。

钥匙足足有十余把，每一把上都贴有一个名字。突然，碧翠看到一把贴有她名字的钥匙。

碧翠记起来了，几年前，老公说，你大大咧咧惯了，放一把钥匙在闺蜜家里，以防万一。

我怎么忘得一干二净了呢？

闺蜜笑了，这日子啊，要往细里过，要用心过。碧翠咀嚼着闺蜜轻描淡写的一句话，好像慢慢有点明白，闺蜜为什么过得跟自己不一样了。

她 是 谁

徐 东

突然接到一个电话。

对方不是推销房子的，不是送快递的，也不说自己是谁，打电话的目的，就在我没有耐心想要挂掉时对方说，请问，谁是你最难忘记的人？

我没好气地说，你是谁？我凭什么要回答你的问题？

对方呵呵地笑了两声说，我是你认识的一个女人的闺蜜——请说吧，谁是你最难忘记的人？

我有些意外，想不回答，却又觉得不如实话实说好了。

我说，是我的初恋吧，我和她认识时我二十一岁，她十九岁。我们曾经很认真，很投入，也很不成熟地相爱过。我们给了对方纯真的快乐与幸福，也为对方流泪和心痛，那种爱让我难以忘记！

哦，现在的你结婚了吗？

没有……

我看过你的照片，在网上也搜了一些你的资料，你算得上是英俊潇洒、事业有成了，应该会有各种各样的女人喜欢上你，爱上你，愿意嫁给你这个钻石王老五，为什么到现在还没有结婚呢？

在这样一个浮躁的、物质的、功利的、物欲横流的时代，只有少数的人配得上拥有爱情，也许是我配不上了吧！

没有理想的爱情，也可以有家庭啊！

也许吧，谁知道呢？

当初，你和你的初恋女友为什么会分手呢？

当初……她嫌我们一起逛街的时候我总是盯着漂亮的女人看，猜想我将来可能会喜欢上别人，就试探我，装成大度的样子让我去与别的女人约会……

呵呵，结果你就真的听了她的话？

是啊，人都有自私的，半真半假的一面，再加上那时我也年轻，特别不成熟，也想要试一试与别的女孩有没有相爱的可能，就真的照她说的去做了，回来以后还傻傻地向她汇报自己约会的感觉。她说过自己是不会介意的，可最后还是离开了我！

呵呵，你真有意思……

年轻的时候我做过不少荒唐的事，现在我真心希望谁能痛骂我一顿——请你代替她，也代表所有喜欢过我，爱过我的女人骂我几句可以吗？

呵呵，我可不会骂人！

你就行行好，骂我几句吧，你想怎么骂就怎么骂！

呵呵，这可真让我有一些为难呢！

你骂吧，这样我的心里才会舒服一些！

我骂你，你不会也骂我吧？

不会的，除非你请求我骂你！

对方停顿了一会儿说，呵呵，好吧，我就骂你几句——你是个大笨蛋、大白痴、傻得不能再傻的大傻瓜……

谢谢你，真是难为你了。不过你的声音太温柔了，要不要我也骂你几句？说真的，我也没有骂人的习惯，只是出于你同意了我的请求，希望能为你做点什么！

呵呵，不用了，谢谢你的一片好意！

你会不会觉得我不正常？

呵呵，有点儿吧！

有时我特别无聊，也特别情绪化——我是一个强调精神生活的人，本来该成为一名艺术家，可在现实中却有一家大型的文化公司，平日里需要戴上面具和各种人应酬，不这样的话我可没有今天的事业和成就，但我有时也厌恶自己现在拥有的一切，觉得甘于一无所有也是一种人生的境界。我这么说吧，我现在什么都不缺少了，就缺少一位可以和我相爱的女人。

你不觉得人生有点缺憾才更真实吗？

虽说如此，可我还是希望能有一架时空机让我回到过去，让我弥补过去犯下的错误。

如果有机会你还会愿意和初恋女友走在一起吗？

也许吧——你闺蜜是我的初恋吗？

暂时保密吧——分手后你就再也没有她的消息了吗？

她离开我之后很快被别的男人追到手了。我看着她和一个高大帅气的男人手牵着手走在大街上，有说有笑的，我却没有勇气追上去——追上去也不可能取得她的原谅了啊。

你不追上去怎么知道她不会原谅你？

在真实的情欲面前，人哪儿配拥有真正的爱情呢？爱情更多的应是人内心的渴望与想象。例如现在的我，虽然仍然在心里爱着初恋女友，可有适合的女人愿意和我交往，我也不会拒绝——事实上每一次和别的女人接触我都觉得错了，因为不管我多么想要全心全意地爱上对方，都很难想象自己可以永远爱着。

为什么呢？

也许经历得越多，越不知道爱是什么了吧！也许没有谁是完美的，可以像爱自由一样爱着对方，像爱着自己一样爱着别人。

你是个真诚的人——爱确实是一种纯粹的能力，很多人失去了那种能力。

也许吧，请问你是我哪位女友的闺蜜，可以告诉我了吗？

呵呵，她就在我的身边呢，我帮你问一问！

谢谢！

对不起，她不想让你知道她是谁。

她为什么要通过你给我打这个电话？

我只能说，她离婚了，想知道你现在过得好不好！

让我和她说几句好吗？

不好意思，她不是你的初恋女友！

对方说完就挂了电话，再打过去，对方不接了。

她是谁呢？我想了很久，也想不出她究竟是谁。

入冬的样子

吴富明

女人在站台来回走动了三趟。他眼睛有些累了。这样去关注一个陌生女人还是第一次。

“她就不会停下来吗？”他想，等车也不至于这样子。他似乎有些失望，“要是将来自己的女朋友是这样子的，想必不会是好事。”他点了一支烟，依旧看那女人。

“喂，你是不是男人？”女人终于贴着手机说话了，“不就买一件衣服，你用得着找一堆理由来说。”女人脸上暴了两条青筋出来，有些火气的样子。

“哇，是这个样子的女人啊。”他想，女人漂亮也不一定是好事，扭曲时更让人灼心。他不由得掐灭了烟，径直走到站台边的垃圾桶旁，扔进了半支烟头。

女人就站在他的边上。女人说，先生，借个火下如何？女人从包里摸出一支小雪茄。他愣了一下，抽手给女人点上了火。“谢谢。”女人说着，笑了下。

烟雾好柔，不像猛吸的样子，冲冲的。他觉得女人吸烟不是坏事，起码会有安静的神态值得观赏。

女人说，车来了，你不上吗？

他说，等下一辆吧，太拥挤了。你怎么不上呢，看你先前急的。

女人狐疑地盯着他说，你咋这样认为，我急吗？

他真不知道该如何回答女人了。他只说了句，快入冬了，该准备些保暖衣服了。

女人的眼睛睁得大大的。她说，你怎么知道？

他很吃惊的样子。他没想女人先前真是为一件衣服在发脾气，还有焦虑症。于是他说，是啊，入冬的衣服很重要，不奇怪。

女人说，这太好了。你能支持我们吗？

你们？他重重地说，难道……

对。女人说，我们最近在组织一批入冬衣物去边远乡村慰问老人及留守孩子。我那男友不但不支持，还老找借口说我，我那心要炸了。就差一件大衣了。那是几年前，我对一个老人的承诺。

女人说完自己的故事，他脸上僵住了。女人说，我有好多姐妹都几年没回家了，在城市里打拼，你是本市人吗？

他感觉眼角涩涩的。他说，不是，农村的。我也好多年没回家了。

女人“哦”了句。然后，女人将烟头扔进垃圾桶，转过身说，车过了两辆了，该乘下一辆了。

他“嗯”了句。他突然觉得将来找女朋友，也许可以考虑这个样子的。抽烟有什么呢？他想起同办公室的女孩，不也有人会吸烟吗。

汽车来了。女人与他都上了车。只是到的站点不一样。快下车时，他径直走到女人座位边，塞了个信封与她，说，一点入冬的心意。说完他下了车。

女人还有些发愣，待回过神来，想喊却拥堵在心。那是两千元现金啊。她也突然觉得这世上不是每个男人都可以骂的。

他走在路上，他早下了一站。那钱是他准备买条烟送领导的。他纠结了几天了。此时，他笑了。他怕女人拒绝自己的捐助，有意提前下了车。

路上的风很大，好在站与站之间不远。他拉了拉竖领，面对的远方心开阔起来，女人故事里讲的老人其实就是他家乡的孤寡老人，只是他没想到女人和她的姐妹们怎么能走到那里。家乡里，爷爷是村里排得上号的几个中华人民共和国成立前的老党员之一，他参加工作前，爷爷常常会时不时地教导他，为人要良善，要经得住诱惑，可不能丢做人的原则啊。此刻，他突然心被扎了一下，有些责备起自己来。

烟飘起来，也好柔。他轻吸着手中的烟，感觉很香，也有呛意，就像故乡的爷爷一样，充满着老人的味道，但又有着一股人生的清流之态。他叹了口气，看来，工作提升的事又要泡汤了。他竟然笑了起来。

他看到前方的站台了，还是好多人在候车，都是大包小包往家赶的样子。风依旧很大，他想，今年的隆冬天想必要冷得多了，真不知孤独一生的爷爷添厚服了没有。他眼眶湿了，有了回家的念头。

水　鬼

曾冠华

严喇叭在公婆潭看见水鬼了。

水鬼从水里浮出，爬上春牛用竹子搭的鱼掠，捡鱼吃，吃饱了它便抖着满身的黑绿绒毛，大腹便便地潜回水中。严喇叭描绘水鬼时，一副神经兮兮的模样，大伙猜测她撞邪了。大伙觉得，她明显有损人意思，以水鬼说春牛。土围人谈公婆潭色变，只有春牛敢奔公婆潭戏水，更绝的是他潜下水久久不冒头，一露出水面，手里便会举着尺把长的大鱼，然后游往潭边把鱼送上岸。敢跟水鬼抢食，春牛不是水鬼胜似水鬼。严喇叭那张臭嘴里长不出象牙，可说出来的话语总充斥异味，讨人生厌。平时，亮开膀子晒得黑不溜秋的春牛只穿大短裤，打着赤脚忙来忙去，他那比湄江石头还光的身影晃得土围村人眼晕。春牛弟妹多，生活的担子像湄江石头那般沉，他不早当家，爹娘会活活累死。一回，严喇叭插秧比春牛娘慢了，她出言不逊骂春牛娘穷鬼抢功劳。春牛抛下肩上的秧担子，一脚把严喇叭撂倒，吓得严喇叭从此远远见他都绕路走。就是这样的状况，偏偏严喇叭的千金水凤喜欢春牛。严喇叭不肯，苦苦哀求女儿作罢。水凤说："对亲娘那么维护的男人，一定厚待自家媳妇。"看来，严喇叭想让水凤嫁城里去攀高亲，好享大福的美梦要破灭。

湄江水道自瑶山而来，在土围村下游不远的古樟山崖前撞出公婆潭。湄江养人，虾多鱼肥。春牛精通鱼道，沿公婆潭前的斜水道往上垒坝子做鱼掠装鱼换钱，卖不完的提回家，一半送人。

严喇叭恨死春牛了，她指桑骂槐吆喝。早晨的土围村，像波涛汹涌的公婆潭，热闹非凡。严喇叭一边脚下匆匆，一边叫嚷："水凤死妹儿呀，死哪儿去了——"严喇叭起床，发现女儿屋里没了人。

水凤像天上掉下的林妹妹，美得人见了都惊叹。城里来的男知青说这生能跟她好上一回，跳老桥也在所不惜。就那点德行，水凤鄙视城里男人。

春牛一等一的耕田种地好把式，比干活，土围没人是他的对手，更甭提那些刚来的、脸白手嫩的知青了。

有一回，知青唐梦拦住水凤。在土围，严喇叭泼起来鬼见愁，春牛出手鬼见怕，这两个人随便倚仗谁，都足够给水凤壮胆气，她叉起细腰笑说："你能个啥？不就给我娘塞过两张粮票吗？它从你牙缝里挤出来，代表不了它能生出更多的粮食，春牛虽然拿不出粮票，可他有足够的力气种出吃不完的红薯芋头，养活一堆娃。"

唐梦觉得受到侮辱，他昂头大声说："我爸是武装部长，我不用种红薯芋头便能养活娃。"

水凤听他来头后还是怵了一下。但是，这是土围，她便毫不示弱说："土围有水鬼，春牛哥出马，怕不怕他让水鬼吃了你？"

唐梦依然大声说："我爸一枪崩了它。"

水凤心里骂了一句：长不大的娃。跟这号人儿戏似纠缠，没意思透了，灵机一动，水凤伸手指着前方大叫："你背后有水鬼！"这招蛮灵，把唐梦吓得顿时惊慌，撒腿跑毬。

唐梦是严喇叭眼中理想的女婿人选，她不会轻易让他跑掉。水凤失踪，严喇叭预感这次出大事了，立马上门叫唐梦回城找他爸去。

于是，便有了大队通知，说春牛不务正业，上山打猎下水潜鱼搞私捞，专破坏大集体，影响极坏，这股歪风得刹住。

来人抓不着春牛，连水凤也如人间蒸发。有人说，看见春牛和水凤从崖上跳下了公婆潭。严喇叭蔫了似的一屁股跌坐地上。见状，唐梦又撒腿跑回城去搬救兵。

三天过去，生不见人死不见尸，土围公婆潭闹水鬼吞了两青年的事件，一时间弄得沸沸扬扬。武装部长亲自出马，且从水库工地上调来炸药包，他一声令下，便见人把点燃的一只炸药包投进了水深、旋多、浪急的公婆潭。结果，没有炸出水鬼，水面除了一片鱼儿翻白，浮上来的还有一对比箩口还大的巨形老甲鱼。雄甲鱼背着雌甲鱼死不舍弃，它们身上长满毛茸茸的苔藓，此刻，已了无生气。

“水鬼个鬼。”幸亏没炸到人，武装部长沉着脸不满地批评儿子唐梦说，“这事过去了，是你的她不会跑，不是你的要不来。”然后挥手收队，走人回城。

次日早上，春牛背起水凤，满身伤从被炸坏一角的公婆潭古樟山崖洞里艰难爬出来，他露脸那刻，迎着清晨第一缕鲜亮的阳光，紧接回头跟水凤互相对眼，两人幸福满满地笑了……

忽 如 归

王东梅

老黄老婆挨打的频率和老黄喝酒的密度直接有关，当然，身上伤的轻重又和老黄喝酒的多少密不可分。

老黄喝醉了，就看什么都不顺眼。盆不在盆的地方，碗也不在碗的地方。不在地方，就摔。摔盆，摔碗，摔缸子，摔碟子，够得着的，能摔碎的，都让老黄摔了。老黄老婆就拉着、扯着，拽着，拦着，不让摔，老黄老婆说，都是花钱买的。老黄被老婆败了兴致，就恼怒得不行，花钱买的不让摔，就摔你吧。谁让你不是花钱买来的呢——于是，老黄就把老婆摔了——可是，没摔碎——只是摔得眼眶子青了，鼻子破了，额头漏了个大窟窿。

老黄老婆额头的大窟窿呼啦呼啦地冒着血，老黄却累得没了精神，一倒头，栽在出租屋的破沙发上，睡着了。

邻居们见了都替老黄老婆鸣不平，说老黄该打，说该把他送进局子里啃几天窝头，可是还没等看热闹的消了气，老黄老婆却用一块白布包了头，瘸着腿，出出进进给老黄熬米粥。老黄老婆说老黄喝酒的时候没吃饭，一会儿胃准疼。

一众看热闹的人，呼啦一下，散了个干干净净。

老黄酒醒了，一定是抱着老婆哭。老黄哭得自己的肠子都悔青了：这么好的老婆哪儿找去？自己居然还动手打了人家。真不该呀，真不该。于是，老黄赌咒发誓，以后再不动老婆一个手指头。

可是，下次见了酒老黄还会喝，喝完还会醉，醉了还会摔东西，摔完东西还会摔老婆。当然了，酒醒了，还会哭，还会赌咒发誓，像第一次一样。

大家都替老黄老婆不值，跟着一个比自己大了二十几岁的老男人，吃苦受罪不说，还要挨打受气，图什么？

没人知道老黄老婆图老黄什么。

出租房里上下三层，大家都是来自五湖四海，全国各地的，谁也不知道谁的根底。开着门见了，兴许打个招呼。关上门，各过各的，谁也不操心谁的日子。赶明儿房租到期，搬东西走人，谁和谁就像从来也没见过。

人们能见的是老黄蹬着他的破三轮车又去街上等活儿了，老黄老婆青着或紫着脸，瘸着腿或者抱着胳膊，在街边的菜摊上为一毛两毛钱和小贩嚷嚷。老黄老婆说，她要腌小酱萝卜，老黄爱吃。

对面屋里的房客就咣当一声把门关上了。把老黄和老黄老婆都关在门外。

老黄吃上了老婆腌的小酱萝卜，老黄说，真不赖。老黄还说，植物园西边的那一片荒地要开发了，说是要建个热电厂。老黄说，到时候咱去承包了这个工程。老黄老婆的眼睛里就放出了光，问老黄：我能去厂里上班不？老黄呸老婆一口：没见过世面的娘们，你都是老板娘了，还上啥班。老黄老婆眼里的光就啪啪的了。老黄说，再给我盛碗粥。老黄老婆就慌不迭地来接碗。慌慌地，竟然把桌子都带歪了。老黄就又呸了一口。

老黄的“工程”一时半会儿是谈不下来的，其间老黄又醉了两次，一次拳头落在老婆眼眶上，老婆就乌眼鸡了半个月。一次板凳落在老婆后腰上，老婆先是在炕上趴了一个多月，再出来，就只能猫着腰走路了。老黄就叹气，叹得长一声短一声。

突然有一天老黄蹬着三轮车出去就再也没有回来。老黄是天傍晚走的，说是有个活儿早就约好的，可是去了一夜也不见回来，打电话竟然关机。老黄老婆守在大门口，抻着脖子往远处望，也望不见个人影。天亮了，老黄老婆往老黄常去的几个地方寻了遍也是没找到。老黄老婆就坐在屋门口哭，拍着大腿，嗷嗷地哭。

这时候人们才发现一件事，以前不管老黄怎么打老婆，也没见老黄老婆哭过。这一次，是大家第一次见她哭。老黄老婆哭得很伤心，像老黄不在这世上了一样。

街坊邻居住久了，咋能没点见面之情呢，于是，在家的，不上班的，暂时没事的，都被房东吆喝着，出去找老黄。

老黄是天擦黑儿才被人从西河沿背回来的，鼻青脸肿的，一看就是让人胖揍了。老黄老婆就泪人似的给老黄擦洗伤口，问：这是咋的了呀？老黄虚得续不上口气，半天才说出句：来碗粥吧。

喝了粥的老黄，在床上睡了三天。

老黄睡醒的时候，老婆正弓着腰背对着老黄洗一盆小萝卜。老黄就柔柔地唤：春花。

老婆没听见，继续洗。老黄就又柔柔地唤：春花。

老婆仍没答应。

老黄就大了声，又柔柔地唤：春花。像十几年前的那个夜晚，他隔着窗户，柔柔地唤她。

那个晚上，他拉着她的手，逃出村子的时候，那个买她的瘸腿男人站在村口把老黄的祖宗十八代都翻了几个遍。老黄没有停下脚步，攥着春花的手，没命地跑。他记得她还说过：我会对你好，好一辈子。那个晚上，老黄的腿，也瘸了。

老黄又睡着了，他做了一个梦。梦里，老婆在洗小萝卜。

卖　画

周东明

他是画家。

是松州城里小有名气的画家。

画家很傲，傲得有些不近人情。

画家的舅舅家，有一个表哥，很喜欢画家的画。那天，舅舅家的表哥来找他，对画家说，表弟，我搬了新家，你能不能给我画一幅画啊，挂在我的新房子里。

当时，画家正在作画，已经接近尾声了。

表哥的话，似乎是耳旁风，画家没有听见，依然在低头作画。表哥看画家快快不睬的样子，是站也不是，坐也不是。

很快，画家画完了那幅画。

画家拎起了画作，问表哥，你看我这幅画怎么样？

画家画的是一幅蜡梅，画作承袭了北宋赵佶的画风，书体瘦挺爽利。这幅蜡梅，稀疏的花枝上，花蕾含苞待放，淡雅可爱，设色淡雅清丽，风格工整。

表哥受宠若惊般地连连说，这幅不错，就是……

画家却摇摇头，把画作揉吧揉吧，扔进了纸篓。

哦！表哥起初是惊讶，而后马上转为愤怒，愤愤然地走了。

表哥走后，妻子说，表哥挺大的人张回嘴，你就给他画一幅怕啥？

画家说，我的劳动是可以随便送人的吗？那样，我也太不值钱了吧？

画家在一家私企做文职，一天，公司老板找他去办公室，他一进屋，老板笑眯眯地说，听说你画画不错，我的这个办公室正缺少点文化气息，你给我画一幅吧。

他说，行，但是我是要收钱的。

怎么，给我画画，你也要钱吗？

对，您也不例外。

我跟你要一幅画，是瞧得起你，花钱买画，我会买你的吗？

只怕你花钱，我还不会卖给你呢。

画家与老板谈着谈着，就翻了脸，不欢而去。

第二天，人事部的人告诉画家，你被辞退了。

画家被辞退后，买了一个人力车，每天除了赚点儿钱，就是画画，但是人们都知道画家脾气了，所以找他画画的人，越来越少了。

画家的家，门可罗雀了。

画家可以专心致志地作画了，画家的画作越来越好了。

前不久，画家的一幅蜡梅作品，在东京举办的亚洲书画大赛中，拿了金奖。

那天，美协给他打来电话，告诉他参赛的画作已经转回松州城，让他去取画作。

在美协办公室里，美协主席问他，有人要出高价买你的这幅画，怎么样，能出手吗？

什么价？

二百万元，怎么样？

价格是不低啦啊！他笑了。

是啊。

是谁，出手这么大方？他问。

你先别问谁，你说，卖不卖吧？美协主席说。

画家略一思忖，点点头说，卖。

好，爽快。随着话声，从办公室的里间屋走出一个人来。

画家一愣，这不是他原来的老板吗?

君子一言，驷马难追。画家这会儿再想说不卖，已经晚了。

没过几天，表哥给画家打来电话，要请画家吃饭。

在表哥家，画家问，不年不节的，吃的哪门子饭啊?

表嫂笑眯眯地说，你真不知道啊，你哥当副市长了。

画家这才想起来，他和表哥已经很长时间没有来往了。

席间，表哥拿出一个卷轴，对画家说，最近一个朋友送我一幅蜡梅画作，你看看，你一定喜欢。

画家展开卷轴，一看，这不是自己获奖的那幅蜡梅画作吗?怎么到了表哥手里了呢?

怎么样?表哥笑着问。

你，你?

哈哈，听说你的这个画作卖了二百多万元，值吗?不过我今天是物归原主，表哥瞅瞅他，接着说，后面的事情，怎么做，我想你会比我办得好。

我的战友老潘

原上秋

我在牧城的交友圈基本有三个。排在第一的当然是亲戚圈，沾亲带故，血缘关系，比较牢固，走动也多。第二个是战友圈，由于有当过兵的门槛，人不多，关系相对单纯。第三个是文友圈，相对松散，人多，圈子套圈子。大的能圈全国，小的常聚，人员三五个。由于这些圈子，逢年过节，婚丧嫁娶，老板发财，作者获奖，张三苦闷了，李四高兴了，都要摆酒。要想喝酒，几乎天天有摊。这几年在摊与摊之间转悠，喝坏了胃，也喝坏了记忆。日子过得平淡无奇，好多人和好多事都忘记了，唯独老潘，让我不时想起。

老潘是战友圈的，当过兵，不一个部队，说他是挤进这个圈更恰当。也不知道他认识战友圈的谁，有一天老潘跟战友圈的人坐在了一起喝酒。老潘挺能说，他说只要一听到“战友”这个词，就觉得十分亲切。老潘说他是新疆军区的，和他一个军区的人在牧城没一只手的指头多。他说，战友应不分地域，所有穿过军装的，都是战友。您说是不是?

战友都认同他的说法。

老潘挺能喝酒，劝别人喝一个，他会喝两个。每次别人撤离时都东倒西歪，他总会帮这个扶那个。有两个酒仙经常烂醉如泥，都是老潘亲自把他们送到嫂子手中，向嫂子嘱咐酒后注意事项，最后在嫂子的埋怨声中孤独地离开。

老潘还是一个热心人。谁家有事，老潘总是跑前跑后。有时候人家没有招呼他，不知道他从哪儿得到消息，会突然在现场出现，然后，不把自己当外人，主动去找活干。日子久了，战友身边的人都会说，你的战友老潘如何如何。仿佛老潘才是大家最亲近的战友。

战友圈不少人在机关当官，也有成老板的，吃喝都大方。做东的害怕被人说小气，上桌的菜都往死里点。谁知道，腰粗的人往往胃小，吃一半，扔一半。让谁打包，都嫌磨不开面子。有时候剩下的比吃的多，可惜得很。

后来，一位在市委机关工作的战友，饭后向服务员要了一个塑料袋，说要带点骨头回家，给家里的宠物。但是，还是有一些菜剩下了。好多人劝老潘收拾走，老潘嘴上说可惜了，但是没有行动，只能眼睁睁看着好多菜都浪费掉。

有一天我开车过十字路口，看到一个穿黄马甲扫马路的人很像老潘。过后打听，知道他的媳妇是个环卫工，他是在帮媳妇扫街。他家里有70多岁的母亲，有三个孩子，大的上高中，二的上初中，小的上小学。老潘在水厂工作，厂里正改制，面临着下岗，家境条件一般。

知道了老潘家的情况，我们聚会很少让老潘做东。但每次饭后，他都抢着付账。当然，都被大家挡了下来。我说，他们都是头头脑脑的，应该放他们的血。

有一天，老潘给我打电话，说他养了一条狗。我心里说，这个老潘也装洋蒜，能把人养好就不错了。后来知道，老潘把养狗的消息给战友圈都打了电话。据说有恭维他的，有贬损他的，说啥的都有。

这以后，每逢聚餐结束，老潘都会拿一把塑料袋，把能带走的，全力带走。边倒剩菜嘴里边嘟哝，够那狗东西吃两天了。

过端午节，聚餐没见老潘。大家好生奇怪，有人说他病了。就有战友打电话过去，问问咋回事。接电话的是老潘的母亲，表达不清，但大家还是听明白了，老潘身体不好。

老潘这人不错，大家都说要去看看。

我约上一位战友，买了点东西，打听好几个人才找到老潘的家。这是水厂的家属院，房子十分破旧。老潘一家住在两间居室里。老潘的母亲一人在家，说儿子发烧，上医院了，走得急，电话落家了。

我们坐着闲聊时想起了他家的狗，就问狗跑哪儿了。老潘的母亲老打岔，我以为她没听清，就加重语气又问一句。狗，啥狗？老潘的母亲一脸茫然。我说，老潘说家里养了一条狗。老潘的母亲摇摇头说，没有养狗。她说都忙，她在家就不能当一个人看，养不活。

说了一会儿话，我们起身要走。老潘的母亲拉着我们，让吃了饭再走。她说，你们看看冰箱里多少东西，都是他带家的，吃不完。我们顺着老潘母亲的手臂看过去，冰箱里冷藏冷冻的，装得满满当当。有囫囵猪蹄，半条鱼，几个鸡翅，一根发黑的风干的野兔大腿……

和我们上一次聚餐的菜一模一样。

一个月之后，老潘电话里约请战友吃饭。老潘知道感恩，他说自己生病期间，战友又问候又看望，让他感动。

说什么也不能让老潘做东。我就撒个谎，说牛总刚签下三百万大单，他请。牛金星做生意天天牛皮哄哄，他喜欢听恭维话，我们就趁机用美言贿赂他，实际上是讹他。两者一结合就有好酒喝，只是老潘觉得挺过意不去。

饭间，老潘又主动说起他家的狗。我帮着打圆场，说在他家门口见到过，是一条漂亮的狗。

老潘卡了一下，点头说，是……是。

老牛握手

郭金勇

老牛不老，也不姓牛。他喜欢握手。

他生于二十世纪五十年代初乐安镇有名的石匠世家。初中毕业时，他父亲为了求个安稳，就让他在家跟自己一起打石头。他身材魁梧，五大三粗，膂力过人，豪爽耿直，喜交朋友。村里也不知是谁第一个说他像《说岳全传》里的牛皋，加上他力大如牛，大家便跟着“老牛”“老牛”叫开了，而他刚二十出头。

老牛喜欢握手。因为手力大，他常在握手中占据上风、得到乐趣。他最讨厌敷衍性的握手。如果对方不使一点力，纯粹是在敷衍，他就会略用力，让对方龇牙咧嘴、痛得想抽又抽不出手，然后才哈哈大笑放开，仿佛给了对方一个教训。当遇见自己喜欢的、同样豪放的、手力也大的人时，双方就如武林高手拼内功过招，他指力加一点，对方也加一点，他再加一点，对方也再加一点。表面如常的两手相握，实则暗流激荡，电光石火之间，已过两三招了，直到两人都用尽内力、手指都有疼了，才上下摇晃两下，然后相视哈哈大笑，啥都不用说，便成好朋友。

老牛这样握手，也有闹得不愉快的时候。有一回，一位年龄与他差不多的小伙子与老牛握手时，认为老牛这样是在欺负他，就与老牛吵了起来，差点儿打起来。

但他的媳妇，却是他握手时相中的。

那次，一位初中女同学和一位女伴一起赶集路过老牛家。出于礼貌，老牛主动伸手与两位姑娘握手。他的女同学，盈盈小手，柔若无骨。老牛根本没用力，她便“啊哟啊哟”叫起来。老牛哈哈一笑，立即放了手，伸向另一位美女。两手相握时，老牛发现她居然比自己有力，瞬即加大力度，谁知那姑娘也不示弱。老牛知道遇见高手了，急忙松手。这样的女孩，他还是第一次遇见。他惊讶地问女同学：这位是……

女同学知道老牛碰钉了，幸灾乐祸地说：怎样？没我好欺负吧？我表妹，也是我贴身保镖，高二花，生在武术世家，要不要过几招？

老牛哈哈大笑道：原来是女中豪杰，失敬失敬！

自此，老牛便相中了高二花。他觉得以后过日子，就得要挑一个有力气、有能耐的女子。

可当时的二花，对老牛谈不上不喜欢也谈不上讨厌。

说来也是碰巧。老牛最敬重的周老师，教数学兼镇中学副校长，因有远房亲戚中华人民共和国成立前去了台湾，被造反派关了在牛棚。老牛得知后，牛脾气上来。经事先踩点，趁一个黑夜，打着手电筒，独自一人悄悄来到关周老师的地方。看守见有异常，马上披衣出来，还没看清是谁就被揍得哀号声声，附近的居民却没一个出来。老牛几脚就踹开锁着的门，背着周老师便走。周老师说，你闯祸了，他们不会放过我们的。老牛说，与其让他们折磨死，不如拼一拼。老牛走得快，周老师也想得快，他和老牛说：事到如今，只能逃一步算一步了。他让老牛将自己先放在一角落，脱下脚上的鞋子给老牛，让老牛拿着鞋到家里找师母一起出门躲避风头。老牛知道周老师的家，周师母看到丈夫的鞋，抓了几件衣服，就和老牛一起来到周老师那儿。周老师说，先到他妹妹家再作打算吧。他妹妹嫁在一个小山村，离乐安镇有二十多里路。老牛硬是背着周老师走了一晚上，天发白时，悄悄到了周老师妹妹家——正是高二花家。二花老爹双手握拳咯咯作响说：你们就在我家待着，看小兔崽子谁敢来。来一个收拾一个，来两个收拾一双。

经过一年多的追求，在周老师的撮合和女同学的美言下，老牛最终把二花娶回了家。

成家后的老牛，握手的习惯依然不改。二花多次劝他不能自恃力大欺人，老牛听了哈哈大笑，不以为意。

改革开放后，老牛和二花一合计，开了个石材加工厂。有一回，有笔生意谈得差不多了，却因老牛握手握没了，二花一怒之下要和他握个“痛快”，老牛才有所收敛。

20世纪90年代初，为让老牛成为一个有气质的老总，把企业做强做大，二花带他到省城参加了一期人际交往礼仪知识培训。他恍然大悟，原来中国人见面，男的都是拱手作揖、女的都是道万福的。握手礼仪是从西方传来的。也知道了现在社会上，握手的次序、力度，走路的先后、步幅，座位的次序、坐姿，都是很有讲究的。

老师说："世事洞明皆学问，人情练达即文章。"他觉得老师用短短一句话，说出了自己无数的话语。他对二花说：我晓得怎么握手了。

二花看着他，意味深长地笑道：想再如从前握，找我。

飞行员的父亲

胡亚林

飞行副大队长申勇强在参加天安门国庆阅兵后不久，便兑现两年前和父亲的约定，高高兴兴地休假。

勇强到家的当天下午，刚要开会的区领导得知消息，决定推迟半小时开会，迅速赶到距区政府不远的申家看望慰问，勇强父亲高兴得合不拢嘴。虽然，老人家也是见过世面的人，但区领导带队到家慰问，毕竟是第一次。

与勇强父亲握过手，带队的区领导有一种似曾相识的感觉，随口问了勇强父亲一句："你当过兵？"

"我是一名退伍老兵。三十年前一心想当飞行员，因身体没有圆梦。第二年当了一名空军地勤兵，好在天天与飞机和飞行员们打交道，五年飞机'保姆'也够充实和风光。"

"那退伍后呢？"

"进厂当了工人。作为父亲，我在培养儿子身上下了大功夫。十多年后，一米八个头的儿子圆了我的梦，招飞成为大飞机部队的一名飞行员。"

"你是申家的功臣！"

"我儿子才是功臣呢！当了副大队长后，勇强今年荣幸地作为备份机参加天安门国庆阅兵，飞机即将到达天安门，便按命令迅速脱离编队，完成最美'返航'。"勇强心直口快的父亲，为自己是内行而乐滋滋的。

一听到勇强父亲的"备份"说，大家面面相觑，气氛骤然降温。"既然备份机未通过天安门上空接受党和国家领导人检阅，就等于没有参加国庆阅兵吧。"领导身边人的小声嘀咕，让勇强父亲皱上眉头。

“你们不懂不要乱说！”不一会儿，一脸严肃的区领导因急于开会，肚里的话还没有来得及说便离开申家。临走时，区领导约定晚上宴请申家表达祝贺。

面前尴尬的一幕，让勇强父亲心里很不是滋味：“备份怎么了，备份并不意味着勇强不优秀！”

还是勇强淡定，他笑着劝父亲：“领导们工作都很忙，能推迟开会来家里看望咱们，已经够关心的了，应该感谢！”

“看你，嘴上没个把门的，话说得那么快，坏了咱家的好事。让我说你什么好，咋就不长记性呢！”勇强母亲数落着父亲。

母亲清楚记得，勇强第一次休假时，街道领导专门请她一家人吃饭。席间领导频频向勇强敬酒，勇强父亲杯杯替喝，并告诉大家飞行员一般情况下是禁酒的，为的是身体始终保持健康状态，弄得大家对勇强父亲有一种说不出的感觉。再就是，大家对飞行员和飞机诸多方面，有一种神秘感和兴趣，问这儿问那儿，总想知道些“秘密”。勇强父亲提醒，对待涉密问题要严肃，不该知道的不要问。更离谱的是，有个领导非常欣赏勇强穿的棉飞行皮服，勇强父亲说那是特种服装，绝对不可以送人的。

“飞行员是国家的特殊人才，老子保护儿子就该尽心尽责。别人怎么看，我才不在乎呢！”

“老东西，你那臭脾气、倔性格和嘴快的毛病，也该改改了！”

“也真是的，这些领导为什么就那么不理解人呢？”勇强父亲说着走出了家门。

在区政府附近，勇强父亲与下午到家慰问的区领导刚好碰面。

“老哥哥，我陪区里主要领导正要去你家呢。对不起啊，下午因开会时间较紧，没跟你作解释。”

“没啥的，我这个空军老地勤，按照‘三老四严’要求做人做事习惯了。领导，你还记得当年我们一块战斗的激情岁月吗？”

“看来你早就认出我了。老哥哥，那年你代理机械师，在上级组织的一次比武中，发现机组有弄虚作假的问题后，宁肯放弃机组立功获奖机会，主动暴露问题的举动，给我们飞行人员留下了深刻的印象。所以，我们都喜欢飞你机组的飞机！”

原来，该领导是勇强父亲老部队的飞行领航员，转业后一直在基层工作，不久前才担任区领导。在下午会议后，他向区委书记汇报了相关情况，书记当即表示要他陪同到申家看望并致歉。

在申家，勇强向两位领导汇报了天安门阅兵的盛况。末了，勇强仍像沉浸在空中阅兵的兴奋中："虽然，自己作为备份机没有飞过天安门广场，但看见战友们的完美表现，同样感到自豪！"

"荣誉面前，做个诚实人和真实的自己，像我的儿子！"

"'备份'其实很重要。正式受阅飞行员位置固定，而备份飞行员无法知晓自己会在哪个位置，只有熟悉编队所有飞机的位置、航线以及飞行技术特点，才能在出现空中特情时担当全方位替补的角色。"内行的区领导侃侃而谈。

深受感动的书记，向父子表示祝贺："勇强是参加阅兵的功臣，也是我们全区的光荣！"

"其实，过去在部队代理机械师两年，我也算是干部队伍中的老'备份'了。"

"没错。那年我调团政治处帮助工作，印象最深的是你把党委决定给你提干的名额，硬让给了同是机务兵的牺牲飞行员的儿子！"老战友爆料时，竖起了大拇指。

记你一辈子

李军民

大灵一不小心把晓君的小提琴从柜子上划拉到地上，琴帮绽开一条两拃长的裂缝，再拉的时候，就发出锯木头一样的声音。

晓君原来很帅气的脸，一下子就阴沉了下来，像得了肝病似的，灰不溜丢，没有了生气。

家在镇上住的大灵是和在县城住的晓君一起招来的煤矿工人，大灵一上班就找了对象结了婚，所以宿舍里待的时间少，大部分时间只有晓君一个人。

晓君父母给他留下的遗产，最值钱的是一把小提琴，那是晓君父亲的心爱之物，从两三岁起，父亲就把看家本领都教给了晓君。他高中毕业没考上大学，父母相继过世后，无所事事，整日里到公园独自拉琴。后来煤矿招工，他携带心爱的小提琴只身来到煤矿，算起来已经有五六个年头了。虽然小伙子长得标致，但独来独往，老是与小提琴相伴，矿上的青春美少女见状，也只能望洋兴叹。有人说他不正常，有人说他的对象不是在电影里就是在画报上。

小提琴就是晓君的生命，仿佛比女人还重要。如今让大灵就这么不小心划拉到地上，你说能不让他心疼吗？大灵做了错事，又是赔笑脸，又是端茶倒水，信誓旦旦要赔他一把新小提琴。晓君一整天赖在床上，抱着那把残缺的小提琴，一会儿唉声叹气，一会儿抹一把眼泪，竟两天不吃不喝。

大灵百般哄劝晓君开心，晓君两天里只重复对他说一句话：你竟敢弄坏我的琴，我会记你一辈子！我会记你一辈子！

大灵被晓君的样子吓坏了，怕他憋出什么病来，可是任他说什么也白搭，只好把他俩的队长搬过来当救兵。队长平日里待这个白白净净、有无数音乐细胞的晓君不薄，大灵把宝全部压在了队长身上。

队长一来，晓君不得不爬起来，但是仍然怀抱破琴，委屈得像孩子似的号啕大哭。队长拍着他的肩膀说：你不用伤心，咱文艺宣传队的两把小提琴，随你拿回宿舍来怎么使都行。

晓君不干，说：那不一样！我的琴就像我的兄弟，从我两岁半就陪着我。倒霉鬼大灵，你还不如打折我的一条腿呢！

队长无计可施，安慰几句，也就走了。

大灵绞尽脑汁，左思右想，忽然灵光一现，说：哎，晓君，我想起来了，我爸的一个姓乔的战友在镇上机修厂当铆工，他铆的东西在全省都有名，我去找找他，让他给你整一下，绝对和新的一样！

晓君本不想让大灵把琴拿走，但经不住大灵的再三恳求，千叮咛万嘱咐，并帮他把琴捆在自行车后座上，一再说：如果你修不好我的琴，我会记你一辈子！

看着大灵骑自行车走远了，晓君才回了宿舍，洗了把脸，吃点东西，上班去了。虽然心里放不下自己的琴，但是日子还得过，班还得上，他也不想让别人看自己的笑话。

第二天中午快下班的时候，大灵打到调度室电话，让人叫晓君接。晓君一听大灵欣喜若狂的声音，二话不说骑上自行车，翻山越岭三十里地，一溜烟儿刮到镇上去了。

小提琴被两排极细的金属丝整整齐齐铆住了。晓君小心翼翼从大灵手中接过琴，先在脸上贴了一会儿，然后校了校音，从琴盒里拿起弓，郑重其事地拉了起来，声音竟然如此动听，除了保持了原来的音质外，似乎又增加了一些金属的质感。晓君把琴放进盒子，兴奋地狠狠捶了大灵一拳头：中午我请客。

大灵讥嘲他：你不是要记我一辈子吗？

站在一旁的乔师傅看两个年轻人高兴的样子，也跟着乐了。

吃饭的时候，乔师傅不时地打问晓君的家庭情况，还给他往碗里夹菜。晓君觉得这个乔师傅真好，不仅技术精湛，而且还喜欢他这样热爱音乐的年轻人。饭毕，大灵和晓君抢着结账时，乔师傅已经把账结了，说：你们是我的客人，怎么能让你们破费呢！

大灵留在镇上有事，晓君带着小提琴骑车回矿上了。

刚进宿舍，管理员就喊：晓君，你的电话。

大灵让他即刻返回镇上，说乔师傅找他有重要的事情。

晓君不知道乔师傅找他能有什么事情，他又能帮得上什么忙？看在琴被天衣无缝修好的分上，他请了假，又折身骑车到了镇上。虽然路途不近，但是他年轻，有的是力气。

乔师傅再见到晓君，喜不自禁，问晓君：我有个女儿，二十二岁，还没有男朋友。我中午回家，把你的情况说了，我老婆和女儿都想见见你。你看行不行？

晓君没有心理准备，身上穿着满是油污的工作服，几天心情不好，肿眉泡眼的不成样子。就说：过两天再见行不行？

乔师傅满口答应。

过了两天，大灵领着晓君去镇上，到乔师傅家。乔师傅的女儿和晓君一见倾心，晓君听说这女孩儿名字里也带着一个“琴”字，就更加动心了，认为这是天意。

晓君和小琴正儿八经谈起了恋爱，虽然每天还是要抽空拉琴，但更多的时候是骑着自行车到三十里外去找小琴。

后来晓君和小琴结了婚，过上了幸福生活。大灵经常找他要酒喝，一喝多，醉而马虎地问晓君：你不是要记我一辈子吗？现在还记不记啦？

晓君搂着小琴，甜蜜地笑着说：那当然得记你一辈子啦！

寻找莫子西

冉小雨

看着窗外辽阔的大草原，易拉还在想着刚刚发生的一切，她被惊到了。那个陪她穿越大西北半壁荒凉的莫子西，就在一眨眼的工夫完全消失了。易拉看向那个软椅，椅子上有一处完美的凹陷，那是莫子西的身体留下的。

那里甚至还有她的体温。

易拉不甘心，盯着椅子，太玄乎了。然后，她跳起来去搜寻整个房间。卫生间、桌子下、窗帘后……甚至面前的水壶都打开看了看。莫子西不在，除了椅子上那处曾是她臀部坐过的凹陷，其他没有留下丝毫可以证明她来过的痕迹。

易拉有点蒙圈。刚才与莫子西唇枪舌剑了一番的余波还在，她心脏的律动还没有恢复正常。人就不见了？易拉抬手就给叶子打电话，把一路上发生的一五一十地讲给她，然后问：“叶子，太诡异了，你说，我是不是穿越到我的小说里了？跟我的女主相杀相爱了一路？”

“你这些年都在忙着为陆一路做早餐熨衬衣，哪来的你的小说？做梦了吧？”叶子懒洋洋的声音传来，“你的”两个字加了重音。易拉的眼前便出现一幅画面：PLUE书屋的吧台里，叶子坐在某一段音乐里，面前摊开着一本书，旁边是一杯摩卡。叶子正在低头读书。她的右前方，落地窗前，斑驳的阳光轻盈灵动，阳光里坐着一个平和温暖的身影。上大学时，易拉的梦想是当作家。叶子的梦想就是开书吧。现在，叶子是小城里一串书吧的老板。她终于活成了自己曾经想要的样子。

“不，绝对不是梦，这几天我和她都在一起，我们爬山，和当地人跳舞，吃手抓羊肉，喝酒，好多人都可以做证的。”

“谁可以做证？”叶子问。

“呃……”易拉四顾，周围静悄悄，她没有证人。

“就是十年前，那个写了一半扔掉的小说，你还记得吗？女主的名字叫莫子西，这个你总记得吧？‘莫子西’这三个字还是你想到的。”易拉越来越兴奋，“当时你夸我，说我就是当作家的人才，塑造的这个女主你喜欢得很。”

“不记得，我只记得，当年你的诗发在校刊上，然后陆一路就找到了你，所有的人都认为，你会梦想成真，但是遇到陆一路之后，你的生活里就只剩下他了。”叶子在电话里嘎嘎地笑了两声，像鸭子，“我们都笑你目光短浅，一个陆一路就把你拿下了，其实也就是你的那首破诗害了你。”

“真忘记莫子西了？你再想想。”

“什么莫子西啊？你什么时候回来？陆一路都找到我这里来了，衬衣穿得皱皱巴巴的，看着真不像个大老板的样子。”电话那边，依然是懒洋洋的声音，“小心他找人替你给他熨衬衣啊。”

“叶子你别岔话题，我在说莫子西，莫——子——西！”易拉对叶子很失望，而更多的失望是对自己，她不也把莫子西忘记了吗？忘得干干净净，忘得丝毫不留。如果不是在路上恰好遇到一个古灵精怪的家伙也叫莫子西，她敢肯定，她还是想不起来自己曾写过一个叫莫子西的女孩。而忘记这一切的原因，是她一头扎进了一个男人的生活，却又被生活的烟火呛得透不过气来。陆一路每天都要穿熨帖的衬衣。过着过着，她就连他的一件衬衣都不如了。

“易拉，你没事吧？你是要莫子西呢，还是要陆一路？”叶子的声音顿了顿，易拉听到电话里有开门关门的声音，易拉知道有人从书屋里走了出去。

“我要去找莫子西。”易拉说。

“那陆一路怎么办？”顿了五秒钟，叶子才惊问出声。

“凉拌！”说着，易拉挂了电话，风一般冲出房间，一股清冷凛冽的空气扑面而来，易拉咳起来，之后，整个人感觉清爽了好多。

易拉一路向西北，她记得很清楚，她当年把莫子西写去了大西北。她就觉得，这个莫名其妙也叫莫子西的女孩走向了西北方向。

荒凉无处不在。一路上，易拉都在盼望着有活物出现，鸟、羊、牛……看到了这些，接下来准能看到人。看到人是最大的惊喜。易拉会跑过去打听一个叫莫子西的女孩，每一次她都会认真地描述莫子西左手腕上那串彩色水晶手链。可是，每一次得到的结果都是让人失望的。

易拉觉得，也许真的是她做了一个梦，也许，她还在梦里。

这样想的时候，易拉伸手去掐自己的胳膊。一阵清晰的疼痛传来，把她拉回现实，拉回她的生活里。陆一路打了三十多个电话，全是未接。开始的时候，他几分钟打一个，后来一天打一个，再后来就没有了。他对她一直都不怎么有耐心。不知道他早餐与衬衣的问题是怎么解决的，也不知道家里年迈的父母与幼小的孩子有没有出什么状况。从一开始，陆一路就不让她再工作，她成了他的后方，负责家里的一切。

易拉坐在大西北荒凉的草原上，她不甘心莫子西莫名其妙的失踪。她更不甘心自己被搁置的梦想。事实上，是她抛弃了莫子西，她把她丢在了半路上。

七岁的儿子发来微信：妈妈，你什么时候回来？我想你。接着是一个流泪的表情符号。想到小小的人儿已多日不见，易拉鼻子酸酸的。她是个多不负责任的母亲啊！

回家。马上回家。

就在易拉回头的瞬间，远处人群中，一个影子拽住了她的目光——阳光从地平线的另一端铺洒而来，阳光里，莫子西那只戴着水晶手链的手臂，高高地举在眼前。

桃花盛开的地方

任瑞娟

营区里的这个院子被官兵们称为桃花盛开的地方。

班务会结束，技术骨干、班长李大强总是会问一声：我们在什么地方当兵？战士们异口同声充满激情充满骄傲地回答：在桃花盛开的地方。

其实，院子里只有一棵桃树。

李大强和媳妇燕儿就是在这里孕育了女儿桃桃。

那是一个桃花开得像云霞一般的春天，燕儿从内场卫生队喜眉笑眼地回来，拉着刚从机场完成保障飞行任务的李大强，脸上浮着桃花般的红晕悄悄地告诉了李大强这个喜信儿。李大强高兴地搓着手在屋子里来来回回地走了好几圈儿，说，我说不用着急嘛！

李大强和燕儿成亲两年了，分居两地没有孩子，李大强的父母急得上火，送燕儿到部队的时候说：这次不怀上就不要回来。

女儿出生的消息传来，李大强激动地手足无措，因为执行任务，他没能回家。

士官李大强在汽车连开牵引车，这是个技术含量非常高的工作。飞行前，它负责将战机牵引到滑行道上，战机从滑行道滑向跑道，轰鸣着飞向蓝天，战机返航后，牵引车要负责将战机牵引进机位。

班长的喜信儿就是大家的喜信儿，大家纷纷祝贺，为起名字出谋划策。大学生兵小刘说，咱们这里叫桃花盛开的地方，何不起名李桃，小名桃桃？李大强咧着嘴笑了，说，不愧是大学生，这名字好。

桃桃四岁的时候，和妈妈燕儿一起来探亲。桃桃不光长得好看，小嘴儿也很甜，整天蹦蹦跳跳叔叔长叔叔短地叫个不停，官兵们被叫得心里裹了蜜似的，都说，桃桃来了，整个院子都开满了桃花。

家里寄来包裹，有好吃的一定给桃桃，地方偏僻，没有玩伴儿，官兵们就陪桃桃玩老鹰抓小鸡，桃桃又脆又亮的笑声把头上插着的一朵桃花儿震得颤颤巍巍，白净的小脸儿也红扑扑的像花儿一样。

这天，李大强进场了，在连里值班的小刘看见桃桃闷闷地坐在桃树下，咦！今天没有听见桃桃的笑声。

“桃桃！你个小人儿也有心事儿了？”小刘跑过来，用手指弹了一下桃桃的脑门儿。桃桃抬起头，有气无力地说，小刘叔叔！你的迷彩服像桃花一样花。小刘笑了两声，转眼又觉得不对，明明颜色差别很大呀。小刘看看自己的衣服，又用手摸了摸桃桃的脑门儿，糟了，桃桃在发烧。“嫂子——！嫂子——！”燕儿放下正在洗的衣服奔了过来。

小刘再没有见过桃桃，再见到燕儿嫂子时，燕儿正举着一把菜刀要砍桃树，李大强红着眼睛从屋里冲出来挡在了桃树前。几天的工夫，李大强就胡子拉碴憔悴苍老了很多。

桃桃都走了，要树干什么。燕儿哭喊着挥舞着菜刀。

战士们围拢过来，抢下菜刀，一迭声地说：“嫂子！不怨树呀，是山太多，县城太远了呀。”

桃桃是在紧急送往县城的路上走的。

燕儿扯着李大强的衣角，哭喊道：家里在进行城中村改造，咱不差钱，咱不当兵了，回家吧！

李大强正用衣袖给燕儿擦眼泪，听了燕儿的话，叹了口气，点了点头又缓慢地摇了摇头，最后，抿着嘴唇低下了头。

燕儿一屁股坐在石凳上，捂着脸号啕大哭起来。战士们都默默地站在一边儿擦眼泪。

没过多久，部队整编，领导找李大强谈话，部队需要技术骨干，上级希望李大强继续留队。

坚决服从组织安排。李大强说。

燕儿伤心地走了。

半年后的一天，李大强在给新兵讲连史："咱们部队组建的时候，官兵大部分是从北方各地抽调来的，他们在闷罐车里坐了几天几夜，下车后，又坐着卡车颠簸进了山，那时，被定为军营的这片红土地贫瘠荒凉，咱们的前辈们自己动手建屋搭灶，铺路砌墙，修建机场，一点点地有了军营的规模，可是，外面这连绵的丘陵像一座座无法逾越的大山一样加深着官兵们的乡愁，咱们第一任老连长为了缓解官兵们的思乡之情，写信让妻子千里迢迢从家乡扛了一堆树苗来，有桃树、杏树、梨树、李树……都是可以开花儿的树，老连长说，看见家乡的花儿，就像看见了家。树苗到了，老连长的妻子却倒下了。

树苗还没有长大，部队缩编，老连长在裁撤的名单上。老连长走的时候抚摸着小树苗，哭得稀里哗啦，说，孩子他娘，我不能守着苗儿啦，但还有兄弟们，他们一定会守好的。

以后，历任连首长都会将老连长的故事讲给官兵们，唯一存活下来的这棵桃树被一代代官兵像爱惜生命一样地呵护着。"

燕儿一手撑腰，一手抚摸着挺起的肚子走了进来，说："大强！我又带来了小桃。"

李大强瞬间红了眼睛，转身大吼了一声：咱们在什么地方当兵？一样的吼声像是要冲破屋顶一般：在桃花盛开的地方！

祖父往事

王若冰

江姓女子找上门时，祖母正坐在院子的枣树下缝着一件多年前的卡其色长衫。长衫是祖父年轻时穿过的，风花雪月地闲置了几十年。祖父突然找出来，里里外外、翻来覆去地看了半天，然后拿到祖母面前说：你把这件长衫修补修补。

祖母便接了过来，将一把竹藤椅搬到枣树下检查。时值仲夏，树上的枣一串连着一串，压得枝枝蔓蔓弯着腰。祖母欢喜地看着满树的枣，自言自语地说：这枣树，年年都长这么多的枣，喜人呢。祖母的话音还在空中悬着，院门就被人推开了一条缝。一张女人的脸探进来，东张西望地扫了一圈，然后直接朝祖母走了过来。

祖母先是一愣，不过脸上很快就恢复了如往的平静。她不慌不忙地穿针引线，一条咖色的线在她的双指之间打了一个结，然后就旁若无人地缝了起来。陌生女子走到祖母的身边，有点怯生生地蹲下身姿，打量了一下祖母。复又站起身，张了张口，却没有说出一句话。

祖母停下手里的针线，站起来，平视着女子。女子穿着一件看起来已经有些年头的中式上衣。衣领处的盘扣露出了白花花的毛毛边，黑色长裤的裤脚，也磨出了毛边。女子的一头短发，白发时不时地跑到眼前来，她就时不时用手甩一下。那动作使她整个人看着有些不协调。祖母看完了，回头冲着厅门喊了一句：先生，你的客人来了。

说完，祖母拉过一把竹藤椅，放到女子的身边说：坐，坐，有话慢慢说吧，这么多年了，你也该好好说说了，不然憋在心里咽也咽不下去，难受！

祖母的话不轻不重，听不出语气有任何变化，她脸色平静如水。虽然眼前第一次出现这样一个女子，但是她仿佛早就认识了一样。祖父手里的两个核桃在掌心里转来转去，看到女子，往上提了提眼镜，平静地走过来，坐到了祖母给准备的竹藤椅上，看了看女子的脸说：哎哟，你看看这都多少年了？你的头发都白了？

女子自从看到祖父那一瞬间，脸上的表情就明显不淡定了。她的眼光一刻也没有在祖父的身上移开过，就那样旁若无人地望着祖父。祖母看到了，轻咳一声，对女人说：哎哟。您怎么还没有改改这毛病？一个女人这样看一个男人不合适。跟八辈子没见过男人似的。淡定，淡定。

女子的脸色红了，她低了头，不说话。

空气里有些沉重，树上的枣被风吹得发出了起伏不平的曲子。啪嗒一声，一颗青枣落在椅子边的地面上。祖母顺手捡起来，放在手心里自顾自地说：一颗枣等不到秋天成熟就掉下来了，废了！这就是命啊，它不成器，你非指望它长到秋天，也是受罪不是？祖母的话令人摸不到头脑。祖父悄悄地用一只手拉拉祖母的衣襟，然后又递过一个微笑，一个眼神，祖母便继续缝起了长衫。

女子的头几乎跌到了膝盖上。她搓着双手，脚也没地放一般，不安地动来动去。

祖父说：我师傅都走了20多年了，到死也没有原谅我。我们之间也的确该有个说法了。

祖父年轻时，聪明好学。因为生活所迫，他19岁就跟着别人从永平府出山海关，又入关到东北境内闯荡生活了。那时，他已经跟祖母成亲并有了两个女儿。后来，他在大连遇到一个正招学徒的江老先生。于是，祖父抱着试运气的心理也去了，不想一表人才的祖父一下就被江老先生看重而成了三位学徒之一。祖父聪明好学，才三个月的时间，就认识了全部的草药以及所有草药的药性。因此，深得江老先生的赏识，在其他两个学徒还在店里跑腿的时候，祖父就被江老先生带去一起出诊。江老先生家中只有一个16岁的小女儿江碧青。江老先生本是看上了一表人才而又聪明的祖父。经过几次暗中点拨，祖父终于明白了江先生的心思。他当即就跟老先生说：师父，您这样对我，我是感恩不尽的，可是，我已经成家并有了两个女儿，我不能对不起妻子。老先生听后，也只有摇头叹息。他们的大师兄当时已经22岁，看到江老先生偏袒祖父，心有不甘。江碧青年轻漂亮，又家境殷实，往后谁跟她完婚，一辈子就衣食无忧了。有了这样的坏心思后，就开始暗中设计祖父。

三小姐因为试探祖父多次，却明里暗里遭到祖父的拒绝，由爱生恨。在大师兄的百般缠磨之下，三小姐与他私订了终身，并做出了越轨之事。江老先生发现异常之时，江碧青却一口咬定是祖父所为，祖父百口莫辩，浑身是嘴也无人相信他。此时，那个大师兄更是火上浇油，江老先生说，祖父必须承担后果，要他跟江碧青成婚。祖父说：自己什么也没有做过，他毅然决然地拒绝了师父。因此，祖父被赶了出来，他含恨回到永平府，并将事情原委全盘告诉了祖母。祖母对祖父的人品深信不疑，祖母说，你既然对医学这样感兴趣，就去另外拜师学习，家里有我呢。

祖父又几经周折跟名医学了三年，之后在永平府东门外开了一家中医堂，一开就是一辈子。而在祖父的内心里，关于江碧青的事一直是他心里的一种痛。于是，在他40岁那年，带着祖母一起到了大连，几经周折才找到江老先生的家，遗憾的是，老先生已经去世，祖父只能到他的坟前祭奠了一番。

女子终于抬起头，对着祖父与祖母说：真对不起你，二哥，你就原谅我吧，其实，我爹早就知道不是你，他不过是太喜欢你了，希望你成为他的半个儿啊！

祖父听完，竟双手捧住脸呜呜地哭了。

67 号马车

刘 帆

67 号马车。杜依依说，额尔古纳河的水声和马车的辘辘声一样好听。

一座低矮的房屋里，晋丰泰商行的杜掌柜，拨拉着算盘，一天的收入，并未给他带来特别的兴奋。突然，一声枪响，杜掌柜心里咯噔了一下：不好，秋之娟还没回来！

夜色渐浓。秋之娟应该快回来了！地窖里的六位同志必须趁夜幕走，到赤塔。杜掌柜注视着门外，希望秋之娟蓦然出现在眼前。

杜掌柜放下算盘，穿过跨院，到后面平房看了看，确认没有破绽后，轻轻放下布帘，退出门外。枪声使得街上空空的。关好门，坐在火盆边，望着高高的曲尺型柜台，杜掌柜无由地抽泣起来：秋之娟不回来了！再不会说在白桦林等我了。

来办事的砂糖低声说 41 号界碑附近发生激烈枪战，秋之娟奄奄一息。

“67 号马车……白桦林……” 59 年前，秋之娟断断续续说。

她像白桦树一样高洁纯白。晋丰泰那间杂货铺，浸润着秋之娟的温馨和快乐，她是外人眼里甜蜜的老板娘。杜依依心里，秋之娟就像美丽的山茶花一样漂亮，值得珍爱。

杜掌柜的心每天都在咚咚响：那声枪响既是给“老毛子”听的，也是给自己听的。

只有白桦代表的女儿说，那声枪响是给十三个人听的。

情况万分危急！ 67 号马车平安远去后，白桦的女儿小白桦务必安全护送去扎赉诺尔。

小白桦，从哈尔滨到额尔古纳河，几次出色地完成了掩护任务，杜掌柜必须平安送她到中转站。

长大后的小白桦有一次说，杜掌柜带她转移的时候，喝了酒。

因为酒，杜掌柜的套马杆非常厉害，马像黑旋风一般，一阵风似的冲。

晋丰泰的杜掌柜出去进货了。

接头的是高粱酒。

杜掌柜从火柴盒中取出九根火柴，齐齐折断，对上了暗号。

高粱酒问：“草料没有了，需要加水吗？”

杜掌柜听到这句话，很激动，回答：“那要是遇到狼呢？”

高粱酒说："你去白桦林。"

白桦林！杜掌柜没有听错，是"白桦林"。

秋之娟曾说过，阳光灿烂的时候，想她的时候，就去白桦林，山上有高高的敖包。

我们相会。

杜掌柜到了白桦林中一个叫猛犸的地方。

不得不说，猛犸人非常了得，杜掌柜的马十分桀骜不驯，那人只一声吼叫，就唬住了马。

但是，杜掌柜却不记得是如何进入帐篷的。

第一声枪响的时候，仿佛坐在67号马车上，去赤塔，他太激动了：赤塔去喀山的西伯利亚火车！

枪响又起，秋之娟倒下，没有起来，杜掌柜也没有起来，两个人隔得那么近，居然够不着手拉着手。

枪声再次响起。

杜掌柜很想问谁在外面？九月底的扎赉诺尔，风呼啦啦作响，不对，好像不是风吹的响声。

响声没有停顿的迹象。杜掌柜眼睛一动不动地瞪着门外。他想爬起来，去把门拴住。

这样太危险了！

也不对，1927年不也是这样过来的吗？汉口，鸽笼似的小阁楼，漏出一丝丝缝隙，透过不太密实的门缝，地板下面的楼层，包括最底下的门楼入口处，下面的声音完完全全听得到，如果想看出点什么，那些缝隙，从往下漏出的光里，可以看清来人的穿衣打扮，甚至可以窥视鞋子的颜色。搜捕的军警不断从阁楼前经过，明里暗里晃动的便衣，那些日子，心提到嗓子眼。

背上的汗水，凉飕飕的。

响声还是没有中断，杜掌柜急了。

一路骑马飞奔，白桦的女儿，此刻到了哪里？猛犸人，你搞的是什么鬼？难道要囚禁自己？

自己人，开什么玩笑？

不对啊，将白桦的女儿送到猛犸人手中后，理应返回，如何还在这里？发生了什么事情？难道没有安全送到？不对啊，印象中，自己跟猛犸人还说了话。

这是一个揪心而难挨的时刻。比那年在小井红军医院第一次见毛委员还要紧张。那一年，抬头望见北斗星，心中想念毛委员。从汉口到根据地，红米饭南瓜汤，心里却甜甜的。

偏偏要自己做交通，还派美丽的秋之娟来做新娘子。离开高高的井冈山，真是不舍啊！

现在，自己在干什么？才秘密送走67号马车的同志，不能倒下啊！秋之娟临终说了，你不把党的女儿平安送到交通站，你就不是好汉，即使我回到了白桦林，也不会再见你。

杜掌柜努力睁开眼，终于看清了这是一处安静又安静的地方。这才意识到，自己终究是睡着的，恍惚中那些门响，不过是秋之娟被枪击的枪声在梦里响起，天亮前最晦暗的时刻，一直在杜掌柜耳边响起。

猛犸人去了哪里？为什么把自己扔在这里？

难道“在劫难逃”？

如果是这样，杜依依应该为党做点什么？说六位同志安全通过交通站到了赤塔？不，这不算什么，那说什么好呢？应该努力成为党代表，见到国际的同志，不，这是不能说出的心里话，尽管内心十分向往。

“嘿！掌柜的，又见面了……”杜掌柜抬头，猛犸人和六位先生出现在眼前。猛犸人朝自己嘘了一声，杜依依习惯性地闭了嘴。

猛犸人小声说：“掌柜，不，杜依依同志，祝贺你成为党代表！”

杜依依愕然。

猛犸人伸出手：“你负伤了，小白桦安全。组织决定，你去喀山，第十三位代表。”

67号马车会载你们去远方。

远方。杜依依忘不了，那些年，67号马车，辘辘声不断。

将 进 酒

天 晴

我坐在酒吧一个不起眼儿的角落，啜了一小口酒，不像第一次那么辣乎乎，直用手在嗓子外面扇凉风了。

我高昂起头，想对酒吧里的人喊，想对全世界喊，我也能喝酒了，并非只有他妈的张大炮会喝。张大炮是我的男人。他嘴里的酒味儿都能把我熏醉，可他酒后的撒泼更能让我心碎。生活落得一地鸡毛，我简单拾掇拾掇心情，跑来都市好几天了。

迎面又遇见那双忧郁的眼睛，一个年轻人。他朝我走了过来，坐在对面。昨晚第一次在这里碰见他，他是在几米开外朝我邀杯。

你经常来吗？我问。

不，只这几次。

酒真是个好东西吗？我又问。

是的，它能表达人生百味。

这话引起了我的兴头。

这第一杯，代表苦。他歪着头，玩味着酒杯说，人一来到这个世界，就是一场灾难，就要尝受各种苦。

听到这个"苦"字，立马像有一股苦水注射到我脸部的肌肉，暗暗抽搐了一下。

两个酒杯一碰，苦味儿在各自肚里弥散开来。

你最大的苦是什么？我试探的口气问。

被女人背叛的羞辱和深刻的孤独。他咬了咬牙，极力克制着情绪，继续说，从学走路到这么大，每一次跌倒都没这么灰心丧气过。我来千里外的这个城市打工，就是想摆脱婚姻失败的阴霾，在老家我整天都喘不过气来了。他给我讲起他的那件苦事。

他的妻子嫌他挣钱不够塞牙缝，跟一个有钱人好上了，起初背地里约会，后来当着他的面聊天，外出。

他挣扎过，挽救过，但妻子越走越深，最后撇开两岁半的儿子，办完手续一拍屁股走了。他只能在黑夜中独自流泪，将苦水一口一口地往肚子里咽。

他的眼睛有点潮湿，我递过一张纸巾。

他双手搓了把脸，换了换情绪。来，第二杯！

这杯酒代表什么呢？

这杯酒是奋斗的酒，既然人生是苦海，我们就得奋斗，挣脱苦，去酿造甜。

我端起酒杯。

我把孩子安置给爷爷奶奶后就出来了。月薪8000元，扣除房租和饭钱，还能有大笔钱攒下来。他翘起嘴角，画出满意的符号。瘦长的脸上，那双犹豫的眼睛里多了份刚毅。他突然想起问我，你呢，姐？

我，月薪稍稍高了点儿。

一万元？

两万元。我做一个私企的策划主管。

哦哦。年轻人立刻现出羞赧。那你就体验不到苦中奋斗的滋味啦，他说。

我倒是经常体验奋斗中的苦味。我们的企业曾经濒临破产，市里号召建设生态农村，我们接了个新项目，才有希望起死回生。这次我的策划报告没有通过，董事长发火了，抄起策划书摔在我的脸上。我拖着沉重的心情回到家，家里的张大炮丝毫不理会我是喜是悲，他只管喝酒，仿佛他生下来就是为喝酒的。但我没把这些话说出来给年轻人听。

来来来，第三杯！我招呼道。

这杯酒代表？他充满了兴趣。

重生。我临时起意说出这个字眼，内心里却是说不出的虚空。

年轻人的脸明朗起来，他说，我苦熬一段日子，攒些钱，然后衣锦还乡，我要让儿子享受最好的教育。

再娶个新媳妇。我补充道。

他把酒一饮而尽。我一小口落肚，从里往外翻腾出一股热。

他认认真真地盯着我的脸，好一阵儿说道，让已经死了的心灵生长出一种新的东西，勉励自己，宽慰自己。

我扶着桌角站起身，目光迷离地望着年轻人，说，我该回去了。年轻人连忙摆手，示意我坐下，说，还，还来一杯，就一杯好吗？

他朝服务员摆了下手，暗弱的灯光熄灭，一支烛火摇曳起来，或明或暗地照着他的脸。

他给我斟满，也给自己斟满，端起杯，说，这杯，代表温暖。你，我，两颗孤独的灵魂在异乡相遇，相惜，互相安慰，互相鼓励，这是头等幸运的事。

孤独？我苦涩地笑笑，无声地，年轻人没有察觉。我发烧咬着牙在被窝打战的时候，我因工作压力吃不下饭的时候，我躺在床上准备好心情等待抚慰的时候……张大炮在哪里？他都在喝酒，即便一个人，也左手跟右手干杯，热热闹闹地喝。

两个孤独的酒杯碰在一起，“叮”地响了一下。

年轻人搀着我的胳膊，走在夜空下，天上的星光格外闪亮。

我发觉这以前自己从来都是独来独往，即便有时张大炮在身边，也像一个影子，对我毫不相干。这颗灵魂到底从哪个时刻开始孤独的呢？我想不出。

年轻人松开我的胳膊，揽起我的腰，我稍一顺势就会窝进他的怀里。我简直可以听到他蓬勃的心跳，他喷出来的酒气和热气，都是那么火热。我感到年轻人有时就像休眠的火山，一根火柴就可以把整座山点燃。

他低了头，声音柔柔地灌进我的耳朵：姐，你看春寒料峭，我愿意做你的暖手宝。他最终把我拥在怀里，泪珠滴在我的脖颈上。

去把你媳妇赢回来！临近酒店门口，望着他离去时瘦削的背影，我轻轻地喊道。

也许是酒精的作用吧，翻过来，掉过去，就是睡不着，打开微信，看到张大炮的留言：回家吧。

玫瑰见证的爱情

王培静

在北京工作的红玫瑰，这天兴奋地给爸妈打电话说：爸、妈，我谈了个男朋友，比我大三岁，是济南人，对我可好了。

妈妈高兴地说：你们关系确定了，休假时一起来家，让我们看看。

红玫瑰羞红了脸说：好，谢谢爸妈。

没几天，在广州工作的白玫瑰也给爸妈打来了电话，妈妈一看是二女儿的电话，抢先说：二妮，你姐她谈对象了，说过节时给我们带回来看看，你也抓紧找一个，到时一块送你们出嫁。

白玫瑰说：妈，你姑娘不是没人要嘛。

谁说的，我姑娘个个都好看，肯定有人看上你，是你对这事不上心。你姐人家要是结婚了，到时你就该着急了。不要条件太高，一般人就行，什么小白脸、小鲜肉什么的，靠不住，找个朴实、能干的，对你好的就行。

这样的人，我身边倒是有一个，他是个作家，他也是双胞胎，他家也是咱们济南的，我说是平阴的，他说小时候还去过咱们那儿。我不相信，我说他是骗人的。

妈妈激动地说：真有这么巧的事？太好了，你们要确定了关系，回家时一起回来，来咱们家，让我们看看。

春节时，红玫瑰和男朋友大朋回到了济南，一进大朋的家，大朋的妈妈盯着红玫瑰不错眼珠地看，看得红玫瑰不知所措，有些不好意思。阿姨翻箱倒柜拿出一本老相册，翻到一张老照片说：你看，这个是不是你？

红玫瑰仔细去看那张有些褪了色的照片，上面果然有小时候的自己，大朋的爸妈站在后边，她指着身边的男孩说：这个是大朋？

是呀！

叔叔凑上来看后说：这个是大朋的弟弟小朋，他在南方工作，这两天也回来。

站我这边这个是我妹妹，他也在广州工作。

阿姨和叔叔都很高兴，他们说：怎么这么巧。

阿姨说：你妹妹找对象了吗？

说是谈了一个。

叔叔听后，轻轻叹了一口气。

第二天，大朋和红玫瑰去接站，你猜，出现了什么奇迹，小朋领回来的女朋友竟是白玫瑰，四人兴奋得都像孩子一样跳了起来。天哪，真是有缘啊。

红玫瑰、白玫瑰是姐妹俩，是一对双胞胎，由于出生在玫瑰之城玫瑰盛开的季节，爸妈就给她们起了这个名字。

小时候，爸爸、妈妈给姐姐红玫瑰买红色的衣服穿，给妹妹买白色的衣服穿，玫瑰花开的季节，姐妹俩随爸妈穿梭在玫瑰丛中，像两只漂亮的蝴蝶，是玫瑰园里的一道别样风景，许多游客争相和她们合影。

这天，两位男孩子的爸妈带上照片，和两对年轻人一起，踏上了玫瑰城之旅。

虽然已是寒冷的冬季，但玫瑰小镇上新引进的玫瑰却是开得姹紫嫣红，最引人注目的是那冰清玉洁的红玫瑰和白玫瑰。

两对双胞胎情侣，三岁时就曾经同框的新闻，上了新闻头条和热搜。

两家人高高兴兴地一起，在花丛前照了一张真正的全家福。

书记约读书

安　谅

L市新来了一位市委书记，是明人的博士生同学，在短短一个月内，约谈了四套班子、各委办局和县区主要负责人。

“老兄，书记主要关心的是什么？给透个信息吧，明天该轮到我。”市发改委主任前脚刚出市委大院，手机被叫醒了，电话里传来的是市经贸委主任的声音，发改委主任嗓音低沉，显然约谈并不顺心。他只是嘀咕了一句，问我最近读什么书了？把我问傻了。

经贸委主任第二天约谈结束，脸上红扑扑的，语气也相当轻松，对候在门口的商务委主任悄声说道：“他最后会问你近期在读什么书，你可要好好回答。”这相当于考试透题了，商务委主任双手作揖，连声感谢。

商务委主任回答得好不好，只有他和书记知道了。但书记最后对每个人都会发问在读什么书，这信息迅疾而悄无声息地传到了许多人的耳朵里。有心人也暗自琢磨起来。

这天，明人的老部下，L市的绿化局局长瞿兄也被书记约谈了，谈完后，他就兴高采烈地打了明人电话，说你这老同学问我最近在读什么书，我恰巧在读亚力克福奇的《工匠精神》，没想到书记说，那书名副标题是“缔造伟大的传奇的重要力量”。那本书？我很惊讶，连忙点头称是。他又问：“对于工匠的概念，作者认为应具备三个基本内涵，你是怎么看的？”我更惊讶了，他怎么知道得这么清楚，或者他偏巧也刚读过这本书？我来不及多想，连忙把自己的读后感简明扼要地讲述了几句。他听了频频点头，还说，这本书是他前几年读的，浙江人民出版社出版的第一版。他是握着我的手，把我送至办公室门口的。你这老同学真是奇了。他是个书篓子吧。

明人心里一笑。瞿兄一点没猜错，新书记博学多才，也是一个能干的虎将，他只是不明白，一上任，找干部约谈，竟会聊读书之事，是不是太书生意气了？

明人和书记同学碰面，则是在数月之后了。那时，新书记已对L市情况了如指掌，正临机构调整，部分干部换岗了，自然有提有贬的。那位发改委主任新任某区区长去了，接替他的是瞿兄，财政局长没动，商务委主任送党校学习去了……坊间也是各种传说，说新书记约他们谈读书，表现不一。

明人饶有兴致地把这话题推到了老同学的面前，带着疑问，也有一番质询的口吻。

书记个头不高，但浑身透露出一股精气神，神情从容沉稳：读书是一面镜子，看得出谈吐、思维、学识和爱好。还有，很重要地，也看得出一个人的诚实和谦逊。

“哦，你再说些具体的。”明人说。

“哦，比如有的人，整日忙于应酬，从不静下心来读书，工作也无法提升，你问他最近读什么书，他支支吾吾的，半天说不出来，在重要岗位上，没一点求知欲、新知识，这会耽误大事的。”他缓缓说道。

“还有，有的人根本没读过这本书，只是为了应付我，随便说了一本书名，我深问下去，他就露馅了，这种官员，恐怕只有回炉再炼炼了。”

“反之亦然？”明人笑着问。

“是的，反之亦然，有的人做好本分工作之余，爱读书，好读书，还能学以致用，这样的人不派用场，还能用谁？”书记端起一杯刚沏的热茶，轻轻吹去还浮在面上的几丝茶叶，啜饮了一口。那目光里闪出一片笑意，“好茶，这是好茶！”

往事如花瓣飘落在眼前

杨　景

那年春天，我和家人要去一个遥远的城市，回到我既陌生又熟悉的家，去追求我的理想、去实践我的人生。我临走前的早上，你来找我，把我带到我们经常去玩的桃树林里，我们看到美丽的桃花在默默开放。一阵风吹过，片片花瓣飘落，我们漫步在那美丽的景象里，却久久无语，往事如花瓣飘落在眼前。

记得我被爸爸妈妈刚送回老家的那几天，因为不熟悉，我只能一个人在家里玩。某天，你妈妈带着你来我们家串门，你妈妈把我们叫到她的身旁，温柔地对你说：这是你妹妹，你以后要带她一起玩，她身体不好，不许欺负她，你要爱护她。你看看我，然后向屋里在座的大人们郑重地点了点头。从此你多了一个妹妹，我多了一个哥哥。

你家和我家住得不远，中间只隔着三家，开始我们在家里玩，后来你领着我出去玩。和你出去玩的时候，我才知道你是我们那片的“孩子王”，我们那片的孩子都爱跟着你玩。你还是大人们公认的品学兼优的好孩子，大人都愿意他们的孩子跟着你，他们会放心。而我却是一个先天瘸脚的小女孩。走路的样子像跳舞，很滑稽。你偏偏喜欢我跟着你，你从没有嫌弃过我，而是事事迁就我，照顾我。你不但自己这样做，你还对我们那片所有的孩子宣布，我是你妹，谁敢欺负我你饶不了他。在我们那片孩子眼中，你就是他们的统领，你的命令谁敢不听呀，从此我就成为大家格外保护的小妹妹了。

那时我最喜欢春天。你常常在清晨时在我窗下喊醒我，然后拉上还是睡眼惺忪的我，去展示你的新发现，比如桃树林中的哪棵树上又多了一个鸟窝，哪只小鸟是刚刚会飞的……有时候，我也会把爸爸给我带来的小点心和你一起分享。那时我们总在一起做作业，我觉得你是那么聪明，你无所不知，我会向你提许许多多的问题，有的时候我也会对你提无理的小要求，而你总是先装出很为难的样子，然后在我快失去耐心时，说“行”。记忆中的你好像从未对我说过“不行”。

因为身体，很多的时候我只能看着小伙伴们做游戏，不能参与进去，你怕我孤单，就说：那些游戏你玩烦了，不想再玩。你陪我静静地看他们游戏，任凭春天的风在我们的脸上身上拂过，任凭时间在我们身边轻轻地滑走。只是偶尔我们的目光对视后，你浅浅地一笑。虽然只是浅浅的一笑，却如蜻蜓点水般在我的心海里留下串串涟漪，朦胧中有一丝暖意驻留在我的心里。

……

那个春天的早晨，我带着微笑对你说："给你讲个故事吧，从前有一只大雁和一只麻雀相遇了，他们在一起玩得很开心，大雁总是爱护麻雀，麻雀也总是逗大雁开心，可是无论怎样，他们终是不能总在一起玩的。大雁的家在南方，如果麻雀跟着大雁去南方，麻雀的身体不能远行，会在路途中会因疲劳而死去；麻雀的家在北方，如果大雁跟着麻雀在北方，大雁的身体不能过寒冷的生活，会被冻死的。麻雀有麻雀的生活，大雁有大雁的生活，所以无论他们彼此怎样喜欢，也只能是在心底里喜欢。"

之后你也微微一笑，从口袋里拿出了一张卡片，画面是一个男孩子和一个小女孩手牵手一起在草地散步，上面写着：兄妹情深。你说：送你，想我时看看哦。

突然间心头升起失落感，我意识到今后只有我一个人了，没有你在我身边陪我玩，我会很孤单。其实我不想哭，我想把我的微笑留在你的记忆里，你曾经说过，我的微笑是最美丽的。但我的泪水还是不争气流了下来。你抬了抬手，似乎想为我擦去泪水，但又轻轻地放下。

又是一阵沉默。

你说："回去吧，天晚了。"你在转过身的瞬间，我突然扑到你怀里。你的眼睛望着我，望着我的眼睛，什么都没说，几分钟过后，你给了我一个轻轻的小心翼翼的拥抱，然后说："我会记得你。我的好妹妹。"

……

十几年过去了，大雁还是大雁，麻雀还是麻雀。只是那年春天的花瓣雨，偶尔还会飘落在我脑海里、睡梦中。

偏　心

曹洪蔚

汴梁城有条很出名的胡同，叫作耳朵眼胡同。老张，张馍头，就住这条胡同里。

说起老张这名字的由来，耳朵眼胡同的人都能给您"喷一板儿"。说张馍头的爷爷做过御厨，给末代皇帝当厨师，他做的红烧鲑鱼那是一绝，被誉为"天厨奇味"。后来，世事有变，皇帝被逐出了紫禁城，馍头的厨师爷爷为保命仓皇逃跑，顺手牵羊从宫里带出了一批名画和现大洋，逃到汴梁城后，在耳朵眼胡同买房居住。不久，在胡同南口开一饭馆，起名"馍头饭庄"，低调入俗。然而，时局动荡，这馍头饭庄开开停停，到馍头呱呱坠地的时候，饭庄已没了踪影。馍头的爹兴许是怕这名字失传，就给刚生下的儿子起名“张馍头”。

咳，扯远了。今儿个要说的不是“御厨爷爷”的事儿，是说张馍头在家偏心的事儿。

俗话说，龙生龙，凤生凤，耗子生的会打洞。兴许是遗传基因在作祟，张馍头打小就喜欢舞菜刀弄勺子，长大当兵干起了炊事员，退伍后，到国营“又一新”饭店当大厨，娶的媳妇是模范商场的营业员。

张馍头命好，家里养着仨儿子，老大金牛，老二铜牛，老三铁牛。耳朵眼胡同的人都知道，夫妻俩第一胎是双胞胎俩男孩，第二胎盼的是丫头，生下后却还是个带把儿的。这日子说慢也慢，说快也快，眨眼间，三头牛齐刷刷长起来了，上学，就业，弄房子，一股脑的事儿都来了。“养了三头牛，苦了张馍头”，耳朵眼胡同的人编排了这样的顺口溜，笑话他。尽人皆知的，还有张馍头偏心的事儿，他们打趣张馍头：咱们的胡同要改名啦，不叫耳朵眼胡同了，叫偏心眼胡同啦。

说张馍头偏心，偏心谁呢？老二，就是那个铜牛。那年，居委会的来张家动员，说上级让青年人上山下乡呢，你这仨孩子只能留下一个，留谁不留谁，你看着办。张馍头听了，不假思索就报了名：金牛、铁牛下乡，铜牛留城。后来，金牛、铁牛问张馍头，人家要么留大的，要么留小的，你为啥把老二留下呀。张馍头把眼一瞪：人家是人家，我是我。没看见铜牛瓤得跟面条样，下乡能中？

三年后，下乡的俩牛先后返城，铜牛也刚好高中毕业，仨牛又齐刷刷地在家里进进出出。待业，快把这三头牛待疯了。这天，在模范商场上班的老婆哼着小戏儿就回来了，说是商场出了新政策，主动要求内退的，可以安排一个子女进商场接班，你看这仨小子谁去合适？张馍头说，还用商量？让铜牛去，他那小身板就适合做个营业员。

后来，金牛去了拖电厂，铁牛去了化肥厂，仨孩子都算有了正当营生。安排好工作，就都到了谈婚论嫁的年龄。老二铜牛参加工作早，又是吃香的营业员，很快就追到了一个女孩子。张馍头那个高兴，把楼上的两间房粉刷一新，张罗着要给铜牛办婚事。老大金牛知道后，不依，对脸问张馍头：大麦先熟小麦先熟？敦敦石能走到楼头里？张馍头把眼一瞪：啥大麦小麦，啥敦敦石和楼，这房就是铜牛的，谁先谈好就先给谁办。

偏心的事儿还在后头。二十世纪九十年代初，国有商业企业都闹改制。先是铜牛下岗，搞单干，自己开了个门市部，不知咋的老赔钱。接着，金牛、铁牛也下岗，一个在大街上蹬三轮儿，一个在马路上搞环卫。看着铜牛挣不到钱，张馍头又坐不住了。思谋再三，他决定把馍头饭庄再开起来。张馍头手把手教铜牛厨艺，爷俩一块儿研究开发了好几道宫廷御膳，红烧鲑鱼，白煨鹅掌，红扒鱼翅，一经推出，顿时走红汴梁城，每日食客盈门，人气爆棚。

后来，铜牛成了馍头饭庄的法人，置了新房，买了新车，很有些老板的派头了。

只是，耳朵眼胡同的人弄不明白：老张为啥这样偏心老二铜牛呢。

原因只有张馍头和他的老伴儿说得清楚：当年，爱人抱着满月不久的金牛去部队探亲，临走时，部队首长抱着一个也刚刚满月的婴儿找到他们俩，说，交给你们一个特殊任务，照顾好这个孩子。孩子的父母都牺牲了，他们是中华人民共和国的试飞英雄。

大　河

陈小庆

父亲对待孩子们很严厉，他有一个戒尺，据说是祖传的家法工具，写不完作业要打五十下手心，睡前不背会一首唐诗要打五十下手心，而如果因为上课不听讲或旷课或打架骂人被老师叫了家长，则至少打一百下……

戒尺放在堂屋的一个条几上，父亲几乎每天都会拿起来把玩，让孩子们看见就想起自己还有什么事情没有做完或做好。

树秋和姐姐每一天都过得小心翼翼的。但还是免不了要挨戒尺。

“你家孩子可真懂事！”每一次带孩子们去外面做客，父亲都会听到这样的赞美，他总是笑笑，一副心满意足的样子。而树秋和姐姐则谨小慎微地靠在墙角，完全没有那种年龄的小孩子应有的顽皮和天真。父亲教育他们不要羡慕别人，不能动别人家的东西，别人吃好吃的也不要眼馋，不要浪费粮食，不要挑食！要有志气，所谓人穷志不短。是的，他们家比较穷。有一次树秋嫌父亲中午做的水煮面条不好吃，偷偷倒给了黄狗一半，结果父亲发现了，打了一百下手心，还没让吃晚饭，说树秋是饿得轻，再发现浪费粮食打二百下，并说狗只能喝刷锅水，只能自己去寻食吃!

姐姐除了上学，回家还要帮母亲做家务。那个星期天天气晴好，母亲就让姐姐去河边洗衣裳。姐姐用大铁盆端了要洗的衣服，树秋也跟着一起去河边玩。丹河的水很清，流得不急不缓，在蓝天下泛着粼粼波光，不时还能看到一拃长的鱼，但往往倏地一下就不见了。母亲交代树秋不要玩水，危险，也交代姐姐看好树秋，树秋很听话，母亲其实是放心的。

但意外还是出现了，姐姐一件一件把衣裳都从大铁盆里拿出来洗，湿上水，放在一边的大石头上，喊树秋把铁盆拖到自己背后，树秋那时正在河边石头下找螃蟹，是没有听见还是贪玩，反正没有去拖大铁盆，姐姐看了看树秋，继续洗衣裳，远处也还有两三个妇女在洗衣裳，那时姐姐已经十六岁了，树秋也十二岁了。别人家的男孩子像树秋年纪的都是正调皮呢，树秋却很是安生，他够听话了。这一点爸妈和姐姐都承认。

可是这次因为树秋没有听姐姐的话，及时去拖开大铁盆，姐姐又只顾埋头搓洗衣裳，水流竟一点一点漂走了大铁盆，等到姐姐发现时，大铁盆已经漂很远了，快到河心了，她大叫，铁盆！树秋这时也发现了，就要往河里跑去捞铁盆，姐姐一把拽住了他。

"姐，大铁盆要是没了，爹会打我们的！"树秋都急哭了。

"打就打，反正你不能去捞！"姐姐紧紧拽住树秋。眼看着大铁盆越漂越远，终于在水波中一歪，沉没在河水最深处……

"姐……怎么办？"树秋望着大铁盆沉没处难过地问。

"我也不知道怎么办……"这时候姐姐的声音也变了，她也哭了。

这个大铁盆还很新，是母亲去年强烈要求下父亲才同意添置的，可现在说没有就没有了。别说爸妈难过，也别说回去要挨打，姐弟俩现在都难过得很，单纯为失去大铁盆都难过得很！他们已经养成勤俭节约的好习惯，会爱惜一针一线，更不用说那么大的铁盆了。

姐弟俩抱着一堆衣裳回到家，身上也被刚洗过的衣裳弄得湿淋淋的，母亲正在喂鸡，看到姐弟俩，忙停下了手中的活计，问："盆呢？咋没把盆抬回来？"

姐弟俩又一次哭了。母亲慌了神，问是遭人讹走了还是什么？

姐姐哭着说她没注意让水把铁盆冲走了。

父亲坐在屋里，他应该也听明白了。他沉默着，并没有出来。姐弟俩等着挨打，提心吊胆一直看着父亲的脸色，连母亲端上来的午饭都吃不下。

很多年后，姐弟俩想起那个中午，都难以忘怀。一家人沉默着，父亲发话了："都吃饭吧！"才都敢吃。那天母亲做的饭是白菜五花肉捞面，他们好久都没有吃过肉了，可姐弟俩居然没有吃出香味。

父亲没有用戒尺打姐弟俩，一下也没有，他甚至看都没看戒尺，连骂一句都没有，还制止了母亲的唠叨。他说："铁盆丢了就丢了，你俩平安回来就好！"

父亲接下来对母亲说了一句让姐弟俩一辈子忘不了的话：如果因为铁盆被水冲走打孩子的话，以后遇到类似情况，孩子们很可能会做出冒险下水去捞铁盆这样的事。

后来姐弟俩再也没有挨过父亲打，四十年过去，父母亲也相继去世了，只有大河的水日夜流淌，姐弟俩永远都记得河底有一个大铁盆，是他们家曾经很宝贵的物件。

玲　珑　醉

张俏明

入宫半年有余，漱香苑在我的记忆中日渐模糊。

半年前我以歌姬身份入宫，名唤玲珑。京城失守后，皇上南逃，我被临阵叛变的薛将军掳进皇城护卫府。

庆功宴上，我淡妆轻抹，身着浅黄色杂裾垂髾服，脚蹬乳烟缎攒珠绣鞋，长发披肩，云裳翩跹，亦歌亦舞。将军击剑助兴，偶尔抬眼，碰上他双目含情，星星发亮。

宴后，沐浴更衣，我便被带至后院的西厢房。芙蓉帐内，我劝将军择时倒戈，话儿说了一半，将军用手紧紧捂住了我的嘴，但见窗外数个黑影闪过！子时，将军的亲信萧剑前来把我的四弦梧桐琴要了去，不日，坊间传出薛将军芙蓉帐内怒斩玲珑的消息。一个月后，萧剑悄然把我带到栊翠山的泰清观。

道观古朴，观外溪流纵横，环境清幽，是一处修行圣地。观主妙静为我取名“离尘”，此后我便带发在观中清修。为护我周全，奉将军之命，萧剑在八里地外的元隐寺出家，法号：净空。

此后，晨钟惊浅梦，木鱼零星，暮鼓催月落，青灯孤影。

闲暇无事，我摹着当年在苏州漱香苑学过的诗词歌赋，亦未深究平仄韵律，谱成一曲《玲珑叹》：三月雨霖漓，时时泪沾衣。婀娜誉苏杭，红粉有谁惜？梨园闭良家，南音倾香苑。檀郎飞觞暮，哀曲何处诉？

昏鸦嘶鸣，我低声吟唱，慨叹身世凋零。

两年后惊蛰那天，净空带来将军的消息：朝廷大军在一年前直逼京城，将军里应外合，取了敌将元铎的首级，迎接皇上返京，不料颜国师参本，将军被囚天牢。

立夏过后，大雨滂沱，道观后院的土围墙塌了半丈多，妙静师太命我下山聘请泥匠。天刚亮，我乔装成素衣书生，进村找来泥匠，交代完毕，便匆忙赶往元隐寺。

到元隐寺已过未时。进了山门，方知慧慈住持于年前圆寂，净空已成为元隐寺新任方丈。小僧释明前方引路，踩着湿漉漉的青砖绕过伽蓝殿转进方丈室。伽蓝殿右侧的那棵百年银杏树与宝殿的飞檐齐高，棕褐色的枝丫上冒出浅绿的嫩芽，星星点点，很是好看。可此刻的我哪有心思欣赏？因此转进方丈室前，与树底下一个头戴藏青色毡帽，身穿灰色和尚袍的扫地僧擦肩而过，当净空领着我再次站到他面前时，他稍一抬头，我失声惊呼："将军？将军！"

将军是如何全身逃出天牢我无从得知，往后的日子里，他也似乎刻意避谈此事。

在净空的安排下，将军与我在苏州远郊寻了一处静院，将军看这里桃木成林，便大笔一挥，取名桃花苑。收了笔，将军捧着我的脸细细看了半晌后说，脱下将军服，再也不是将军了，以后，唤我悟了吧，一切皆梦，一切了了，除却你。我散了刚为他簪好的发髻，笑得花枝乱颤："你又没出家，好吧，悟了就悟了吧。"

我亲爱的悟了在天牢时落下了严重的偏头疼，彻夜难寝。听闻鹘鸪山上有一神医，于是择了一个清爽的日子，我们前往寻访。

山路崎岖，才到半山，一阵药材味儿扑面而来。放眼一看，前方一马平川，靠山处四间农舍一字排开。到了门前，柴门不叩自开，出来一位面目慈善的老者，仙风道骨。老者自称姓杜，医学世家，为躲战火隐居于此。望闻问切后，便龙飞凤舞开出药方，药材倒是普通的十味，以酒泡药，只是外加的一味很是奇特，须是清明雨后的桃花瓣，新鲜入酒即可。

按照杜大夫的吩咐，我们把炮制好的药材酒一一装进桃花树洞，再用栊翠山泉水搅拌泥巴封了洞口。

次年清明，桃花树洞开封，酒酿色泽微红，悟了命人用竹子制成管子，汲取出药材酒，悉数装进青铜卣内，青铜卣上都铭有"玲珑醉"三字。"玲珑醉"睡前撒上桃花瓣儿服用，此酒入口先苦后甘，三杯即醉，饮罢他便酣然入梦。半年后，他的偏头疼日渐好转，只是偶尔会忽然惊醒，一身冷湿。此地即便远离京城，仍时时有金戈铁马之声隐隐传来。唉，现世不安，又如何能心安？

听说千百年后，考古工作者在苏州远郊一座陵墓中挖出两件虎形青铜卣，各存酒半卣，启封时香气四溢，酒质清澈透明，娇红欲滴，卣底铭文"玲珑醉"。考古学家对"玲珑醉"乃至背后的故事产生莫大的兴趣，可惜他们几乎翻遍了典籍，也没找到片言只语。

亲爱的父亲大人

冷清秋

正月里来是新年。

岭下的棉花地经过冬雪的覆盖和消融，变得松软起来。

一些沧桑未老的棉花棵子零落在地里，穿梭期间的畅先生头发稀疏花白。

到底是老了，畅先生失去了年轻时候的灵便，整个人显得那么笨拙可笑。

这一切源于午饭时，我随后说了那么一句：这些棉花棵子的枝干真好看，我要带一些回去插在花瓶里当作干花。

棉花地里的畅先生一边折枝一边抱怨：要这些有什么用呢！这些又不好！

彼时，他的手里已经攥了满满的一大把。

站在地垄边的我默默望着，鼻子不自觉酸涩起来。

这，还是先前的那个脾气倔强动不动就乱发脾气的畅先生吗？

畅先生脾气犟，这点随我。

我和他已有两年多的时间不怎么说话了。

包括我后来再婚，我都不想去惊动畅先生大人。

偶尔我打电话回去，也只是母亲接听。母亲有时会有意传些畅先生的消息给我。我不答话，也不接腔，只是那么默默地听着。譬如，母亲说，犟得很，这不，昨天下地干活扭着腰了，现在躺着在床上直哼哼呢；或者是，八月十五你们都不回来，人家赌气呢，邮寄回来的月饼都给扔了不肯吃。

爱吃不吃，他不吃你吃！我这样回答了母亲。

母亲轻轻叹了一口气问我，找时间回来一趟吧？

我想了想，答应母亲说好。

可天有不测风云，这话说完没多久，我就因为久坐写作，腰椎出了问题导致生活无法自理，被救护车直接拉进了医院。

住院的第二天母亲从老家赶来看我。

那个和我两年多不说话的畅先生竟然赶在母亲的前面进了病房。

他在我的病床前站了会儿，什么话都没说就锵锵锵转身走出去了。

没多大会儿，他再次锵锵锵地进来，用很大的声音对我吼吼：停掉啊，都给我停掉！我给你说，你在电脑上写的什么狗屁小说全部都给我停掉！！

畅先生的牛眼瞪着，一副穷凶极恶的模样。惹得病房里不明就里的人都探着身子看热闹，病床上的我，眼泪一下涌了出来。泪眼蒙胧中仿佛回到小时候，在老家的集镇上。熙熙攘攘的人群中，我为了要买到那件天蓝色的运动衣死死拽着衣服不撒手，最终挨了畅先生一顿狠揍。我恨畅先生。有那么一段时间一直恨着。那件天蓝色的运动衫最终还是穿在了我的身上。是母亲看不过去，后来悄然返回替我买下了它。

母亲总是爱我的。她的爱默然细腻，无声无息。

我离婚那年的夏天，母亲从老家给我送来她自己种植的新玉米。

进的门来，好似感知到了什么，便来来回回地盘问我情况，我编了个瞎话给搪塞过去了。那之后，许多年来母亲明明已经知道了事实，却再不曾问过我半句。

可得知消息赶过来的畅先生却因此直接和我断绝了关系。

他拍着桌子骂我不知道好歹，说女人家凡事要学会忍耐，还说你做事这么儿戏，你有没有时刻自省你自己的缺点?!

那天畅先生临出门的最后一句话就是：你这样就不是我女儿，我老畅今后也没有你这个闺女，你也不要再进我的家门半步！谁怕谁啊，不进就不进！

可我猜测现在和我结婚的小宋温和大度，会是畅先生喜欢的那一款。

果然，这俩初次相见的男人置躺在病房的我于不顾，站在医院的走廊上直接聊了个没完没了。后来，畅先生拎着一个西瓜进来了，他满脸笑容地站在病床边说：

来来来，闺女吃瓜吧，甜得很哩！

彼时，他满是皱纹的脸上全是讨好我的笑容，那笑容衬得他那么苍老。

我皱皱眉毛，眼泪扑簌簌掉了下来。

过　客

王苏华

小云的家，在河北山区的一个县里。她的父母三十多岁了，才有了这个女儿。小云身材苗条、容貌姣好。所以她很小的时候，她的父母就倾其所有让她学习舞蹈。很快，小云就成了家乡的一只小“蝴蝶”，飞舞在各个演出场地上。

她上小学六年级那年，赶上了学校的二十年大庆。学校举办了庆祝校庆的演出大会，小云的独舞《月魂》被安排在最后一个表演。等到小云出场的时候，在场的人都惊叹了。只见小云身着一袭月白色的裙子，头上戴着的月亮头饰，更衬得她花容月貌。小云如精灵一般在舞台上表演着，台下不时响起热烈的掌声。然而，谁也没有注意到她眉间的痛楚。最后一个优美的旋转后，小云卧倒在了台上，她那蜷缩的身体犹如一弯明月。全场立刻掌声雷动，大幕却被迅速地拉上了。

台下所有的人都嚷着要小云返场，礼堂外却响起了急救车的喇叭声——自近而远。校长出现在舞台上，他含着眼泪说：“小云是带病参加演出的，此刻已被学校送往省城医院了。”台下的人们立刻安静了，有的学生还抹起了眼泪。

俗话说“祸不单行”，这天夜里小云的家乡发洪水了。因为小云的家是紧挨着河边建的房子，所以不幸和另外几户住宅一起，被奔腾咆哮的洪水冲走了。从此在这个山清水秀的地方，再也没有了那个像蝴蝶一样，在街道上快乐地飞来飞去、能歌善舞的小云姑娘了。

时间一转眼就过了六年，小云的好友李琪考上了北京的大学。她独自一人到学校报到以后，准备认识一下这个城市。她在参加“胡同游”的时候突然肚子痛，被三轮车夫送到了一个社区卫生站。

候诊室里的人不多，一个一瘸一拐的姑娘正在给病人服务。只见她一会儿为这个老奶奶解释着单子上的内容；一会儿又提醒离开的那个老爷爷带好东西，不一会儿这个姑娘就来到了李琪跟前。

她突然发出一声惊叫：“李琪？！你怎么会在这？”

李琪惊讶地发现，这个熟悉的脸庞不是小云又会是谁？

“小云！”李琪扑上去，一下子抱住了小云。“你怎么会在这里？你的母亲呢？你的腿怎么了？”李琪此刻也不觉得肚子痛了，她的问话就像连珠炮似的砸向小云，恨不得小云把六年的过往一下子说出来。

“你怎么了？你还是先去看病吧。”小云着急地说。

李琪赶紧说道：“不用了、不用了，我看到你什么病都没了，你快说呀。”

小云只好一瘸一拐地把李琪领到卫生站外面，和她一起坐在了路边的椅子上，慢声细语地说了起来。

原来，那天小云被120急救车送到了省城医院以后，她的父亲因为连夜赶回家借医药费，不幸被洪水卷走了。她的母亲知道这个消息悲痛欲绝，只好给在北京的哥哥打电话。小云的大舅一听急了，第二天就赶到了省城，把小云和她的母亲带回了北京以后，赶紧把小云送进了骨科医院。

经过医院检查，小云是因为练习舞蹈时意外扭伤，又坚持跳舞造成了脊柱损伤，压迫神经造成一条腿跛了。如果不尽快治疗，恐怕就要终生架拐了。小云母女俩只好暂时住在大舅家里，这样可以保障小云的康复治疗。可是三个月前，小云又被查出患了白血病，而且已经不能骨髓移植了。小云的母亲当年如果不是还有小云，早就跟着丈夫去了。她再也无法承受女儿即将离开的痛苦，因为突发心肌梗死离开了小云。

李琪听到这里，顿时泪如雨下。小云却笑着说：“李琪，我的好姐妹，不要哭，你看我还是五星级志愿者呢。”李琪抹去眼泪，看到小云胸前一枚红色的志愿者徽章格外醒目。

小云拉住李琪的手：“人活一世，总要面对生死。我们不能做碌碌无为的过客，要做一个对别人有用的人。”李琪用力地点点头。三个月以后，小云拉着李琪的手，安详地闭上了眼睛。

从此以后，人们经常可以看到一个姑娘，在北京西站的志愿者岗位上，耐心细致地为过往的旅客服务。她身上的蓝马甲就像一朵蓝色的云，而她的胸前闪耀着一枚鲜红的党徽。

给父母送书

田光明

我出书了。首发仪式结束，我就匆忙离开，我要回家，给父母亲送书。我坐在父母面前。首先，我把首发仪式的盛况给他们汇报，与老人家分享。

我的散文集《父亲母亲》出版了。今天文联在艺术中心最大的会议室里为我的作品集举办了首发仪式。出席会议的有市长、文联主席，还有我在全国的文友，电视台还进行了直播，日报社派来了记者，他们采访了我。我心里激动，都没提多年关怀我的领导，我满脑子都是父母，说没有你们，就不可能有我，更不可能有这本书。

记得我上学第一天，当拿到老师发给我的《语文》《算术》两本书，我就十分珍爱。把新书拿回家，父亲从柜子里取出给生产队施化肥时珍藏的牛皮纸化肥袋子，在煤油灯的光亮下，给我把书皮包上，教我认字，读课文。其实，父亲也没有上过学，他是在夜校班认的字。父亲遇到不认得的字，就从枕头下面取出了一本没有书皮的线装书，给我找同音字进行比对。后来，我知道了那本书就是《字典》，四角号码检字法，是当年驻村的一个下派干部送我父亲的。

后来我念到小学三年级，知道了用拼音查字典，也知道了父亲教我的一些字是错的。但我都不忍心给父亲说。父亲在外面获得了一张残缺的报纸，都要给我拿回来，和我在煤油灯下仔仔细细地读。那时候，我很渴望拥有一本书看，但没敢告诉父亲。

每遇集日，父亲都要用扁担挑着挖来的药材或扛着从坡上捡来的木料，去几十里外的集镇上卖。晚上归来，坐在炕头整理着换回来的零钱时，我在心里打鼓，就想着下一次跟父亲去镇上买我想看的书。但想到在雨中披上塑料纸、戴上草帽，扛上锄头的父亲，下到几十里外的沟岔，寻寻觅觅，才挖回那点药材时，我买书的念头就打消了。

父亲从集上回来，他从贴身衣兜里掏出今天赶集的收入，几元钱分成摊儿，在念叨着：给医疗站开一块五，给代销店付两块二，再灌点煤油，娃要写字，把灯芯拨亮点……

夜里，睡在父亲身旁，想着心事，我久久难以入睡。

到学校里，发现有同学买新书了，我就尽量和他们合伙看，帮他们包书皮，替同学扫地，为的是把同学的书看一遍，心里就无限满足。后来，老师要求每人买本《新华字典》。无奈，我就告诉父亲，他痛快地答应了我。星期天，父亲带着我去赶集，他扛着从自留地伐下的一棵洋槐树，直径老碗口粗，一丈二尺长，修房子做檩用。我扛了一根口杯粗、六尺长的木椽，我们父子一起去赶集。父亲走在前边，我跟在后边，木椽压得我伸不直腰，父亲在不断地喘着粗气，但他还在问我，受得住？鼓励我，挣着把腰伸直。

在崎岖的山路上，我们父子咬紧牙关，总算到了集镇上。那天的木材市场，人稀稀拉拉的，没有几个买家。父亲说，今个集上卖木料不是时候。维修房子最佳时间是在春天，农闲时节，人们才维修，需要木料。现在是秋收季，用的人家少。父亲靠在木料上显得无助而无奈，但又怕我难过。安慰着我，没有啥，有人要了咱就便宜卖，自家地里长的，给我娃买书要紧。

太阳偏西时，来了一位中年人，买木料维修被大雨损坏了的门房。看样子，他是个在外有工作的人，他领着一个懂木工活的匠人，那人十分挑剔，说父亲扛的木料弯度大。父亲赔着笑脸，给他说着好话，总算打动了他们，以四元钱买了父亲扛的木头，我扛的那根木椽，卖了五角钱。

父亲拿着钱给我买了块烧饼，自己掏出从家里拿的冷馍啃着。买了碗白开水让我先喝，给他剩点。我的眼眶涌出了泪水，烧饼卡在喉咙难以下咽。

进了镇东边的书店，买上了《新华字典》，我用父亲递给我的手帕，小心翼翼地把书包严实，揣在怀里，我们父子就兴冲冲地往回赶着。

娃啊，钱再难，只要你要书，花多少钱，都不算个啥事。父亲的话在我脑海回响。你爱看书了，我也就不熬煎，你要好好读书，向文化人学习。

有了父亲买的字典，就没有我认不了的字，读不了的书。后来，我成了小村第一个大学生。二十年后，我为父母亲写了一本书:《父亲母亲》。

“爸，妈，你们眼睛不好，儿子读给你们听！”我虔诚地跪在父母面前，“你们对生活的那份执着和乐观，永远地在我心里波澜，滋养着我的生命，成就着我的今生来世，也给了我人生一汪永不干枯的精神源泉……”

夕阳西下，天边一抹红霞，映照在山坡上。

扑棱棱……一群鸟儿飞过，我打了个激灵，望着父母肃穆的墓碑，看着荒草萋萋的坟茔，我把我的书，端端正正放在父母墓碑的中央。

跪下，叩了三个头。

“爸！妈！我要走了，你们多保重！想我了，就托个梦吧！”

结巴其实不是病

安晓斯

天不明，邓总经理就起床了。多年的习惯了，每天他都要到城东的小树林里去散步。这小树林子空气好，因为距中心城区稍远点，人也少。人少了，就清净。不像城中心的银湖公园，去的人太多，见了面都得说话，至少也得点点头。话说多了，点头多了，晨练的兴趣就大减。

说起这小树林子，邓总经理是最钟情的。一来可以锻炼身体，二来可以尽情地说话。和谁说？当然是和小树林子说。为啥？因为只有在这里，邓总经理才不会结巴。说话不结巴，才能畅快淋漓地说，说话才会尽兴。

刚大学毕业时，邓总经理还不是邓总经理，在一位老亲戚的关照下进了总公司。临上班的头一天晚上，邓总经理到老亲戚家请教。老亲戚说，记住 6 个字就行了：少说话，多干事。

从此，邓总经理就横下一条心，少说话，多干事。三年时间就干到了公司中层领导的位置。其间，有两个把不住嘴巴的，就被调离了总公司。可是，月有阴晴圆缺，事也有阴晴圆缺。长期不太说话，邓总经理不知不觉就落下了毛病，说话总是断断续续，后来就结巴了。不过，邓总经理的大部分时间，都是在办公室里写写材料，然后跑跑腿办办公事，也用不着上台讲话，结巴不结巴似乎不太影响什么。就这样，邓总经理一干就是十多年，年年都是总公司优秀员工，年年都受到公司领导表扬。公认的评语是，默默无闻，少言寡语，履职尽责，不事张扬。直到那一年冬天总公司人事调整，邓总经理就离开总公司，下基层成了邓总经理。

当了总经理，自然是需要不断讲话的。深知自己有结巴毛病的邓总经理十分苦恼。思索再三，邓总经理出台了新规。先是在公司院内醒目位置制作了大标牌，上书八个大字：默默无闻，埋头苦干。号召公司上下少说话，多干事。宁流千滴汗，不多一句嘴。邓总经理是总公司下来的领导，对每一项工作都安排得井井有条，还出台了严格的绩效考评办法。工作面前，人人平等。荣誉面前，业绩为上。由于结巴，邓总经理很少批评人，年底总公司考核组来公司考核班子，邓总经理总是全票优秀。

在公司里不讲话、少讲话可以，到上级部门汇报工作，不说话总不行吧。为了弥补结巴这个毛病，遇到不说不行的时候，邓总经理对自己的汇报材料总是精益求精，能短则短。时间长了，还得到了总公司领导的好评。评价邓总经理的汇报，材料翔实，重点突出，条理清楚，不拖泥带水。有时遇到下属公司高管中流传的不利于团结的“闲言碎语”，总公司领导首先排除的就是邓总经理。他连说话都很困难，还会去传播小道消息。一来二去，经年累月，邓总经理不论在总公司领导心目中，还是在基层员工中，都树立了很高的威信。

工作上的得心应手虽然使邓总经理身心愉悦，可生活中的结巴毛病却使邓总经理无比苦恼。想当年，少年不识愁滋味，邓总经理在大学里还拿过演讲大赛的冠军。现如今却连正常说话都很困难。那种尴尬无奈的滋味，真的是刀架不到谁脖子上谁不清楚。

直到有一天，邓总经理起早晨练时，发现了城东的小树林子后，才有了从未有过的愉悦和快活。那天，他在小树林子里散步时，无意中踩到了一堆狗屎上，就骂了一句当地的粗话。刚骂过，邓总经理忽然发现自己骂得很利索。他不太相信自己，就又骂了一句，还是很利索。就想，我不结巴了？可一走出小树林子，再骂，就又结巴了。还是不行啊，邓总经理依旧是十分苦恼。从此，邓总经理晨练时必到城东的小树林子，在那里，邓总经理就可以尽情地说话，一点儿也不结巴。为检验小树林子里这种效果的真实性，邓总经理还认真地做了各种试验。他带来了公司的各种材料，带来了报纸和杂志，甚至带来了大街上散发的美容美发、减肥瘦身、治疗性病、白癜风之类的小广告，都能很流畅地大声读出来。我不结巴了？可一走出小树林子，还是不行。

从此，邓总经理的晨练地点就选在了城东的小树林子。因为只有在这里，他才能尽情去说话，或者痛痛快快快地骂几句。每次走出小树林子，邓总经理都很兴奋，都很轻松。

这样的日子，直到上个月，邓总经理因为年龄，从公司领导岗位上退下来。

今天一大早，邓总经理就又来到了小树林子。心里就想着，不当总经理了，也用不着再讲话了。不用按时去上班了，再也不用操心结巴不结巴了。在小树林子里走着走着，就拾到了一张保健用品的小广告，闲着无事就读了起来。读着读着，邓总经理突然发现自己一点也不结巴了。真不结巴了？邓总经理不太相信。他就走出小树林子，再读，再试，真的不结巴了。

邓总经理就快步回到家里，大声叫道，老太婆，大喜啊。正在厨房做早餐的老伴见他大呼小叫，就说，神经病，啥大喜了？

邓总经理就流利地读了一段小广告上的文字。

你，你，你，不结巴了？倒是大吃一惊的老伴，一时高兴得结巴起来。

抓 药

莫小谈

那天，我去济世堂为爷爷抓药，发现除了纪先生与药铺伙计外，还有几个人立着，气氛有些凝重。搭眼一看，供堂上药师爷的牌位也扣放在那里。

之前，我和父亲也曾来过几趟。纪先生总是乐呵呵的，抚摸着我的脑袋：小鬼，又长高了。父亲一笑：过些时，就能单独来了。随后父亲又说：再抓几服药，我爹还是咳得厉害。

接下来，纪先生口述药方子，药铺伙计照方抓药：丹参 6 钱，当归 3 钱，白术 4 钱，砂仁、七叶一枝花各 2 钱，胆南星 1 钱……记着，加水煎 15 分钟，滤出药液，再加水煎 20 分钟，去渣，日服 2 次。

父亲收起药方和药包，又补问一句：去哪里买药引子？

中医注重药引子，纪先生也不例外，他要么说去西街百货店里找赵四爷买白酒半斤；要么说到大王村洪恩家讨几只蝎子蜈蚣；要么说晚饭时再遣人送来一味配伍的药，等等不一。

回家后，父亲总是把药包放在案台上，随后取出药方揣到怀里，捂了捂，又按了按，对爷爷说：我去取个药引子。

爷爷一阵猛烈地咳，而后咳痰，声音大得四邻八舍都听得到。好久喘匀实了气儿，说：去吧，快去，路上小心些。

我隐约觉得，爷爷与父亲都非常在意纪先生开的药方子。

一切妥当后，父亲开始煎药，空气中的中药味儿像雾一样弥散开。

有一次，父亲把我叫到身边：臭小子，几岁了？

九岁。

都成小伙了。

嗯。

以后能自己为爷爷抓药不？

能。

父亲笑笑：兔崽子，出息了。

一天半夜醒来，我听见父亲和爷爷谈话，大多数话都听不懂。最后，父亲冲着爷爷磕了三个头，爷爷扶起他低声说：走吧，快走，路上小心些。

父亲没有和我告别，但我清晰记得头天与他的对话：你单独抓药时，要注意什么？

看到药师爷牌扣着放时，不多说话，听纪先生的，他问啥我答啥。

父亲点了点头。

今天，药师爷的牌位是扣着的。

我瞟了一眼立着的几个人，又看了看纪先生。

哦，小鬼，是来给爷爷抓药的吧？

是。

这几天还咳得厉害？

厉害。

带血不？

带。

喊疼不？

喊。

纪先生面朝立着的几个人说：他爷爷肺痨，老病号了。

立着的几个人相互看看，打头的人示意纪先生开药方。

纪先生对药铺伙计说：乌骨藤、槲寄生各6钱，前胡、苦参、山慈姑各3钱，白及、花蕊石各4钱，松香、乳香各3钱……还按之前的方法煎服，1日1剂。

包好药，纪先生特意交代我：我这里冰片成色不好，你去东桥头栓祥药铺买1钱冰片入药，就妥当了。

嗯。我正要接过药方，却被一个胖子抢先夺了去。

纪先生冲胖子笑笑：就是一药方，别吓哭了孩子。

我一听，当即哇哇大哭，伸手和那人抢：还我，还我，这是爷爷的救命方子。

打头的人向胖子发话：你拿着方子，陪孩子一起去。

到了栓祥药铺，我说：栓祥叔，纪先生药铺没了冰片，让来补个方子。

栓祥医生看看我，又看看我身后的胖子，说：把方子给我看看。

胖子不给，一脸严肃地说：只缺1钱冰片，你只管抓就是了。

那不行，冰片有毒，肝肾虚者不宜用，气血虚者忌用，慢惊属虚寒者不可用，小儿吐泻后成惊者切不可服。栓祥叔态度坚决，不让我看药方，我万不敢抓药。

我又哭了：爷爷咳血，还喊疼，没药吃会死的。我哭喊着去抢胖子手里的药方，还不给，就咬他，哭着求他救救爷爷。最后，胖子无奈，把药方给栓祥医生。栓祥医生细致，默念着方子，反复核对每一味药的每一种计量。

补完药方后，胖子又随我回家。爷爷注视着胖子，问我：他是谁？我说：从纪先生药铺跟来的，还陪我去了栓祥叔那里抓药。

爷爷“哦”了一声，又咳，身子一颤一颤。

又咳血没？我问爷爷。

一阵剧烈的咳嗽后，爷爷抹一把嘴角，有血。

疼吗？我又问。

疼。

我忙为爷爷煎药。至此，胖子神情才稍放松些，问爷爷：病多久了？

爷爷只顾咳，喊疼，不理他。

胖子站在旁边看我煎完药，才打算离开，走到门口时，又突然折身回来，蹲在爷爷身边，冷冷地问：为什么不喝药？

爷爷不理会，好大会儿，等到药汤温热正好时，才一饮而尽。

胖子还不放心，又在我家左瞧右看了半天，实在没什么可疑，才悻悻地离开。

这一天，我觉得所有人的表现都很异常，但又觉得所有人的表现都很正常。

当晚，街坊来我家串门，和爷爷闲聊着说：纪先生被捕了。听说，是地下党。街坊压低声音。

街坊走后，爷爷摸索着起身熬药，并将那张药方子烧成灰烬。

从此，我再也没有看见过父亲。但令人欣喜的是，爷爷的病好了。

铜 锣 李

杜景礼

李家营子秧歌队领头的没旁人，当然是拎着一面铜锣的李文强，人称铜锣李。这面铜锣据说是当年县衙里的物件儿，清朝传下来的。李家的先人给县太爷鸣锣开道，县衙门一撤，这面锣就跟着先人一起，解甲归田。于是，李家就多出一面铜锣来：直径五十厘米，重十五斤，提锣柄用润而不滑的紫檀木，系锣绳用油而不腻的熟牛皮，打锣棒用直径五厘米的水曲柳木，棒头用棉絮和布条缠裹，紧挨棒头系块红绸。

村里办秧歌会，来借锣。李文强说：“借锣可以，但必须让我打。这锣可是传家宝啊。”会首当场同意。回来写分工时，会首忘了李文强的大名，就在“铜锣”后面缀上个“李”字，“铜锣李”由此在村里出了名。

打锣这活儿，实在没有多大技术含量。可是铜锣李愣是弄个仪式感出来。他说祖辈有话：“鸣锣开道，活轻分量重。”用今天的话来说，那就相当于给领导开道的警车，是上着警灯、装着警报的。

秧歌出场，锣鼓先行。“当，当，当当当——”铜锣李左手提锣前举，右手挥槌敲击；左臂吃紧，锣身稳住不动；右臂舞圆，锣槌虎虎生风。再看铜锣李，那真是昂首挺胸，神色庄严，高视阔步，大步向前。他说这是他的仪式，还真让人没话说。这铜锣锣声清亮，穿透力强，足足传出十里地。

铜锣李一马当先，鸣着锣，开着道。举旗的举起红旗，秧歌队踩响高跷，耍起竹扇，舞起彩带，扭起秧歌。拉大衫的，扮公子的，扭拉花的，青蛇白蛇，取经师徒，傻柱子，老麦，娶亲车，狮子队，后面跟着文武场。踩高跷最怕的，莫过于地面的贼冰——表面上覆层土，下面却是滑溜溜的冰。这时，铜锣李最紧张。他停下身儿，举起槌儿，让路过的秧歌队员借个力，免得高跷打滑，摔坏人。

秧歌队打场的时候，铜锣李靠边儿歇脚。原本内定的打锣手刘金锁过来，摸摸锣，笑嘻嘻地打趣：“大表叔，这锣，你怎么舍不得多打几棒呢？”铜锣李笑得很寡淡：“有讲究的！”“那有啥讲究？大表叔你舍不得，我看这就是讲究！”铜锣李站起身：“秧歌该起场了。”

打旗的刘金亮是刘金锁的堂弟，再歇场时，笑问：“大表叔，打锣真有讲究？”“有”，铜锣李顿一顿，“给县官开道，打七棒锣；给府官开道，打九棒；给省官开道，十一棒；只有给皇帝开道，才打十三棒。”“那你打几棒？”“这可不能多，我只打五棒锣。”“还有讲究吗？”“有，像——鼓怕戳，锣怕闪，小车子怕跑偏。还有——打鼓听音，敲锣敲心。喏，锣心就是当中这个地方，也叫锣堂。”

一帮小年轻纷纷找铜锣李，想要锣打几下。铜锣李不给，小年轻们弄得风凉话比锣声还响。铜锣李可不管这些，依然走在秧歌队最前面，打出自己的仪式感。

铜锣李心里明镜似的，问题出在刘金锁这儿。刘金锁是光棍一条，说大话，喝大酒，和寡母过着不咸不淡的日子。但他却有一样好：本地习俗有一条，人死下葬前，要有一个送浆水的，领着晚辈给长辈祭奠，这活儿犯阴，刘金锁却不怕，干起这工作来，挺认真。

这一年正月，刘金锁因为平时冷一口热一口，胃病早已十分严重，却又从不在意，胃一疼，就吃一片镇痛片顶一顶。这人也怪，没打成锣，别的工作就都拒绝。有了闲工夫喝酒，一下子把胃病喝犯了，吐血拉血，眼看着一天不如一天。

正月十三日傍晚，散了场的铜锣李来看他。铜锣李说：“金锁，我这锣不能撒手啊。老辈传的，你可得谅解表叔。”刘金锁的心一热，吞吞吐吐地说：“我，我没啥，想法。”铜锣李依然左手提锣前举，把锣锤塞进刘金锁手里：“你打吧，打五棒。”刘金锁眼眶里含满了泪水，敲响了五棒锣。

这天夜里，刘金锁去了。新的问题来了：送浆水的刘金锁去了，谁给他送浆水？铜锣李挺身而出："打锣也是开道，送浆水也是开道，我不在乎有什么不好。"

送浆水时，铜锣李左手提灯前举，右手拎壶倾洒浆水，仍然走在队伍最前面，走出一种新的仪式感。

挂 靴 记

肖曙光

都梁城虽与京城相距千里，却是商贾云集，信息发达的地方。一条消息传到京城，只需一两天的时间。

这天，官道上飞奔着一辆马车。车里坐着尚书大人的管家。他脸色凝重，不时催促着赶车人，快点！快点！但紧赶慢赶，到都梁城天色已晚。他顾不上喘口气，便趁着夜色匆匆去了县衙，见了张县令，劈头就问，那条消息是怎么传出去的？

张县令高个，清瘦。他不慌不忙地问道，什么消息呀？

就是……管家环视一下四周，等几个衙役走了，才悄声说，杀人偿命，黄全要被砍头。

哦！张县令一下子醒悟过来，说，你是为这事而来？

可不是。管家瞥了眼张县令，刀条一样的脸上露出一抹凶光，老爷很生气，如果你敢杀他外甥，你的脑袋……

误会了。张县令低声说道，孰重孰轻我拎得清，你看，我把官靴都挂墙上了。如果办不好这个案子，我就走人。

管家抬头一看，墙上果然挂着一双靴子。这是挂靴明志啊。看来他是铁了心要把案子办好。管家脸色缓和了些，说，要尽快查明散布消息的人。

我查过了，城里的百姓都在传。

一群刁民。管家破口大骂。

两个月前，黄府的少爷黄全，在城里古玩店内看中了一件古瓷器，伸手就要拿走，掌柜不肯。黄全执意要拿。于是起了争执。黄全人多，将掌柜打死了。第二天，掌柜的老婆和女儿准备到衙门告状。半道上，被黄全带着家丁拦住，掌柜的老婆又被他们打死，还要抢走掌柜的女儿。围观的百姓愤怒了，一哄而上将他们团团围住。

平日里，黄全就是都梁城一霸，仗着尚书这座靠山，欺行霸市，无恶不作，百姓敢怒不敢言。今日这事，就像捅了马蜂窝，犯了众怒。张县令将黄全关进大牢，听候发落。

老爷说了，马上放人。管家命令道。

张县令答应了，领着管家就去了大牢。张县令在前面引路。路上坑多地滑，张县令不时低声提醒。他的恭敬，让管家很受用。一路上，抬头挺胸，一副趾高气扬的样子。进了大牢，就见一衙役慌慌张张进来，说，不好了，大牢被围了。

仔细一听，大牢外人声鼎沸，一群人在齐声嚷嚷，不许放走黄全。

管家大惊，他们是怎么知道的？

张县令叹道，都梁城消息灵通之地，恐怕我们还没进大牢，消息就传出去了。

管家冷笑一声，一群刁民敢闹事？不要怕，快把人带走。

外面的喊声却越来越大。

强行把人带走，恐怕引起民愤影响尚书大人的名望。张县令低声劝道。

管家想了想，无奈地垂下头。临行前，老爷特意交代他要低调处理这件事，不能太过招摇。

带不走黄全，就完成不了任务，回去怎么向老爷交代？管家一夜未眠。思来想去，生出一条计策，把黄全押往宝庆府，离开这个是非之地，或许可保全他的性命。

翌日，赶往县衙，还未开口，就见张县令在唉声叹气，不好了，百姓们又在传，尚书大人要大义灭亲呢。

大义灭亲？狗屁话。管家气急败坏道。

百姓们传得有鼻子有眼，说尚书大人的姐姐到了京城，大人都不见她一面，还说姐姐管教不严，教出这样的逆子，死有余辜呢……

没等张县令说完，管家恶狠狠地说，一派胡言！老爷那会说这样的话，你要严惩这般传谣言的刁民。

好的。不过……张县令看了眼管家，说，只怕消息传到京城，皇上知道了……

管家心里一颤，皇上一向痛恨徇私情的官员，如果皇上知道了，老爷就回天无力了。他仿佛看见老爷阴着一张脸，大声斥责他的样子。便催促道，快……快把黄全押送宝庆府。

不行啊。尚书大人都同意砍他的头了，宝庆府谁还敢保他的命？张县令一脸无奈地说。

这如何是好？管家心急如焚。

回去禀告尚书大人，让他再想想法子吧。

听了张县令的话，管家觉得也只能如此了。便叮嘱张县令要好生照顾黄全，否则……他做了一个砍头的动作。

管家走后，张县令悄声对师爷说，你再放出话去，就说百姓称赞尚书大人不徇私情。给爱面子的尚书大人脸上再贴贴金吧。

师爷听了，不无忧郁地说，不怕他怪罪下来？

张县令淡淡一笑，要怪就怪黄全。这个恶少，几任县令怕掉乌纱帽，都不敢治他。我再不惩治他，都梁城的百姓怎么活？

这年秋天，黄全被砍头示众。都梁城一片欢呼。百姓敲锣打鼓去衙门，只见一双官靴高高地挂在了墙上。

小呀小米牙

骆　驼

立夏当日，我们回到故乡，赴同学女儿的婚宴。

刚坐下，一个红衣女子便闪到了我的旁边：大作家，难得你回来啊！你老婆呢？

面生。我忙点点头说，你好，她在后面呢。

这么多年过去了，你还是记不起我是谁啊？红衣女子说，我也是后来在报纸和杂志上看到照片才知道，那年帮我扛包的，居然是你！她满脸堆笑。

一排整洁好看的小米牙，展现在我的眼前！

小米牙！

我的思绪一下子回到了20多年前，回到了那个小镇。

那是1996年夏天的一个正午。当时，我在故乡的县报社上班。我奉命去某乡采访，客车在一团灰雾中将我丢在了路边。我将沉甸甸的摄影包往肩上一搭，准备步行过河去。

嘿，大哥，帮帮忙啊！

回头望去，在还未散去的灰雾中，一女子站在两只提包面前，手足无措。

我有些不情愿地往回走。这才隐约看见，这是一个可爱的女子，皮肤白净，面容姣好。

大哥，你也过河去吧？她笑着问我，一口小米牙整齐而可爱。

一起走吧。我俯下身去，拣了个最大的包扛在肩上。

谢谢大哥！女子的声音清纯而柔美，大哥，你是在报社上班吧？

我回过头去，满面狐疑地看着她。

女子笑着说，是你带字的摄影包出卖了你。

你认识报社的骆驼吗，大哥？女子突然发问。

能不认识吗？我在心底嘀咕了一句。

你认识？我反问道，口气怪怪的。

当然认识！女子说。

哦？我惊讶万分。

女子满面羞涩，如数家珍。她说，我读过他写的很多诗歌和小说，看过他写的好多新闻呢。女子还说出了几篇文章的名字和情节。

我异常惊诧。

女子看看我，继续说，大哥，你可能不知道吧，我与他老婆是同乡、原来还是一个厂的呢！

后来，她还说了关于骆驼的一大堆逸事，兴奋异常。只可惜路程太短，女子要在河对面换乘客车。

上车时，女子说，大哥，谢谢你了，请代我给骆驼捎个口信吧，说他有个朋友向他问好，希望他写出更多的好文章！

我说，行！行！行！你叫什么名字？

女子在车窗口露出满口整洁好看的小米牙，笑笑说，名字不重要吧？我是他的朋友，是朋友还不够吗？

一团灰雾将我包围。

虚伪的女子！我在心底恨恨地说。

回去后，我耀武扬威地将故事讲给朋友和同事听，但没有一个人相信，他们还用鄙夷的神色表示了对我编的虚假故事的不满。

我专门对老婆强调了，那女子有一口好看的小米牙。我还说，我这里说的小米牙，不是小孩子长的马牙，是排列整齐、比米大些、十分耐看的那种牙。老婆说，我知道。但我真的不知道那女子是谁，我们厂有几万人呢。而后她淡淡地说，或许真的是朋友吧。

哈哈，你终于来了！小米牙的声音打断了我的思绪。

仔细看时，小米牙已经握着我老婆的手，交谈正欢。她对我老婆说，那年我回婆家，你家大作家还帮我扛过行李呢。我说我们是好姐妹，他还不信！大作家，看看，是不是真的？

小米牙拉着我老婆的手，她们的脸上，都洋溢着笑，看上去，她们真的就是好姐妹！

我说，你们快加上微信号啊。

她们连声说好！

午宴后，我问老婆，那个小米牙到底是谁啊?

老婆说，我真的说不出她的名字了。哎，而今很多人好像都是熟人，且天天都在打招呼，却又叫不出名字。但又不好意思问人家，问了，多伤感情啊?

我说，你们不是加了微信吗?

老婆说，是加了。

我说，拿来我看看。

只见微信名一栏，老婆将原来的“薰衣草”，增加了一个备注：小米牙!

六 指 杨

王 荀

画家启凡与妻子金菊香走出武陵源景区的时候，已是华灯初上。吃过晚饭，回到网上预订的农家乐酒店，意犹未尽的启凡，情不自禁地吟起了李白“功成拂衣去，归入武陵源”的诗句。

启凡这次来张家界旅游，有两个目的：一是想领略张家界集秀、幽、野、险于一体的自然风光，丰富创作素材；二是想走访画坛怪才六指杨。听说六指杨绘画不用毛笔，六个手指尖蘸着颜料就画得风生水起。

启凡正在专心致志地欣赏着旅游照片，窗外突然传来了吵闹声，而且声音越来越高。

“你说，你的小孩把我的画弄毁了，怎么办？”

“老板，小孩不懂事，她不是有意的。”

“那也不行！”

“那你说怎么办……”

启凡实在坐不住了，蹬上拖鞋，走出房间，来到一楼大厅。原来，老板刚画好一幅山水，还没有落款，展放在大厅的地板上，被一个游客的小女孩踩得模糊不堪。当时，那个游客登记好房间，坐在沙发上休息。

也许是小女孩对这幅画感到好奇，就在那位游客把她放到地上时，她直接跑过去，兴奋地在画上走来走去。本来老板用水墨就重，加上国画颜色未干，瞬间那幅画彻底被小女孩毁了，成为一张废纸。

“老板，我女儿雯雯，五岁，癌症，花光了家里所有的积蓄。医生说，雯雯最多只有三个月的寿命了。”游客抱起雯雯，乞求老板原谅，目光干涩呆滞，没有一点儿神采，“雯雯喜欢看电影《阿凡达》，喜欢看影片中的山水云雾。我东借西凑一千元钱，带她来到张家界游玩。”

“你说这些，跟我有啥关系？”老板没有被游客的不幸打动，几乎是在吼，“我这是订单画，每幅两万元。好了，我同情你，赔偿一万元就行。”

“老板，”游客语音哽咽，一副可怜巴巴的样子，“别说一万元，我现在连一千元也没有。”

“别在我这儿玩套路了。这种把戏，我见得多了。”老板恶狠狠地瞪了游客一眼，十分气愤，“骗子，都是骗子。”

“我不是骗子，”游客说着，从行李包中找出医院诊断证明，“老板，你看。”

“我不看！”老板转过身去，不屑一顾。

启凡接过诊断证明，仔细看看，又递到游客的手中，心平气和地说：“老板，宽容别人，也是善待自己。”

“不行！”老板言之凿凿，没有让步的余地，“你能替他交钱，明早我就放他走。”

“这样吧，我给你画幅山水画，弥补一下小女孩的过失。”启凡想到一种补救措施，不知老板能否同意。

“你是画家？”老板从上到下仔细打量着启凡，“明早看过你画的东西再说。几个朋友约我喝茶，我现在出去一趟。”

翌晨，启凡和金菊香吃过早餐，在酒店门前散步。老板看到启凡，热情地迎了上去，紧紧地握住启凡的手，与昨晚简直判若两人。

“您就是国画大师启凡？您画的《武陵源风光》，真是一绝。这幅山水画笔墨大气流畅、立意独特，色调对比强烈，个性凸显，能使人对景区产生无限的向往。”老板说着，打开画室的门，指着案上的画作，滔滔不绝。

启凡微笑着，没有作答。

“我是六指杨，久闻启凡大师大名，真是幸会啊！”

“你是六指杨？”启凡吃惊地反问。

六指杨伸出右手，显示六个指头，笑容可掬地说：“我姓杨，原名杨玉印，因是六指，人们习惯叫我杨六指，后来觉得杨六指不顺口，就叫成六指杨了。”

哦，启凡一下子明白过来。

“咱俩在这儿见面，真是缘分哪。”六指杨呵呵地笑着，脸上的皱纹乐开了花。

“我还没见过你画画哪。”

“现在就画给你看。”六指杨一边说，一边展开四尺斗方宣纸，把各种国画颜色挤到瓷盘边。六指杨先把手指放在水中，然后蘸着瓷盘边的颜料，又蘸了点水，像弹钢琴似的，手指在宣纸上快乐地上下游动，时而黑，时而黄，时而红，时而绿，时而白，时而紫，时而红黄并用，时而黑白相间，不到五分钟时间，一幅气韵生动、潇洒脱俗的牡丹画，就栩栩如生地展现在启凡面前。

落款时，六指杨仍然不用毛笔，右手大拇指甲蘸点墨汁，“国色天香”四个行草字跃然纸上，与国画牡丹相得益彰，浑然天成。

从没见过这种画法的启凡，心中暗暗称奇。六指杨名不虚传。

这时，那位游客背着行李，拉着女儿雯雯的手，从二楼走下来。六指杨主动迎上前去：“兄弟，对不起，昨晚我心情不好，让你受委屈了。你现在可以走了。”

“谢谢，谢谢！”游客紧紧地握着六指杨、启凡的手，含着泪千恩万谢而去。

六指杨热切地对启凡说：“先生准备住多久？我想好好跟先生学习一下。在我这里，一切免费，恳请先生多留几天。”

启凡笑了一下，说：“不必了，你的画技我已经领教了。我们马上退房，去下一个景点。”

历　史

祝全华

他在窗前往外看着，眼前一会儿是六条铁道，一会儿是两条铁道。六条铁道是真实的，两条铁道时而是真实的，时而又是那么虚幻。他分不清那六条铁道当中哪两条是五十年前的铁道。

这里是他原来居住过的地方，他刚搬回来看到窗外的风景时，免不了吃了一惊，嚯，火车道居然变那么多了！钢轨一排排并列，铮明瓦亮，一数整整 12 条，上面跑的火车明显增多了，几乎一两分钟一趟，三五分钟就有两辆列车相向而驶，跟马路上的车一样你来我往。

那一列列货车，拉着各种货物呼啸疾驰，好像在用沉甸甸的事实告诉人们，现在的中国东西多了，火车多拉快跑着有“社会主义欣欣向荣”的意思。

那旅客列车有单层的，有双层的，更多的是白色的动车和高铁，一会儿一趟，一会儿一趟，它们就像在跑道上高速滑行就要起飞的飞机一样，在他眼前疾驰而过，或要进站，或到远方。

他眼前出现了一个少年，那少年五十年前也经常在这里向窗外张望，只是所处的高度不同。那时的少年住的是“筒子楼”，只有两层，而现在他住的是新房，在 26 层。虽然当时那少年住在二楼，由于远远近近几乎没有什么高楼遮挡，也能望出去很远，近处的平房和远处的河流都尽收眼底，不过少年最爱看的是百米外的火车道。

火车道有两条线，四条钢轨由南向北延伸，差不多每隔个半小时才会有一辆火车开过来或开过去，看到绿车白牌的客车开过，少年趴在窗前老远地猜牌子上的字，但怎么伸脖子努力瞪眼也看不清那车是从哪儿到哪儿。车牌是白底黑字或红字，有的写着省内小站的名称，感觉非常遥远和荒凉，心中会泛起莫名的忧伤。有时少年就在心里确定车次，这趟是开往北京的，那趟是开往上海的。少年能肯定的是，列车尾部的最后一节车厢是邮车。

那个少年，是他小时候的自己。那是天天耳闻目睹“本世纪末实现四个现代化”的时候，“筒子楼”里没有厕所，大家拉屎撒尿得到街上的公共厕所。“筒子楼”里也没有厨房，做饭都在走廊里，家家点个煤油炉，谁家做点啥大家都看得一清二楚，看不到也闻得到。不过那时基本上谁家也没啥特别的好东西吃，蒸个“全面”馒头，炖个白菜豆腐，就相当不错了。要是谁家夫妻闹了矛盾，都不用听争吵声，就听那锅铲与锅碰撞的动静就知道一二了。

他的眼前又出现了一个朝气蓬勃的青年，婚后花十块钱租个几平米的小平房，做饭睡觉都在一个屋子里，墙的裂缝能伸进胡萝卜，贴着墙缝往外看能看到很多房子和一大片天空。最大的裂缝在山墙，一到冬天用报纸和棉花堵屋子也冷如冰窖，碗都冻在一起，每次吃饭用碗都得一个个轻敲开才能用。现在看，那日子真叫个苦，但当时一点都不觉得，只觉得生活就应该是这个样子。

那个青年，是年轻时的自己。那是“房改”时代，有时，那青年会携妻子回到“筒子楼”，在父母家蹭饭。这时的“筒子楼”改造了，能在楼里上厕所了，家家可以关上门做饭了。各家各户还发挥聪明才智，有的搞了折叠床，有的搞了双层床，有的搞了吊床，有的人家还做了壁床。壁床最省地方也最漂亮，放下是床，收起来是壁画，真是都有对美好生活的向往，也都有自力更生的努力方向。

后来，“筒子楼”扒掉了，原址建起了36层的高楼，楼里一家家比着劲儿装修，想怎么漂亮就怎么漂亮。楼外也很讲人性化，小区里百花争艳，绿树成行，各种健身器材应有尽有，木质结构长廊有葡萄藤缭绕其上，大人孩子待在这里悠闲地乘凉或晒太阳。

他过去梦想能在阳光房里看看书，喝喝茶，聊聊天，眯起眼睛畅想或啥也不想，现在，他正天天享受着。他经常一边享受着一边看窗外的风景，看河对岸那边的原野变成了一派大都市景象，看那一排排铁道和上面的列车来来往往。

爷爷，你看啥呢？一个稚嫩的声音。

看历史呢。他说。

历史在哪儿了？一个小孩挤过来也往窗外看。

看见铁道了吗？那就是。

体　检

邓丽星

对有点洁癖的她来说，去医院真是一件困难事。

这次，确实没办法了。单位要求每个人都去体检，她不得不去。早上起床，就去医院抽血，验尿，做 B 超。查完回家，她就把自己扔在水龙头下，像洗衣服一样，揉搓了好几遍。

感觉清爽了没多久，下午她就接到医生电话，说她尿蛋白是 3+，非常严重，让她务必去医院住院，查明原因，进行治疗。想起医院的味道，她就拒绝了，说一点感觉都没有，去什么医院。医生说，别不当回事，再不治，就会发展到透析，甚至尿毒症。听到这儿，她害怕了。

第二天一到医院，医生就让她住院，重新查血，验尿。抽过血，送过尿样本，她走进病房，虽然戴着口罩，一股巨大的药味仍扑鼻而来，她不禁用手捂了一下鼻子。看了看，病房里三张床，另外两张躺着两个人，都在输液。旁边凳子上坐着人。她没认真看，就被药味逼了出来。下午才能出结果，她觉得一点也待不下去，就回了家，又把自己扔在水里揉搓一阵。

下午到医院，找医生看检查结果，说血没有问题，尿还需要检查一个一天的尿总量，让她第二天早上开始留尿，留够一天。她看看没什么事，只是检查，床尽管刚换过床单，但里面几个病人和家属的气味，还有药味，也让她无法走进去。晚上如果住下，肯定睡不成。好在离家近，她就又回了家。冲洗了几遍，几乎用了半瓶沐浴露才放下心来。

第二天一早去病房，推开门，她看到自己的床上躺着一个男人，呼呼地睡着。身上的白汗衫一条白，一条黑，脏脏的，放在床上的脚黑黑的，床前的拖鞋上有土，鞋边上有泥，仿佛刚从地里干完活就直接躺到了床上。她心里不禁一阵恶心，火气也往上升，心里骂，太没素质了吧！不是自己的床也随便躺。想过去骂他，味道逼自己走不进去，就想去找护士。刚准备转头，忽听见一个女孩细细的声音："爸！爸！快醒醒，阿姨来了。"她看向女孩儿，一边摇晃睡着的男人，一边用怯怯的眼神看向她。她看出，这是一个乡下孩子，也是来陪床的。

"太累了。"那男人坐起来，说了一句，不知道是说给她，还是说给小女孩。然后脸上现出一个不好意思的笑，就离开了床，也没说对不起。

她没说话，一直看着这一切，因为不知道该怎么做。她看到小女孩把小凳子让给了男人，男人一坐下就低下了头，仿佛在认罪，又仿佛在睡觉。小女孩站在男人前面，一直用怯怯的眼神看着她，仿佛随时接受她的怒气或任何惩罚。

一屋子都很静，只听见滴答的输液声。床上的老人闭着眼睛，安详地躺着，露出的脚，肿了很高。

她看到，小女孩怯怯的眼神变迷惑了，人随即就晃了一下。

她的心抽动了一下，说："小姑娘，你躺床上休息一下吧！"她指了指自己那张床。

小女孩惊讶地看着她，她点点头。她同时听见三个"你——你——你——"有女声，也有男声。

"我不住，还要去检查。"她说，就在一片热烈目光的注视下走出了病房。

这一天，她或去检查，或者回家，再也没去过病房，好像怕脏，又好像为了腾出那一张床。

第三天，她的检查结果都出来了，医生告诉她，一切正常，尿蛋白是阴性，可以出院了。

办完出院手续，她又走到病房门口，往里看了一眼。她的病床上仍有人躺着，没看出是谁，好像是小女孩儿，又或者是男人。

"昨晚睡得真好。"她听见这句话从门缝钻出，钻进了她的心。她猛觉得心里很轻松，不仅是因为身体没有问题，还有别的。

她感觉这次体检的不仅有身体，还有一颗心。

烟枪与爱情

唐波清

这杆烟枪是个稀罕的宝贝。

从爷爷的手头就有这杆烟枪，烟杆足有半米多长，整个烟杆是一条栩栩如生的龙身，烟斗是个活灵活现的龙头，好几斤重的纯黄铜打造了这杆龙烟枪的高贵。让人稀罕的是烟杆上有好多个孔，爷爷自豪地说，这不仅是一杆金贵的老烟枪，还是一根绝世的"铜笛子"。

爷爷说起这玩意儿，眉飞色舞，头头是道。你瞧瞧，在这烟杆上拢共开有12个孔，1个吹孔，1个膜孔，6个音孔，2个基音孔，2个助音孔。你瞧瞧，每个孔的旁边有个活动的盖片，要想抽烟的时候，盖上盖片就可以吧嗒几口。你瞧瞧，若不想抽烟，便可以吹笛，这还有两个笛塞，1 个塞在烟斗口，1 个塞在吹孔上端的管里头。

说着说着，爷爷的两个手掌心轻轻地揉搓一片芦苇膜，自然地舔在嘴皮子上润了润口水，然后熟稔地贴在第 2 个孔上，上下顺当地塞进两个笛塞。爷爷便兴奋地吹响了这根“铜笛”，那首《喜相逢》的民乐小调，高潮迭起，如同让人陶醉在一折久别重逢、衣锦还乡的台戏里。爷爷陶醉了，奶奶也陶醉了。奶奶这辈子，虽然不大喜欢爷爷抽旱烟，但是却爱倾听爷爷吹“铜笛”。

爷爷从小就跟随奶奶的爹，念了好多年的私塾。奶奶的爹是方圆十里八乡最有学问的先生。先生只有奶奶一个子女，家里头置有几十亩田地，也算是个殷实的大户。先生只要不出门，手里就离不开那杆烟枪，从早到晚地抽旱烟。不过，先生外出是不带烟枪的。据说有两个缘由，一个是烟杆太长，携带不方便；二个是纯铜打造的龙烟枪，金贵着呢，着实怕丢失。

听奶奶说，爷爷没少挨过先生那花椒木的板子。有一天，趁先生外出讲学的当口，爷爷好奇地偷偷地吹响了先生的那杆烟枪，不对，应该说是那根“铜笛”，也不知道爷爷吹的是啥曲子，十来岁的奶奶听得如痴如醉。先生的烟枪或者叫“铜笛”，那是祖宗的传家宝，那是有灵气的物件，那是宫里流转出来的御品。这个宝贝除了先生之外，谁也不能动弹，尤其是外人绝对不能碰，可爷爷偏偏还吹响了那玩意儿。那一回，先生动了大怒，扒了爷爷的裤子，花椒木的板子在爷爷的屁股上飞舞。爷爷疼得最要命的时候，十来岁的奶奶挡了上去，十来岁的奶奶紧紧地抱住爷爷的屁股，先生气愤地丢掉了血淋淋的板子。先生的板子可以杀人，爷爷的身上血肉模糊。据说，爷爷昏睡了一天一夜，十来岁的奶奶守护了一天一夜。

先生日夜抽旱烟，患了肺病。原本这烟枪是抽鸦片的，这传到先生手里就改成抽旱烟了。临死的时候，先生左手拉住爷爷和奶奶的手，先生右手握住那杆晃眼的铜烟枪，先生将奶奶的这一生托付给了爷爷，先生将那杆金贵的烟枪也传给了爷爷。

先生攒下的家产和几十亩的田地，自然让爷爷变成了小地主，奶奶就成了地主婆。有事没事，爷爷不是抽旱烟就是吹“铜笛”，爷爷吹了那首《喜相逢》，感觉不过瘾；还要吹那首《姑苏行》，昆曲雅腔，悠扬婉转，仿佛让人沉浸于一幅幅楼台亭阁、小桥流水的画面中。爷爷陶醉了，奶奶也陶醉了。

再后来，分田地，打土豪。爷爷和奶奶就没了家产，一贫如洗。那时候，父亲又到了男大当婚的年龄，有媒婆说起了邻村的李三妹，父亲满意，李三妹也满意。这大好的喜事可难坏了爷爷和奶奶，家里实在拿不出分厘的彩礼钱。爷爷瞒着奶奶，抱着那杆金贵的烟枪，鸡儿还没打鸣就上了街，天刚亮堂就进了当铺。

“活当”三十元，“死当”五十元，爷爷跺了脚咬了牙，爷爷没给自己留念想，签了个“死当”，那杆烟枪换了五十块钱。烟枪变成了彩礼，自然，李三妹就变成了母亲。

成家立业的父亲，有了出息，有了家底。几年以后，父亲足足准备了几倍的价钱，就是想从当铺里赎回那杆烟枪，就是想寻回爷爷的那份失落。可当铺的老板说，你来迟了，当年有个叫“李三妹”的女娃，她抵了个玉镯子便买了去。

父亲急急地赶回家，感激地连连问母亲，那杆烟枪是你赎回的？你咋有那么多的钱赎回？烟枪如今在哪儿？

母亲不慌不忙地回话，那烟枪是传家宝，咱就得赎回来。当年，咱想着法子说通了娘家人，退回了彩礼钱，可当铺老板死活要添加五块的利润，咱实在没了辙儿，咱只好把手腕上的玉镯子抵给了当铺。那杆烟枪在咱娘家好生地保管着呢。

母亲陪着父亲，从娘家取回了那杆烟枪。

重病在床的爷爷，重见烟枪，眼前一亮，回光返照。爷爷使劲全力地托起那杆烟枪，抽了最后一口呛鼻的老烟。爷爷使劲全力地托起那根“铜笛”，吹了最后一首断续的曲子。爷爷把烟枪递给了父亲。爷爷安详地离开这个世界。

从此，叫烟枪也好，叫“铜笛”也罢，爷爷就这样传给了父亲。

父亲接过那杆烟枪，可他从来就不抽烟。父亲接过那根“铜笛”，他就接着吹《喜相逢》，他就接着吹《姑苏行》，父亲比爷爷吹得还要好，母亲比奶奶听得还要陶醉。

魔方鸡蛋

赖海石

哎呀呀，不得了，老曹家的母鸡下怪蛋啦，那鸡蛋，不是椭圆，不是正圆，而是方形，有棱有角，四四方方，五颜六色，像个魔方。

起初，老曹怎么也没想到那会是个鸡蛋。他以为是哪个调皮的孩子把魔方玩到鸡窝里去了。但第二天，鸡窝里又多了一个魔方。老曹摸摸它表面，感觉跟魔方不一样，根本就是鸡蛋壳嘛。为了弄清究竟，第三天老曹偷偷躲在鸡窝外面观察。母鸡进窝后，老曹睁大眼睛一动不动地盯着鸡屁股。过了一会儿，只见鸡屁股向外凸起，胀得通红，接着，一个魔方从鸡屁股眼里蹦出来，落在地上。

老曹兴奋不已。他磕破其中一只魔方鸡蛋，有蛋清、蛋黄，不错，是鸡蛋。

老曹家的母鸡下魔方鸡蛋的消息很快传开了。街坊邻居都来看稀奇。有人拿出手机拍照，拍视频。不知谁把相片和视频传到了网络上。老曹和他家的母鸡一下子成了名人名鸡。关于魔方鸡蛋的新闻、相片、视频等在网络上铺天盖地。偏僻的山村热闹起来，电视台、网站记者纷至沓来，把老曹家的门槛都踩破了。

老曹三年说的话都没这几个月多。他每天和慕名而来的造访者合影，回答他们的提问。刚开始他挺高兴，时间一长就发了愁，果树还没施肥，田里的草长得比庄稼还高，番薯还没下种呢。他开始拒绝接受采访。那些人远道而来，总不能无功而返吧，于是就给老曹钱，补偿他的损失。开始老曹收钱还扭扭捏捏，慢慢就收得心安理得，理直气壮了。这些钱，足以抵偿他田地抛荒的损失。

老曹有个侄子，叫生财，听说在大城市里做生意，是个见过世面的人，上次打电话回来询问过怪蛋的事，这次专门为此事回来了。他说，他咨询过专家，母鸡之所以生出怪蛋，可能是环境、食物等的变异导致了生理机能紊乱。他问，叔，这只母鸡一天给您带来多少收入？老曹说，好几百元，多的时候一天两千元呢。生财说，叔，您把这鸡租给我吧，我一天给您三千元。老曹说，有这好事？你用这鸡做甚？生财说，带到城里去，展览。老曹说，这可是我的摇钱树，我怕你弄丢哩，除非我跟你一起去。生财说，有您照顾它更好。

生财在广场一角用帆布搭了个大棚，上面挂巨幅广告；又印刷了很多宣传单张，到处派发；还雇了几个人在门口又唱又跳，招惹观众；高音喇叭吼得山响。尽管要五十元一张票，进来看稀奇的人还是络绎不绝。

晚上生财查看收入，数钱数到手抽筋。老曹问侄子一天赚了多少钱，生财避而不答。第二天老曹就留心暗地里计了一下人数，估计侄子一天至少赚了五千元。想到母鸡是自己的，老曹就闷闷不乐。

几天后，老曹吞吞吐吐地跟侄子表明了意思，母鸡不租了，要收回来，除非加租金。生财知道老曹得了红眼病，生气地说，叔，您只看到我收了多少钱，您知道我付出了多少成本吗？策划费、场地费、设备费、广告费、表演费……多了去了。老曹抱着母鸡不放手。生财无奈，说，看在叔侄分儿上，我把设备作价转让给您，我不再参与，您自己卖票，好不？老曹求之不得。生财就这费那费的狠狠地收了老曹一笔。

老曹没有想到，自己接手后，一下变得门庭冷落。许多人用狐疑的眼光瞅了老曹一眼，说声骗人的吧，不等老曹解释就逃也似的走了。一天下来的收入还不够应付开支呢。更要命的是，第二天城管就来找麻烦，又是噪声扰民，又是违规搭建，要拆除，要罚款。老曹哪见过这阵势？只好打电话跟生财求助。侄子呀，我还是把母鸡租给你吧……

生财跟城管交涉完了，对老曹说，现在您知道了吧，您以为真的单靠母鸡就能赚钱？那只是一个噱头，靠的是吆喝、忽悠、炒作……

在全方位的宣传手段轰炸下，来看变异母鸡下怪蛋的人又渐渐多了起来。

生财站在门口收票。他正摇头晃脑地哼着歌，忽听里面喧闹起来，大家齐声喊着，骗子！退钱！骗子！退钱！他走进去，往鸡笼里一看，只见鸡屁股下，卧着一颗蛋。

那是一颗椭圆形的蛋！

那是一颗普通的鸡蛋！

52号讲的故事

庞 滟

一个上市公司聘我做销售部主管时，对各部门大换血，摒弃了学历优先的观念，招聘了一批以工作经验为主的员工。52号应聘者小李，就是如此选出来的精英。而她不负众望，数年连获销售冠军。

春寒料峭的早上。一个干净利落的女孩脱掉大衣，着一身正装，端坐在应聘椅子上，眼睛像宁静的湖水，有深不可测的吸引力。她是第52号应聘者。

“我看过了，你的文凭虽然是职业中专毕业，但你的工作经历很丰富，这是推销员必备的素质之一。给你十分钟时间，说说你前一份工作不做的原因，要能打动我追问的欲望。”我不带任何表情地说。

“我在蛋糕店做售货员时，遇到一个高中女孩带两个老人买糕点，我阻拦女孩带他们去吃面，被老板辞退了。”52号应聘者委屈地说。

“为什么？”我问。

“那天大雪纷飞，那女孩真美，像我弱不禁风的天使妹妹。自称是农村来的两个老人，说钱包被一个年轻人偷了，抹着眼泪求女孩，带他们去前面的一家面馆，说吃完面好有力气走回乡下。女孩掏出所有的钱塞给老人，为难地说，她得马上走，上学要迟到了，让老人先吃些糕点解饿，再过去吃面。突然，老太太蹲下身去，痛苦地说胃疼得要命，喝碗热面汤暖暖胃才能好些，求女孩扶她去面馆。女孩终究还是同意了。我直觉，女孩要被毁掉了。”

“什么，要被毁掉了？”我吃惊地问。

“我断定，两个老人是人贩子的同伙。”她回答。

“啊？人贩子，后来呢？”

“我冲了出去，追到面馆门口，拦住那女孩，说她刚付我的是假钱，让她回蛋糕店去换。没想到，刚才还说没钱吃面的老太太，推我到一边，偷偷塞给我五十元钱，说别耽误他们吃面。我拉起女孩就跑，告诉她遇到骗子了。回到店里遇到老板娘查岗，她批评我多管闲事，会惹来麻烦。果然，第二天夜里，店就被砸了，还被泼了油漆，写上两个可怕的血红大字。我被炒鱿鱼了。”

“泼油漆，可怕的什么字？”我被女孩的故事，一层层套了进来，一路追问下去。

“蛋糕店被砸得乱七八糟，门上刷着血一样红的两个大字：找死！老板娘说是我管闲事惹来的祸。您一定想知道，我是怎么认出人贩子的同伙吧？因为，我妹妹被拐卖过，比《悲惨世界》还惨啊！”

“人贩子的同伙，你怎么认出来的？找到你妹妹了吗？”我捂着胸口，急切地问。

“那两个老人的手是细腻光滑的，不是农村人粗糙的手，老太太戴着一枚金戒指，眼珠子贼溜溜地乱转，我猜他们一定是骗子。可怜我如花似玉的妹妹，被人贩子拐走，几年后才从山沟里救回来，不长时间就自杀了。在她的卧室里发现，所有纸条上都写着‘死’字。她被拐骗时就像高中女孩这么大，乌黑的长发及腰，爱笑的娃娃脸，纯真无邪地像个天使，满眼救世主的善良，可是……解救时，被折磨得没人样了，腿都被打断了……”52号讲到这里说不下去了，捂着脸哽咽。

我热泪盈眶，抚着她的背安慰道：“多亏你救了那女孩。我也看过一些惨无人道的拐卖报道，可恨的人贩子，一定会受到最严厉的审判和惩罚！你妹妹太让人心疼了，她解脱的办法也……唉，节哀吧！”

52号应聘者深鞠一躬，恳求道：“请您原谅——这被拐卖的妹妹不是我亲妹妹，是这个城市、这个世界、整个人类中的单纯女孩，她们像花朵一样含苞待放，不小心就会遭到恶魔的袭击和摧残。您能把这个故事讲给一个作家听吗？写出来，提醒更多女孩在善良帮助别人的时候，一定要好好保护自己！离黑暗和邪恶远一点，再远一点。”

我用力点头，决定聘用她，这份工作需要她的智慧、仁爱和随机应变。

梨 花 白

赵淑萍

这世上，大部分的良善之人，不会咒别人死。当然，谋财害命者除外。但是，对于村里一个叫“梨花白”的人来说，就不一定了。

因为，他是给死人穿衣的。村里的老人们，在生前，就准备好了一套寿衣，专为以后赴阴曹地府时穿。入殓或者火化前这行头就得全副换上。那寿衣，往往是中式衣服，老太太的鞋子，还绣着繁密的花，和戏文里的一样。为了留在阳间的最后的印象，这衣服当然要穿得光鲜、体面，不能皱巴巴的。可是，死者的身体僵硬了，不好穿，而且亲人们穿，又怕眼泪掉在上面，怕逝者后世流泪烦忧。于是，就有了专门给死人穿衣的人。这钱好赚，以前二三百元现在七八百元了。而且，主家还得给穿衣人好酒好烟地伺候着，伺候他也等于在给死者尽孝。

这村里能够给死人穿衣服的也就两人。有一人已经很老了，穿得不利索了，现在，有丧事的人家都来找“梨花白”，甚至，外村的人也慕名来请他。

“梨花白”眉清目秀，长得不赖。他爹娘去世得早，就剩下了他和弟弟两个。以前大家都穷，这两兄弟孤苦伶仃的日子更难过。平时，就种点庄稼，还给人家干点杂活。“梨花白”的弟弟，绰号叫“猫头鹰”，经常小偷小摸。比如别人家地里的瓜熟了，番薯可收了，他就半夜三更去偷，但是，绝对是东家偷一点，西家偷一点，匀开偷，偷瓜挑熟的，决不踩死瓜藤和生瓜蛋子。偷桃子常偷那种歪劣干瘪的，但不偷饱满丰润的。除了吃的，其他东西都不偷。日子长了，村里人知道是他，只是骂几声，也不怎么理论。因为昼伏夜出，就有了“猫头鹰”的绰号。起初，人们怀疑“梨花白”也参与了。但一天，有人经过他们破败的屋，漏风的墙里传出了“梨花白”的厉声呵斥：“你我管不了了，但偷来的东西，我饿死也不吃！吃了，脏了手，怎么给死去的人穿衣？”有一次，人高马大的“猫头鹰”，在一个外乡人这里讹钱。这时，“梨花白”赶来了，甩手就是一巴掌，“猫头鹰”就乖乖地跟着哥哥走了，从此再无此行径。

“梨花白”面庞白皙，空闲的日子，夏天，常穿一件雪白的纺绸衫，摇着一把折扇，很有点文化味。因为爱听说书，那三国、水浒、隋唐英雄传之类的，他熟了，乘凉时就讲给别人听。他讲得最生动的是“三请樊梨花”。凡此种种，就是他被叫“梨花白”的由来。要说他那双手，不仅白，而且巧。他穿寿衣，平整，妥帖，整个像被熨过一样。穿时，他戴上手套、口罩，那神情是凝重肃穆的，如在进行一项无比庄重的仪式。人们对他客气，也跟他聊天，但终究不会长谈，更不会深交，可能多少有点忌讳。

村里死人，对这家来说是噩耗，对“梨花白”来说无疑是个好日子。有一年夏天大热，村里的老人被生生热死的就有七八个。“这下可好，‘梨花白’发财了。”村人说。可是，“梨花白”的一大半钱都给了弟弟。“猫头鹰”就带着这笔钱和一位寡妇住在一起了，不久，四十多岁的寡妇，居然添了一个漂亮的女娃。

村西的一位孤老婆子，年岁高了。不知什么时候起她每晚都穿着寿衣睡。她怕自己有一天睡着睡着就醒不来了。她孤身一个，又没钱，没人给她穿寿衣的。你想，大热天捂着寿衣睡，不病也得捂出病来。后来，“梨花白”特地跑去，劝她“别担心，有我呢，我会给你穿寿衣的，我不要一分钱。”老婆婆顿时神清气爽，身体硬朗了不少。

但是，人们还是判断，“梨花白”一定每天盼着这村子死人。死了人他才有生意。特别是富户李三就说过，人不为己天诛地灭，“梨花白”铁定盼着有人归天。李三因为自己带了好多种病在身上，当面对“梨花白”特客气：“我说‘梨花白’，我高血压，心脏又不好，什么时候两眼一闭就去了，到时，你给我穿衣，我备了上十一下九件，你一件件都要给我穿得齐整、舒服，我儿子一定给你双倍价。”

那天，李三从外面回来，天色已晚，抄近路走小道，走得急了点，突然感到晕眩、气闷，跌倒在路边。而这时，路边只有“梨花白”一人经过。“梨花白”二话不说，平时文质彬彬的他，咬破了李三的手指，然后背起李三狂奔，跑到附近的诊所。就这样，李三捡回了一条命。后来，人们再没说过他盼村里死人的话了。

年复一年，“梨花白”也老了，头发雪白了，但身子很硬朗，他孑然一身，仍然在给逝者穿衣。

那天，“猫头鹰”的亭亭玉立的女儿，在梨花地里举着手机拍照。“梨花白”和“猫头鹰”打路边走过。“我说侄女，你别拍梨花了，拍我们吧。我们两个，头发也跟梨花一样白。”夕阳中，“梨花白”脸上的笑容很灿烂。可是，不知怎么随即黯淡了。他对弟弟说：“我给那么多人穿了寿衣，谁又给我来穿呢？又有谁会像我这样把‘穿寿衣’当一回事？”

刘大嘚瑟

张广建

从印染厂到城西五店的主干道上，总有一个腰板溜直的年轻人穿行其间。

刘大嘚瑟，本名刘焕发，是印染厂的一名印染工。他一米八的个儿头，标准的国字型脸，眼睛又大又圆。三七开的分头，一丝不乱。

据说，刘焕发的这个直腰板是他母亲影响打造的。母亲从上小学起就要儿子坐有坐相，站有站姿，吃有吃相，走有走形。

母亲带他去看革命样板戏时告诉他，你看李玉和、杨子荣这些好人，是不是都腰板笔直，衣服整洁，目光炯炯，好看吧。你再看看王连举、栾平这些坏人，佝偻相，贼眉鼠眼，难看吧，面相上就让人讨厌。

刘焕发常穿新衣裳，尤其爱穿新鲜颜色的衣裳，再加上腰挺得板板的，走路时不停地捋捋他那三七开的小分头，人们就管他叫了“刘大嘚瑟”。

二十世纪六七十年代，过年才能穿新衣，刘焕发却能常穿新衣。这倒不是他多有钱，其秘诀是他会印染，懂色调，染过的衣裳跟新的似的。比如，把淡黄色的衣裳染成灰色，掉了色，又染成草绿色，再褪了色又染成青色。一件衣服可以反复染色。他的一件T恤衫就被染过十六次。

刘焕发穿衣讲究，不能有褶，不能窝边卷角。在家里他有一块专属的烙铁，熨烫衣裤。在车间他有个大号的茶缸，一旦衣服出了褶，他把大茶缸倒满开水，用来熨平衣服。所以，他的衣服别人碰不得。

一次，厂里搞篮球赛，他把衣裤搭在篮球架的横梁上去比赛，一个工友没在意靠在了上面，正抱着球的他，扔了球冲过去，拽起那个工友，急头白脸数落人家一通，然后抱起衣服挂到了旁边的树枝上。旁边的工友都撇嘴：真能嘚瑟。

刘焕发很注重保持身材，始终不胖不瘦，在那个年代也属另类。他最爱吃炒土豆丝和馒头。除了母亲蒸的馒头，二招食堂的馒头也是他的最爱。

刘焕发的腰带上只有三个眼，之间的距离一寸左右，别看这寸把长，反映到身上就是三五斤的分量，这三个眼是体重增减的提醒器。如果腰带眼无可奈何地别到了外边那个眼上，刘焕发就知道体重超了，该少吃多运动了；若腰带眼退到了里边那个空上，说明体重瘦了，当然，腰带鼻子扎在中间那个眼上是正好。这个秘密传开后，我们县城据说有不少人都效仿并广为传播。

那年，国家的一套新广播体操公布，地区派人来县里选拔做操示范员，刘焕发被选中，当了教员被派去其他县搞培训。

培训员带工资，拿补助，住招待所，好吃好喝的，美差。工友、邻居、同学都磨叽：这刘焕发还嘚瑟到外县区了。

不过，刘焕发做梦也没想到，就这十几天里，厂里突然接到省里的决定，进行裁员，第一批被裁掉的员工里就有他。

刘焕发去厂里找厂长、去局里找局长评理，结果还是灰头土脸地回了家。不过，他的腰板依然溜直。

这给人们落下了话把，说刘大嘚瑟这次没嘚瑟好，把工作嘚瑟没了。

幸亏刘焕发有一套印染的好手艺，没多久，城里的一家色织布厂，把他招了去。

那天中午，他馋二招食堂的馒头了，一下买了10个外加一饭盒的土豆丝。

他拎着馒头出门时，塑料袋被反弹的门把刮烂了，馒头滚了一地，有几个还滚到了台阶下面。刘焕发瞅着地上滚动的馒头，反倒笑了，自言自语道：这馒头都成了皮球了。于是蹲下去一个一个捡起来，正要下台阶时，一位头戴灰色无线帽，面皮白净，口方耳阔的中年男子拾起台阶下的两个馒头递给他。

刘焕发赶紧接过来，连声道谢。

当两人四目相对时，中年人略显惊讶，竟后退了一步，端详了好一会儿问道：你叫啥名？在哪儿上班？

刘焕发据实告知。

中年人握住刘焕发的手说，我找的好苦啊，终于找到人选了。然后告诉刘焕发，下午他会去厂里找他，有事相谈，一定等他。

下午，中年人还有两个拎包提箱的人去了色织布厂，在厂办会议室里，商定了一件令刘焕发乃至全厂职工都惊讶不已的事。

原来，那中年人是长春电影制片厂的导演，这次下来是想找一位个头、长相、气质都和刘焕发相像的演员，出演一部电影中的模特A角。

第二天，刘焕发就随导演去了长春。

八个月后，刘焕发真的在银幕上亮相了，他演的主角儒雅倜傥，光彩照人。

将 士 帅

任喜录

二黄在早餐点要了一碗豆腐脑、一根麻花。他刚往嘴里送了一勺豆腐脑，咬了一节麻花，手机就响了。

是三妮打来的，话音不急也不缓：二黄，瘫子觉得我的日子太自在了，又使起了性子。你吃过早餐，来看看从哪儿下架。

二黄知道三妮说的是大刘。

大刘是二黄撕揣不开的棋友，就连他俩常用的棋子、棋盘都是二人合制的：棋坯是大刘的手艺，上面的字是二黄一笔一画刻的；棋盘也一样，木板是大刘加的方，二黄画的楚河汉界。

这一副象棋，他俩摸揣了几十年，上面那褐色的包浆，都是他二人的汗油润出来的。

二黄将麻花揪巴揪巴压入豆腐脑里泡软，囫囵吞下，就往大刘家奔。

大刘是倒插门女婿，住在西南街，房子是岳父岳母留下来的。院东侧的葡萄架下，支有一块半米见方的水磨石桌，那里是大刘和二黄经常厮杀的地方。但自从大刘三年前中风偏瘫之后，那地方的利用率就大大降低了。

二黄一进院门就刘哥刘哥大声喊叫。

三妮从屋里走出来说：不要喊了，还在床上挺尸呢。

为了啥吗？

为啥，活不耐烦了，不吃不喝要死狗。

是吗，我看看。刘哥，你真的活不耐烦了？二黄推了推大刘。

大刘刚一张嘴，那涎水就迫不及待地溢了出来，接下来才是哦哦啊啊谁也听不明白的声音。

二黄笑了笑说：刘哥，你听我说哈。我是最注重人权的。我认为，人不仅有生的权利，也有死的权利。如果真觉得生不如死，那还是早点了结的好。不过，我不赞成你这种了结的方法，太漫长太熬人了。据说，一个健康人，也就是新陈代谢功能强健的人，不吃不喝得熬7天，而病人呢，熬的时间更长。刘哥你想过没有？你不吃不喝，三妮儿怎么办？是告诉你的儿女呢，还是不告诉？不告诉吧，儿女能原谅她吗？告诉了，儿女能忍心让你饿死？倒不如来个嘎嘣脆，利利索索。

大刘又哇啦了几声。

你是问怎么利索？依我看，第一应该是割动脉。刮脸刀片在大腿根刺啦一划，半个时辰，血就应该放尽了。小小一个伤口，不会有多疼，等血一流尽，你就解脱了。第二是找根绳子，往你这顶棚上一挂，也很快，就是死相不咋好看。

大刘一边哇啦哇啦叫，一边连连摆手。

你是说，这两种方法都不行，你干不来？那好，还有第三种。城北的大渠眼下还没封严实，找个地方跳下去。你问哪个地方好？北关那个涵洞口就不错。坐上你的电动轮椅，从那个豁口开下去。听说那个涵洞里有人放了不少食人鱼，你一下去，那些鱼轰一下就围上来了，与平时在河沟里洗脚一样，那鱼叨在身上是麻酥酥的感觉，顶多两个时辰，就剩个骨头架子了，干净利索。

大刘又呜哩哇啦叫了几声，但明显变了声调。

二黄笑笑说，我不明白你的意思，要不，咱再杀一盘，一边杀一边说。你觉得行，是吧？那我帮你穿衣裳。你不愿出去？咱就在这床上来。

二黄帮大刘穿好衣服，把被子叠好放到一边。三妮把棋盘、棋子放到二人中间。

大刘从棋盒中挑出“将士帅”三枚棋子，把其余的推到一边，并呜里哇啦喊了几声。

二黄问：你是要下残局？

大刘点了点头。

二黄说：我明白你的意思。你是说，咱两家人现在只剩你、我和三妮儿守老摊儿。剩这“将士帅”三颗棋子，你赢不了我，我也赢不了你，是不是？可虽然没有输赢，但还可以走下去。假如再少一颗，不管是哪一颗，这棋就没法再下了。也就是说，你、我、三妮儿这仨人缺了谁都不行。

大刘听了，用颤颤巍巍的右手抓住“将”，在棋盘上啪啪地磕。

二黄问：你是不是说，你这个老将废了，只会碍事？

大刘哦哦了两声。

二黄黑丧着脸骂道：大老刘你浑蛋，我到你家来，除了蹭吃蹭喝，还能干出什么事？

骂完，又将声调降下来：

是啊，以前我来了还能换个灯泡，通个下水道，干点三妮儿干不了的活。可现在也不行了，不敢爬高上梯了，连个灯泡也不敢换了，不比你强多少。我们都快成废人了，只能吃饭、瞎侃，其余啥也干不了。这一天，迟早要来，只是想多延缓几年，让儿女们的负担来得迟一点儿。

给你刘哥说句实话。我到你家里来，是因为与你有几十年的交情。如果不是这个原因，我老伴死的那一年，我就到儿子家去了。

要知道，三颗棋，我只占一个“帅”。有你这个“将”在，还能勉强走几步，老将没了，立马终结。

刘哥啊，咱毕竟是两个家庭，有你在，我还可以来混吃混喝。你要是寻了无常，我还能再来吗？那时候，我和三妮儿也就孔雀东南飞了，她在你们的儿女家，我在我的儿子家，相处了几十年的老朋友，谁也见不着谁了。所以说，“将士帅”这三颗子，一个都不能少，少一颗就结局了。

大刘听到这儿，又哦哦了两声，看那表情是在笑。

二黄问：你是不是想吃饭了？

三妮见大刘点头，就撇了撇嘴出去端饭。

锅匠老张

白龙涛

锅匠老张最后一次到俺村，不但锔好了西街马奶奶的面盆，还“锔”好了三叔的家庭。

老张不是一般的锔匠，除了锔锅锔盆锔大缸，还能唱戏讲新闻，豫剧曲剧越调坠子四平调，唱得那叫得劲儿，敢向县剧团的名伶叫板；老张走南闯北，天文地理，俗世八卦，凡事知晓一二，活活一个“万事通”。

老张是个好人，见不得别人家庭分裂，大吵小吵总要上前“锔一锔”。也怪！闹得再凶的家庭，经他斡旋，一准能化干戈为玉帛。这也是村人乐于让他充当“和事佬”的原因。

因而，老张隔段时间不来，村里人都想得慌。

三叔自幼残疾，两条腿一长一短，走路颠簸，给人的感觉像走在崎岖不平的土路上。三叔娶三婶，爷爷花光了老本儿不说，还借了一屁股外债。为此，三叔比较珍惜来之不易的幸福。

三婶带个9岁的男娃过门，让三叔提前当了爹。一家三口办了个小型养猪场。高中毕业的三叔有知识有力气，能读懂养猪方面的书籍，也能扳倒一头三百斤重的肥猪，这让三叔一家很快就脱了贫。

腰包鼓了的三叔迷上了赌博。三婶哭劝过多次，三叔深陷其中难以自拔。一路赌来，几年积攒下的家业便输了个精光，吵架成了三叔家的家常便饭。面对三婶的喋喋不休，三叔动辄拳脚相加，直至三婶带来的男娃愤然出走，打架才骤然而歇。但三婶却铁了心要跟三叔离婚。

三叔和三婶闹得最凶的时候，老张来了。那天，他照例蹬一辆老式“凤凰”牌自行车，后座驮了一个“两头沉”荆条筐，里面装满了他的全部“家当”——工具和乐器。一进村口，就韵味十足地吆喝了一嗓子：锔锅锔盆锔大缸——这一嗓子不打紧，不仅吆喝来村里的男女老少，还唤来了鸡鸭猫狗围着他打转儿。村里人发现老张面容倦怠，少了往日的精神头，心里就隐隐作痛，老张依旧乐呵呵地讲他的幸福事儿：

老伴的高血压又“升”了。

大儿子盖起了三层小楼。

小儿子大学毕业找了城里媳妇儿。

老张的幸福事儿感染了他的听众。在大家羡慕的目光里，他支好摊儿，升起炉灶，把各种工具哗啦倒在地上，开始工作。炉火在风箱的鼓动下呼呼燃起，把老张的脸映照得像刷了一层暖融融的金粉；老张摘掉棉帽，露出被棉帽压得温顺熨帖的头发，透出一种慈爱和沧桑的味道。

一会儿，老张面前就挤满了观众，单等老张忙完活计，热闹一番。如今生活好了，一次性使用的东西多了，锔东西的人自然就少了。今天，只有西街马奶奶兜来裂成三块的面盆。他正要忙活，三叔家里传来家什破裂的声音，还夹杂着歇斯底里的哭叫和咒骂，然后就见三婶散着头发踉踉跄跄从家里奔出来，脸上泪水恣肆流淌，血丝汇到嘴角处，脚上的一只鞋子不知丢到了哪里，三叔在后面追着。

老张皱起了眉头，停下了手里的活计。

咋回事，老张说，吃饱撑住了?

三婶声连哭带骂讲述了三叔一大早起来去赌博，输了钱回来打人的经过。末了，还加了一句:不跟这个鳖孙王八犊子过了，离婚!

老张脸上像冻了一层霜，撇下众人不管不顾地忙活起来。风箱拉得呼呼作响，周围的人大气不出，感觉那声音像来自心底的某个角落。

一袋烟工夫，炉灶里那块瓦片似的生铁已鲜红欲滴，像一块凝固的火舌。只见老张将铁块夹到事先放好的铁砧上，在铁块的一头压上一块砖头，一脚踩实，手握一柄铜锉，鸬鹚捉鱼般在水桶里汲足了水，照着铁块一搓、一拉，团团白雾中，铁块便喷血般吐了一地铁谷子和铁芝麻。整个过程，老张动作娴熟、紧凑，像拉一把音律曼妙的二胡，但却无处不显露着深厚的功底。你想，一块烧成铁泥似的铁板，把它碾成颗粒，稍有迟缓，铁块就会变凉搓不动了；动作快了也不行，铁泥松软如泥，猛搓，很容易搓成一堆铁蒺藜。

把铁面儿用细筛筛过，倒掉铁谷子，留用铁芝麻，顺手在身旁的布袋里抓了一把红似砖土的细面儿，掺进铁芝麻里，倒进一坨熬煮多时的米面糊糊，掺和均匀，揉实。然后把西街马奶奶的面盆捧到面前。把裂成三块的面盆，在外侧沿裂口用铜锉开一个“V”形槽，然后用蘸水麻绳把面盆箍紧复原，将和成胶泥一样的铁面抹进那个“V”形槽内，在炭火上蜻蜓点水似的烤来烤去。这要掌握火候，火候过了，会出现裂缝，火候不到，不瓷实。铁泥干了，解开尼龙绳，用砂纸打磨过，面盆完好如初，找不出原先裂痕的地方。

三叔和三婶瞪大了眼，看着老张忙活。

忙完这一切，三叔急忙敬上一支烟，点火，静等老张训话；老张深吸一口烟，眼里霎时腾起一层薄雾，说，过日子跟锔盆一样，来不得半点虚，要掌握火候。

三叔鸡啄米一样点头，三婶也跟着点头。

老张又说，过几天孩子就会回家。

说完，收拾摊子，他在村人的殷切挽留中走进翻滚奔涌的晚霞里。这时，人们才发现，老张头发白了许多，背也佝偻了，老张老了。

三天后，三叔的儿子果然回来了。三叔发誓戒赌。

许久不见老张来村里了，三叔在三婶的催促下，找到了老张百里之外的家。三叔向村人打听老张，村人说老张死了，癌症。三叔不信，村人便径自引三叔和我到老张家看个究竟——两间低矮的草房，院内枯草没膝，一片颓败的景象。

三叔问:他儿子住哪儿?

村人诧异，一头雾水。说:老张年轻时赌博输了钱，回家把老婆打跑了，他打了一辈子光棍，没有儿子。

乡 井

纪东方

平原的村子，不大，一个村也就是百八十户人。进村一条直路，从东头通到西头。

村口必定有一棵树，或者有两棵。树皮斑斑驳驳，树疖累着疙瘩；树干弯曲多杈，少有笔直挺拔。

树下必有一口井。青砖砌的井口，约有三尺方圆。井水深有三米多，旱时水深也不过五米。下大雨时，井水俯身可就。

吴家庄村东头，两棵老柳树也不知道有多少年，树皮斑斑驳驳，树疖累着疙瘩；树干弯曲多杈，少有笔直挺拔。一棵歪脖子，冲东南。一棵也是歪脖子，冲西南，离地三米有个大树杈，上面能坐人。树下面有两口井。奇怪的是，谁也不知道是什么原因。两口井距离三米，东边井里是苦水，西面的井里是甜水。所以吴家庄又叫双井吴。

村东头的吴老汉，今年七十岁了，种了一辈子地的庄稼把式。孩子们大了，在城里成家立业。老伴也跟随看孙子去了。闲来无事，吴老汉收拾庄稼收拾地，闲不住。就在井边一点一点开垦闲地，种上庄稼，蔬菜。周边种上树。种的粮食够吃，蔬菜也够吃，就种树。慢慢地，树越来越多，成了树林。吴老汉干脆就在树林里盖了几间房子。

吴老汉找人把水井重新砌了井台，找人安了一个水车，养了一头毛驴。浇水的时候，他就套上毛驴，架上水车。毛驴撅达撅达一走，井里的水就哗哗地流出来。井水哗哗哗哗地浇树浇菜浇地，浇的一片绿乎乎油汪汪。奇妙的是，两口井的水混在一起，不苦不甜，浇菜特别好。吴老汉每天就是喂喂驴，在自己的田园里溜达。累了，树下放一个小桌，沏上一壶茶，扇着扇子纳凉。困了，就搬个躺椅听着河北梆子睡一觉。

一个炎热的夏天，村口来了一个三十多岁的年轻男人。他背个包，似乎是一路走来，风尘仆仆的样子。他看见水车，好像是渴了，用手掬了一把，井水甘甜甘甜。然后围着井旁的大柳树转了几圈。用手比比量量，嘴里还念念有词。不知道说了些什么。突然，他看见了在树林里歇晌的吴老汉。

请问老人家，这里是吴家庄吗？

货真价实的吴家庄，又叫双井吴。

可是一口井水甜，一口井水苦？

是！是。你是？你怎么知道？

中年人把背包解下来，端出一个小盒子。恭恭敬敬把小盒子放在井台上，跪下，向着东南方向，咕咚咕咚磕了三个头。大声说：爷爷，我找到家了。

吴老汉一把拉起小伙子。

你爷爷叫啥？干啥的？他是怎么回事？

他老人家叫吴忠义。就是村东头老吴家的老二。1948 年离开的家。他还有哥哥叫吴忠信。他离家的时候，侄子刚一岁，叫吴连福。我爹叫吴连贵。

孩子，我就是吴连福。我就是你亲叔啊。

小伙子泣不成声，赶忙给叔叔跪下。

这么多年也没有个信，孩子，你是怎么找来的？

小伙子没有回答，问，叔叔，有梯子吗？

有，有。

小伙子搬来梯子，竖在冲西南的歪脖子树下。爬到三个杈的地方，伸手掏摸，不一会儿，掏出一个油布包。下了梯子，把油布包往吴老汉手里一递，叔，你看。老吴打开，是一包铜圆，因为油布包着，铜圆上的字都清清楚楚。

我爷爷说，那一天，他出去赶集卖粮食，卖了这些铜圆。回来走到村口，碰见抓兵的，来不及回家交代一声，就偷偷把银圆藏在树洞里。没想到，一路打仗一路逃，一直逃到海外。他临死的时候，告诉我老家的名字。他说咱老家的水井特别，同脉同源，不知道怎么就一口是苦水，一口是甜水。他说，老家村东头有两棵树，两棵老柳树。一棵歪脖子，冲东南。一棵斜冲西南，离地三米有个大树杈，上面能坐人。那个能坐人的大树杈，有个洞，里面藏着一包铜圆。他说，这一包铜圆是一家人的粮食钱。他没有私自带走，也没有丢掉。这么多年，就是欠缺给家里人一个交代。

小伙子说，叔，我完成了爷爷的心愿。我把爷爷的骨灰也带回来了。这也是爷爷最后的交代。

不几天，林地里新添了一座坟茔。井水环绕着坟茔，流过之处，草青花艳，蛙叫蝉鸣。

吴老汉坐在屋前，问，还回那边吗？

小伙子答，好不容易回家了，守着乡井，不走了。

相思鸟

杜华

那是一个阴雨连绵的日子，张骋和李秀离婚了。

究竟为何离婚？

双方好像都没找到非离不可的理由，可又都觉得非离不可。

他们结婚两年了，最初，两人的感情很好，但自张骋升为经理后，情况就有了变化：张骋一天天早出晚归的，还时不时夜不归宿，不知是工作，还是应酬？这独守空房的日子一多，李秀就有了怨气，女人特有的本能被激发出来——莫不是张骋有了外遇？张骋当然不承认，于是，两个人就闹起了别扭，先是比较文明的冷战，后来演变成李秀质疑，张骋解释，且越解释越质疑的吵闹。吵闹，李秀自然要找出些似有非有的"事实"为佐证来证明张骋的出轨，张骋当然坚决反击！矛盾升级到不可调和的地步，两个人基本成了"仇人"，只能离婚。

分财产的时候，两个人的心情和这天气一样阴沉下来，张骋看着室外还沥沥淅淅地下着雨，就跟李秀商量："咱们等晴天再分吧？"

"不行！"李秀态度坚定。

本来，两个人都不是太小气太计较的人，但心里都窝着火憋着气，谁也不让谁，李秀这一叫板，张骋也来了犟劲："分就分！"

财产分得比较细，这同供销社点货一样的分法让张骋觉得很不地道，少了男人的气度，最后，就剩一对相思鸟时，张骋软了下来，他提着鸟笼用恳求的语调跟李秀商量："这鸟平时都是我照料，它们不能分开！给我吧？不行，把分我的那台电视给你？"

李秀看了看两只相爱无比的小鸟，一下子联想到自己的境况："不行！人都能分开，鸟为什么不行？一人一只。"

"一只就一只！"张骋的犟劲又被李秀挑起来。

两个人、两只鸟就这样分开了。

分开的第一天，两只鸟在各自的家里不吃不喝，在鸟笼里乱飞乱叫乱撞，搅得他俩心烦意乱。

第二天，这两只鸟没了第一天的劲头，仍不吃不喝，叫声似哀鸣，光艳的羽毛变的凌乱不堪，还时不时奓立起来，样子像个刺猬。张骋心里很不是滋味，就打电话央求李秀："把那只鸟给我吧？给你钱也行。"李秀用同样的话回了张骋。

两个人谁也没让步。

第三天，两只鸟都叫不动了，蹲缩在鸟笼里几乎不动了，眼睛紧闭着，有了动静才费力地睁一下……

张骋心乱如麻。

李秀心如刀绞。

张骋想，李秀那只鸟肯定也这样！还是我给她送过去吧，要不，两只鸟都完了！他穿好衣服，提起鸟笼就走，当他打开房门的一瞬间，愣住了，李秀正气喘吁吁地提着鸟笼站在门口。

两个人都不知所措，倒是两只鸟有了心灵感应，它们突然来了精神，在鸟笼里拼命地朝对方使着劲，叫声沙哑且欢快。

受到鸟的感染，他俩好半天才缓过神来。张骋把李秀让到屋里，李秀把鸟笼放到茶几上，站在茶几旁，很不自在地搓着双手。张骋也把手中的鸟笼放在茶几上，站在李秀的身边，一脸的尴尬。两只鸟靠近了，更加兴奋，两个人靠近了，却心翻五味。

他们把两个鸟笼门对门地放在一起同时抽开，张骋鸟笼里的那只一下就蹿到李秀的鸟笼里，它们在里面转着圈地跳着蹦着，两个鲜红的鸟喙时而互相蹭擦，时而互相疏理着对方零乱的羽毛，时而又有气无力地对唱几声，亲密得忘掉了一切。

他们看着动情的鸟儿，心都化了，张聘喉咙干干的，李秀的眼里浸满了泪水，他们互相对视了一下，又马上羞愧地把目光投向鸟笼，谁也没说出话来……

突然，一只鸟头一歪倒在笼子里，抖动了几下翅膀，蹬了几下腿，张了几下嘴死去。不到两分钟，另一只也倒在同伴的身边。原来，它们把所有的精力，都留给了这生命中的最后相逢……

一切来得突然，两个人都傻了！

张骋蹲下身，两手抱着头，李秀凑到跟前，用手抚摸着张骋的头，很轻很轻。

一缕阳光从窗外闪进，天晴了……

半掩着的门

高淑霞

门半掩着，她躺在摇椅上睡着了。

她喜欢门半掩着，像随时有人要进屋似的。老伴还没退休，女儿一个月才来一次。刚才送女儿走的时候，女儿还嘱咐她把门锁好，她锁了门在屋里转了一圈还是把门打开了。

他抱着一个大纸箱爬到五层，刚要放下箱子歇一会儿再敲502房门，却发现门半掩着，便侧了下身，挤了进去。

她只是处于浅睡眠状态，恍惚中感觉女儿推门走了进来，怎么又回来了？唉，总是丢三落四的。她想着慢慢睁开眼睛，扭头看时，却看见一个男人。可能是她还没睡醒，或是她年纪大了，具体什么原因后来她分析时自己都弄不清楚，反正她没像电视剧里演的那样立刻惊叫起来，她不但没惊叫反而特别冷静，她就那么冷静地看着那个男人。从侧面看那个男人也就十七八岁，正站在茶几旁攥着一沓钱往衣兜里塞，那钱是女儿刚送来的。

他其实只有十六岁，在工地上干了十个月，工程结束了，贾老板不给结账，他只好经朋友介绍做了快递员。他不喜欢做快递员，这些城里人太懒，懒得酱油、醋、卫生纸都让快递送，他看着他们糟蹋钱憋气。

他是看到她在打呼噜才起贼心的。钱快塞进兜里时他扭头看了她一眼，随即他就惊了，钱掉到地上，手伸向腰间。腰里别着一把刀。刀是早晨别的，502是他今天的最后一单，送完这一单他就去尚雅园贾老板别墅讨要工钱。

他的刀还没抽出来，她便说话了，“孩子，钱你拿着，我知道你可能遇到了难处，你先用这点钱救个急吧。”

“钱我一定要还，过完年我就还。钱我一定要还，过……”他在往楼下跑的时候嘴里反复地念叨着，直到蹬上电动车他还在念叨。

他蹬着电动车去了西客站。他改变了主意，他不去尚雅园了，即使昨天晚上和哥们一块喝酒时李二头说：“明天去尚雅园找贾老板算账，谁不去谁是软蛋！”他心里盘算着，软蛋就软蛋吧，软蛋总比进局子强，刚才多悬啊！刚才他差一点就……那老太太真好。他得赶紧去西客站打火车票回老家，爹前几天来电话，说娘得了胃癌，等着钱住院呢。

她躺在摇椅上想着刚才的事，这次她做对了，她没像三十多年前那样，做下懊悔一生的事。那时她刚大学毕业，在一所中学当班主任。那天中午一个男生趁着教室没人偷了钢笔，被同学们抓住送到办公室，那个男生满脸怒气一直看着窗外，说什么也不认错，她就报告了教导处。当时区里刚成立一所工读学校正要各学校送学生，那个男生就被送去了。她再次见到那个男生时已经是20年后了，那个男生已经变成了一个黑瘦邋遢的中年男人，正推着三轮车在街边摊煎饼。那个男生说那天中午他没偷钢笔，他只是喜欢那杆钢笔，想拿起来看看，就被走进教室的同学逮住了。

他很幸运，在西客站买到了明天回老家的站票。站票，天老爷，站票也不容易啊！这是什么时候？这是年根底下！他在心里这么感叹时，手机响了，手机是哥们老黑打来的，老黑说："快过来，要出大事了！"

他心里一颤，问："出啥事？"

老黑说："李二头去，去……贾老板没在家，李二头要绑架贾老板儿子，我，我……"

他没等老黑把话说完，便对着手机喊："不，不要！"蹬上电动车就往尚雅园奔去。

半个月后，他又站到502门前，门还是半掩着。他笑笑，敲响了502房门。他是来还钱的，他说她不仅救了他，还挽救了他的两个哥们儿。

抓　　奖

王继颖

在我的搀扶下，老公公走进银行。瞧他那得意的神气，还没抓奖，就像个旗开得胜的大将军。

九十岁的老公公真是位老将军，参加过辽沈战役、平津战役和抗美援朝战争。他曾骄傲地回忆，辽沈战役期间，和战友在东北战场冰天雪地的夜里，急行军上百里。为防止掉队，每人胳膊上各缠一块白毛巾，互相拽着背包带，连成一串往前跑。那一夜又累又困，几乎睡着时，迷迷糊糊做了个美梦，他依然腰板挺直行进在队伍里。那一年他十九岁，行走如风，奔跑似箭。

九十岁的老公公依然腰板挺直，只是再也跑不起来，连最基本的行走，都蹒跚拖沓。行动慢如蜗牛的他，仍三天两头晃在外面。上班下班时间，他坐在楼下花台上，看着我走出楼门走进楼门，大嗓门儿说上一两句话；我正午休，他会咣咣咣敲响我家房门，送来几个馒头一两样蔬菜；听说姐姐姐夫要回来，他会痴痴地到小区大门口迎候……这家银行是他来得最多的地方。每月发了工资，来这里存上；每年几次，来这里抓奖。

我们和公婆，住同一栋楼两个单元。为了这次抓奖，提前约好的时间还没到，他就在我家单元门外，按响了门铃。

走进银行，我吃了一惊。平时空荡荡的大厅挤满了人，黑压压的，几乎全是老人！六七十岁和八九十岁的老人，脸上或稀疏或稠密的皱纹，全都漾出喜气，招呼声聊天声全都美洋洋的，仿佛都已抓到满意的奖项。

门内的银行职员给了老公公顺序号，离抓奖时间九点还有半小时。座位上坐满老人，更多老人挨挨挤挤地站立着，仍有老人推开玻璃门走进来。

我刚扶老公公站定，银行保安就推门进来，让我去挪车。因门外车位被自行车、三轮车挤满，我的汽车暂放在两排车位间的通道上。我跟随保安出去，把车开到马路边停放。

再进门，老公公已经坐下，银行职员请年轻些的老人让了座位。他正和旁边座位上枯瘦的老太太说话，见我站到身前，哆哆嗦嗦抬起大手，自豪地指着我介绍：

“我老儿子媳妇！特意请假陪我来抓奖！”老公公耳朵背，和他说话要大嗓门儿，他说话嗓门儿更大。

“你今天准能抓个大奖……”老太太也大嗓门儿，微笑的皱纹藏不住内心的羡慕。她看上去比老公公小不了几岁，座位边倚一根拐棍儿。昨天知道老公公要来抓奖，我劝他别来，说缺什么给他买，他执意要来，我才请了假。其实公婆家里什么东西都不缺，哥姐离得远，偶尔回来必带很多东西，我们住得近，忙碌间虽不能天天过去陪老两口聊会儿，但东西买得勤；不能常给他们做饭，就常网上订外卖。

老公公把手里四张奖券和一张序号条交给我，让我去抓奖，他继续和老太太聊，我听了几句，聊的都是儿女孙辈的事。

我挤到抓奖箱旁，时间还没到。对着奖箱排着一队老人。他们来得更早，领到了靠前的序号。九点钟，终于开始抓奖，老人们动作慢，好一会儿，才抓到10号。我挤回老公公面前，他还在和老太太聊孩子们，似乎刚才那些话，又被重复了一遍。

等待期间，我一会儿去看看抓奖到了多少号，一会儿回来看看老公公，一会儿担心地出门看看停在路边的车。

十一点多，终于挨到我手中的129号。我抓到两个六等奖，两个五等奖。六等奖是末等奖，奖品是牙刷，五等奖奖品是牙膏。我领了奖，老公公大概聊累了，闭着眼打瞌睡，皱纹间漾着笑，或许做美梦抓到了大奖。来时路上，他坐在副驾驶上说：“我今年自己去抓了好几次，都是末等奖；你手气好，说不定能抓个大奖……”

人群里的老太太仍一脸羡慕，孤单单笑呵呵地看我搀扶老公公离开。马路边，我的车窗上，贴上了违章停车的罚款单。回到小区楼下，已近中午十二点，老公公似乎还沉浸在梦中抓大奖的喜悦中，笑眯眯对我说：“牙刷牙膏你都拿回去，我和你妈满口假牙，用不着这个。”

我回到家，把牙刷牙膏放进以前老公公送来的牙刷堆里，给几十里外工作的爱人打电话，笑着给他讲抓奖经过，笑他老爸像个孩子，做梦抓大奖，又佯装嗔怪他老爸耽误我上班，害我被贴了罚单。放下电话，我又觉得老公公没有做梦，曾经在战场上出生入死也无所畏惧，却害怕忍耐晚年寂寞的老将军，今天是真的抓到了大奖，那奖品，是整整半天有我陪伴身处人群的幸福光阴。

喜民的艳遇

杨树也

喜民总想找机会和她说句话。

要说这不关喜民什么事，关键喜民是个热心肠。工友们有什么事，他都乐意帮忙。喜民，我有点事，帮我把马路扫一下。好哩，喜民答应得干脆利落，而且像干自己的活一样，把马路弄得像狗刚舔过的食碗一般干净。

最主要的，还在于她长得好看，喜欢像痒痒挠似的，挠得喜民心尖痒痒，一天不看见她，就丢了魂似的坐立不安。

她住三楼，阳台上摆满了花盆，她早晚各浇水一次。喜民就觉得她像只蝴蝶，来回在花朵上飞。有时，她穿着睡衣，在阳台上晾衣服。睡衣都是喜民喜欢的花色，她穿哪件喜民都觉得好看。她晾衣服时，手臂伸出来，白玉一样亮晶晶。喜民不自觉地，咽口口水。

许多时候，喜民看不见她。没有她的阳台，像扇紧闭的窗户。喜民不明就里，就会多去几次。期待着她打开窗户，像公主一样，挥手致意她的臣民。想到窗户，喜民就想起西门庆巧识潘金莲的故事，想象她打开窗户时，支窗的杆子落下，正巧砸到了自己，他就和她说起话了，那花容的脸近在眼前，张嘴就能咬上，如兰的呼吸，撩拨得他浑身酥软，喜民就咯咯地从梦中乐醒。

有了这样的思考，喜民有了发现新大陆的惊喜。

小区安保措施好，大多住户阳台都没安装防盗栏，喜欢在阳台上种点花草的，玻璃窗也没装，她家就是这样。四月了，大概她又添置了几盆花，她就把花盆摆在了墙台上。喜民看出了问题，中间的一盆被排挤了，盆底有三分之一在外悬着，有随时落下的危险。

她家靠小区院角，隔着草坪地，除了喜民谁能到这儿来呢？所以喜民的担扰似乎没道理了。但在喜民是难得的机会，他试图告诉她危险，可搭讪的机会老赶不对点。不是他来了，她浇完花，身影刚转进屋；就是他来早了，等得要干其他活了，也不见她出来。

有一次，休息时，几个工友调侃喜民，说，你都三十多了，俺村上的一个寡妇给你说说吧，虽说带个孩子，模样长得俊哩，比你大不了几岁。喜民憨憨地笑，俺还没攒着钱呢，不能要，再说，要给俺娘治病哩。笑着笑着，喜民眼睛就直了。喜民看到她袅袅婷婷从楼道口走出来，迈着步子，和电视上走台的模特一样，不，比模特好看，模特的脸像从冰箱刚拿出来，没一点笑色，她眉毛眼睛都挂着笑意。喜民不由自主站起身，她越走越近，似一道阳光，暖得喜民收麦子一样幸福。

这时，一辆小车擦过他们，停在她面前，她优雅地钻进去。喜民缓缓收回憨笑，瘪了样儿坐下来。

喜民更加留意稍纵即逝的机会，机会终于来了。

这是周末，她浇花，晾衣，反反复复出来几次。喜民也反反复复把这一片的活干了几次，针尖大的杂物也没有。如果她往下瞅一眼，喜民就能说话了，她似乎根本不知道喜民的存在。有一两次，喜民张了张嘴，一点声也没发出。喜民不知道人家姓什么，叫什么，叫"哎"？或者"你好"，喜民觉得都不妥，有些生分，也有些突兀。

喜民挠着耳根在想时，从天而降一个饮料瓶，落在他脚下。有机会了，喜民故意"哎呀"一声。她从阳台上探出头。喜民本想把花盆有跌落的危险告诉她，然后再聊些，他想好的别的话题。谁知，喜民冲口而出，说，请问能不能别向下扔东西，小区的环境需要大家共同维护。这话，有些生硬，有点教训人的意思了。

她眼皮挑起，揶揄的声音倒像他喜欢的王菲的歌声，"呵，我爱扔不扔，要你管？我还要扔，怎么着？"说着，那瓷般的玉腕伸出，拧了朵鲜嫩的花，砸下来，"哼，都不扔，还要你们保洁员干什么？"

说这话臊着喜民了，喜民从来没往自己是保洁员这方面想，一时恨不得找个地缝，一头扎进去。喜民担心的危险接着发生了。喜民听到，楼上的她，"哎哟"一声，那个花盆被她再次探头，不小心碰落了。

花盆不偏不斜，正砸在弯腰捡拾瓶子的喜民刚抬起的头上。

躺在医院里刚苏醒的喜民，睁眼看见，工友背后那张梦中常见的像花一样的脸，现在有点窘促地望着他，他揉揉眼，咧开嘴，憨憨地笑了。

说句感谢不容易

尹延哲

那年八月的一天清晨，主任说是要交代我一项任务。报社院儿里的金桂开了，整个院落沐浴着桂花清雅的香。花的浓郁在院里已然装盛不下，又溢到了青砖红瓦的墙外。

主任是让我去采访一家企业。这是一家经营医疗器械的民营企业，在同行中做的很是成功，六年时间从创业时的年营业额五十万元发展到年营业额一亿二千万元。还为六十名员工缴纳了“五险一金”，并投了人身意外险。这，在全地区的民营企业中是第一家。

公司大门花岗岩材质的迎门墙上镌刻着“感恩、诚信、济世、悯众”八个大字，字闪闪发亮，往人的眼睛里跳。迎门墙的前面是圆圆的水池，锦鲤箭一般在水中穿梭不停。

公司负责人是位女同志，名叫盛锡楠。她先是讲了企业目前的发展情况，然后谈起企业的发展史。

我是从接老张的摊子开始干起，盛锡楠说。

六年前，前公司负责人老张打算投资新领域，准备把公司转让。

老张开会说，兄弟姊妹当初跟着我老张创业不容易，咱公司员工谁想接摊子，吱一声，我这当大哥的，尽最大力度优惠。

公司一共十几个人，会计盛锡楠想接。她干会计是做得不错，可管理公司全局，再加上自己又是一名女同志，干好干不好，她心里没底。

老张急于开辟新领域需要资金。盛锡楠东凑西借，钱还是不太够，于是她又把自己和父母的房子抵押贷款，把钱交给老张，把公司接了过来。

盛锡楠自己也没想到，她干“一把手”进入角色还挺快，到她接管的第二年，公司经营得有起色，第三年就风生水起了。

临近采访结束，盛锡楠说，稿上说句感谢老张的话。按古语来讲，他对我有知遇之恩，是吧。她的脸上浮动着谦逊的笑。

我回到报社加班加点地写，下了班再带到家里写，这样紧赶慢赶，用了一天半的时间终于完稿。先是让主任过目，看着没大问题，我把写好的初稿拿去，让盛锡楠再看一眼。

可否把当年接手这个环节淡化，把对老张感激的话去掉。盛锡楠的脸上浮动着谦逊的笑。

怎么回事，变化有点儿快吧，盛锡楠分明从我的眼睛里看到一串儿问号。

她从办公桌前站起身，来到茶几前给我续茶水。

她说，我也是刚听说，昨天，听说老张投资的那个企业不但没赚钱，还欠了一屁股债，他现在有些后悔转让……

我听懂了盛锡楠的意思。

那就按照盛锡楠的意见，去掉感谢老张的话。可话又说回来，老张再后悔，当初人家盛锡楠是付了转让费的。主任对我说。

可世事就是那么难料。编辑部做完版面设计，按照排期，把盛锡楠公司的这篇定稿后，准备第四天出报纸，可定稿后的第一天，编辑部却出了一件事儿。

那是第三版一篇关于改变传统种植模式助力乡村产业振兴的通讯报道，当天的报纸都已经发了下去。上午八点半，编辑部却发现副标题错了一个字，以致引起歧义。好多读者纷纷打来电话反馈，报社上级主管部门也要求一定要追究责任。本来按照报社的制度，要处理第三版责编乌有恩，把他调离编辑部。但在处理的最后关头，编辑部副主任郑尚义动了恻隐之心，他觉着乌有恩还年轻，于是把责任揽到了自己身上。这样一来，郑尚义被调离了编辑部，只是给乌有恩警告处理——这原本是给老郑的处分。

令人大跌眼镜的是，这乌有恩对郑尚义不但没说一句感谢的话，而且还当面嘲讽老郑，要是让我调离编辑部，我就去再考其他局、委、办的公务员，我会干得更好。

郑尚义只觉得心脏乱蹦，血向头涌，他指着乌有恩骂，尔得鱼而忘荃。

报社同人一片哗然，都为乌有恩的言行感到愕然、震惊，继而愤怒，谴责纷纷指向乌有恩。后来乌有恩不辞而别，没人知道他的踪迹，也从来没人愿意提起他。

盛锡楠在将要发稿的前一天给报社打电话说，请给我公司稿加个题记好吗，把感谢老张的话写在题记里。

一只亚马孙河流域的蝴蝶扇动翅膀，把得克萨斯州的一棵草刮得东倒西歪。这是后来盛锡楠对我说的。

母爱与家风

林美兰

我妈看电视时“哎哟”一声说：“精英的诞生，跟家风很有关系。”

她欣喜地看着孙子长大，小小年纪读博了。

社区领导请我们去介绍育儿经，邻居和朋友，群星伴月一般环绕我们，陪我们品味小幸福。

那天，新来的邻居来我家哭诉：“女儿大学毕业参加工作了，试用期每月 3000 元。但女儿向家里要 4500 元买手机，我省吃俭用，克扣家人伙食费，才满足她。”

没两个月，阿姨蓬头垢面的，又来我家，哭倒在沙发上说："我女儿啊，要钱，要钱，工资还不够她下馆子，没到月底就要吃单位的食堂。"我妈蹙眉心，陪阿姨坐在厅上，不动声色地问："你呀，把女儿惯坏了吧。单位给她房住，她工资还不够花？"阿姨嘟囔说："她读最后一年时，就乱了，把家里整穷了。她工作后，她爸以为不要背包袱了，岂料，如今竟会倒贴。"

我慢慢走过去挨我妈坐下。

我妈是个慧心妙舌的老太太，嘴唇微张，嘴角往下斜，流露出忧虑的神情。我对阿姨耍起狠说："你不要再给她钱嘛。她有手有脚啊，工资也不少，让她学会管理自己，提升一下她的情商！"

我妈也对儿女倾尽心血，但谁觉察她那举手足投间内心漾起的刚毅？从懂事起，我们做生日，我妈总要先尝一口，一家人也习惯了，得到准许才开始吃。两家相比，阿姨家有什么呢，据说她这独女出生后，他们心中便没有自己，吃穿都由着女儿任性来。在家庭，私心是填不完的沟壑，不懂事的往往得寸进尺！

阿姨哭哭啼啼的，我妻子怔住了。

我记得，那天是我妈做生日吧，我儿子尚小。妻子特意做一道妈妈爱吃的梅干菜扣肉，我妈还没动筷子，儿子便上前抓，我挥手一挡打在他手背上，他"哇"地哭了。我妈捧着孙子的手，擦了又擦，冲我一顿臭训。

我哭丧着脸说："他不能坏了家规。"

我妈仰起脸叹气说："家规？是该给你们讲清咱家的规矩了。那年你过七岁的生日，我没钱给你买肉吃，你爸从村东头捡到吃毒稻谷的死鸡，我把它洗了又洗，才下锅。鸡肉出锅了，我端着香喷喷的那碗鸡肉犹豫发呆，你爸说算了吧。而你闻到阵阵鸡肉的香味，上前伸手就要抓，我只好拉开你说，听话，你过生日是妈的受难日，你吃鸡肉要让妈先吃第一口，好孩子，你懂吗？"

于是我妈先吃了一块，也喝了半碗汤。原来我妈是腊月的包菜，心中有心啊。半个时辰后她确认自己没危险了，才敢给我解馋。

这时我心发热，眼润湿，妻子也在抹泪。爱是世间最动人的东西，母爱无疆呵。我妈说："这规矩以后成了家风，传了两代人了。"妻子似触电一样，抽搐着说："谢谢妈妈！您今天给我们上了最宝贵的一课，懂得母爱，才知道励志奋进，这家风我们一定继承好，传下去。"

之后，据说阿姨给女儿讲我家的育儿经时，又给女儿讲了"躺着睡觉的马"的故事："刚出生的小马，无论母马舔它、拱它，它都只能前脚拄地，屁股坐地。夜里母马躺下了，闭眼似在睡，小马偎在她胸前。稍有动静，母马立刻张眼，打个响鼻，以示警觉。"马站着睡，是为一旦遭遇危险随时可以逃跑。小马站不起来母马就改变习性，躺着好照顾、保护小马。

五一，阿姨女儿回家，带保健品给她爸妈也给我妈，跪谢我妈说："母爱至上，孝从心生，这是最好的家风，以后我知道该怎样生活了，羊羔跪乳报母恩，决不啃老了。"

儿子也回家过节，同阿姨也和全家人畅谈他的论文："许多地方，每顿饭前，都有妈妈先吃第一口的习惯。他们家庭和睦，亲情融融，儿女健康成长。"

我妈笑了。

执大象，天下往。

星期八理发店

李学志

吉庆进货回来，买了些小玩具，还给文文捎了个水晶发卡——他只是给她亮一下，就塞进柜台抽屉里了。文文红着脸说，净乱花钱，你不要这样。

吉庆在拉直板的女顾客身后停住了，俯身捡起一根头发抻了抻，翘起嘴角点头说："软化得好，可以冲洗了。"

文文便洗头。顾客仰面躺下，她一点点调着水温，从耳后捋起头发，揉搓、按摩，躺着的人感觉耳边多了条潺潺的小河。文文的小手穿梭在两鬓、头顶、后脑勺……顾客不觉打了个盹儿。文文也不急着喊醒，待洗头的人突然一个激灵醒来，文文就笑，说："发质挺好的，来吹吹吧。"吹风机"突突"喷起来，头发云彩一样飘过。顾客瞅着镜子里的人说："好手艺。"

镜子里的人笑出俩酒窝："常来。"

接下来的活儿就交给吉庆了。

吉庆把白衬衣的袖口卷了卷，两指夹起头发，捋到发梢处，咔哧咔哧剪齐，丢开，再捋起一缕，回头看一眼电视里的综艺真人秀，笑："我去！"接着又剪，突然手停了，侧耳一听，就推开小门从隔间里抱出一哭着的孩子，把了把尿，交给文文。文文接过来，"噢噢"地哄着。吉庆逗孩子说："豆豆不吃糖，我扔掉。"从兜里摸出棒棒糖和魔方，要扔，豆豆伸手要，不哭了。

付账时，吉庆手一挥，抹了零。顾客客气地推让说："你们两口子拖家带口的也不容易。"

吉庆红着脸说："呃……这是我嫂子。"

文文背过身去，抱着孩子出门了。风一吹碎花裙飘起来，腰间鼓荡着风。走到晾衣架边，又腾出一只手翻叠起小被褥，嘴里唱着："尿床精，打愣愣，半夜起来看星星……"

又有顾客进来，文文放下豆豆，迎上去。原来是对过的老太太串门顺便修修头发。文文说："奶，我给您剪吧，练练手，不要钱的。"老人说："今天捡个大便宜，理个光葫芦头算啦。"文文笑了，抖出罩衣围上。

老人瞅着文文叹息道："胳膊哟，细扭扭的，这闺女，你平时不吃饭咋？"文文抿着嘴笑，说，吃不胖，就是这样人。老人说："想开些啊。"文文不说话了。两只小手，鸽子似的，轻快地飞到这边，又落在那边。咔嚓咔嚓，白发在初夏的阳光下簌簌落下，像雪。

"文文，二十岁了吧？"

文文说："奶，过完年二十七了。"

老太太叹了一口气，神秘地转过身子："年纪小，该找个好人家，别傻。"老太太正要说什么。有人走进了店里，文文迎了上去……

文文希望理发店的日子永远忙活着，就像吉祥活着的时候那样，从早忙到晚。这样她就没有时间去想过往和以后，就可以一躺下就能睡个好觉。可是眼见得风催得麦浪滚滚，她怎么放得下家里的一摊呢。吉祥不在了，公公婆婆连着生了几场病，不回去收麦咋办？

理发店关门那天已是六月初了，临街的麦田都已收割了，麦茬贴着地皮泛着新鲜的光芒，在文文眼中，这跟用剃刀刮胡子一个道理。

吉庆是骑着摩托车载着文文和豆豆回村的。近了，上年纪的一群人才反应过来，这不是吉祥媳妇儿吗？车减了速，豆豆活泛起来，支棱着麦穗似的小手呀呀说，瞪着麦粒般鼓鼓的眼，看着陌生的村庄和人群。

人们不自觉把目光转向村西麦田的坟包，说吉祥三十郎当岁就出了车祸，豆豆那时还在肚子里吧。葬礼上文文的娘哭得死去活来，不赞成生下来，婆家也没有勉强。只有文文平静地小声说："生下来。"

事情就是这样。文文回来收麦了，村里人才确信她没有改嫁。

争吵发生在晾晒麦子的打麦场，有不少看场的人睡梦中被惊醒了。一声纤细的哭刺穿了泛着麦香的夜空，单薄而苦楚："全村都在传咱们俩……你如果不答应，我明天就走"。

"你怕了？"

"我只是不想耽搁你……"

"该走的是我，理发店是哥一手盘下来的。"

"你给我回来！呜——"

第二天，吉庆脸上没有一丝笑。文文让豆豆给二爹递果子，吉庆也是敷衍着接了。没有像以前一样，把豆豆高高举起，撂上去又抱接住，吓得豆豆，大叫："小爹，怕。"

一种完玉米吉庆就自个儿走了。

文文带着豆豆赶到理发店，天已经黑了。吉庆没有来这里。路灯懒懒打在"星期八理发店"的金色招牌上，映出许多旧时光来——营业第一天，吉祥喝醉了，那时他还是学徒，指着牌子对文文和吉庆说："星期八，多么美妙的穿越啊……记住，咱把它至少传到一百零八代……"也不过两三年的光景。唉！

文文开了门，摁亮了灯：吉庆用过的发胶、梳子、剪刀乱七八糟地摆在柜台，吉庆的明星照挂在墙上，笑像是要溅出来——鼻翼两侧皱起来的样子和吉祥、豆豆一模一样。文文抱着豆豆，看到脚下孤单单的影子，心里慌慌的，突然觉得夜变得这么长这么长。

豆豆缩着小脑袋说："怕，怕。"文文的泪顷刻就下来了。听得柜台上手机"嘟"的一声响，文文狂奔着跑了过去。

黄河岸边蝴蝶飞

李亚民

黄河岸边住着一户人家，户主叫张建，妻子叫风，有一双胞胎女儿，他说在孩子出生时，一群彩蝶在屋里不停地飞，直到孩子出生，故取名蝴儿和蝶儿。张建还有个八十九岁的爷爷，爷爷就生他父亲一根独苗，没有奶奶和父母亲后，爷爷一直跟着他生活。

张建和风都在棉纺厂上班，二十世纪九十年代初，他两个一个月拿回五百元工资，小日子很甜蜜。他在单位是先进工作者，居委会也给风送过"孝顺媳妇"的牌匾。他们家几代人都生活在这个背靠南山、面朝黄河的小院子里。

一天，张建下班路上看见在住建局工作的大学同学，寒暄后，老同学告诉他快要搬迁了，这里规划成大型黄河湿地，定为天鹅湖，将来我们三门峡就叫天鹅城。

张建有点不太相信："湖里每年来不了几只白天鹅呀，还值得弄那么大规模？"

回去告诉风，风说："咱们是党员，需要搬就搬嘛。"

他说："就是这里住习惯了，有点不舍。"

说归说，什么时间搬还都是未知数哩。这不又两年了，蝴儿和蝶儿都会嬉戏玩耍了。

风给爷爷洗洗涮涮晾晒了一院子的床单被罩衣服，说来也怪，每当风给爷爷干这些活的时候，总有一群蝴蝶缠绕身边，风感觉很温馨，也很神奇。

厂里今天开大会，会上宣读了文件，关于减员增效的。张建两口同时被减员，他们两个都傻了。别人都在哭闹着找领导，他们一句话都说不出来。倒是领导很及时地找到他们谈话，说什么你们要起模范带头作用。当他们反应过来时，也是给领导说尽了好话，你看我们家上有老下有小，哪怕让我们下岗一个也行。领导摆了好些大道理，他们听了也觉得被减得合情合理。

这该怎么办呀！

张建说咱们住在黄河边还能没活路？风也说是的，活人还能叫尿憋死？张建给风说，我给咱钓鱼卖钱养活这个家。

张建早出晚归钓鱼，每天钓的鱼也能卖个三五十元的。

一天，正在干活的张建，听到扑通一声，循声望去，看到芦苇荡里有动静，他走了过去，一看吓一跳，是只受伤的白天鹅，他不敢怠慢，把白天鹅抱了回来。

风一看也吓一跳："张建，咱们哪怕要饭也不能干这违法的事呀！"

张建一听风误会他了："什么呀，我看到白天鹅受伤了，是抱回来给包扎的。"

"哦，你吓死我了。"妻子如释重负。

他们拿出药箱给白天鹅简单处理一下，止住血后立刻抱白天鹅去了医院。白天鹅的左腿几乎断了，应该是它自己不小心碰到坚硬的东西，或者有人拿石头之类东西砸住了。

他们商量等白天鹅稍好点就把它送到林业局。

林业局打电话："这只白天鹅自从你们送来后不吃不喝，我们很着急，你们来一下吧。"

出于白天鹅的特殊原因林业局给他们办了个特种养殖许可证，说是让他们先养着，就这样他们家又多了一张嘴。

风说："没事，反正咱家也有四只鸭子的，就让白天鹅跟着咱的鸭子吧。"这只白天鹅肚子上有一小撮红羽毛，风说就叫小红吧。

说来也怪，小红在张建全家人的精心照料下，伤口痊愈。每天早上和鸭子高高兴兴地在水里游啊游。

春暖花开，到了白天鹅返程的时节，张建两口每天都把小红赶到湿地，那时的白天鹅大概有几百只吧，张建家人想让它随"大部队"回去，结果白天鹅都走完了，小红还是回到张建的家里。

小红是雌性，每天和它一块出游的鸭子是三个雌性一个雄性。

喜出望外，白天鹅和雄性鸭子产了六个蛋，张建高兴得不得了，不几天又产了六个蛋，风说估计还会有，确实又产八个蛋。

张建夫妇高兴的要跳起来，风突发奇想要把这二十个蛋人工孵出来，风用棉褥子精心包一层又一层，像对待宝宝一样放到温度适中的炕头上，一个月后，鹅蛋竟然都露出了头，不大一会，叽叽喳喳出来二十个小鸭子，但又像白天鹅，就这样，他们依法炮制，两年就有了一百只既是小鸭子又是白天鹅的物种，它们每天早上唱着美妙的歌声往返家里与湿地，蝴儿和蝶儿蹦蹦跳跳跟在后边，还有一群蝴蝶总是不失时机地在上空飞。形成了这座城一道亮丽的美景。

一大早骑摩托车的在门前戛然而止，张建赶快迎出去："找谁？"

"我是酒店的，想让你们给我供货。"摩托车上的人声音不高不低。

"我们没有什么货啊。"张建满肚子疑惑。

"就是你们这些小鸭子。"骑摩托车的声音高了。

"那不行，白天鹅不能吃，国家二类保护动物。"

骑摩托车的说他们不懂，让打听一下明天给回个话，然后骑车扬长而去。

张建夫妇害怕得很，赶快去林业局询问。回答是鸭子和白天鹅生出来的不是白天鹅了，让他们随意安排。

就这样，四年时间他们往酒店供的非鸭非鹅为家里创造经济效益三十万元，朋友说，这只白天鹅是上天派来帮助你们家的。

风说："是咱们赶上新中国的好政策。"

这一年，小红随"大部队"飞走了。

走时张建一家人哭得跟泪人一样，尤其是蝴儿和蝶儿。

小红飞上去再下来，再飞上去再下来，往返好多趟，还朝着他们重复点头。一声撕心裂肺冲向云端。那群蝴蝶也飞走了。

同年，张建举家搬迁了。无边无际的湿地成了天鹅湖，张建用三十万元本金开了个咖啡屋，生意红红火火，财源滚滚。

现在，张建投资近亿元建一座高楼大厦办酒店，为了纪念小红，酒店特命名"白天鹅大酒店"。

"白天鹅大酒店"开业那天，又见花蝴蝶在门前缠绕、纷飞。

出门见春

杨帮立

种罢麦子，白露河两岸霜花烂漫。南河湾的大人们出村修河去了，孩子们放了风。大壮的心思在涵洞里。涵洞，半人来高，穿过宽宽的河堤，外通新河，内连故道，两头看不透光。大壮把小狗唤到洞口，往里赶，小狗呜呜唧唧打着转窜跑了。大壮骂它："胆小鬼，瞧我不饿死你个狗日哩！"

里面住进野物了。大壮判断。外河滩，落叶，被牛羊捡进嘴里；杂草，被割下备了柴火。野兔子、草狗子或猪獾子，不易藏身了，这涵洞里，该是它们上好的越冬之处。何况早点时间，大壮已做好了引诱：他把竹耙子搂起的一堆堆落叶枯草背进洞里，洞外凸凸凹凹的做层伪装，洞口也堵了小半截。现在他干着的活，是把内口用土封上，留一个小洞，沿洞一圈，插上木棍，棍上内层套上结实的尼龙绳网，外层套上蛇皮袋子，蛇皮袋子底部捅几个小眼，能透进星星点点的光。他会在某一天的夜晚，等到大南风刮起，在上风口放起火来，野物怕火更怕烟。等着野物经不住烟熏火燎从内口逃脱时，钻进网里，他抡起袋子往闸口石头上一阵狂摔，继而背着沉甸甸的袋子屁颠屁颠地跑回家。

梦想，被一个讨饭的人击得粉碎。大壮看见讨饭的在河边砍苇子时，还以为他要取柴烤火呢：真是个大笨蛋，苇子外面看似干的，芯里还藏着水呢。怎么也没有想到，他拾来烂衣服撕成布条，在苇子间加入淮草编成了厚厚长长的草苫子，折叠护住洞口，白露河道的冷风和寒气被隔在了外面，他住进里面了。

大壮咬牙切齿。他把一盒火柴装在内兜里，把一团子软草揣在外怀里，暖得热乎乎的。初冬的月亮，清冷明亮，大壮悄悄地摸到闸口，轻提草苫子，嵌入软草，摸出火柴。在火柴头往火柴皮擦去的瞬间，他听到了洞里，有低婉沉重的声音传出来，他的心和手同时抖了一下。这个声音从耳朵钻进他的头盖骨里，凉飕飕的。这是他人生中的第一次乐音。第一次，足以让人铭记终生——多年以后，他弄清楚了，那一夜，他听到的是《二泉映月》。

讨饭人肩上挂着一个布褡子，右腋下夹着一根长竹竿。竹竿头在地上蹦蹦跳跳，狗随着竿头蹦蹦跳跳。他从不回头，感到竿头被狗咬住了，他的反应是用一下力，夹紧些。与其他讨饭人不同的是，这狗后边还跟着一圈孩子。用大人的话说，他是一个高级要饭的——戳朵：到谁家门口也不说话，竖稳竹竿，左手端平墨水瓶，蘸墨，润笔，仰面，在土坯墙找一块平展的地方，写字，写字迷。孩子们跟着他，是来读谜面猜谜底的。

"半个初字一口田，女子有口不能言。十八学士穿田过，三人跪在母面前。"——打一成语。或"桥上有水桥下空，费了木匠多少功。人人见它都弯腰，皇上见它还鞠躬。"——打一家具。或者就是一首古诗，"床前明月光，疑是地上霜。举头望明月……"，最后一句，他空那儿了。有时平展的地方太小，他也会写上"厚德载物""精忠报国"之类的词。

这一群孩子里，大壮不算最大。有一次，一条个大威猛的狗把讨饭的竹竿拽掉了，大壮冲上来喝跑了那条狗，把竹竿捡起来重新夹他腋窝里。他回头看了一眼大壮，眼里散出慈祥赞许的光来，嘴，翕动了几下，最终没有吱声。

那些年，一到年关必下雪。下雪时，孩子们有雪中的乐趣。大壮许是玩忘了，许是讨饭的不走回头路吧，直到除夕夜晚吃团圆饭，大壮扒拉几筷子，咋就想起这讨饭的来。他把仅是在过年才能吃到的肉，接二连三地往碗里夹。“别贪吃，留点给你小弟小妹。”娘说。大壮端起碗，出了门。

大雪填满了白露河两岸的沟沟壑壑，这难不住大壮，尽管下河坡时，他滑倒了，碗，还是端得稳稳当当，他就势坐在雪地上滑到了洞口。映着雪光，他看到洞门堵得严严实实，草苫子上，贴着一张大红纸，红纸上写着两排大字：“出门见春，关洞听水。”

“要饭的。”他连喊数遍，没人应声，他不知从哪儿壮来的胆子，掀开草苫子，钻了进来。他半爬半走，来来回回，除了厚厚的草褥子，啥也没摸到。大壮站在洞口，大喊一声，童声闪烁：“老——爷爷——”

大壮是我大学同学。现在，我站在他新乔迁的别墅前，挑他亲自书写的对联毛病：“出门见春，有气象；关洞听水，不符景致。可否改为……”大壮说：“请进屋品茶，我给你讲个故事。”

花老太

朱莲花

院门上，突然多出一把锁，在花老太和儿媳妇吵嘴后的傍晚。

站在门外，泪水涌上花老太混浊的双眼。

槐香袭人的五里槐村，老老少少们，不是花老太接生的，姻缘就是她成就的，村里人都说，花老太一生积德无数，才会到九十多岁的高龄，依然精神抖擞。

花老太就像槐树上大蜂巢中的蜂后，很受全村人敬重，村子里随便转转，谁还不敬着让她吃饱喝足才出门呢。

然而，时事难料，此时的花老太，却饿着肚子回到家。她点上一支烟，坐在门旁的石墩上歇息。

田野上，麦苗儿青翠欲滴，被阳光涂上一层柔和的光晕，充盈着丰收的希望。

花老太心里的委屈，也像这田野上的希望一样，汩汩地冒出来，她从斜襟衣服上拎起小手绢，不停地沾着从眼里涌出的泪水。

隔壁的老妯娌走出门，在小菜地里掐着嫩葱秧儿，看到满脸泪水的花老太，吓一跳：哟，你这可是咋得了？来家里坐！

花老太见老妯娌灰白的头发上，沾着几根柴屑，微胖的脸颊，有几道弯曲的汗印子。问：你在做晚饭？

嗯，就差调个汤花子，老妯娌扬扬手中的小葱说。

花老太忙说：给我端一碗来，都快饿扁了。

老妯娌端来饭后，才反应过来，睁圆眼，惊讶地叫起来：你今天竟然饿着肚子回家了？

花老太吸溜着咽下一大口汤饭，斜一眼老妯娌：都当奶奶的人，说个话还一惊一乍！

老妯娌笑：你是咱五里槐村供着的活菩萨吗，那天串门子去，不是吃得满嘴流油，谁能想到你会饿着肚子回家！啧啧，要说起来，这好日子都真是让你过了呢。

老妯娌咂巴着嘴，羡慕地说起花老太的往事。

花老太的心，也跟着飘到当年的岁月。那时，村里人日子过得贫苦，生孩子都在自家的土炕上，简直就是在鬼门关前绕圈圈，夭折了很多孩子和大人。

村中有个媳妇难产，折腾好几天后，气息微弱。请来的老娘婆摇着头，让家里人给她准备后事。

花老太出身大户人家，识文断字，略通医术，她主动找上门，说，她想试试。产妇家里人也不抱希望，便放手让她一搏。

经过花老太一番紧张的忙活，竟然听到一声婴儿啼哭，那是一声天籁之音，如清泉流过全村人的心上，仿佛蓝天丽日高悬，鲜花次第开放，将村里的黑暗驱散。

从此，有她在，这条新生儿通往人间的路上，平坦而快乐。

花老太接生时，常走街串巷，谁家的姑娘到婚嫁年龄，谁家的小伙子该找对象，也会顺手牵个线，促成一对对姻缘。

她只用善良的心，讲着最真的话，穿针引线。多少经她促成的夫妻，相携着走过万水千山。

花老太一副慈眉善目，天生菩萨心肠，平安接生孩子，促成金玉良缘，有她在，村里人都觉得安然幸福。大家像敬老祖宗一样敬着她，花老太觉得很有成就感。

慢慢地，村里条件好起来，生孩子成金贵的事，产妇们都早早住进医院。

闲下来的花老太，便专心给孩子们保媒。只是，现在的年轻人，他们外出打工，有更多的交流方式。常自由恋爱，在外面找到自己心仪的对象。

就像光头强家，托花老太给儿子介绍个合适的女子。花老太琢磨一番，想到还真有个清秀女娃，兴冲冲地到女子家说媒，女方父母来看过家道，也挺满意。光头强拿出二十万元的高额聘礼，花钱把儿媳妇娶进门，谁想到新媳妇在婚礼结束后，竟然被打工时的男朋友接走了。

光头强家的人，便来花老太家大闹一场。花老太的媳妇很生气，坚决再不让花老太为别人保媒。这次吵嘴后，媳妇锁上门，看来是想逼她就范。

往事如烟，回过神来的花老太，委屈地对老妯娌说：像光头强家的情况，女孩儿的娘老子都不知道，自家女儿在外面谈下对象，我又从那里知道呢，一片好心，最后办成坏事。

老妯娌同情地拍拍花老太的手，安慰她：现如今的农村，真还不一样了。儿孙自有儿孙福，你就不要再操心了吧。

花老太怔怔地望着老妯娌，想起早上她出门时，媳妇把身子摆成茶壶状，指着她嚷：家里缺你吃？还是缺你穿了？若是再给人家保媒，以后就自个过去吧！

花老太的心里，一直沸腾着一种叫幸福的东西，此时，忽然熄灭了。

你笑起来真好看

刘 捷

办公室只有两个人，我却害怕走进办公室，一走进办公室，我的脸立刻变得僵硬，我不会笑了。

可是一下班，一走出这个办公室，笑容马上又回到我的脸上。

事情起因是这样的，我和王梅梅同时调进同一个办公室，王梅梅为人大方，长相漂亮，身材丰满且为人直爽。

那天我穿了一个淡蓝色的耐克卫衣，一进办公室，看到王梅梅也穿了一模一样的，我呵呵一笑，觉得两个人穿同样的衣服蛮有意思的。

王梅梅瞥了我一眼，她美丽的丹凤眼中透出怒气，她风一样跑出办公室，回来时她换了一件白色的衬衣。我有些惊讶，问她为何换了衣服？

她气呼呼地说，我最讨厌和别人撞衫！

我的心里有点不悦，说，没必要这样吧。

她瞪大眼睛，说，我把那件衣服扔了。

我冲她笑了笑，至于吗？那么贵的衣服，说扔就扔了？

她脸红脖子粗着说，至于，我见了这件衣服就感觉恶心！

我的心里腾起一股火，冲她说，哟，人家服装厂同款衣服要生产成千上万件，难不成你都不允许人家穿，只让你一个人穿？

她气咻咻地说，别人穿我不管，但我决不会和别人穿同样的衣服上班。

我很生气，就说，知道你比我长得年轻漂亮，但你也不能不让我穿自己买的衣服呀？我的衣服又没有惹你。

王梅梅没有理我，她一把拉开抽屉，取出一把剪刀又跑了出去，我很好奇，跟在她后面，看到她从门口的垃圾箱里掏出那件衣服，抡起剪子"咔咔"几下，把那件衣服剪得稀烂。

本来我觉得她可笑，可是看到她挥舞剪子的那一瞬间，我的笑容卡在脸上了，从那以后，我不会笑了。

在单位不笑，让我很难受，我想找回自己的笑，整天绷着脸多难受呀！可是王梅梅天天对我指桑骂槐，笑容很难回到我的脸上，我猜她可能是提前进入更年期了。

我想调换办公室，可没等我提出来，她先到领导那里要求把我调走，这样一来我反倒不想走了，我就要留下来，就算失去我的笑，我也要留在这里。

再说单位也有单位的规定，也不是随便就能调整人的，我还是得和王梅梅在同一个办公室里上班，没有别的办法。

王梅梅真是个奇葩，她见我天天板着脸，她却挂着一张笑脸对着我，让我百思不得其解，我断定她的神经有点不正常，但每天面对她的笑我还是心有余悸。

那天她突然问我，容桂花，你最近咋不笑了？

我没有理她。

她抬起下巴自言自语道，你肯定最近日子过得好，不然你为啥不笑？

我没有理她的胡言乱语。

她又自顾自地说，我最近过得不好，所以天天笑。我妈从小就告诉我，越是过得不好，越是要笑。

我停下手中的活，侧着耳朵听着她的话。

她接着说，从小我爸就打我妈，一打我妈就哭，越哭我爸打得越狠，于是我妈就笑，我妈一笑我爸就不打了。从那以后，每次我爸打我妈，我妈就笑，她笑一会儿我爸就不打她了。可是，我看到我妈挨打，我就吓得哭，我一哭，我爸就扑过来打我，我妈赶紧说，梅梅快笑，你笑起来真好看。我听了，赶快就笑，真是神奇，我一笑，我爸就停止打我了。

从那以后，我就学会挨打的时候笑，平时我不敢笑，再高兴的事儿都不能笑，我怕笑多了，挨打的时候再笑就不起作用了。

这个习惯一直保持到现在，我的老公对我不好，他虽然不打我不骂我，但他老对我笑，他笑我就害怕，我怕他笑完之后会打我，我的孩子也不喜欢我，我总是骂他，我不让他笑，怕他笑多了他爸爸打他时就不起作用了。

王梅梅一边说，一边用手撕扯一朵玫瑰花，这朵花是教师节学生们送来的礼物。她将花朵一瓣一瓣扯下来揉碎，我仿佛听到花瓣疼痛的叫声。

我从内心感到害怕，我怕有一天我成为她手中花，被她一点点揉碎，我渴望能够正常地笑，我不想被她带入她的混账逻辑里。于是我主动找到领导请求调整办公室，这一次，领导总算答应了，我立刻收拾好自己物品逃到别的办公室。

那天，我迎面遇到王梅梅笑着走过来，她笑起来真好看，像一朵盛开的绿梅花，有一种凄凉的美。

同事悄悄地在我耳边说，她又离婚了。

我“啊”了一声，轻声问，那她的孩子呢?

孩子是她前前夫的，前夫不要，她送到她娘家妈带着。

我的心一阵悲凉，我仿佛看到王梅梅身后又走来若干个王梅梅，她们一会儿笑，一会儿又哭着……

唉！那些笑起来好看的女人，谁知道她们的笑容里又藏着多少不为人知的秘密呢。

荷叶狗肉

邹立文

荷叶第一次相亲是在热闹的集市。

那天，媒婆领着羞答答的荷叶，来到嘈杂的市面上，指了指不远处狗肉摊上一个忙碌的身影，说，那就是。

卖狗肉的是马家庄的吕墩子，个子不高，黝黑的面堂，着一件油光光的套脖围裙。身前架案上摆一盆熟狗肉，肉色泽酱红，汤冻透亮，看着顺眼，闻闻喷香。上赶的买家你来我往，吕墩子抓狗肉，沥汤冻，切块上称，草纸打包，细绳捆扎，收钱递肉，忙而不乱。

四邻八乡的老辈人都知道，吕墩子屠狗也是几辈传的世家。有一年，吕墩子老房的炕洞里，还拆出了一块黢黑“吕记狗肉老店”的榆木牌匾。分田到户后，市场宽松，匠艺之人大多重操旧业。吕墩子干起祖传屠狗的营生，买卖开张，钱就活便，日子渐好，不几年，吕墩子家还翻盖了老房，成了远近的富裕户。

荷叶只看了几眼，顾不得媒婆的喊叫，兀自跑回家去。

中午头，荷叶在里屋炕上蒙头睡，荷叶娘咋也叫不出。荷叶爹把吃饭的海碗，往饭桌上狠狠一蹾，说道：人家大小也算是个买卖，咱庄稼人整天土里来泥里去的，图啥？只要日后这嘴里，身上难为不着，就是好婆家。

过了门的荷叶，死心塌地地过日子。跟了木匠拉大锯，嫁了屠夫拽猪腿，荷叶也不例外。几年下来，荷叶不仅拉扯起了三个孩子，还成了吕墩子里里外外的好帮手。吕墩子四邻八村里逮狗杀狗，荷叶就在饭棚里添柴烧灶，兑汤下料煮狗肉。

买卖一年比一年热闹，荷叶就与墩子盘算着，把沿街的西屋扒了门口，挂起了老匾。墩子依旧下乡赶四集，荷花则留些熟狗肉在家守摊。从此，荷叶家的小日子就像那滚开的狗肉锅，天天冒着热气。

可日子就是日子，就像门前的老槐树，总有出岔的时候。平时身强力壮，从不把头疼脑热当回事的墩子，忽一日得了急症，撒手人寰。这下荷叶一家天塌地陷一般，就像从热锅里一下掉进了冰窖。

可这日头顶不住，日子更是拽不回。风里，雨里，荷叶柔弱的身膀也逐渐变得壮实起来。

有一回半夜，急促的敲门声，惊得院中狗吠不止。荷叶起身一问，是村中的泼皮侯三，醉醺醺地要割二斤狗肉下酒。荷叶回道，没了，赶明头午再来。侯三却嘻嘻地笑着，荷叶你骗人，那怀里鼓鼓的，肯定是揣了两根狗腿，要不让我摸摸看。

荷叶立时恼火。平日里你赊些欠些也没计较，这大半夜里又来找操想巧。荷叶应着，顺手拿起杀狗的尖刀，撒开看家的黑狗。院门忽地敞开，却只见侯三前仰后合的一双破鞋，散落在月光下灰白的街面上。

荷叶这凶蛮的名声，从那夜起就慢慢地传遍四邻八村。从此，再也没有人敢招惹是非。

可这名声也耽搁了荷叶的择婿另嫁。只要媒婆一张嘴，那些失了家口的男人大都摆手摇头，这杀狗的娘儿们邪性，忒狠。

邻村朱家庄的杨大个子，也曾对媒婆这么说过。杨大个子是个木匠，心灵手巧。娶了个老婆却整天病恹恹，前几年去世后，留下个七八岁的儿子。

杨大个子开始稀罕起荷叶，也是意外地和她共过两回事后。

墩子走后。有一年秋末，荷叶采了一些自家藕塘的藕叶，晒干后包裹熟狗肉，好节省些草纸钱，没想到歪打正着，肉的酱香与荷叶的清香浸润交融，让狗肉味道愈加鲜美醇香。这自家藕叶不够用，荷叶也在集市上收一些。杨大个子家有一方藕塘，秋后也会采些藕叶晒干去卖。那天来到荷叶摊子前，也没见到荷叶的凶蛮，反倒是给了杨大个子藕叶钱后，还包了几块没剔尽肉的狗骨，带回去让孩子解馋。

后来一回，荷叶捎信让杨大个子来家整修架案。完工后的酒桌上，杨大个子与荷叶半真半假地开着玩笑，都说女人是水做的，这四邻八乡的老少爷们，咋都传你冷飕飕的像块冰呢？荷叶笑笑，哎，这妇道人家，男人就是口缸，有他盛着是水。可缸碎了，要不成冰我这点水不早就洒没了。哦，也是啊。有点醉意的杨大个子喃喃自语着，我家倒是有口闲着的水缸，要不抽空给你背过来……没再接茬的荷叶，扭过身去，一丝久违的红晕在脸上若隐若现。

第二天，杨大个子便提上些鸡蛋，急匆匆地去了媒婆家。

杨大个子领着儿子，走进荷叶家门的时候，并没背着水缸，而是怀抱着一块刷着黑漆刻着“荷叶狗肉”的木匾。

那天，荷叶多煮了两锅狗肉，换上了一套崭新衣服。四个孩子一趟又一趟，端着盛满一家人喜庆笑声和喷香狗肉的海碗，推开了村里家家户户的院门。

远行

陈艳玲

她不止一次想到去远行。

坐火车，去很远很远的地方。

去哪里？做什么呢？她不清楚。只是无法摆脱这个固执的念头。

今天是五月二十号，一个浪漫花开的日子。她弄了几样小菜，一瓶红酒，两个酒杯。青椒白菜，西红柿鸡蛋，一盘清蒸鳜鱼，时鲜的香椿拌辣椒面透着油光煞是诱人。两只盛饭的细瓷碗儿已准备就绪，热腾腾的米饭还在锅里，可以想象打开锅盖时满房间里热腾腾的香气扑鼻。

她拨了一个电话，无人接听。打开微信页面，信息也还没有回。

她身子往后靠在椅背上。再等会儿，估计又有什么事临时绊住了。她已经习惯了等待。

老夫老妻的，又不是年轻人。她兀自笑道。

然而她总是记挂着他，在一起不觉得有什么。一分开就开始想，想他的好，想他俩在一起的点点滴滴，越想就越觉得自己是捡了块宝。

也有不开心的时候，往往他摔了门出去。她恨得牙痒痒，一个人在屋里骂一顿，恨不得眼前有把刀，恨不得立马就离婚。

一会儿工夫，他的微信发来，老婆，我错了，不该惹你生气。眼泪唰地便滚落了一脸，她便又念起他的好，进厨房里开始倒腾起他喜欢的吃食来。

当然，那都是以前的事了。

12 点已过，他没有消息。

下午一点了，他还没有回来。摆放在餐桌上的饭菜，已了无生机。盘子里的鱼头硬得有些发紧，一只鱼眼睛斜瞪着似乎在向她挑衅。一股血流伴着无名火涌上头，她果真红了脸，将饭菜一股脑儿全倒进了垃圾桶。

够了，简直受够了。

她决定今天就走，出发去远行。

一小时后，房间里整洁如常。她锁上门，一只手提着一只小号的行李箱，另外一只手仍不忘提了垃圾袋。小区里散坐着几个逗小孩的老人，保安像平时一样向她点点头，她用钥匙点开大门走了出去。有一刻她心想要是有人停下来和她说些什么，没准她会取消自己的计划。可惜一切如常。

街上车水马龙，甚是喧嚣。她向东望了望，没有发现期待的身影。她的寂寞如一潭死水，激不起任何浪花，别人的热闹与她无关。

售票窗口。去哪儿？售票员问。

她一时茫然失措。月亮湖。她的脑海里突然闪现出这个名字，那是一首歌里提到的地方。丈夫常唱的一首歌，那时他们新婚不久。

售票员把票递了出来。果真有那么一个地方。她耸耸肩，听天由命吧。

那注定是一场风花雪月的旅行。在那次旅行中，她有了一个孩子。她后来说道。

车厢里已经满员，人们都在低头刷着手机。她在过道上穿行，对眼前的一切视而不见。

一直走，一直走，列车似乎没有尽头……

她抬起头，满天的星斗在向她微笑，月光洒落在湖面上，微风吹过，湖面上泛起阵阵涟漪。

芦苇荡里，伴着琴声传来深情而欢快的歌声：

星星眨着调皮的眼，
月亮荡起了小船儿，
我在美丽的月亮湖，

等待我心爱的人儿。
风儿轻轻地吹，
花儿含羞的忧郁，
思念像湖水一样清澈，
涟漪是你动人的酒窝。
我抬头看天，
那是爱情的方向……

突然间，她的脚下铺上了红毯，四周变得灯火通明。她的初恋，一个谜一般的男子，拨开绿丛款款走来。他抱着瞠目结舌的她走向芦苇深处。

后来呢？我问。

后来就有了孩子。她的眼睛清澈澄明。我摇了摇头。

她的丈夫因公殉职两年多了。她一直不能接受这个现实，患上了失语症。他是她的初恋。他们一直鱼水情深。

我是她丈夫单位为她请的心理医生。前段时间去国外学习了三个月，今天刚见面，她竟开口说话了。一开口就编了这么一个离奇得不靠谱的故事来糊弄我。

她起身走向卧室，那里隐隐传来婴儿的呀呀声。我蒙了。我的判断失去了方向？一个意想不到的圈套。

她什么时候怀的孕？我竟没有看出来。怪不得先前老穿一件宽大的衣服。

我没事了。前段时间麻烦你了。谢谢你。她冲我温和地笑。

孩子？那是我们战友的孩子。他们夫妻前几天在一次救援行动中不幸牺牲了。电话里办公室的小周对我说。

葫芦爬满架

蔡雨艳

那时候，她总是希望每天都能见到他，但每次见到他，她却不敢大胆直视他，她头一低眼神一瞥，这工夫他已经腾腾地走过去了。

他的一张脸，极像日本影星三浦友和。

她看见他走进了一个院子，院墙搭的高高架子，架子上爬满了葫芦秧。她多想随他走进那个院子，可是她找不到任何理由。她只好将情感封闭在心间，任其疯长。

她知道他叫贾晓风。她总是站在离贾晓风家不远的地方，默默地注视着他家那爬满葫芦秧的院墙。葫芦秧开花了，架上也有结小葫芦，架下他们家人一边干活一边说笑，声音随着风儿飘过来，是那样好听，令她产生无穷的遐想，想有一天，这里也有她发出的声音，她说的话。

她认定葫芦架下的贾晓风是天下最帅的男孩。想最帅的贾晓风，她常常产生了强烈的自卑感。因为，自己的左手缺少两个指头。村里人经常在她身后指指点点。缺少两个指头后，母亲对她更加疼爱，其实，戴上手套是看不出来的。

有时候，她听见父母在一起说到别人家的和她年龄相仿孩子和谁谈对象了，她就希望父母对她说："闺女，有人给你介绍贾晓风了，你们处对象吧。"

可是没有。父母极少提到贾家，即使提到贾家也不提贾晓风。好像贾晓风根本不存在，或者说，贾晓风与她家没有任何关系。

她多想走进那翠绿的葫芦架下，找一个借口，去借一个东西，或者通知他家一个事，可是一个能说出口的借口也没有，她只好在夜晚望着葫芦架发呆。

等到父母一次一次地给她张罗对象的时候，她发现贾晓风家葫芦架的花朵开放得素艳了，大大小小的葫芦已挂满。

可是，几乎看不到贾晓风了。有人说他去深圳打工了。

她想不明白，打工为什么要去深圳？那么远那么热，在本地不一样打工吗？后来，她看见贾晓风从深圳往家里领人了。一个漂亮的姑娘，跟在贾晓风的身后，穿得花枝招展，说着粤语。

于是，她不再去看贾晓风家爬满葫芦的院子。

她甚至有些恨那爬满葫芦秧的院子。

不久，她就找个男人结婚了。男人是很老实的外地人，她父母怕她受欺负，给她招的上门女婿，她如己所愿地给他和自己生了个儿子。她很奇怪，为什么一心想要个儿子，而且希望儿子长得像贾晓风。

当然，儿子长得像他爸爸。

男人竟然把院子也搭了架，年年种上葫芦，葫芦秧爬满架，花开得素艳，大大小小葫芦高高低低地挂满了架，不仅有能吃的葫芦；还有能看能玩的那种两个肚的葫芦。

记得她问男人为何要种葫芦。她男人说："葫芦口小肚大，象征财库饱满，纳财致福，招财运、广纳四方财；葫芦圆弧的造型，除了用来装酒，还可以促进人际关系圆融、广结人缘，还有收煞除厄的功效。"

两个肚的葫芦堆一堆，她男人还会在葫芦上画女人和花朵。

她满眼都是男人画过的葫芦了。

在自家的葫芦架下，偶尔她才会想起来从前的贾晓风。

直到后来的有一天，她意外地看见了贾晓风。贾晓风老了许多，没有了从前的帅气。贾晓风身后跟着一个女孩，女孩的袖子上戴着黑纱。

他看见贾晓风和女孩走进了贾家院子。她注意到了，贾家的院墙架上没有葫芦，只有一个空架子。

后来，她才知道，贾晓风的媳妇死于车祸，贾晓风也下岗了。

有时候，她就望着贾家院墙上的空架子发呆。

而她家院墙上的葫芦，却爬得满架，要花有花，要瓜有瓜。

八月，天高，云淡。光线充足。她男人闲时在葫芦架下教儿子在两个肚葫芦上画画，她则在葫芦架下旋能吃的葫芦条。

有一天，她看见贾家的女孩支着画夹，站在她家的葫芦架下，画那些葫芦。她悄悄地走过去，发现那女孩画得很美。不但画葫芦架，而且画中还藏着一个男孩坐在那儿，手把葫芦在葫芦上画画。

女孩发现有人看她，害羞地合上画夹，飞快地跑了。

她望着女孩远去的背影，摇摇头却笑了。

她不知道女孩已管她男人要了能玩的两个肚的葫芦种子，来年要种下，女孩还要和她儿子学在葫芦上画画。

和领导撞衫了

陈小莲

晓静从衣柜里拿出一条枣红色的真丝连衣裙穿上，镜子里的她白净、高挑。

被红裙子衬得越发娇媚，她在镜子前转了一圈，转头问老公："好看吗？"

"嗯，好看，当然好看！"老公眼睛都直了。她对镜子里的自己很满意。

裙子是上周出差在深圳买的，V领，沿着左边领口有一波浪纹的同色花边一直延伸到腰部，她当时看到眼睛就移不开了，打完四折还要一千多元，虽然有些心疼，但她还是买下了，过这村就没这店了。她是实打实的美女，衣着当然也要追求与众不同了。每次出差，别人都是抓紧时间去逛景点品美食，她却独爱逛街买衣服。她有过一次与同事撞衫的"惨痛"经历，那次经历就像个警铃时时提醒她别犯第二次，在外省买衣服在她看来撞衫概率小多了，确实也如此，自那后她就没和同事撞过衫。

春风杨柳的她走在街上就吸引了不少惊叹、艳羡的目光。刚飘进会议室，大家都不约而同地张大了嘴巴。

"呀，你和领导撞衫了！"小美看看晓静，又看看孟经理。

等着被大家夸奖的晓静反应过来后，笑容一时就僵了。

"哈，你竟然和领导穿一样的衣服，说明你和领导的眼光一样啊。"杨姐说，

部里就她年纪最大，说话也比较随便些，不过大家都很尊重她，连不苟言笑的孟经理平时都跟她有说有笑的。

孟经理在短暂的惊讶之后，脸上闪过一丝不快。

"我也没有想到啊，早知道晓静穿我今天就不穿了。"孟经理说，脸上的表情令人玩味，让晓静觉得有些别扭，也有些不好意思。

"嗯，真丝是很挑人的，枣红色一般人是不好驾驭的，还是孟经理穿出高雅的气质来了。"林琳装模作样地看看晓静又看看孟经理，显得很懂门道的样子。

看着四十多岁、双下巴、皮肤微黑、身材走样的孟经理，晓静撇撇嘴，有些不服气，内心又责怪起自己来，当时怎么会觉得这裙子好看？她鄙夷地看着林琳。林琳人就这样，每次看到她穿新衣服，总是带着捉摸不透的表情凑过来问多少钱？换成一般人总会巧妙地反问一句你猜？心直口快的晓静不会这样，每次都脱口而出告诉她价钱，说完后又后悔得要死。如果价格高，她就会说，嗯，看起来就知道是很高档的。如果价格低，她就会说，嗯，看起来就知道是很低档的，好像她长着一双火眼金睛似的。

"同样的衣服，穿在领导和晓静身上，有不同的味道，领导呢显得雍容华贵，晓静呢妩媚俏丽。"杨姐说。

"就是，就是。"大家附和着，撞衫事件总算暂告一段落了，会议得以顺利进行。会上孟经理说的有些话，她怎么都觉得像是针对自己的，内心隐隐有些不安。

中午的时候，她故意晚去餐厅吃饭，免得又跟孟经理撞上了。她本想找件衣服换上的，但是办公室又没有备其他的衣服。

电梯门打开的时候，她没想到这个点还这么多人，而且孟经理竟然也在。她俩都愣了一下，她犹豫着要不要进，站在前头的孟经理却往后挪了挪，招呼她进来。

电梯前面是一面镜子，此刻她俩都清晰地映在镜子里。"还是那个女的穿得好看。"后面传来一个女孩低低的声音，所有人都听见了，电梯里的气氛瞬间变得尴尬起来，镜子里的两张脸表情各异，晓静把头低了下来，此时的她越发地忐忑不安。

下班的时候，晓静竟然又在电梯里遇见了孟经理，让她吃惊的是孟经理换了套衣服。

"今天穿了跟你一样的裙子，你不介意吧？"

"哪里，哪里，不会的。"她觉得这话应该是自己说的，没想到被孟经理先说了，她一时慌了神。

"你的裙子在哪儿买的？"

"深圳。"

"我是在望海国际买的。"她当然知道孟经理说的望海国际了，那是全市最高档的商场了，里面的衣服最便宜的也得二千多元，她很少去的，她穿衣服不讲品牌的，只要款式合意、价格合适就行。

"你买的多少钱？"

"打折的，一千多元。"她故意把"打折"二字咬得很重，孟经理听完嘴角微微翘了翘，这些都落进晓静眼里了。

"我买的时候花了四千多元呢。你刚买的吧？"

"嗯，上周才买的。"

"我都穿一年多了。"晓静嘴巴微微张了张，她真不知道耶，孟经理调来部门还不到两个月，以前也不在一个地方上班，现在又不在一个楼层，有时一两天都见不到她。

回到家里，晓静就把裙子脱了，她决定以后不穿它去公司了。

晓静不知道，孟经理回到家里，就把裙子送给保姆了。

青　玉　案

贺向花

太太去世后，贺铸辞去公职，收拾家物细软，独自回到杭州横塘生活，虽说孤单，但因和太太在这儿住过很多年，一切都是熟悉的味道，贺铸心里倒渐渐安稳。

贺铸出身于军人世家，自小习武，少年时做过皇家侍卫；又爱好藏书，饱读诗书，诗词歌赋，造诣颇深厚。太太是宗室千金，与他相伴过简仆生活，吃穿用度全无挑剔，心甘情愿，无怨无悔。横塘多小桥流水，小桥流水中总有肆意戏水的鸳鸯鸟，你看那双双对对的鸟儿也喜看你舞剑呢，太太在世时总这样说，说得多了，不管太太在与不在，贺铸一舞剑，就听见太太笑笑的声音软软地在他剑影里缭绕。有太太在身边的日子，贺铸心里很踏实。

太太忽然病了，贺铸就有些忙乱，家里整日飘着药的味道，太太的病却不见好。太太说，我若去了，你需找个好女人。太太反反复复详细描述好女人的性情学识气度。贺铸听了就有些生气，说你不要说这些丧气话，你要好好活着。太太说，我若去了，在天上，看你一人孤单生活，会很难过。贺铸不想太太再胡思乱想，只好胡乱点点头，心里却反对着。年轻时太太也和他谈起过若她先他而去的话题，表达了同样的意思，那时年轻的太太还千娇百媚着，说罢笑嘻嘻问他，可听清楚了。他笑说听不见啊。太太便拿粉拳捶他。他只当戏言，不过一笑而过。现在太太又提起，夹杂生离死别，令他很难过。

横塘家里还是旧时模样，只是少了朝夕相处的太太，贺铸感觉很是别扭。夜，空荡荡的卧房，烛光一闪一闪，犹如贺铸心房在颤动。忽传来啪嗒啪嗒的声音，贺铸侧耳倾听，雨滴从高空坠下敲打南窗。雨声，将贺铸拉入另一个深夜。那夜，贺铸歪在枕上，太太坐在窗下，专心致志给他缝补衣服。太太微弯脖颈，牵着针线从衣服破处穿过，扬起胳膊，把细细的线拉出弧度，破处便渐渐弥合。他有一搭没一搭和她拉着话，太太和他应答着，偶尔看他一眼。他感觉心里很熨帖。如今呢，南窗下，只有空空的椅子，太太捏着针线扬起的胳膊，已经永远见不到了。贺铸突然对自己说，如果太太能回来就好了，如果找个像太太那样的，也挺好。

这天，贺铸和朋友约了在杭州公园里，练习剑术，朋友还未至，贺铸一个人拔出长剑，闪转腾挪，忽忽生风，剑术出神入化。尽管在舞剑，贺铸还是感觉到有一辆马车在不远处停了下来，他留意到，从车上下来一个姑娘，远远站着望向他的方向，站一会儿，上车走了。

只是在舞剑中看了一眼姑娘，贺铸惊异自己竟头脑活跃起来，蹦跳出许多多情的诗句，心口也变得如棉花团般软和。姑娘住哪儿呢？看马车的外观装扮，像是辆异乡马车。

平时贺铸除了练剑，读书，给书勘误，写诗词，最爱做的就是去书坊。练完剑，贺铸便想着再去书坊看看。贺铸乘马车来到杭州城荣六郎书铺，选了新书，正准备买下，进来一个姑娘。贺铸发现姑娘正是看她练剑的那位，离得近了，看见姑娘越发水灵，那双眼睛仿佛两方荷塘，说起话来，声音很脆很甜，像多汁的苹果。

贺铸微微咳嗽了一声，姑娘瞄了他一眼，姑娘挑了几本书买下，向外走，走至书铺门口又回眸瞅了他一眼。贺铸不由得跟出去，伫立，两道视线长长久久凝视姑娘背影。他的心中，早已将一锅冰水烧沸。太太啊太太，竟未卜先知，让他再次怦然心动的姑娘，竟和太太描述中的一模一样。

想要拉住沙漏的指针回到旧梦里，已是渺茫。当一个念头钻进他的脑筋深处时，贺铸便紧紧抓住不肯松手。

他站在时光里，霞光，映亮半边天空，映亮整个土地，看着这个梦中的姑娘，不知到哪里去了，也不知道谁和她会相伴终生，他目送姑娘上了书铺门外停放的异乡马车，直到马车咣咣当当奔远了，也没有追上去。

回到家中，贺铸展纸磨墨写下一首词：凌波不过横塘路。但目送芳尘去。锦瑟华年谁与度。月桥花院，琐窗朱户。只有春知处。飞云冉冉蘅皋暮。彩笔新题断肠句。若问闲情都几许。一川烟草，满城风絮，梅子黄时雨。

太太去世后，直到七十三岁去见太太，贺铸一直独居杭州横塘。

躺在这儿不回家

胡发平

是个其乐融融的家。

下班，门“咯吱”一声开了，儿子海青飞奔上去揪住遥望的裤腿，缠着他要听故事。遥望顺手把包往沙发上一扔，蹲下抱住儿子，坚硬的胡碴，在鲜艳的苹果脸上不住地亲着，刺刺的，痒痒的，逗得儿子咯咯笑，欢笑声洒满一屋。

亲够了，也乐累了，父子俩相拥坐到沙发上。

这时，兰花抿嘴笑着冲杯热茶，遥望接过“吱”的一声，话匣子就打开了。遥望说陵园，讲战友，一帧照片、一顶帽子、一把椅子都可引出一段感人的故事。尤其是讲到马隆，海青崇拜得不得了。

风从厨房窗缝挤进来，菜香弥漫到客厅，油锅里搅拌蒜薹的噼啪声喊醒了父子俩。他们起身溜进厨房，遥望端菜碟，儿子摆碗筷。开饭，开饭了！

海青哗哗地吃汤泡饭，那声音充满汁液感，滋润着一家人的生活。

海青七岁的时候，遥望把他送进市一小。看着海青蹦蹦跳跳跑进教室，遥望却心事重重地走回家。以后，他和海青讲故事，渐渐少了，心情一天天也忧郁起来。兰花问遥望，他迟疑半天，说城里是享福，上班下班车屁股一溜烟就到，家里电视电影陪伴着，白米细面好菜好酒不离嘴，真他妈舒服。不过，这种舒服对他来说，越来越不习惯，真的。

遥望还说，他每天想起战友，梦见马隆，心里就憋屈，闷得慌。

兰花听后，双眼里贮满泪，多年的记忆无意间被打开，捅得屋顶天花板“咚咚咚”直响。那时，遥望是机枪手，马隆是副连长。在总攻时，遥望右腿被炮弹炸伤，被抬下了战场。而马隆呢，他腹部受伤肠子流了出来，但他咬紧牙忍着剧痛，用手偷偷把肠子塞回腹部勒紧裤带，仍提着机枪指挥战斗，带领突击队攻战主峰，在搜剿残敌时头部中弹，壮烈牺牲。

她深知遥望心病，是她母子扯住他的腿，生生地把他捞回城里，栽在这家不得挪窝。在总攻前，马隆对他开玩笑说，假如谁在战场上光荣了，活下来的人记得要来看他。这个口头相许的承诺却不想……

兰花担忧的事发生了。

数月之后，遥望从市民政局主动申请去了100多公里远的南疆烈士陵园。清明节早晨，陵园一片寂静，偶有林间鸟儿的鸣叫。在庄严肃穆的墓碑之间，遥望认真地擦拭着烈士墓碑。兰花带着海青，从市里乘车来看他。海青搂着他脖子大哭起来，说爸爸，您为什么不回家？遥望安慰海青说，孩子，这儿是烈士的家呀，我来这儿陪着他们，他们就不会寂寞了，这里的故事多着呢。

海青一听说故事，就止住哭泣。遥望牵着他的手，逐个陵墓看了起来。海青惊奇地发现，这些烈士的名字在他驳杂的记忆中似曾相识。

离开时，他们来到了马隆墓前。海青兴奋得双手拍着墓碑，说原来您躺在这儿呢。兰花看着儿子陶然的样子，眼泪一颗颗地从她脸颊上滚落。她摆上祭品，倒一杯酒，心里默默地与马隆唠嗑，唠了遥望，又唠儿子。

俗话说，有其父必有其子。海青耳濡目染，也喜欢上了陵园。假期一到，遥望带着他住在陵园，这孩子不但帮着遥望擦拭墓碑，而且擦过后，他细心地认名字，读碑文。这样，海青在这儿遥想，感受，成长。

一天，有个外地烈士亲属初来祭扫亲人，拉着遥望火急火燎地要找到墓碑。海青扯扯遥望衣袖，附耳低语告诉他烈士在第几排、第几号……他们在最短的时间里找到了陵墓，让烈士亲属感动不已。

一晃，海青终于大学毕业了。市里有个很不错的单位聘请他，他拒绝了，拒绝的原因很简单，陪伴父亲。就这样，海青在陵园扎下根来。当然，这不是他的最终目的，他要为这里960位烈士写故事。不几年，海青如愿了，但遥望的腰也开始有点佝偻，昔日炸伤的腿越来越不听使唤。

遥望心有不甘，他们总不能躺这儿不回家。于是，海青四处奔走，在网络平台发布烈士信息，一一为他们找到家，寄去一本本陵园《英烈事迹》。

首个烈士纪念日，海青在市革命烈士纪念馆，手握一根讲棍，嘴唇干燥裂皮，指点图片讲解着父亲马隆的英雄事迹，兰花搀扶着遥望隐于人群之中。

突然，一簇鲜花摇晃着，由远而近，向他俩飞奔而来。

大　海

黄庭凯

我邀海宝去北海玩。

不去。他说，我看到的大海就是大海，你看到的大海却是母亲。

海宝是街边小炒店的老板，我是文化局的干部。

从北海回来，我第一件事就是到小炒店，想告诉海宝银滩真的很好玩，我都被晒脱一层皮了，可是玩的疯劲到现在还没有过。大海真的就是大海，大海里我没有看到老妈的身影。可是他正在忙着炒豆芽炒肉片。我喝着茶，看着他在浓浓油烟中忙碌的身影，然后我就走了。

我和海宝是高中同学，我们都考上大学。我去大学的那天，他进了一家餐馆打下手，他家里拿不出学费。

我读了四年的中文系，毕业后进了文化局。海宝则是已经当了两年的小炒店老板。

开始的时候，我经常和本地的几个文友到小炒店小酌。店面当阳，经常是食客爆满。海宝每次都问我，太嘈杂了，要不你们到我的房间去喝？我们都不约而同摇头，我们就喜欢这样的环境。食客中有穿皮鞋的，也有穿解放鞋的，甚至有打赤脚的。我们在他们的注视下，小口喝酒大声谈论，谈论小说、散文、诗歌，谈论一切和文学有关的东西。食客走了一拨又一拨，我们还在脸红耳赤地高谈阔论。闲时，海宝就坐在灶头前，抽着烟，静静地看着我们。

有一次，一个诗人对我说，他听得懂吗？我说，我的这个哥们在高中可是个高才生，比我还要高的高才生，只是时运不济罢了。诗人说，所以这辈子就只能在油烟味中谋生？他肆无忌惮地大笑起来。

不知道海宝是否听见我们对他的议论，那个诗人大笑的时候，海宝眨了几下眼，嘴角微微一翘，露出似有似无的笑，然后站起来开始炒菜。

我看着腾腾油烟中的海宝，心中突然想，海宝看油烟是油烟吗？散场后，我把这个问题抛给文友们。担当，生存，艰辛，血泪……他们的嘴里纷纷吐出和油烟无关的词。那个诗人说，在这种人眼里，油烟除了是油烟，还能是什么？我们以后该换去西餐厅了。他使劲地嗅着自己的衣袖，说我从里到外都油烟完了。

可是，我们去得起西餐厅吗？还有，在西餐厅，我们能收获到那些羡慕或者崇拜的目光吗？

从那以后，我们去海宝小炒店的次数越来越少了，一年后就再也不登此门了。我和海宝的联系也越来越少，只是在几次的同学婚礼上打照面。他在忙着制造油烟，我在忙着杜撰油烟不是油烟的文字。

十二年后，我出版了平生的第一本小说集。没有稿费，出版社只送了两百本样书。我心里琢磨着应该赠送给谁谁“雅正”的时候，想到了海宝。

我骑着单车来到当初我们对文学挥斥方遒的那个地方，却找不到海宝小炒店了，我才真正地意识到我和海宝彼此失联真的很多年了，我现在甚至没有他的联系方式。一个同学在电话里告诉我，海宝现在是海宝大酒店的老板。我知道海宝大酒店，开张已经有两年了，每天上下班路过那个酒店的时候，我心里都想到海宝。都是海宝，人家是大酒店，你为什么却只有小炒店的命？想到海宝小炒店，我就想到自己的房贷。唉，都艰辛。

我走进海宝大酒店宽敞的大堂，心里一阵恍惚，仿佛置身于另一个世界。此时，与其说我来给海宝送书，不如说我来是因为好奇心。走到总台，我诚惶诚恐地对大堂经理说，我找你们的老板。

大堂经理向我微微颔首，微笑着说，先生，我不知道我们的老板现在在哪里，如果您有急事找他，可以和他电话联系。

我很窘迫，说我没有他的电话。

先生，对不起，我们也不知道老板的电话。

我一急就掏出那本小说集，递给她，说我是海宝的同学，我……我想送给他一本我写的书。

大堂经理拿起书端详一番，对我说，原来先生您就是老板经常提起的那位作家，他说您是这么多同学中真正的文化人。您稍等。她走到一边拨打了一个电话，轻声细语地说了几句，然后转身回来对我说，您稍等，老板下来接您。

坐在海宝办公室的沙发上，我不断地喝茶以掩盖心中的尴尬和慌乱。海宝就坐在我身边，在我不断地喝茶的时候，他快速地翻阅着我写的那些文字。半个小时后，他把书放到茶几上，手握拳，轻轻地擂了我一下，笑着说，不愧是大才子啊，不愧是我的偶像！

偶……像……我被茶呛了，猛烈地咳嗽。左眼突然一辣，是一滴汗滑进去了。

我读了函授本科，三年前取得了汉语言专业的毕业证。嘿嘿，我还晚上学你们码字，发表了五篇短篇一个中篇……这都是因为有你这个老同学在激励着我啊。

我傻笑着，使劲点头，又使劲摇头，想说什么却开不了口，心里直说自己吃错药了。

你和那帮朋友还经常聚会小酌吧？你召集他们，今天晚上我安排，就在这里，怎么样？……

走出海宝大酒店，我推着单车走在大街上，很无力。莫名其妙，脑海里涌现出大海的画面。

大海就是大海，不是别的。

大海不是大海，可以是别的。

关于爱情

王小宁

之所以起这么个题目，是因为一个意外……

一天，小白突然想起一件事，便去找一篇文章，这篇文章是发在一个论坛上的，是个中篇，可小白找来找去没有找到，小白有点儿失落。

根据小白的记忆，小白还查看了一个聊天记录，间接证明了那篇文章发出的大概时间，可那段时间那个月份发出来的文章都还在，独独这篇没了。这有两个可能：一个是被论坛删除了；再一个就是作者自己撤掉了。根据文章内容和主题思想来看，论坛删除的可能性不大。最有可能的就是被作者自己撤掉了。想到这里，小白的心凉了，那就意味着那件事彻底完了，了无踪迹了。

小白承诺过，为了他，自己愿意消失不见，可当真的看不见踪迹时，还是很失落的。

为什么这么说呢？

抱歉！小白不会回答你。这种事都是天知地知你知我知的事，即使回答，也不是这篇的篇幅里所能盛得下的，那得另外成篇。所以，在这篇里，小白无可奉告！

好了，让我们看看，在那个中篇里，作者是怎么说的，作者叙述了一对青年男女从相识到相知相恋分手的全过程，具体情节这里不叙，不准备写长，只把结尾概述一下。如果小白没记错的话，它的结尾是这样的：分手之后，他就去了西藏，在西藏，他游览了布达拉宫、逛了八角街、还吃了当地的特色小吃，夜晚，望着西藏的天空——西藏的天空是那么蓝那么美，这时——

原文：

“他想起了她……

……

你老了，坐在轮椅上，风吹起你的白发，一条苍老的狗卧在你身边……

喧嚣褪去，记忆打开，一幕幕一桩桩……往事如梦，岁月如烟。一天天一年年，叶子黄了又青了……恍惚间，路边的花草纷纷褪去，山水间，有个人正款款地向你走来……

这时，你听到一声敲门声，你站起来，蹒跚着向门口走去，门开处，一句熟悉的声音响起：‘你，还好吗……’”

……

小白站到穿衣镜前，看了看镜子里面的那个人，那个人眼睛不大，肤色不黑也不白，头发却黑油油的，出奇地亮！

朋友邀小白出去玩，小白就去了。爬山很累，站在山顶很开心，四野辽阔，思想放飞。一只鸟儿在远处飞翔，越飞越远，越飞越高——云开了，天空亮了！嗨，什么呀！什么都没有现在美好！天地之大，自己是多么地渺小！

小白上网看自己喜欢的东西，看着看着突然袭来一股伤感，小白又想起了那件事，于是噼噼啪啪地就把心情发到了网上，引来一片讨论声。

“关于爱情——”很尴尬很俗套的还是那两种声音。

小白把众多的图片表情和好多调侃搞怪的留言都忽略掉，挑选出极具代表性的留言反复看：

网友@灿烂阳光：有！要相信爱情，爱情是存在的。

网友@很现实：没有！人都是现实的，物质的，再美的爱情也抵不过生活的摧残。鲁迅的《伤逝》就是讲这个问题的。

网友@失恋了：我对爱情是没信心了……

网友@正在进行中：爱情太美妙了！世界真好！

网友@坚强：我知足，我在床上躺了十年，我老婆也没离开我……

网友@很理性：拉倒吧，哥们儿，那啥，那不叫爱！那是责任！那是义务！

网友@打破砂锅问到底：如果没有爱情，那树叶和小草怎么分分合合好几次，最后又走到一起了？

网友@正学易经：如果真有爱，那为什么他们会分分合合？

……

其实呀，在一长溜的众多的留言中，小白还看到一个最熟悉的头像，他的留言是这样的：有！爱情是人世间所有感情中最美好的，那种感觉是任何人也替代不了的。至于那篇小说，是你误会了，我把它放到我个人的《时间光盘》里了。

老潘叔进城

寇富城

烈日下，老潘叔木然地站在大街的十字路口，看着来来往往的人流、车流，不知何去何从。

村子里青壮年人口陆续进城，学校的学生越来越少，终于办不下去，被撤并了。老潘叔拿出所有的积蓄，为两个儿子交了首付，在城里为他们买了房。儿子到南方打工，儿媳在城里带孩子上学。几年下来，他们住惯了城里的舒适生活，忘记了自己的农民身份，每到农忙季节，总能找到不回农村老家的理由。

学校放暑假，住在城里的两个儿媳像提前商量好了似的，一前一后将各自的儿子送到乡下，交由老潘夫妇照看。

乡下的七八月，气温高，正是庄稼的生长季节，作物长势快，杂草跟着疯长，地里的农活一茬接着一茬，松不得一口气。老潘叔年近七十，面对自己以及两个儿子撂给他的角角边边共计六亩多的承包地，背驼得更厉害了，平时老伴还能搭把手，现在两个孙子在家，地里的农活落到老潘叔一人肩上。

孙子们白天欢蹦乱跳，走高蹿低，家里被闹腾成一团糟，夜里一会儿这个要尿，一会那个要喝奶粉，几天下来，老两口眼圈发青，走起路来头重脚轻。

两个儿媳嘴比蜜甜两天一个微信，三天一个视频。

“妈，我最近失眠，你和爸辛苦了，替我们把承包地里的庄稼经管好，不要忘了给你的亲孙子每天洗澡哦。”

“妈，我身体不好，干不了地里活，过几天回来看你们，你孙子正在长身体的时候要多吃肉蛋，要变换饭菜花样，要加强营养哦。”

夏季，天亮得早。老潘叔每天早上四点起床，趁凉快薅草，空中的苞谷叶、地面的黄豆叶上沾满露水，不一会儿全身的衣服便湿透了，十点过后，太阳越来越毒，潘叔身上的汗水、露水在挥发，整个人像蒸桑拿。从后面望去，潘叔的驼背上的衣服被晒干后留下一大片盐渍，像扣着一口大瓷盆，为了多干活，他总是劳作到晚上天色朦胧后才荷锄回家，夜里躺在床上腰酸背痛睡不着觉，刚迷糊一会儿又被孙子吵醒。在声声蝉虫的聒噪中，老潘叔汗流浃背地在玉米林里进行了两次施肥锄草，将田里的土豆挖出来，一背篓一背篓地从山上运回家，种上白菜、萝卜，栽上辣椒、茄子、西红柿，乡村的庄稼才基本告一段落，两个孙子也快到了开学时间。

儿媳们没有回家，让他们将孙子送进城里。

敞开的车窗吹来阵阵凉风，公路两旁的树木、田野像电影镜头一晃而过，望着照顾了一个多月的两个活泼可爱的孙子，望着装满几蛇皮袋田地里收获来的土豆、嫩玉米、南瓜、豆角，老潘叔内心充满着成就感，感觉自己是家里的功臣，为儿子儿媳们两大家子人种了那么多的地，收获了大量的庄稼，随着立秋过后，天气变凉，庄稼长势减慢，终于可以缓口气，歇一歇。他们老两口太需要休息一阵了，乡下虽好，但正值三伏，白天闷热，夜里蚊子太多，老潘叔希望在城里儿媳家中吹吹空调好好休息一段时日，以恢复恢复透支的身体。

县城到了，宽阔的大道两旁高楼林立、商铺满目，摆放的东西让人眼花缭乱，城里人到底和乡下人不同呀，街道过往的行人，不是油头粉面，就是花枝招展。潘叔心情很好，觉得他们到县城来对了，想着自己为儿子儿媳们既买了房，又照看孙子还帮他们种地，现在亲自送土特产上门，她们一定是激动不已、感激不尽，肯定会争着抢着将他们接到家中热情招待的。

老潘叔以少有的自豪感，在电话中高声要求两个儿媳每人叫辆车前来领孙子兼拿送给他们的东西。

大儿媳将满满几大袋土特产装上车，接过孙子，说了句：

“哎哟，将我儿子养成啥了？又黑又瘦的。你和我妈先到老二家去住，我们家刚装修甲醛气味重。”便带着一脸的不高兴走了。

二儿媳来了，装东西上车，指着孩子屁股上的一个疙瘩说：“乡下的蚊子欺负人，将我儿子的屁股咬成啥了？你和我妈先到老大家去住，他们家房子大。”随着车后排出的一股长长的尾气，也扬长而去。

正午的太阳白光光一片，刺得人眼睛发花，树上的知了叫得歇斯底里，望着身旁的老伴，二人两眼发直愣愣地蒙在街道中央。

“潘叔，潘婶，你们进城了！”

不远处传来惊喜的呼唤声。

神秘聘礼

木 槿

仲夏晚上，敖汉旗红娘沟村月上柳梢头。

山峦、草木、庄稼、院落，一切都笼罩在皎洁的月光中。

依偎在葡萄架下的春芳和二柱，瞄着葡萄架，说着悄悄话。

春芳捅了一下二柱子："问你妈了？"

"还没呢。"二柱有气无力，一副不耐烦的样子。

春芳说："咱结婚，新事新办，彩礼不彩礼的我倒不在乎，这不是急需钱嘛。"

"要不跟你娘说，把你家的荒地……包给咱，咱以后再给租金？后山那块荒地，我挺相中。"二柱子狠劲地吸口烟，吐出一团雾来。

春芳马上跳起来："那是我爹娘的命根子，撒尿都往那里跑，种杏树栽沙果树，把那片荒地当成眼珠子，让他们让出比登天还难，哼，免开尊口。"

"这也不行，那也不行，该怎么办？"

春芳和二柱都是红娘沟人。说起红娘沟来，还有美丽的传说。说早些年，有一位王爷有位公主，红头发红眉毛红脸蛋，人们叫她红姑娘，一直未嫁，王爷把一道沟作为体己之地封给了她，红姑娘勤劳治理，树木参天，瓜果飘香。死后她便埋在这里，为了感念她，原本是叫红姑娘沟的，慢慢才叫成了红娘沟。

春芳和二柱高中毕业后，结伴外出打工，随着接触的深入，发展成了男女朋友。这几年在外闯荡，日子过得挺艰辛，想回老家创业，守家待地也能照顾一下老人。另外这几年，出现了回乡创业潮。两人积攒下两万块钱，想搞山鸡养殖，做个新时代红娘沟人。

在外打拼，春芳和二柱明白，想干点事，就要脚踏实地。眼下爹娘催着结婚，创业的事不敢搅进来，那样给双方老人增加压力，谁都不忍。春芳急了，"我就是不要彩礼，你家也得表示吧？看你妈能给多少？凑凑数吧，我也打探打探，看我娘能给多少陪嫁。"

于是，葡萄架下两人商量着尽快在新惠街里摆桌"鸿门宴"，看看家里大人们的反应。没想到两人各自回家一说，两家大人立马回应，正巧也准备着要坐一起，商量商量他们的婚事。

吃饭那天，双方父母都来得挺早，一个个却整得神神秘秘。酒过三巡菜过五味后，二柱妈先拿出一个大纸袋子，可袋子大内容少，感觉轻飘飘，春芳猜可能是存折，知道了他们急需钱？估计咋也得过万？二柱爸精于算计，二柱家一向不缺钱。随后，春芳娘也不示弱，笑呵呵地拿出一个红包，跟二柱妈说，“我回敬的礼比你重”。看着他们要打拼，两家大人这是嘴上不急心里急吗？这个红包里，也是存折吗？应该不是，春芳娘不识字，也不喜欢存钱，甚至说，家里也没什么积蓄，小小的红包里，又能装点儿啥呢？见此，春芳和二柱心里直打鼓儿，不惦记父母的钱，但得需要父母在开始创业时推一把。两人互相交换眼神，心想父母不会不近人情就这样支持鼓励吧？他们想开荒山养山鸡是正事呀，这点钱哪里够呀，当时二柱就急出一身汗，忍不住地连声说：“妈，你们到底想啥法子帮助我们啊？出一点儿钱可不能入股。”

二柱妈笑着说，打开，打开看看啊！这个礼物你们一定喜欢。春芳娘也说，我家的陪送也不差，不信，拆开看，今天咱们就比试比试，谁家的东西更合你们心意，谁家请吃这顿饭。

两位当妈的既卖着关子又逗着孩子们。春芳和二柱一下子紧张起来，大眼瞪小眼地盯着看，恨不得一下子就打开。在急切的期盼中，纸袋、红包终于打开了，原来纸袋里是1000亩荒山的承包合同，红包里是500亩荒地合同，外加二眼机井使用权。春芳和二柱子惊喜不已，万没有想到两家父母给出这份大礼，更何况，两家的荒山和荒地还是相邻的，这可帮了他们大忙了，真是雪中送炭啊！一下子去除了他俩的心病。

“你们俩事解决了，我们着急的事该咋办？”二柱妈性子急，刚刚把东西给孩子们，就嚷嚷着自己着急的事。二柱大着嗓门喊：“不就是想抱孙子嘛，这事好解决。”

春芳一下子红了脸。等明年，明年千亩荒山披绿时，给您生个大胖孙子……

柏拉图之恋

白月霞

上午工作的间隙，有新闻推送闪进手机，林小爱看到了高云海来京签售的消息。映入眼帘的首先是长长的等签名的读者队伍，照片上的高云海端坐在圆桌前，正低头签字，他发间的灰白格外刺眼，看他背影，微微发福，他已经有了中年之态。

圆桌的花瓶里插着一束鲜花，花香似乎满溢到屏幕之外，飘到了小爱的面前，小爱莞尔一笑，她的笑脸比花还要美。

昨晚在微信上高云海问小爱要不要来签售现场。小爱说要赶稿子，还是不去了。

下班了，同事们三三两两离开公司。林小爱不想回家。她想晚一会儿再走，捧了咖啡继续写她的方案。

叮咚，微信有新消息进来。

“花香袭人，小爱，谢谢你的花。我刚忙完回到酒店。”是高云海。

“一个女粉丝的小小心意，望大作家喜欢。”小爱回道。

“岂止喜欢，简直受宠若惊。”

说起他们的相识，那要追溯到2009年春天，那时小爱读大一，她喜欢泡图书馆，也雄心勃勃地想考首都某高校的研究生。

有一天，她捧着一本书读到夜色降临，读到泪水涟涟。作者温暖的文字带给她无限感伤。她异想天开，特别想认识这本书的作者高云海。没想到竟然真的在网上搜到了高云海的消息。

高云海开了新帖写新小说，正在连载。她每天都追着看，然后积极跟帖写评论。没多久，高云海就注意到了这名疯狂的粉丝，加了她QQ好友。

高云海说：“你好，柏拉图恋人。”

小爱说：“你好，风华正茂。”

“我的梦想是考上研究生。”

“有梦就去追。”

就这样认识了，那一年，高云海四十五岁，林小爱二十岁。

那段时间林小爱之所以多愁善感，是因为她失恋了。

高云海安慰她说：“在人生的众多苦难面前，失恋渺小得简直不值一提。失恋只说明一件事，那就是他和你不合适。也许，他爱的是玫瑰，而你是蔷薇。人生路还很长，你总会遇到那个对的人。”

电脑这端的小爱瞬间泪奔。她在QQ上建了一个新的分组：良师益友。里面只有高云海一人。

高云海的女儿和林小爱同岁，可惜因为高考失利，她自杀了；而林小爱从小就失去了父亲，是她妈妈一个人打好几份工把她拉扯大的。所以两人颇有惺惺相惜的感觉。

他们一南一北遥遥相望。也有过想要见面畅聊的冲动，但都未能成行。

几年后，林小爱研究生毕业了，在北京找到一份不错的工作。

有一天，高云海在微信上说：“小爱，我在构思一篇新的小说，书名定好了，叫《柏拉图恋人》。”

小爱说:“很棒的名字。写的什么故事?能否透露一点啊?”

高云海说:“内容保密。文中有你。”

“天哪,你太可怕了。被你写进书里,不知道怎么编排我。这就是和作家交朋友的下场吗?”

“放心,我不写你的大龅牙,也不写你的暴脾气。”高云海发了一个坏笑的表情。

小爱早在手机这端笑成一团。

这两年,高云海进行着他的新书创作。

小爱不断升职加薪,从一个菜鸟成长为独当一面的白领丽人。她的恋爱也已修成正果,婚礼提上了日程。

办公桌上的咖啡渐渐凉了,小爱听到肚子咕噜叫的声音。男朋友打来电话,小爱说在加班。

她哪还有心工作?网络上对于著名作家高云海来京的报道已铺天盖地。

在一段视频里,记者问:“高老师,您写这本书的初衷是什么?”

高云海想了想,说:“为了记录一个女孩的成长,心灵的成长,情感的成长。”

“请问是不是有人物原型?”

“是,她是我认识了十年的一个小朋友。”

“她好幸运啊。”

林小爱也在心里感慨,认识十年了,还没有见过一次面呢。

心里涌起片刻的冲动,她真想跑到他入住的酒店,去看看他,也许还会抱抱他。

敲门声响起。是男友。他抱着保温饭盒,里面是熬好的养胃粥。

他说,我来陪你加班。你回去晚了我不放心。

隔天,小爱就收到了那本《柏拉图恋人》。她一边读,一边哭;一边哭,一边笑。幸福从来不是别人给予的,它,只在自己心里。

小爱把拍得美美的婚纱照发给高云海。

他发了一个大哭的表情过来,说:“我的小女孩长大了,要被那个臭小子抢走了,我好伤心。”

小爱打趣他:“你的新书又有内容可写了,不是吗?”

高云海说:“是的,我知道写什么了,书名不妨就叫《再见了,我的柏拉图恋人》。”

小爱静静地看着高云海的消息一条条闪进来。她在心里默默地说:“再见了,我的风华正茂。”

胜利重逢

乌 语

三个街道办事处的同志来到高干病房021病床前，他们在护士的协助下，轻缓摇起床头，让93岁郑禾颖老太太尽量背靠得舒服些，然后为她披挂上“光荣之家代表”的绶带，将一束鲜花和一块铜制的“光荣之家”牌匾放在老人的胸前。在为老太太单独拍照后又与她合影留念。领头的女同志双手握着老太太的手说：“郑禾颖同志，祝您早日康复！”临行前，三位同志并排立在病床前向老太太行礼。

郑禾颖老人早已不能言语，也不能挥动手臂，她心里想什么不得而知，只见她的眼角有泪涌出。

千里之外的郑禾兰老人也已90岁。当她看到手机上三姐的照片，泪盈眶，手颤抖，她轻轻地触摸着手机屏，喃喃口语：“三姐，咱当过兵，扛过枪，渡过江的人最光荣！最坚强！”

1948年夏，东北野战军北宁线作战，阜新再次解放。17岁的郑禾兰报名参军，分在某团宣传队。

部队一直向南锦州方向移动。行军多是在夜间，深一脚浅一脚的，鞋里时有泥沙。没走过远路的郑禾兰第一天脚就磨起泡，又困又累，到宿营地倒头便睡。睡梦中，她梦见母亲在给她洗脚。一阵痛，她醒来看见的却是女队长在煤油灯下为她挑脚泡，用纱带裹上，她眼含热泪。队长说：“要打大仗了，行军会很多，再累再困睡前也要泡泡脚。解放军靠的就是铁脚板。”

郑禾兰激动地喊道：“姐，我今后就跟着你走。”队长放食指在嘴上：“嘘，同志们都睡了。”此后再夜行军，队长就用根绳子拴在两人腰间，怕她掉队。实在困得不行，队长就让她抓住背包带，边走边打盹儿。

宣传队很辛苦。不仅要行军还要为行进的队伍做鼓动宣传。到驻地写标语，开展群众工作，动员支前。

塔山是辽西走廊的咽喉，没塔，山也不高，易攻难守。四纵在十一纵的配合下在此构筑防御阵地。

国民党东进兵团在海空炮火配合下，对塔山轮番进攻。震天动地的枪炮声不仅吓到了蓬间雀，也吓到刚入伍两个月的学生兵郑禾兰。阻击战打到第五天，部队伤亡惨重。在“不要伤亡数字，只要塔山！”的严令下，后勤所有人员都上了战场，宣传队也随担架队救护伤员。

血流成河，遍地死伤，每次向前冲，队长都握着郑禾兰颤抖的手，边喊着“同志们，胜利一定属于我们！”边一起跃进。在队长的鼓励带动下，郑禾兰也顾不得害怕，跑上跑下救护伤员。

“卧倒！”队长一声喊，将郑禾兰扑倒在弹坑里。有湿腥的血掉落在郑禾兰的脸颊上，她使出浑身的劲，从队长怀抱下挣脱出来，见到的却是队长那张美丽的脸血肉模糊。

姐！我的亲姐姐！郑禾兰号啕大哭。

锦州城破，国民党西进兵团也被歼灭，长春解放，沈阳解放。辽沈战役胜利结束。

郑禾兰带着嘉奖令到军需学校报到。

1950 年夏天一个周末的傍晚，郑禾兰和战友们三三两两在武汉市鄱阳街头散步，走着走着就看到对面走来几个解放军女战士，其中一个高个子的女同志看着眼熟，特别像自己的三姐，心想，别瞎想，不可能是三姐。因为三姐在 1947 年为逃避敌飞机轰炸已失散三年多，毫无音信，生死不明，怎么会在解放军中呢？不要乱想，几个人边说闲话，边往前走，可是越走离对方越近，双方都止步，瞪大眼睛，细细看着，看着，然后惊讶地叫了起来。“三姐！”“六妹！”，两人快步向前，拥抱在一起。“这是真的吗？不是做梦吧。”两姐妹异口同声。此刻，激动的心情难以表达。女战友们也替她们姐妹街头相遇，高兴拍手，并手牵手围着跳了起来。这样的奇迹，在战争年代实属不易，天南地北分离的姐妹，早就没有下落。

原来三姐逃荒到了北平去寻大哥。1949 年 1 月，北平和平解放，她参加了四野南下工作队，在河南鸡公山集训结束后，被分到四野司令部军邮部门工作，单位在武汉市胜利街。

郑禾兰毕业后被分配到四野军需政治部工作，当时住在武汉市鄱阳街，离胜利路很近。才有上述散步相遇的奇遇。

此后姐妹两人有了难得的几个月的相聚，可以经常来往见面，不久，三姐随部队南下去了广州。武汉一别几十年，姐妹情战友情却更加浓密了。

中华人民共和国建立前，姐妹俩在不同的地方分别加入了革命队伍，又在远离老家的武汉奇遇，后来又在不同的岗位为革命工作，直至在各自的工作岗位离休，为革命贡献一生。

一朵特殊的小红花

任 欣

下课铃终于响了，我气呼呼走出了教室。

“老师老师，您丢了一朵小红花。”身后传来怯生生的声音。是谁？我转身循声望去，是班里的“小糊涂虫”王小云。

只见她佝偻着腰，迈着小碎步，两手虚捧着一朵小红花，那神情像是捧了个稀世珍宝似的。她走到我跟前，看看我又看看小红花，眼里分明有无尽的期盼。

我一看她的样子，气不打一处来，厉声说：“王小云，把小红花拿来，学习这么差还想要小红花，没门，小红花是奖励学习优秀的学生的。”说完，我没好气地夺过小红花，向办公室走去。

提起这个王小云，真是让我头疼。她学习成绩班里倒数第一，上课不认真听讲，老是开小差，做小动作。一批评她几句就哭，作业经常完不成，还不合群，下课自己玩，几乎没朋友……

真是倒霉，刚师范毕业的我接了这么一个班，班级整体成绩不好，我接的班数学成绩更差，原因是有好几个后进生拖了班级的后腿，王小云就是其中一个。

为了提高学生成绩，我精心备课，认真讲解；虚心向老教师请教；早到校晚离校，挤时间辅导后进生；还亲手制作了小红花，奖励学习好和进步快的学生。

可是，事与愿违啊，那几个后进生真是油盐不进。我对他们彻底失望了，我用尽全身解数，期中考试成绩出来，我班又是全校倒数第一。

这不刚才这节课就是期中考试成绩分析，我发了整整一堂课的火。

我拿着小红花刚到办公室还没坐下，就看到我班的一群学生飞奔而来，边跑边喊：“老师老师，出事了。”

“老师老师，王小云哭了。”那个着急的架势，就像班里出了什么大事。

“又怎么了，学习不好，事还不少。”我嘟囔着走出办公室。

来到教室，见王小云蹲在地上，哭得好伤心。还没等我问她，孩子们就七嘴八舌地咋呼开了。

“老师，她没有小红花，急哭了。”

“老师，她爸爸死了，她妈妈不要她走了，她跟着奶奶过。”

“老师，她奶奶光骂她，还打她呢！”

……

我呆呆地立在那里，半天没回过神来。

“王小云，老师对不起你，老师错了。”我拉起她的手，把她领到办公室。我把那朵我丢掉的小红花郑重地戴在她胸前，王小云羞涩地笑了，那么甜美，那么灿烂，就像一朵鲜艳的小红花！孩子们欢呼着冲进了办公室。

“老师再也不会丢掉你了。”我伸手把王小云搂在怀里，眼里有了泪花。

第二天我抽出时间专门去了王小云家。破旧的屋子，破旧的摆设。黑漆漆的屋子里唯有挂在迎面墙上的那朵小红花是那么地耀眼。

“老师啊，这孩子命苦，多亏遇上你这么个好老师。”王小云的奶奶双手握住我的手说。

“大娘，您可别这么说，我对小云的了解太少了。”我愧疚地说。

我和王小云的奶奶说了好多有关王小云的事情。临走时王小云的奶奶双手攥着我的手满眼期盼地说：“老师啊，孩子交给你了，你多教育，这孩子可怜。”

“您放心吧，我是不会丢掉王小云的。”

从那以后，办公室里经常出现王小云伏案学习的身影，那是我在给她“开小灶”；操场上多了王小云欢快奔跑的身影，那是我在陪她做游戏；课堂上我提问她最多；课下我跟她谈心谈得最多；还有，还有……

渐渐地，王小云像变了个人似的。性格开朗了，精力集中了，学习进步了，也有了朋友，还乐于助人呢。

“下面颁发学习进步奖，请以下同学上台领奖：……王小云……”期末考试表彰会上校长响亮的声音在校园里回响。紧接着，校长亲自给王小云戴上了那朵她用自己的努力赢得的小红花。

一九九〇年的初夏

李胜今

家里只有大，大正把猪圈里的死猪一头一头往北地拉。七头猪，一夜死没，大的二百多斤，小的四十多斤，连花母猪都没留住。大拉那头大黑猪示意我上前搭把手。大一头汗，谢了顶的头发不知什么时候变白了。我拉着绳问，娘呢？大说，你来时应当碰到，坐大龙家的拖拉机去固城治脸了。我的心就一紧，来时我的确碰到了大龙家的拖拉机，那时我的自行车掉链子，我在路边弯腰上链条。在拖拉机的轰鸣中，就听到有人喊我的小名，喊我的是坐在麦袋上的妇女，和娘穿一样的蓝涤卡裤子，一样的白的确良褂子。就连长相也和娘接近，只是她的脸浮肿，嘴歪到了右脸上。还在迟疑间，拖拉机远去。但我真没想到娘得了面瘫，真没想到自己没认出自己的娘。

大在北地挖了比方桌面还大一人多深的坑，七头猪扔进去，大就往坑里撒石灰。我心痛那些猪，那头花母猪在我上小学就在生猪娃。突然，我看到花母猪身下有个全身棕黄的躯体。我知道我家猪要么全身黑要么黑白花，没有这种毛色。大看到了我迟疑，摇摇头叹气，说那是刚生没几天的牛犊，昨天脐疯死了。

本来从学校回家，我是向大要这周菜金的。家里突然多了这些事故，我倒不敢开口了。

封了土，父子俩都累得气喘吁吁，收了铁锹绳子往家走，刚到家门口，农行詹西林推着永久自行车堵了我家院门，并一脸疑惑地上下打量着大。大连忙笑脸说，来了，到堂屋喝碗茶。詹西林摇头，表情严肃，说，兰动，听说你最后一炕鸡失火烧了，现在又死牛又死猪的，这五千元贷款能还上吗?

能能，大点头哈腰说，我一春炕了九炕鸡，就算烧了一炕，只是少赚点，秋收我收完账，马上就把贷款还上，不会逾期。

詹西林冷冷地点了点头，兰动，秋里收了账，第一时间还贷款。说完推着自行车不再理会大留他吃午饭走了。

还烧了一炕鸡?我有些惊讶地看着大。大说是，怕影响你学习，没给你说。大说，那天场里堆了三亩麦，突然雷电交加，为了抢收麦，家里炕房无人看管，煤油灯烤干了湿布，烧了一炕鸡。

大笑了，笑得无力无奈，说大不了今年炕鸡白干了。不过大怕我多想，又说，秋里收了账，再卖稻，银行贷款能还上，你好好学习就行。

进了堂屋，大在平时装钱的抽屉翻了好一阵子，最后只翻出一块五毛钱。大说，你娘治病几家邻居借遍了，麦子只留了口粮，不到秋又不能收鸡娃账……

我说，那我省省。其实到高中上学我一直在省。同学有一周从家带二三十块的，我每周只带十块。素菜五毛，荤菜一块，喝杯开水都要一毛钱。不敢吃荤菜，加上其他开支，有时周五周六只能蹭丁老师爱人打菜盆里的菜水浇米饭。

我再想办法。大很发愁，额上的皱纹都愁成了深沟险壑。

这时院门外有了摩托车声，是街上出了名的收死猪肉的商贩七霸王。他下了车就向院子里喊：兰动在家吗?想好了吗?你那七头死猪，我给你出二百块钱。

大连忙说，你都跑几趟了，俺这猪不能卖。

七霸王说，猪死了咋不能卖?我拉走，你至少换回二百块钱。

俺这猪不能卖。大还是那句话。

七霸王有些生气，咋不能卖?这固城所有死猪不都是我收的?我知道你担心你那猪是病死的，可我专做死猪肉，哪管猪怎么死的？好，我给你加三十，二百三吧。

不是钱的事。大说，我已经把猪埋了。

七霸王睁大了眼，看着大撇嘴说，埋了？好，没见过和钱过不去的。说完发动摩托车头也不回地跑了。

我感觉大固执。再说七霸王做死猪肉都几十年了，很小就听人说，在洪河南，知道白公胜两千多年前建固城的人，还没知道七霸王在固城做死猪肉肉香的人多。如果把死猪卖给七霸王，就算卖了二百块钱，我这周上学就不愁菜金了，母亲治病就不用借钱了。而且我的黄球鞋都露脚指头了，我一直盼望有双新球鞋。我用委屈和责备的眼神看着大。

不能卖。大说。

为啥？

因为今年猪瘟刚开始，不能害了别家。

莫名喜欢你

崔永照

大二那年暑假，我到临水市城郊一家砖厂打工。只干了三天活，燥热的天气，繁重的体力劳动，使我不堪重荷，只好打道回府。

屋漏偏逢连阴雨。我在挤公交车途中，钱包又挤丢了。在异乡的街头，我身无分文，蜷缩在一家店门前，酷热难耐，饥渴难忍，有家难归！

猛然，我想起了一名大学同学欢欢就在这个市，犹豫再三，掏出口袋里的零花钱给她打了个电话。打着电话，我心底却是极不情愿的。她问清了我的地址，打的就慌慌张张地赶来了。

我像一个受了莫大委屈的孩子，向她倾诉干活的辛苦，身无分文的尴尬，走投无路的无奈。

她静静地听完，给我说了些安慰的话，领我到一家饭店，买了大碗烩面、肉夹馍，还有饮料，我狼吞虎咽地填饱肚子，感觉这一刻，她就像上天给我派来的天使。

看天色不早了，欢欢把我安排在一家宾馆，疲惫不堪的我倒头就睡。

我被敲门声惊醒，打开房门，是欢欢提了一大袋东西出现在我的面前，原来天早就亮了。

她领我出去吃了早饭，随我到车站，给我买了返程的车票。

说起欢欢，是我们班里公认的丑小鸭。她矮矮的个子，脸上还不合时宜地长了很多雀斑，说话细声细气的，一般很少有同学搭理她。我觉得自己是在“走投无路”的时候，不得已才想起了她。

送我到了检票口，她又买了站台票，我拦也拦不住。她提着那个大袋子，一直送我到火车上。

我在车上寻到座位，长长舒了一口气。车开动了，回头再看一眼窗外，她还在站台上，目送离站的车，我咀嚼到了同学友谊的芬芳。

打开欢欢给我的那个大袋子，我有些目不暇接。

袋子里躺着六个苹果，两罐八宝粥，一袋面包，四个甜甜圈，两桶方便面，几根火腿肠，两小包榨菜，两本小说。欢欢怎么知道我喜欢吃这几类食物，还记着我经常手不释卷？她的家也并不富裕，可这么用心，为我购买这么丰盛的东西，我的心惭愧，又有一种说不出的滋味。

在一次同学的聚会上，我的胃忽然不舒服，就离席，蜷缩在大厅的沙发上呻吟。其他同学仍吃菜喝酒，谈笑风生。欢欢给我端来一杯热茶，脸上满是焦虑的表情，轻声说，喝点热茶，要不我给你买点胃药去？我摇摇头，喝了那杯茶，心温暖起来，胃痛一下子缓解了许多。

那期校刊出版后，我接到欢欢发来的微信。这期校刊上你写的文章是最差的一篇，用一个成语来形容就是，惨不忍睹。我当时就火冒三丈，真想马上删除这位好友。我这个堂堂的校刊副主编，用得着你在这里指手画脚吗？她又回信说，你再仔细看看，静心想想，你这篇文章有必要用那么多华丽的辞藻吗？后两段有必要无病呻吟再写吗？我静心把那篇文章再读一遍，脸上火辣辣的。

那天傍晚，我从超市出来，吃完一只香蕉，看看前面无人，就抬手把香蕉皮扔在马路上。你怎么这么没有公德心？身后传来责怪声。听声音我就知道，又是那个冤家欢欢。要你管吗？我想扔就扔，我反驳道。你真是不可理喻。我怒目圆睁，刚想发火，只见她拾起香蕉皮，放到不远处那个垃圾箱里了。我顿时哑口无言。

你呀，快去把外套挂到衣服架上；你呀，把你的杂志都整理到一块儿；你呀，快去洗洗你的臭脚丫，欢欢笑嘻嘻地对我吆三喝四的。那个同学们眼中的丑小鸭，却成了我心中的白雪公主，我们在一起已经生活十多个年头了，还有了一双儿女。很多时候，她总喜欢枕着我的臂膀，或用粉拳轻轻敲着我的背，柔声地问，你是怎么喜欢上我这个丑小鸭的呀？你说呀？

我呀，一开始对你没有太特殊的感觉，喜欢上你或许是个意外，爱上你是从你做的一件件细致入微的小事开始的……她常常这样问，我不厌其烦，一遍遍一直这么回答。

于是她就异常开心，高兴得咯咯地笑，感染得客厅里那一盆盆花儿，都笑脸灿烂，争芳斗艳。

败家子

李汤波

败家子不叫败家子，叫白家志。李家坳这地方读音 zh 和 z 不分，于是白家志被喊成了败家子。

败家子两颗门牙暴出，嘴唇都遮不住。村里人都说这是孬人牙，电视剧里这种人都是反面角色。败家子的脑瓜子聪明，读书过目不忘，小小年纪经常和老师辩论，孬人牙并不阻挡他巧言能辩。

老师说这个娃将来了不得。

有些事很奇怪，比如这名字，就因为被喊了败家子，白家志真就成了败家子。

这个了不得的娃高中没毕业就主动退学回家了，说什么忍受不了死板的学习、考试，就是把人烤死，高中是培养笨蛋的地方，不在高中上，照样能上大学，把爹娘气得直瞪眼。

败家子决定自己筹划未来，自学成才。

败家子学画画，画得有模有样，脑子一热又想报考中央工艺美院，可是还得考文化课，不得不插到高三复习班学文化课。此时他已将至而立之年，俗话说，人到三十不学艺，美术专业再好也是徒然，最终也没考上。于是，迫于生计走街串巷为老人画画遗像什么的。

败家子学评书，将醒木、扇子、手帕等道具操纵得十分娴熟，给人感觉就是袁阔成、单田芳。早些年，农村办红白事还时兴请说评书，可这些年，别说评书，就连电影也没几个人看了，倒是半脱的热舞表演时兴起来，远比评书吸引人的眼球。于是，败家子的才华又半途而废了。

直到败家子的爹过世，败家子也没有干上什么正当的营生。

败家子终于沦为败家子，学会了酗酒打牌。牌场上没有固定的赢家，败家子仗着脑瓜聪明，倒是能赚上一两把。就连败家子爹家祭当晚，由于叔伯弟兄们多，他就趁别人磕头上拜的间隙支摊子打麻将，把把都赢，牌友都说，这是你爹在天保佑啊。败家子的孬人牙再次暴出，哪有悲伤的情绪。

办完爹的后事，赢牌的败家子请牌友吃饭，把自己喝得酩酊大醉，歪到路边睡了一夜，吐了一地。一条狗路过，把败家子吐出的秽物舔个干干净净，结果，狗也醉了，陪着败家子睡了一夜，第二天醒来，败家子和狗走路的姿势一样，都是东摇西晃的。

眼看败家子不用拐弯就四十岁了，亲友们轮番苦劝，家志啊，你爹娘都不在了，你再不弄个正当营生寻个媳妇儿，上些年岁连个知冷知热的人都没有，可咋办呢？

说得多了，败家子有所收敛。

近年来，李家坳外出务工的青壮年比较多，其中一支队伍到距家几百里的荒山"刨花"，败家子加入其中。所谓"刨花"，是在无主的荒山上寻觅那些有造型的植物，小心翼翼地挖出来，连带些老泥土，放进自备的花盆，挖一定数量，雇些园艺师指导，修剪成盆景出售。当然，就跟捕鱼一样，还不能在一处把植物挖绝，不然这生意就慢慢断了，要留小苗。还别说，这些"刨花"队伍的光顾，还带动了荒山下的产业，餐饮住宿异常火爆。

由于败家子原来研习过画画，美感视角相对独特一些，踏踏实实干个一年半载，收入很可观，不但自己制了不少盆景出售，还做起了全村甚至外乡人的"刨花"教师爷，日子慢慢滋润起来。有了一定积蓄，也排排场场地娶了媳妇。

人们都说，败家子终于不败家了。

又是一次"刨花"销售结束，回到临时住处，败家子让大家先返程，自己再多刨一些，多赚些钱，毕竟要添儿子了。

可是，大家都回李家坳四五天了，败家子还没有返程。看荒山所在地的天气预报，似乎有暴风雨发生。当时也无联系电话，媳妇很揪心，一直埋怨带队的。

带队的说不会有事，就凭他，那么聪明，上晓天文，下知地理，绝对会避开暴风雨的，这次肯定赚大发了。同时戏谑地说，说不定正在荒山脚下的大宾馆潇洒呢。

又过几天，败家子回来了，除了衣兜里的几十块盘缠，就是带着红通通的双眼和疲惫不堪的身体。

败家子说这次没挣到钱。

因为带队的早透了信息，媳妇就骂他，败家子啊败家子，看来人家说得没错，你是狗改不了吃屎，老毛病又犯了，我在家挺着大肚子，你在外面花天酒地，这事不说清楚，咱没法过了。

败家子没再辩解，因为疲惫，急急钻被窝里睡了。

两口子一连几天没搭腔。

又过两天，有两个记者扛着摄像机来到李家坳，要采访败家子。至此，大家才明白，败家子逗留那几天，当地突发暴雨，荒山发生山体滑坡，很多房屋庄稼被毁。败家子不但和当地人一起救灾，几天几夜没合眼，还把卖出盆景的钱都捐给了他们，好几千块。

面对镜头，败家子说，靠荒山吃饭，也要还一些。

说这话时，败家子的龅人牙一翘一翘的。

谎　　花

叶征球

韩小林旅游一圈，竟然带回来一个女子。

电话中，韩小林交代母亲，把家里好好拾掇一下。他说："您不是一直盼着我成家吗？这回就成了。"

孤儿寡母这么多年，儿子终于有了对象！

淑凤自然是乐得合不拢嘴，她认真地擦拭丈夫的遗像，呢喃、絮叨着，兀自笑着，一会儿又撩起袖子抹泪花。

在艾县小城，韩家住的西海首府，是上好的小区了。临湖，楼距宽，园林绿化、配套设施都非常齐全。

女孩身材高挑，嘴唇涂得猩红，金黄的长发很香。她紧搂着韩小林的臂弯，朝淑凤甜甜地唤一声："阿姨好！"

淑凤忙不迭地应答，拿拖鞋，泡新茶，微笑着往屋里迎人。

韩小林带着女孩满城游逛，小城清秀的湖光山色，和各种美食，让她满面春风。

每天蒙蒙亮，淑凤就去市场，买各种各样的好菜，然后照常去医院上班。科室里的小护士们像一窝雀儿，围着她，嚷嚷着要喜糖。

"八字还没一撇呢，等落实了，喜糖肯定少不了哈。"淑凤笑说，便陷入了沉思。

初夏了，气温开始潮热。小区里晨练的人络绎不绝，淑凤在绿树浓荫下舞剑，她慢挑缓刺，莲步轻移。

陡然间，淑凤看见儿子的女友，踩着尖细的高跟鞋，在不远处的塑胶跑道上晃悠。妆化得极浓，香水味依稀飘来，晨风拂起她的裙裾，飞逸着，像一只绚丽的花蝴蝶。

淑凤停下剑，默默地望着她。

吃饭的时候，女孩指着窗外一树红艳如霞的花，问道："阿姨，那是什么花？真漂亮！"

"碧桃。"

"这么多花儿，得结满了桃子吧？"女孩的眼中波光潋滟。

"不一定，有很多花不结果的，是谎花。"淑凤给女孩盛了一碗汤，若有所思地说。

那天，淑凤下班，拧开门就听见儿子房间的说话声，隐隐约约，她和他正在讨论房价、汽车与存款的事。

淑凤在沙发上怔怔地坐了许久，递给儿子一本病历："今天单位体检，我肺部大面积阴影，可能是周围型肺癌。"

韩小林瞬间惊呆了，眼睛瞪得极大，满脸被猝不及防的痛苦扭曲着："天哪！目前到哪个阶段了？妈。"

"中晚期。"虽然作为医生，见过太多的生死，但事情落在自己身上，还是充满了恐惧！

淑凤轻轻舒一口气，尽量使语气平静一些："我考虑放弃治疗，那是一个无底洞……"

"不行！砸锅卖铁、卖房子也要治病！"儿子嗖地站了起来。

女孩无声地坐着。

夜幕罩下来了，窗外的碧桃显得影影绰绰，看不真切。屋子里静得如同一个冰窖。

接着，韩小林就在网上关注卖房、租房的事，微信头像也由原来漂亮的几栋高楼，改为一树花。

女孩走了。

只留给韩小林一条微信："我不希望自己的余生，待在破旧的出租屋里，伺候一个癌症病人……"

韩小林回复过去，已经被拉黑。

他长长地叹一口气，央求母亲："妈，咱明天去省城复查。"

淑凤说："不用，今天在医院仔细查了，那天是误诊，可能是机械出了故障吧。我没有任何病，一切正常。"

"真的吗？太好了，妈妈。"韩小林惊喜过望，大笑着，左右摇晃母亲的手臂，像一个幼孩。

她看着儿子，心里默默地说，善良的傻儿子，你妈妈是个医生，填写一本病历，太简单了！

淑凤慢慢地撕着病历，横一下竖一下，横一下竖一下，撕得很碎。鼻子一酸，眼泪差点流出来。

她赶紧扭头看窗外，艳红的碧桃花开始凋零了，但还是没有几粒小果子，稀稀落落缀在枝头。

果然是谎花！

上马饺子下马面

吴小军

八月的风来得正好，凉爽。它夹着孜然羊肉的香味，在这苍茫的天地间自由地游走。它好像特别留恋克什克腾大草原青青的牧草和星星点点的野菊花。一忽儿东，一忽儿西，追着天上白云投下的阴影，在花儿草儿间跳着舞。比小马驹子还要调皮，比学飞的小鹰还要莽撞。它拂过毡包门口正探出身子望着远处敖包发呆的莫日娜额头时，顺便还弄乱了她乌黑的长发。

"额吉，别望了，阿布说他去孛古特大夫那儿看马，顺便接接巴特尔大叔。他说了，要太阳落在敖包下面才能回呢。"八岁的男孩扎布有一张黝黑的脸，还有一双像达里湖的湖水一样清澈的眼睛。他翘首望着远处敖包上三根玛尼杆上飘动的哈达，有些焦急，却很懂事地安慰着自己的母亲。他心里对自己说："太阳落在敖包下面，天就要黑了，草原上的狼就会出来了。阿布，你可要把巴特尔大叔安全带回来呀。巴特尔大叔，阿布给你准备的羊肉我烤着吃了一点，很香。额吉准备的下马面条要等你来了才下锅呢。"

巴特尔是山东人，汉名叫王珂，是旗里来牧区驻点的干部。牧民们喜欢这个山东大汉，说他总是有那么多智慧帮助大家解决困难，是牧民的好干部，都叫他巴特尔大叔。扎布一家也都喜欢这个高大壮实的巴特尔大叔。前年大旱，牧草长得不好，没能储存多少，漫长而寒冷的冬季牛羊就要挨饿。是巴特尔大叔找到旗里帮助他们调集了一批干草，帮助他们渡过了难关。那个冬天，巴特尔大叔来了好多次。有一次大雪封了路，巴特尔大叔送柴油和食品、草料过来的时候，还遇上了狼群。好在他有巴特尔的勇敢和智慧，没出什么事。

今年又是大旱，巴特尔大叔担心他们草场打的草不够，早早就捎话说要过来。说扎布该读书了，已经联系了学校。还说了，现在日子越来越好了，老百姓的生活富裕了，来草原旅游的人也越来越多了。他呀，准备带个专家来，将这一片策划成旅游点，让牧民们都办“农家乐”，接受外来游客吃住玩。以后呀，日子会越来越红火的。扎布的阿布萨日朗和家人商量，要留巴特尔大叔多住几天。额吉说:“巴特尔大叔讲过，山东人最讲究上马饺子下马面，他就最爱吃饺子和面条。等他来了，做面条给他吃。让面条像绊马索一样把他留下来。等他走的时候，就包饺子给他吃。让他的日子像金元宝、银元宝一样圆圆满满。”

太阳慢慢向着敖包西边落下去，远处的草由黄色慢慢变成了蓝色，又变成了灰色。扎布知道，很快天就要黑了。可是，阿布和巴特尔大叔还没回来。

“长生天保佑。”莫日娜一会儿看看天，一会儿看看敖包，一会儿看看和她一样焦急的儿子扎布在用脚把毛茸茸的牧羊犬巴鲁踢得又蹦又跳。

天终于黑了。草原里的虫子热闹了起来，嘶哑的叫声让扎布心里更加烦躁。他没心看母亲有条不紊地打油茶，煮羊肉。他骑在一匹小马上，焦急地绕起了圈圈。

“来了！”眼尖的扎布嚷道。在已经看不到绿黄相间的草原上，那条镶着白边的更黄的土路已经变成一块模糊的很淡的白色。一个亮点从远处慢慢地向这边来了，隐隐听到了发动机的响声。“是巴特尔大叔的车！”扎布驾了一声，骑着他的小马驹就向着光点奔过去。刚给他踢了几下的牧羊犬巴鲁欢叫一声，追着马儿也跑了出去。

莫日娜从毡包掀起的门帘往外看了一眼，冲着儿子的背影怜爱地笑骂了一句什么，就准备着手下面条了。

车远去了。“不是巴特尔大叔。”过了不久，扎布骑着他的小马驹回来了，脸上写满了沮丧和担忧。

“别出了什么事吧？”莫日娜把擀好的面条放在一个盘里，剩下的面就在案板上醒着。她看着儿子默默地拴着马，心里有些忐忑。

夜深了。立秋已过，草原的夜，风有点狠了，吹在身上已有些凉意。天空上一勾弯月，几粒寒星。朦朦胧胧的，像毡包里揪着的两颗心。

第二天，太阳早早就晒到了毡包上。莫日娜帮翻腾了一夜才睡着不久的扎布掖好被子，打开毡包的门，站在了阳光下。

草原上的路像风筝的线，划破黄绿相间的牧草，把心牵在了远方亲人的身上。

小扎布走出毡包的时候，已近中午。看到一身疲惫的额吉正在和倚着马站着的阿布说话，身后有一个陌生的男人。阿布的脸阴得像黑夜一样深沉，胡子碴像牧草遇上春雨一样蔓延了整个下巴。衣服又脏又破，还沾着血迹。这是怎么了？

陌生的男人把一个书包挂在了扎布的肩上，鹰一样的眼睛里噙着雾一般的悲伤。他对着满眼疑惑的扎布说:“巴特尔大叔来不了了，但叔叔答应巴特尔大叔，要把天涯海角的游客吸引到我们这里来。”

扎布很失望，眼泪溢满了清澈的眼睛：“巴特尔大叔不来吃额吉做的下马面了？”

莫日娜搂过儿子，看着远处的敖包说：“让长生天带给巴特尔大叔吧。不但有下马面，还要有上马饺子呢。”

太阳慢慢向西，一直落在了玛尼杆西面，少了灼目的光芒，而多了许多金灿灿的悲壮的艳丽。金色的草原上，金色的敖包前面多了三个碗，一个盛着酒、一个盛着面，另一个，盛着饺子，也成了金色的。

永不辞职的人

白　茅

“哪有一个人的公司？人才市场门口那卖烤红薯的还俩人呢。”

“真是个总经理，啥事都总是自己干。”

“光杆司令也是司令嘛。”

区亮受不了诸如此类的嘲讽话，就狠下心来招销售员。

他三天带回五个人，其中四个摇摇头就走了，剩下一个倒是没摇头，却直接拨了110，告他是个骗子，说这长期关门插锁的民房很有可能是个传销窝点。

他不怨人家报警，警察走后，他立马让路边摊给公司“化装”，“企业文化”那一套也都糊上了墙。再看，“传销窝点”似乎真就变成了“开业庆典”。

继续打游击招人，他还是不愿花钱租人才市场的摊位。但这回没空手去，他印了一百张传单。

发完传单回来，他发现一小伙子坐地上，背靠公司铁大门；怀里抱着个瘪瘪的黑布包，有点旧；西装松垮垮的，有点皱；头发又多又长，像假发；嘴里叽里咕噜的，似在说梦话。

嘿！这样睡会着凉的！他弯下腰去，拍拍小伙子肩膀。

小伙子猛然睁开眼，腾地站起来，大叫：“鬼！”

区亮不管是人是鬼，只管递名片。销售做久了，养成了习惯，见人就递名片。

小伙子看过名片，眼睛一下就亮开了，赶紧打招呼：“您好，区总，我叫钟成。我是来应聘的，销售员……销售员还招吗？”

哟！口齿还挺伶俐。区亮有些心动了，就说：“来吧，进来。”

可才走两步，突然不走了，仿佛有啥东西落在了身后，赶紧回头问：“你怎么知道我这里招人？”

“喏，路上捡的。”钟成把招聘传单递给区亮。

“公司目前就我一人呢。”

“我来了不就两个了吗？”

“底薪不高哦。”

“不要底薪，管吃管住就行。”

哟！这小子不会是来借屋躲雨的吧？区亮打起了闷鼓。

钟成面试了十多家，家家都没看上他。他已在人才市场楼道里睡两宿了，每天就吃一个烤红薯，他口袋里的钱顶多还能吃一个礼拜。

“走，吃饭吧。”看过房间，区亮试探着邀请。

“我不饿。”钟成说完，喉结一上一下好几个来回。

看来我多虑了，这小子硬气，“无功不受禄”。区亮的心好像被啥东西猛扎了一下，就说：“走！不饿也吃点，我其实也不怎么饿。”

结果不饿的钟成一口气扒了八碗干饭。

第二天吃过早饭，区亮立马找来培训资料，他要上课。他已打消了疑虑。他下定决心要把钟成培养成才。

钟成没让区亮失望，两年不到就做了主管，主管六个人的销售团队，团队里个个都是能震山的虎。公司因此越变越好，都搬进了高档写字楼。

可好景不长，钟成做主管一年后，钟成带头离职，其余五人跟着离职，都自立门户做了老板，公司里又只剩下区亮一人了。

难道我对你们还不够好吗？尤其是钟成，怎能说走就走？！区亮又气又郁闷，从早到晚总把“想当初”挂嘴上，像个精神病人。他看不清这眼下到底是个啥形势，心里特别难受。

于是调查。结果大大出乎他的想象，像他这样的“一人有限公司”和“一个人的团队”，遍地都是。他所在的这座城市，常住人口八百多万，光工商注册户就有一百多万，除去部分教师、学生、公务员和全职太太等，剩下的，算上合伙人、全职微商和其他自由职业者，几乎人人都是老板。

他看清了形势，心里也就敞亮了，也不生钟成他们的气了，只管集中精神找出路。

一天，他去见客户，在路上遇到一同行。他本想找同行取取经，看看有没有更好的出路，不料同行劈头就问：“区总，听说最近你一口气招了好几个‘牛人’，都干通宵，可卖力了，而且都签了终身合同，永不辞职，公司人气旺旺的，是真的吗？你是咋个招到的？教教我呗，我也成光杆司令了。”

“没有的事，莫听人家瞎吹。除了你我这样的，哪有永不辞职的人？”区亮见同行和自己一个样，看样子也没啥更好的出路，就稳住不笑，尽说宽心话。

同行却认为区亮搪塞他，抬腿就往区亮公司走，到了附近，透过玻璃墙仔细一打量，不禁笑出了声——办公室里坐着六个仿真人，看上去都有些眼熟。

白 发

葛丽红

看到老婆头上的最后一根白发终于被自己薅掉，吴凡如释重负般地把自己摔倒在沙发上，长吐了一口气。老婆用眼斜斜他，这薅头发还给你累着了？那可不，你可别小瞧了这薅白发，可是个技术活，不但要眼尖，还要手跟得上，发现白发后下手一定要稳准狠，这样才能一下子就把白发薅掉，你还感觉不到疼痛。帮你薅下那么多根你没感觉到怎么疼吧？吴凡得意地冲着老婆扬扬下巴。老婆撇撇嘴，就你那张破嘴，什么都能说出个道道来。老婆说完扭着腰身忙自己的事去了。吴凡望着老婆臃肿的背影摇了摇头，老了，真的是老了。

吴凡发现老婆变老，是从老婆发现自己头上长了白发开始的。一天一大清早，吴凡还在被窝里，就听见老婆在洗手间里一声惊叫，他急忙跑去看，见老婆手里扯着一根长长的白头发，在镜子前愁眉苦脸。老公你看我老了，都长白头发了。老婆眼神哀怨，像是那根白头发是他叫她长的。吴凡哭笑不得，都这岁数了，长白头发还不是正常？他转身欲走。你快帮我看看是不是只有这一根？老婆拉住他把头凑到他眼前。吴凡就应付官差似的在她的头发上随意地那么一划拉，后脑勺好多根，银白银白的，在黑发堆里很是刺眼。这叫吴凡很是吃惊，这老婆是什么时候长了这多白发？自己以前怎么就没看到呢。莫非自己也是老了？他顺带着朝镜中的自己望了望，很惊讶地他发现自己额边也长了白发，好像还不止一根。这样的发现更叫他感到吃惊。真是时光催人老啊，这人说老还就老了。他感慨万千。

老公，你赶紧帮我把白头发薅了，要不忒显老。老婆不知什么时候手里多了一把镊子。他接过来帮她薅白头发，因为是第一次，总是看不准，就免不了薅不掉白发却薅掉了近旁的黑头发。怕老婆疼，心里就忐忑，手也不好使，半天也薅不下一根，疼得老婆龇牙咧嘴，直埋怨他笨。用了好半天才薅掉了那些白发，然后，他又叫老婆帮他薅。

从那以后，这白头发就成了吴凡的一块心病。他开始截长补短地扳过老婆的头看。有时老婆正在看电视看得津津有味，或是刚刚睡醒午觉，他就会突然来那么一下子。老婆被弄得莫名其妙，等她明白他是看她头上有没有再长白头发时，她就狠狠地甩给他一个白眼。吴凡也不生气，笑嘻嘻地，有白发显老，我帮你薅了还不好。老婆也不好再说什么，只好乖乖地等他帮她薅掉。薅完了，吴凡就叫她帮他薅。老婆扳过他的头看，看不见。吴凡就会不高兴，你帮我好好找找。老婆只好再看，还是没有。吴凡就有些恼了，你看你，叫你帮我找找白头发都不用心。老婆就恼了，我怎么不用心了，没有就是没有，我骗你干啥。你这人怎么回事？难道非要头上长很多白发才好？她一把把吴凡推开，嫌我找不到自己找，自己薅。老婆丢下他躲一边去了。吴凡就自己站在穿衣镜前拿着手镜照啊找啊，一遍一遍地，前后左右地，仔仔细细地，不放过头上的每一根头发。

老婆发现，吴凡扳自己头的次数越来越多了，几乎是三天两头的。这叫她很是恼火，冲着他吼，人家说吃惯腿跑惯瘾，你这是薅惯瘾了吧？白头发要是能长得这么快，我早就是满头白发了！满头白发更好看，就是这黑白相间的不好看。吴凡说得一本正经。哦，那你的意思是说我不好看了？吴凡的注意力正在老婆的头发上，他根本就没听清老婆说的话，只下意识地嗯了一声。这下老婆不干了，叉着腰，手指着吴凡的鼻子把他骂了个狗血喷头，摔门而去。过了好半天吴凡才醒过梦来急忙追出门去。

吴凡不敢再随便扳老婆的头，只好关注自己的一亩三分地。早上起来的第一件事就是照镜子找白发，一照就是好半天。如果有一天没找，他就觉得心里有事似的，做什么也不踏实。慢慢地，他在镜子前停留的时间越来越长，老婆对他也是越来越不满，一个男人，天天就知道照镜子，有什么出息，我看你干脆跟镜子过算了。老婆越说越气，夺过手镜摔在地上。镜子啪地碎了。他惊讶地发现散碎的镜片中有一片竟映照出了前额上的一根白发，正明目张胆地探头探脑。

父亲的班中餐

刘海红

院里鸡叫头遍，母亲忙穿衣起床，架锅做饭。火是头晚用湿煤焖的，火柱捅开就现成。饭是白面捞面，葱花、咸盐、酱油铺碗底，半碗面粉几分钟就被揉、搓、擀得光滑水溜。待火光映红面庞，一碗热气腾腾的葱花面速成了。

这时，父亲弓着腰从里屋走出，泛黑的窑衣、窑裤、窑袜、柳帽盔子穿戴停当。两个人的节奏是多年养成的，谁也不误谁的事。

端碗前，父亲习惯把面匀出一小碗，说吃撑难受。母亲一搭眼就明白，父亲是要给妞妞、二妞、小宝留口解馋，就说一碗面给你把控得正正好，姐弟仨不差这口。

父亲犟劲上来："你拿尺子量来咋的？"

母亲嗔怪："我给你量量：天不亮起身，骑车四十多分钟，井下步行一个多小时，掘进面上打眼作业，熬到中午不饿晕才怪。"

母亲总拗不过父亲，还心疼他，缝了几个干粮袋，让父亲带些干粮，弥补缺欠。

父亲说："不用操那份闲心，矿上中午送班中餐，好几个白面油酥饼，下班也消化不完。"说归说，干粮袋父亲该拿还拿。

姐弟仨的小脑袋从炕帘后探出，那小碗面确实很馋人，诱人。

母亲常发愁，白面是稀缺货，按家里职工人头供应。能保证做苦力的父亲上班吃上捞面，就所剩无几了。

母亲想法儿粗粮细作，什么红面抿尖，玉米面擦尖，玉米面煮疙瘩……红白交替，却勾不起姐弟仨的多大食欲。母亲明白，在面食上，孩子们对白色的向往，是其他颜色不可替代的。

母亲又开始想法儿，两天窝头，加一顿白面馒头。父亲从不碰馒头，他说上班吃面条，班中吃油酥饼，想换口味。

姐弟仨听到父亲提油酥饼，会齐刷刷咽唾沫，会露出羡慕的神情。虽听父亲的工友根叔说过，父亲所在的掘进队，离死神最近，处在矮小潮湿的巷道里，近八小时只能侧躺攉煤。但这种场景，八九岁的妞妞像在听故事，更别说二妞和小宝，他们只能想象出父亲吃油酥饼的情景。

父亲每天笑呵呵的。

父亲每天吃饱还能拿回剩下的两个油酥饼。

姐弟仨的小脑袋又凑到一起。

一到下午六七点钟，听到自行车铃声，孩子们欢呼雀跃地围着下早班的父亲。父亲忙拿出装油酥饼的干粮袋，笑得合不拢嘴，露出一排黑牙。

二班和夜班，即使不碰面，父亲总要挨个亲亲睡梦中的宝贝仨，把饼放到炕头。

一天，工友根叔下班路过，根叔说父亲开会学习，让他把油酥饼提前捎回来。

根叔说你爸也是的，班中餐就只发俩油酥饼，还天天自己不吃拿回家。

三个小脑袋相互瞅瞅，像听错了什么，又像做错了什么，不知所措……

那天，油酥饼放着没动，都在等父亲回家。

车铃声响起，小院静得异常。父亲边推车进院，边把自行车靠墙，一不留神，车子侧滑倒地，车后座柳筐里的杂物散落一地：工具包、水壶、母亲缝制的干粮袋……

我们三个跑出来帮忙。小宝看到掉在地下的干粮袋中，滚出一个小黑炭，拿起来正准备扔，忽然尖叫起来，大家围过去一看，那是一块被煤熏黑的吃剩的半个窝头，父亲忙擦着黑牙尴尬地笑起来，我们姐弟仨却再也忍不住，齐刷刷地抱着父亲哭出了声……

老 边

王秋平

“老边，昨天又赢谁了？”老徐端着有粥、咸菜和糖三角的餐盘坐到了正在吃着早餐的老边对面，一边问一边笑。

“赢老范了，三比零。老范都让我赢傻了。”老边眉飞色舞地炫耀，惹得满食堂人都朝这里看。

接着，老边就边吃边向老徐“汇报”交战中的精彩瞬间。

这是所里的研究生食堂，来吃饭的大部分是所里代培的研究生。八十一岁的老徐和七十三岁的老边对这里情有独钟。老徐是因为爱吃带糖的面食，而老伴却不给做：老边是因为口重，老伴却不给预备咸菜。不想在家受管束，来食堂吃饭又省事又可心。

吃完了早餐，老边来到退休职工活动站，直奔棋类活动室。做公益的老赵早就开了门。一见老边就笑呵呵打招呼：“老边，来挺早啊。”

“那是，今天再收拾老范几盘。还没来，让我赢得不敢来了吧。”边说边用手机给老范打电话。

一会儿，老范进来了。两人一对阵，旁边围上了很多棋友。

“看我怎么收拾你啊。”老边信心满满，大声说。

“你别吹，好好下棋。”老范稳稳当当地说，还是退休前研究员的风度。

老边走棋快，老范八十多了，性格稳重。每次琢磨的时候，老边就大声说。“怎么的？这个慢啊。”棋友们给老范支招，老范不吱声，慢慢琢磨。给老边支招，老边就说：“你那招不行，看我的啊。”

这么着下了三盘，老边两赢一输。

老边说：“服不服？”

“服啥呀！”老范南方口音里夹着北方腔，一点都没当回事。

棋友们还在议论刚才的棋局。大家都很兴奋，都觉得看老边下棋那个劲挺有趣，爱说上几句，爱逗，调节气氛。老边从大学毕业分到所里工作至今有44年了。这些老同志都像家人一样亲热。

中午了，老边从活动室回到一楼之隔的家里。看老伴正在熬高粱米粥、烙筋饼、炒鸡蛋韭菜。老边皱着眉说："我下乡时，高粱米吃伤了，一吃胃难受。"

"我熬得稀烂乎，没事啊。你血糖高，不能总吃大米饭。"老伴瞄着老边，小心翼翼地说。

"你别提血糖高行不行，我最不爱听这个。我能吃能喝啥都不耽误，身体挺好。你这么嘚咕，没病也出病了。我就爱吃大米饭，你就不能顺着我。"老边火冒三丈似的。

老边的血糖值空腹都是9以上，可就是不认真吃药，大有"此地无银"的套路。吃东西也不忌口，家里不顺口，就去食堂或者饭店吃。

"你还是注意一些好，你不能只看眼前，得想长远，为我和孩子多想想。"老伴掂对着说得委婉一些。

"我心情好，就能身体好。让我高兴才能身体好。再说了，不乐呵比死还难受。"

"我说你啥好，不懂得好赖。"

"得了，我去食堂吃了。"

老边一副高风亮节的气度走出了家门。

"隔行如隔山啊。"老伴无可奈何地嘟囔了一句。

散 猪 崽

钟祥荣

1981年入秋之后，天气变得更加寒冷，雄鸡刚打完第一通鸣，奶奶就起床了，比平日里早了半个时辰，佝偻着身躯，奶奶把厅堂里家人吃饭的八仙桌抹得干干净净，端出柜子里久存不用的茶杯，小心翼翼地抹去尘埃，在桌子中央摆好了四碟碗筷。

随后，奶奶把院落里的鸡屎和落叶嚓嚓嚓扫干净，做完这些事情后，单手握紧竹扫把，舒展了一下酸楚的腰肢，张嘴往楼上喊了一声："大庆、细庆、小聪仔三条懒虫，该起床了。"

厨房门前，平白多了一张案板，案板上多了几斤猪肉，娘端坐在案板前，耐心地拔去肘子肉里遗留的杂毛，当当当地切好了一大盘肥瘦相间的五花肉，手脚相当利索。案板脚下一盆猪血，用塑料盆盛着，撒上盐后，结成一大块殷红色的猪红。

厨房里，此刻传来了锅铲与铁锅摩擦的声音，柴火在灶膛里噼里啪啦作响，哗啦一声，娘将一大盘五花肉倒入冒着热气的铁锅，撒下一把碎碎的香葱，哧哧作响，满屋生香。

阁楼上，我推了推正在旁边熟睡的细庆和小聪仔，叫了声："奶奶喊我们起床了。"没等两位应答，我自己掀开被子跑下了楼。

奶奶见我起来了，说："大黑来了，大庆你来喂它。"说罢将卤水桶里的竹勺递给了我，娘也从厨房里伸出半个头来："今天要加两勺刚碾的谷糠，外加半勺玉米粒。"

大黑是我家那只老母猪的名字，是位称职高产的母亲，长有十二对大乳，肚腩鼓鼓乳头下垂几乎拖及地面，今天早上想必肚子实在饿了，一打开猪栏门就毫不客气地直冲猪槽而来。

四个月前的一个夜里，大黑不多不少一口气产下了二十只猪崽，娘举着手电筒在猪栏里连夜照看着，还专门熬了一锅玉米粥慰劳这位大功臣。为了保温，娘扯了条破毛毡将猪栏通风口堵起来，几条破碎的布条不时迎风摆动，像是一面战场上飘扬的旗帜，产房里自此响起此起彼伏的哼哼声，一只只粉红色的肉团子蠢动着小嘴，争相含上大黑的双排大奶。大黑侧身躺卧，嘴里哼出幸福的叫声，闭上疲惫的双眼，人畜折腾了一个晚上，原本漆黑的天空也刚好露出了一丝鱼肚白。

转眼个四个多月过去了，肉团子天天长膘成了满地乱跑的小花猪，娘掐指一算，小猪也够日子出栏了，到了"散猪崽"的时间。

今天大黑刚埋头喝完第一槽美食，突然屏气闭嘴、双耳竖起、不再进食、抬头四望，猪栏方向传来猪崽的惨叫声，大黑心灵感应、护犊心切、转身回跑。

此刻，猪栏旁围了十多个陌生人，他们是今早来家购买猪崽的来客，一个长长的竹兜子横在猪栏门前，大黑的猪崽装在兜里惊恐万分，几只身上用粉笔字标明了斤两的猪崽被绑实了后腿，牢牢地系在各个买主自行车后架上动弹不得，哇哇乱叫。

大黑鬃毛直立，不声不响一个大力猛冲，冲翻了竹兜子，接着又一个猛冲，冲翻了正在记账的父亲，父亲猝不及防，摔了个后仰翻，小猪觅得出路，四散而逃，大黑带着它们慌不择路跑向了后山，很快消失在一片茂密的松树丛中，后面是一群大声吆喝追赶的陌生人。

追了一大程，快近树林时，父亲猛然醒悟过来，大喝一声："大家不用追了，外面冷，它们会回来的，我们先吃早饭去。"众人不解，但美食当前，先顾及肚子再说。

厅堂上，香喷喷的爆炒五花肉、猪肝猪红汤和满满的一大盆菜花炒清化米粉摆上了桌面，来客拿碗举筷，挤了上桌吃开了。半个时辰后，来客吃饱，正抽着父亲散发的饭后烟，我走进了厅堂，拉了拉父亲的裤腿，窃窃地说："大黑回来了。"父亲掐灭烟卷，双手一挥："走，逮猪崽去，这次可跑不了了。"

此时，大黑龟缩在猪栏的角落里，耷拉着脑袋，像一个做错了事的孩子，无助地看着它的孩子们一个一个被绑到自行车后架上，一路嚎叫，四散而去。

"后山冷，实在待不住，大黑只好转头回栏。"娘抹了抹眼泪，不再说话。

"我的小花猪呢?！"细庆和聪仔起床了，望着只剩下大黑的猪栏，惊叫起来。

"小孩子不懂事，快回家去，快回家去，今年过年要多腌制点腊肉，赶明开春了，还真没啥菜好下饭呢，下个墟日，你们三个孩子要扯一身新衣裳过年了。"父亲说了一句没头没脑的话，像是自言自语。

"奶奶，我俩还没吃早饭呢。"

"活该，两个大懒虫，你看大庆一早起来帮家里干了多少活。"奶奶的眼圈有些红，她硬说是灶烟熏的。

无　语

蓝　静

袁瑾看见同龄的同事陆平，正值事业思路大开之际，因为年龄问题，在学院此次新一轮中层领导聘任时被拿下了，原因是年龄超龄。

陆平还有三年退休，单位按惯例每三年干部进行新一轮聘任。这次从新规定五年了，因她工作期不足五年，此次中层干部聘任她就不在其列了。

陆平就像开着一辆快速行驶的宝马，没有准备地遇到了一道黑墙，连刹车都来不及，弄得自己鼻青脸肿，还得硬着头皮说："理解！年龄大了，把位置让给年轻人是对的。"

袁瑾看到这些后，深知自己工作在岗位上也是可有可无了，尽管自己的工作热情一点也没减，只是因为自己没有任一官半职，要不然组织上也会让自己体会到：你老了！工作该让给年轻人干吧！

从此以后，袁瑾便思考起自己在工作中应该的角色。

寒假里，袁瑾正在国外度假，突然微信的视频响起，她看见是好友张莹的视频邀请，便点开。

双方一起“哈喽”后，张莹大声地说:“赶紧回来吧，收收心，继续好好工作，我们都延长到六十岁退休了！”

袁瑾有些不信，便问:“真的假的？我的心早已回家了，一直在为自己两年后回家的设想做准备呢。”

张莹说:“是真的，文件都下来了。女副处级领导干部和女副高级以上知识分子都可以干到六十岁退休。但是自愿，五十五岁也可以申请退休，好事！”

开学后，同龄的女同事们都在为此文件议论与感慨着。

有的干脆说:好事，我就不想退，感觉自己没老呢，这么早就回家，多无聊。有的说:我不喜欢这个文件，让人多纠结，不如干脆五十五都退休，没什么纠结的。因为退有退的好处，能睡个自然醒，时间可以随意。趁自己还不老，可以到处旅旅游。但是，退了，工资确实要少了很多，也怕在家待的时间长了寂寞。

听了大家的议论，袁瑾便给好友张莹打了电话，想看看她是什么打算。张莹在电话里告诉袁瑾:“你可以不退，我想退。”袁瑾问:“几乎都没有想退的，你为什么想退？”张莹说:“我要是不退，可是等下一轮聘任时，我就当不了副处长了，因为我不够一任了。下来后，我在这里可怎么待啊！”

袁瑾有些不解地问:“不是副处长，怎不能待呢？”

张莹很涕伤地说:“咳，你看我们学校的赵院长，退休后没多长时间就得癌症了。你想，那么大的领导都经受不起这些，你说我怎待啊？”

袁瑾突然无语，也明白了张莹的忧虑，但是她一点都不理解张莹的思想。

中午在食堂吃饭，袁瑾看见了没有以往那么风采的陆平。

袁瑾热情地与陆平打招呼并与其坐在同一个桌上吃午饭。

吃饭间袁瑾问陆平:“到了五十五岁时你退不退？”陆平说:“看看再说，还有两年多呢！”之后，袁瑾与陆平边吃饭，边围绕着五十五岁时退与不退的话题探讨着，最终两个人还是感觉不退为益。

陆平说:“我有个想法，想申请回系里去上课。”袁瑾问:“这么长时间，你都不讲课了，行吗？”陆平说:“应该没问题的。”

袁瑾见陆平是无奈的，就宽慰她说:“我们这个年龄就不要太要强了，在领导眼里我们都老了，让年轻人去担任领导，主要工作我们不去做倒好，工作没压力，一切待遇都不变，多好的事啊！”

陆平点点头平静地说:“我不走，我也不自在，新领导也不好施展工作。”听了陆平的话，袁瑾立即说："我赞同！"

之后袁瑾又想起好友张莹的想法与感受，就与陆平复述，表示对张莹的不理解。陆平听了略有所思地眼睛往下一斜说："你是没有当过领导，我理解她！"

袁瑾眼睛上翻一下，再细看看陆平那憔悴的面容，又一次地无语了！

风　景

叶北海

好忧伤的女孩。

每天下班，路过卞河桥，都能看见她站在柳荫里。

晚风徐来，带着清新的水汽，撩起她的裙脚，拂动她的长发，舞弄着柳枝摇曳生姿，却怎么也吹不散她那满目忧伤。

看着，让人心疼。

我停下车子，站上桥头，扭脖子，甩胳膊，抖腿，末了还要点上一支红塔山，装模作样欣赏河景。没用，只要她在，这风，这云，这涟漪，以及河面倒映的霓虹灯，全都黯然失色，市政投入上百万打造的沿河景观线，全成了她的陪衬。

一根烟的工夫不长，可我心里却翻江倒海。游移着，徘徊着，向她靠近两步，又怕太过刻意惊着她，转而离她更远了。我担心她跳下去，却又盼着她跳下去，英雄救美的好戏呀，跟电影里演的一样。这样，我就可以名正言顺地靠近她，接触她，搂住她，问她姓什么，叫什么，多大，为什么满目忧伤地站在这儿，让我心碎……

当然，前提是我得会水。

终于，我鼓足勇气，蹭到她身边，手指敲击着护栏，找话儿。

她没动。这个距离足够让人不舒服了，可她没动。眼睛望着河面，空空洞洞的没有内容。这反倒让我不敢随便搭话了。

有人过来了。男的，瘦高个，满脸青春痘，隔老远就拿眼神扎我，宣示主权的那种。

我苦笑一声，悻悻地挪开。

然后就见他伸手揽住女孩，连拖带拽地往回走。

女孩反抗了几下，没用，就那么别扭着跟他走了。

我失恋了。

中午休息，跟同事聊天，我莫名其妙地冒出一句。

人真是个古怪的东西。有些事，天天都在发生，你不敢跟任何人说；有些事，虚无缥缈得没边儿，却时时拿来吹嘘。

同事们听了笑成一团。

小丽说，行呀大情圣，喜欢这个调调儿。

小米说，这叫滥情，得不到的永远在骚动。

小彤说，活该！让你也尝尝单相思的滋味儿。

小琳说，爱过才叫失恋。还没开始呢，怎么失？

好一群八卦娘们儿。

有那么几天，我没见到桥头女孩，心里空落落的，没底儿。

然后就看到朋友圈里疯传，说是一个女孩儿从卞河桥头跳了下去，长发，白裙……

我惊呆了：终于，她还是跳了，趁我不在的时候。

可是，我连她姓什么叫什么都还不知道呢。

整整一天，我没去上班，坐在卞河桥头发呆。河水那么凉，你冷不冷？手机铃声响个不停，公司催我上班的吧。我没搭理。河水那么深，你会不会憋得慌？QQ 响了，微信响了，提示音乱成一锅粥。工资爱扣不扣，奖金去他娘的！人都死了，还要那些有什么用？也许，你不在水底，顺着卞河，漂到海里去了。可是，路上没人陪你，不会寂寞吗？

突然，脸撞到什么东西，火辣辣的，很疼。

叶北海！你还是人不是？

我迷迷蒙蒙抬起头，有人站在那儿，拿手拍我的脸。一边拍，一边骂，带着一股狠劲儿。是小彤。

小琳为你跳了河，你竟然无动于衷，看都不来看一眼，没人性！

小琳？我拍拍脸。

跳河？我揉揉太阳穴。

这都哪儿跟哪儿呀？乱七八糟的。

我想站起来，可坐了一整天，脚麻腿酸，幸好有小彤扶着，才没摔倒。

这时我才发现，桥头早已围了一群人，对我指指点点，窃窃私语。其中有个熟悉的身影，长发，白裙，依偎在满脸青春痘身上，捂着嘴偷偷地笑。我有点发蒙，愣愣地瞅着她，往前挪了两步。

你不是跳河了吗？

她吓坏了，拉着青春痘挤出人群，走了。

我莫名烦躁。

我掏出烟盒，空了。

我把烟盒攥瘪，扔出去，在河面上漂浮。

卞河桥上，风景依旧。

忏 悔

刘小玲

她在小阳庄小学教学，一教就是三十年，头发业已斑白，却还是个姑娘。

他在小阳庄村委会担任支部书记，任期已达三十年，沧桑早已爬上容颜，却还是单身。

她和他成为小阳庄的另类，成为小阳庄人解不开的谜，但同时也是小阳庄全村人都拥戴的人。

她叫肖飞燕，他叫柴建军，均为土生土长的小阳庄人，上下坡邻居，两小无猜的玩伴。

童年，他牵着她的手，山坡拔草；少年，他与她肩并肩，骑着单车一块儿上学；青年，两人双双考入政法大学，成为小阳庄人的骄傲。

结伴上大学的长途中，他心里钻进去一只小鹿，咚咚咚地跳个不停，直撞得他的小心脏感到阵阵的疼痛。他试图把胳膊搭在她的肩膀，让她枕着他的胳膊，靠着他的胸膛，好好睡上一觉。她却宛如冬日里降临的厚厚白雪，一身冷意，满脸庄重，不给他一丝丝机会。

上到大三，肖飞燕被一个叫宋无言的男生迷住，两人闪电般地发展成恋人关系。

宋无言是大城市人，能讲一口流利的英语，礼拜天义务做外国人的导游，赚来钱给肖飞燕买时髦衣服，买小零食吃。

肖飞燕久居乡下，没有经见过大世面，被宋无言的柔情诱惑，心里便涌现种种新鲜感觉，宛如阵阵春雨，恰似丝丝暖风，酷像片片红叶，构筑成她的诗和远方。远方在宋无言的家乡，她不曾到过的厦门。

柴建军知道后，他的心便像火灼伤般地开始疼痛。他失落、愤恨、难过，几欲对肖飞燕直言，又强忍住。他只恨自己语言太迟，只怪自己对待情感太含蓄。

临近毕业，柴建军的英语成绩居然挂科，要补考。

只有七天的突击期，谈何容易。

柴建军原本英语成绩就差，加之失恋的痛苦，削弱了他的学习力，他的英语成绩便直线下降。他难免愁容上脸，疏于梳洗，发育期青年原本英俊的脸，变得满脸胡子拉碴，不像个年轻人。

肖飞燕闻听，难免对发小的前途忧虑。她灵感出窍，竟然想起让宋无言为柴建军补考英语。

她自作主张，约宋无言和柴建军对坐。她斟满三杯杜康酒，举杯笑说：何以解忧？唯有杜康。

柴建军满脸惊讶。转瞬又顿悟，便心生感激，举杯附和：感谢老乡，感谢学妹。

宋无言面露难色，却耐不住女朋友的请求，禁不住杜康酒的诱惑，三杯酒下肚，便爽快答应。

考场外，肖飞燕和柴建军焦急等待。

考场内，监考老师先端详小半天柴建军的准考证，又端详小半天宋无言的脸，立时便横眉倒竖，一把扯出正在答题的宋无言。

聪明反被聪明误。三人的命运因此彻底改写。

肖飞燕的眼睛瞪成了铜铃，汪了两汪悔恨的泪水。

宋无言原本已被保研，只等时间到了，替考事件的发生，他的保研资格被取消，档案里还留下了永远抹不掉的污渍。他认为肖飞燕就是所谓的"红颜祸水"，只能给男人带来灾难。不言而喻，他们的爱情因此演绎成了一曲苍凉的悲歌。

柴建军上了四年大学，非但没能拿到毕业证，还落了一个被学校开除的下场。他没有走处，只能重返家乡。

肖飞燕追到汽车站，面对柴建军哽咽无语，满脸泪水。她狠抽自己的耳光。柴建军却面无表情，满脸冷酷。

两个月后，肖飞燕大学毕业，回到小阳庄。她去找柴建军。柴建军去山里锄地了。她跑去山里，看见柴建军光着上身，浑身是土，举一把镬头，抛得黄土乱飞。她就站在黄土里，任黄土飞溅，她想让黄土把自己彻底掩埋。

柴建军见状，撂了镬头，向山顶奔去。

过一个月，小阳庄换届，在任的老书记念柴建军有文化，为了挽救年轻人，主动到乡政府请求，把村委会党支部书记让给了柴建军。与此同时，肖飞燕却走县人劳局的后门，把她的工作由县法院调回小阳庄小学。

至此，肖飞燕和柴建军就生活于小阳庄。两人经常碰面，却像陌路人一般，从不说话，但又像心有灵犀，极能默契合作，默默工作于各自的工作岗位上。

肖飞燕始终认为她是害柴建军断送远大前程的千古罪人，她把自己也打发回小阳庄，她想用毕生时间换回灵魂与自我的救赎。

柴建军更认为他是有罪的。他爱肖飞燕，把肖飞燕当妹妹，当恋人，当亲人，却在紧要关头有失兄长威严，自私心作祟，害妹妹失了爱情，给父老乡亲丢尽了脸。

小阳庄人不知情，多次撮合两人，却一直没有结局。

怎能有结局呢？肖飞燕和柴建军都是受过高等教育的人，是在心爱的人那里求得彼此宽恕，还是要完成自我内心的救赎，只有等待明天的答案了。

地瓜花开

李伟杰

春生和胜利下了火车，天就黑透了。胜利想打车回去，被春生拦下了，反正你回来就是看看家里，忙啥，咱们俩溜达着回去呗。胜利说，行。

火车站的花坛里，地瓜花盛开着，家里菜园里也有地瓜花，这时也盛开了吧，春生只搭了一眼那怒放的花朵，就和胜利拐过火车站旁边的一片玉米地，抄近道走上了回家的一条小路。

你怎么和郝鑫说呀？胜利问春生。

我也不知道，春生叹了一口气

盘旋在春生心头的问题又被胜利提了出来，像紧箍咒罩在春生的脑袋上。路两旁的高粱都高过春生一头了，高粱穗子正在上浆，春生和胜利闻着庄稼地里特有的清香不紧不慢地走着。

你家当初的小家庭日子多红火呀，红英说走就走了。胜利像是自言自语。

春生闷着，没有搭话。前妻红英同学聚会时遇到初恋，初恋在城里做买卖，买了房买了车。像电视剧里演的一样，她带着女儿芳芳，把小儿子冬冬留给春生，跟着初恋就走了。

知足吧，郝鑫对冬冬多好呀！胜利继续说道。

嗯，春生只答了一个字。那时候三岁的冬冬成天哭闹要妈妈，爹娘和自己是怎样熬过来的，春生想起来心里就犯哆嗦。郝鑫第一次来春生家，冬冬就像见了亲娘黏在郝鑫怀里，还是个大姑娘的郝鑫母性泛滥，亲娘一样疼着冬冬，春生才把郝鑫当成了自己的媳妇。

当初是大舅把同村的郝鑫说给春生，春生只见了一面，就把头摇得如同拨浪鼓。郝鑫，小眼睛，通红的大鼻子，春生偷偷把她和红英比了好多次，心里那个别扭呀。爹娘年纪大了，爹养了几头牛，赶牛上山也要骑着电瓶车，早年盖的平房在村里也已经落伍了，家里这样的条件，郝鑫还是个大姑娘，可春生还是不愿意接受郝鑫。

大舅来来回回跑了好几趟，夸郝鑫通情达理，过日子是把好手。春生就是不动心，春生娘说丑妻近地家中宝，最后鼻子一把泪一把要给春生跪下来，春生无奈点了头。

郝鑫过日子真行！见春生不吱声，胜利没话找话。

郝鑫用土法养猪养鸡，猪鸡都要一年才出栏，城里的饭店老板闻风而来，后来供不应求了，郝鑫在村里成立合作社，当了经纪人，带领全村干。家里翻盖了大平房，春生娘说这房子，给城里的楼房不换呀。郝鑫又生了闺女，两个孩子都当作宝贝一样爱着疼着，春生怎么看郝鑫都顺眼了。

郝鑫伺候爹娘，照顾孩子，还要做家务，你看你出来打工，一点不操心家里，胜利说。

那倒是，春生半天吐出三个字。

听说红英做了手术不能生孩子，那个男人对她就变脸了，她学会抽烟喝酒，心里不顺，不得病才怪了，胜利又在说。

这几天，红英爹给春生打了好几个电话，男人早把她送回娘家了，还算有点良心，给了一笔治病的钱，可是芳芳无人看管，求着春生把芳芳接回去，春生想了几天，还是决定回来，当面跟郝鑫说。

当面和郝鑫说，怎么张嘴？这事叫春生心烦，每次春生去看芳芳，郝鑫都要准备吃的穿的，从不叫春生为难。假期接过来，郝鑫换着花样给孩子们做好吃的，三个孩子就像是一个妈生的，村里人谁不夸呀。

前年爹得了血栓，虽说不严重，郝鑫却不叫爹去放羊了，娘糖尿病二十多年了，虽说身体还行，郝鑫从不让娘做家务，忙起来，爹和娘就是帮着看看家。

你家的事多、活计也多，再把芳芳接过来，郝鑫受得了吗？眼看要到村口了，胜利又来了一句。

我也不知道咋和她说，春生皱起了眉头。

两个人说话间，春生到家了，胜利又说了什么，春生没听到。

自家的院子还是那样干净，角角落落都收拾得妥妥帖帖。

菜园子墙边上的地瓜花开得红火，一大朵一大朵，衬着院落生机勃勃。春生无心赏花，径直走进屋里，郝鑫端着一盆水正往外走，看见了春生，愣在门口了，你咋回来了，也不打个电话，郝鑫嗔怪了一句。

我，我，我回来看看。春生结结巴巴。

你是不是为了芳芳回来的？郝鑫拉着春生的手走进了卧房。

喏，我把芳芳接过来了。

郝鑫拉开炕梢的蚊帐，三个孩子，小脑袋一个比一个大，睡得正香。

春生回头看郝鑫，感觉她比地瓜花还要好看。

云中的红围巾

郝 明

连长放下手中的高倍军用望远镜，揉了揉眼睛。瞭望塔外漫长的边境线上，除了铁丝网和柱桩上还能看到些许黑色，剩下就是满眼的雪白，刺得眼睛生疼。

“报告连长，军区正午时分将有物资抵达。”

连长转过身，接过通讯员手里的电报本，签上字，回敬了军礼。

“这几场暴风雪呀！”连长心里有些感慨，在内蒙古二连浩特驻守快二十年了，这是他见过最大的几场雪。运输道路都被齐人深的积雪填埋，推雪机没日没夜在抢挖，但等挖到这里，估计要年后了。往年军区都是提前几天就把慰问物资运到，今年也不知为什么耽误了。

看着瞭望塔外的天空，灰蒙蒙的阴云像一群无人看管的野马，又在慢慢地压低地面并随风移动着：“做好接收准备。”

“是，”通信员答道，“连长，班里的战士们还有一个特殊的准备哪。”通信员有些神秘地笑。

“什么准备？要注意安全，年三十了，可以搞点创新。”连长有些心疼地望着通讯员，这帮20出头的小伙子们，来自全国各个省市，头一次在最前沿的萨麦哨所过年，他希望新兵们能过好头一个春节。

在回营房的路上，连长几次从军大衣兜里拿出手机，又几次放回去。过年的这个电话怎么打呢？他是亏欠这个家的，平时照顾不到，就连过年，他不是有任务在身，就是把机会让给下级，今年又不能好好陪家人。连长此刻的心情，就像是自己脚底下踩着的莹白积雪，正发出嘎吱嘎吱的断裂声。

正午时分，连长站在营房前，他望着草原异常寒冷的天空，乌云黑压压堆成整坨厚铁一样，正准备压向地面，压向屋顶，仿佛所到之处，一切都会碾压成扁扁的形状。

“通讯员，停机坪提前做好准备。”

“是”，通讯员接到命令，快步跑向指挥中心，他隐隐约约看到远处天空中一架军用直升机像只小蜻蜓般往这里飞来。

“报告机长，目前积云层覆盖严重，地面风速50Km/h，顶风25公里……”副驾拿着记录本，神色凝重地望着机长，并且偷偷瞄了一眼后排坐着的霞姐和孩子，两人正一无所知地望着窗外飞来飞去的云彩在指指点点。

“尝试悬停，油耗目前如何？”机长沉稳地拉起操纵杆，在积云层中间的一条缝隙中果断地穿行过去，开始寻找合适的降落方式。

“油量仅维持返航。”副驾尽量把声音压低了说。

地面上的连长感觉今天空中的直升机有些异常，平时如果不具备降落条件，直升机会通知地面部队，然后从缆绳上把物资空投下来，今天这是怎么了？一圈圈地反复寻找着降落，不断在低矮密集的云层中穿梭，仍在试图寻找着机会。

“连长，连长！”通信员手里拿着电文和望远镜，有些跌跌撞撞地从指挥中心跑过来。

“慌什么？”连长有些训斥道，“怎么了？”

“雄鹰呼叫，不具备降落条件，空投后准备返航。”通信员因为跑得太快，回答得有些结结巴巴。

“那就接收好了。”连长疑惑地问道。

“是准备好了接收，就是不知道为什么它总还是在盘旋。”通信员和连长一起怔怔地望着天空上的直升机，感到有些莫名其妙。

“霞姐，松开小宝，他想哭就哭吧！”直升机上的副驾大声地喊着。

小霞捂着小宝嘴上的手不由得松开了，自己的眼眶里也蓄满了泪水，小宝因为妈妈的手松开了，继续自己的号啕大哭，自打他知道还要飞回去，便不顾一切开始哭，他感到所有的新年愿望都将会落空。

“霞姐，你搂紧小宝，舱门要打开空投了。”

“等等。”小霞望着自己随身携带的物品，忽然想起什么似的，把自己脖子上围着的一条鲜艳的红羊绒围巾系在物资的缆绳上。“把这个系上。”副驾看着红围巾，不知道为什么，心情恍惚了一下，他努力保持着镇定。

“连长，那物资上绑的是标语吗？红红的一长条。”通信员用手里的望远镜仔细地看着，“怎么看着像是一条红围巾呀？”

连长看着离自己头顶越来越近的物资，还有那条系在上面的红围巾，突然像是被罩进暖融融的红色光环里，让自己沐浴在温存和幸福之中，一种感动和血液绞在一起开始在体内奔涌。那飘在空中的红围巾，就那么柔软地无声无息地一路过来。

连长目不转睛地望着天空，漫卷的风肆意吹打着他的脸，而这张脸上除了像被刀刻过般的刚毅，再看不出任何表情，他缓慢而坚定地抬起右手，向空中敬着标准的军礼，一字一顿地大声说道：“回电雄鹰，预祝返航顺利，祖国在萨麦哨所心中！”

“妈妈，你看那是什么？”哭闹的小宝忽然发现新大陆一样，指着地面闪闪发光的东西。小霞透过舷窗看到，地面H形的停机坪上，出现了一个闪烁的中国地图，那应该是一种EL发光带围成的，里面站着一排小小的人影，个个如雕塑般执着站立，小霞抹去小宝脸上未干的泪水说道：“那是爸爸和叔叔们驻守的地方，他们在守护着国家。”

“妈妈，爸爸会看到你系的红围巾吗？我将来也要和他们一起站在里面好不好。”小宝似懂非懂地望着妈妈认真地说。

“会的，好！”小霞看着儿子稚嫩的脸蛋欣慰地笑着，湿润的眼睛深情地望着远去的发光的中国地图，远去的营房，远去的草原，窗外墨灰色的云朵也被远远地甩在舷窗后。

哨所送水人

郎　丛

老李是万军村的外来户，招赘来的养老女婿。媳妇先天性心脏病，因为生娃难产死了，后来老两口子也相继过世，老李又成了单身汉。村里没有人知道老李叫什么，只知道他姓李，额头上有一块很磕碜的疤瘌，人前背后村里人都叫他疤瘌李，老李也不在意。老李的穿戴很单一，始终是一身旧军装，但总是那么整洁。

一九九二年，青龙河上又添了一座铁路桥。一个排的官兵守卫着大桥，哨所、营房建在河西岸的黄沙坨上，距离万军村不足五里路。对岸牛顶山上是成片的果园。

按说营房靠着河，依着水，吃水应该不成问题，可偏偏最令肖东排长头疼的就是吃水难。因为营房在沙坨上，不能打井，吃水要到五里外的万军村里打。哨所地处偏远，经费有限，只能靠战士们每天轮流去村里打水。

老李是东岸果园的护林员，每天借着桥上战士们巡逻的小道去果园。来来去去的，老李每天都能碰到战士们吃力地去打水。

老李的不期而至，让肖东排长感觉有点意外，更让他感到意外的是老李表示要给哨所义务送水。说是义务，但也不是一点条件没有：老李请求每年“八一”的时候，和战士们一起活动；有退伍战士留下的旧军装，可以留给他。肖排长爽快地答应了。

“这也算个条件？”在场的战士们寻思着，其中也包括肖东。

那时候，山村里没有自来水，没有深水机井，人们吃水都是去村里的几口辘轳井挑。老李把家里的毛驴车换了车胎，车轴上了黄油，收拾齐整，又买了个新水柜，套上毛驴车，这就开始送水了。

每天早晨，天还没亮，外面黑黢黢的，老李就套上毛驴车来到辘轳井，把毛驴拴在石柱上，自己拿着水桶摇起辘轳，打一桶水，拎到驴车旁倒进水柜里面。三十几个来回下来，老李已经是满头大汗。水柜满了，老李扣上盖子，卷上一袋旱烟，赶上毛驴车，吱扭在通往营房的山村小路上。

从那以后，战士们每天都能吃上老李送来的甘甜井水。偶尔早晨有事腾不开手，傍晚，老李的水车也一定能到。战士们和老李熟悉了，都亲切地喊他老李，个别调皮的战士会问老李额上的疤哪来的，老李不吱声，只是笑笑。

虽说是每天起早贪黑，利用上班前、下班后给哨所送水，这消息还是不胫而走，被村里的长舌妇们闻到了，嚼了舌头。

"这疤瘌李真是谋了份好差事啊！"一群老娘儿们正在扒着老李送水的事。

"可不是咋的！"大家附和着。

说话间，正巧老李路过。

"哎——疤瘌李，这么卖力气送水，得给多少钱呀？够再娶一房媳妇吧！"一个老娘儿们刻薄地打趣老李。

"去！娶你呀！俺是义务送水！"老李怼了她一句。

"呦呦呦……瞧这觉悟高的，啥也不图？鬼才信！"这群老娘儿们撇着嘴，一脸的怀疑。

老李白了一眼，没理她们，自顾赶着驴车走了。

这年春旱，快到五一了，也没下一场透雨。

肖东正在操场看战士们打球，炊事班长来说，最近老李送来的水不如从前干净了，有许多沙粒，是不是应该给老李点报酬。

"不会吧？老李不像那样的人呀？注意影响，不要乱说话！"

肖东嘴上这么说，心里却还是翻腾了一下。想想老李送水也快多半年了，除了一身旧军装，还真没给过老李任何报酬。一个单身汉真的就有这么高的觉悟？难道真的一无所图？肖东的心理打了一个问号。

老李还是每天准时来送水，水里的沙子有增无减。

战士们略有微词，肖东有点坐不住了，准备跟老李好好聊聊。

"老李，最近咋样？生活上有啥困难吗？有啥困难尽管说！"

"没有，和大家在山沟里艰苦守桥相比，我这在家门口能有啥困难。"

看着老李这诚恳劲儿，肖东到嘴边的话又咽了回去，他不相信老李会如战士们想的那样，一定是另有隐情。

几天后，部队和村里联合抗旱，无意中听到支部书记说，村里的辘轳井几乎都干了，只有村北临河的一口老井有水。全村人吃水都靠这一口井，老百姓都抢着起早担水，但每次都到老李后面，这井底都快被刮下几尺去了……

肖东听了，脸火辣辣的，像被人狠狠抽了一巴掌。

“疤瘌李这么大劲头儿给你们送水，你们给啥报酬啊？”支书打趣着肖排长。

“纯义务！”肖东底气十足地摆摆手。

“真的？”老书记眼中也带着几分疑惑。

“真的！”肖东回答得很干脆。

肖东要调任了。临走那天，他把一套崭新的军装送给老李，这是肖东特意为老李争取来的。老李把手洗干净接过军装，摩挲着，眼睛里噙着眼泪。以后每次来部队参加重大活动，老李都穿上这身漂亮的军装，站得溜直地和战士们参加活动，俨然一位真正的老兵。

冬夏交互，春去春又回。战士们走了，又来了。老李的旧军装攒了一套又一套。老李每天依旧驾着毛驴车载来甘甜的井水。

老李两天没来送水了，这可是从来没有过的事。

肖东营长来视察工作。望望储水桶里面不足一天的用水，炊事班长赶紧跑来向排长汇报。

肖营长正在会议室听取排长的汇报。

忽然，一串熟悉的铜铃响，一阵清脆的驴蹄子踏着水泥地的声音传来。

“老李！老李的水车来了！”肖营长喊了一声，和排长一起走出了会议室。

熟悉的驴，熟悉的车，熟悉的水柜，可今天驾车的却不是老李，是村支书，车辕上放着个包袱。

会议室里，肖营长慢慢地打开包袱，那熟悉的一摞旧军装，干净，整洁，码在一起。那套新军装放在最上面，上面多了一枚泛旧的耀眼军功章。

“敬礼！”

在场的官兵齐刷刷地举起了右手。

画家的画

蒋玉巧

画家生在大城市，长在大城市，城里的车水马龙、高楼大厦、浓妆艳抹的女子等再也激不起创作灵感，他决定走出城市，寻找久违的灵感。

说走就走，画家背上画夹，坐高铁，转汽车，搭的士，来到东莞市闻名已久的观音山。

观音山风景秀丽、环境清幽，集生态观光、娱乐休闲、宗教文化和姻缘文化于一体的国家AAAA级旅游景区。画家看着如画的风景，呼吸着清新清香的空气，心里的欣喜无法用言语表达，情不自禁振臂大呼“此景只应天上有，人间能有几回见”。画家的创作欲望像火山一样喷发，找了一个能一览全景的位置，支起画架，开始画画。

画家的画技很高，在城里已经有一定的名气，经他的巧手一弄，观音山的山山水水陆续走进了画面中，树木青翠欲滴，泉水叮当有声，休闲场所古色古香又不乏现代的时尚……画家正画得兴奋，突然一只白色的小兔子蹦蹦跳跳从草丛里蹿了出来，画家大叫一声“妙哉”，画笔一挥，一只活灵活现的兔子已经跃然画上。正得意间，旁边突然蹿出一个高个子男人，手拿棍棒追赶着兔子。画家不由得皱皱眉，心里本能想拒绝高个子男人进入画面，可反应还是慢了一步，高个子男人已经走进了画中，正郁闷间，又一个矮个子男人也走进了画里，俩人围追堵截把兔子困在中间。

美好的一切瞬间毁于一旦，画家愤怒了，画笔奋力一挥，晴朗的天空瞬间乌云密布，狂风夹杂着暴雨倾盆而下。

画家正伤神间，耳边突然传来喊叫声“下雨啦”，抬头一看，不由得惊讶万分，刚才还阳光明媚，怎么突然就变天了？他来不及多想，收起画夹，跑进旁边的寺庙避雨。

寺庙里，游客们像一群鸟儿，叽叽喳喳谈论着老天真邪门，变脸比翻书还快。画家看看天，突然想到了那幅画，心里莫名地一咯噔，急忙打开画查看。

画家正看得入神，耳边突然传来小女孩的声音，叔叔，您画得真好看，画的是这座山吗？

嗯。

画上的那只兔子好可爱呀！咦，叔叔，那些人干吗要抓小兔子呀？

画家摸摸小女孩的头，正不知如何跟小女孩说，恰在此时，一高一矮两个男人气喘吁吁跑进寺庙，跑在前面的高个子男人提着一个麻袋，因跑得太急，不小心撞到了小女孩。

小女孩看见高个子男人时，大声叫道，叔叔，你跟画上抓兔子的叔叔长得好像呀！

画家急忙抬头，刚进来的高个子男人确实跟画上的长得一模一样。事情怎么会这么巧？一时间怔在原地，不知如何是好。

高个子男人一听，也吃了一惊，把麻袋交给矮个子男人，忙凑上前看画。

恰在此时，“咕咕，咕咕……”兔子突然叫了起来。

小女孩眼睛睁得浑圆，抓住画家的手直晃，叔叔，画上的兔子会叫耶。

画上的兔子不会叫。

小女孩不信，用手去抚摸兔子，“咕咕，咕咕……”兔子又叫了起来。

叔叔，它真会叫哩。

不是画上的兔子在叫。

“咕咕，咕咕……”兔子的叫声越来越大，小女孩歪着头听了听，走到矮个子男人身边，仰起头问，叔叔，袋子里装着兔子吗？

矮个子男人的脸红得像抹了胭脂，怔在那儿，不知道该如何回答。他把征询的目光投向高个子男人，高个子男人只顾着看画，无暇顾及矮个子男人。

小女孩用手去扯麻袋，妈妈急了，一把拽过小女孩，轻声说，宝贝，袋子里哪来什么兔子，走，妈妈带你去玩。

小女孩挣脱妈妈的手，噘起嘴嚷，妈妈骗人！我听见兔子在麻袋里叫呢。兔子肯定是叔叔……

妈妈急得打了小女孩一巴掌，呵斥道，小孩子不要乱说话。

小女孩哭着大叫，我没有乱讲！叔叔是个坏蛋，他抓了兔子，把兔子装在麻袋……

小女孩的妈妈脸色煞白，一个劲地跟矮个子道歉，小孩子不懂事，您不要见怪。

这时，高个子男人走了过来，跟小女孩的妈妈说，孩子没错，麻袋里确实有一只兔子。他拿过麻袋，把兔子放了。

兔子走出寺庙，来到草丛里悠闲地吃着草，鸟儿们叽叽喳喳，在树枝间追逐嬉闹，游客们陆续走出寺庙，一边呼吸着新鲜空气一边欣赏着大自然的旖旎风光。

天晴了！

放　生

杨娟梅

钓鱼哥是个远近闻名的钓鱼高手，人称钓王。每天都技痒，不去江边下竿心里就恍惚。据说，每次一定能钓到鱼，还创下一下午收获好几条10斤大鱼的纪录。

这天是当地的放生日，早上八点左右，四面八方的善男信女们陆续来到东江边。

钓鱼哥把车停在公路边，走过弯曲小径，穿过树林，来到一片空地上，面临东江，景色宜人，别有一番景象。远离城市的喧嚣，在这里感觉特别清静。

只见空地上，烈日下，不同的雨伞，各色的衣裳，欢声笑语一片，顿时，这块绿草铺的大坪热闹起来了。

人们一下子忙碌开了，准备放生的有鱼、乌龟、泥鳅等。放生用的防水布已经摆好形成一个长长的水槽，一直通向江水里。

因果相伴，广施善举，放生的人们都是一脸虔诚。

不相协调的是钓鱼哥，他戴着草帽，坐在距离放生水槽不远的地方，一条钓竿插得高高的，看过去，像极了大炮。

开始放生了，人们陆续站成长长的队伍，来到江水边，手拿防水布，把放生的小生物：鱼啊，龟啊，泥鳅啊，从手中的抖布中慢慢地抖向江水之中，口中默默地祈祷着各自的心愿，然后在岸上专注地盯着那些小生物欢快而去。

钓鱼哥凑近观望着，心里涌起一阵阵难以言说的东西，心想今天真不应该来这里。

忽然，人们发现有人在放生出口处下渔网，善男信女们的心仿佛被针扎一样。

有人对放网男说，今天给它们活路吧，不要下网了，我给你钱怎样？

放网男一听，回击道，你们有钱了不起啊。我网鱼碍到谁了？你们放你们的，我网我的，不是一码事嘛？

钓鱼哥听着有些逆耳，笑着说：“你这一网下去，这些鱼和泥鳅全笼去了，人家可是花钱买来放生的。”

放网男望了望插在不远处的鱼竿，哼了一声说，你自己不也在讨便宜吗，还有资格说我。你来这干吗？

钓王解释说：“老兄，放生的鱼到了陌生的水域，不会上钩的。虽然我也喜欢钓鱼，但钓鱼对于我来说只是消遣，今天更不会去钓放生的鱼。当着大家的面，你去网放生的鱼，想一下合适吗？”

钓鱼哥边说边去水里起了竿，拿来给网鱼哥看，原来线上并没鱼钩，只是一砣铅坠。

围观的人群中，指责声、愤怒声一片：怎么能这样？太缺德了！看看人家，你又在干什么！

放网男终于犹豫了，但手上仍提着网。

这时，刚刚放到江里的一只老龟掉头游回岸边，放生老人怕被放网男抓去，走到岸边下去抱起龟又往江里送，一边撩水一边对老龟唤：“别回来啊！快离开啊！好好活着啊！”

老人站起身抹了抹眼泪，岸上的人们也跟着喊！那只老龟浮出水面回头看着老人，老人挥手继续撵它，它只好往江中划了几下，然后又停下转头看，人们也情不自禁地喊着：“快走啊！别回头！”岸上有人已经哭出声了，老龟连续三次回头，而后一个翻滚钻入水中不见了。

人们一下子静下来，不由自主地双手合掌，默默地看着泛着阳光的江面。

放网男默默地起身收网走了，钓鱼哥也悄悄收起了钓竿。

保安杨大全

非非鸟

头发稀疏而卷的杨大全，当保安已经十年了。

据说，他随同伴出来寻工时，人家图钱多进了厂，他却非要应聘保安，工作倒是不累，可是工资就低了。

钱少点没啥！他嘿嘿一笑。但有人发现，他特喜欢替人顶班代班。还不就念着有顶班费？这家伙啊！

话是这样说，但对于杨大全，你确实无法挑剔他的工作。他坐在保安亭里，人们通常注意的是：手里褪色的塑料保温杯，夹着一根烟的耳朵。紧接，是从不疲倦的笑，在橘子皮般的脸上，括出张几乎连到耳根的大嘴巴。

换班后，他喜欢小区里转，这边帮老人提点油米重物，那边又与小孩们玩起游戏，一点不像其他保安。时间一长，业主们亲切叫他老羊，长相确实像卷毛绵羊呢。

黄金周的一个深夜，大雨滂沱。杨大全去接班，看见保安亭前停着几部车。

哪来车位？除非孙猴子能变出来！年轻保安有点不耐烦。原来，这个业主的外地亲戚自驾游过来，没料酒店爆满了，现在找不到地儿放车。

的确，这小区有七八百户，地下停车位挤得满满当当，还嫌不够放呢。

业主瞧瞧黑乎乎的雨夜，一脸焦灼。

A 区 68，B 区 163，D 区 418，可以放，但只能到明天傍晚。杨大全闭目稍顿，便脱口而出。

老羊，别添乱，哪儿来空？何况这都是私有车位！

去吧！杨大全很自信。

业主半信半疑带车进去了。出来时，千恩万谢，丢下一条烟。

不客气，谁没个为难时候？杨大全咧嘴一笑，抽出一包，其余推了回去。

厉害！年轻保安瞪大眼睛。

杨大全就笑，昨天这几户也自驾游了，不是打过了招呼吗？

年轻保安眨巴了下眼，没吱声，心里却暗自惊叹，这好记性！

又是一个中午，十二点交班。

上午啥情况？杨大全习惯这样问。能有啥？一样进进出出、出出进进。年轻保安伸了个懒腰打起哈欠。

哦，对了，这包咸花生，是6栋302业主老爹送的，前脚刚走。这小老头可真好，拎着一蛇皮袋自家种的秋花生，说看小孙子来了！年轻保安沉浸在无限感慨中，杨大全的大拇指已摁下了一键报警。

当小偷被警察带出来时，花白的假发耷拉着，露出了秃顶。年轻保安傻了眼，一旁直挠脑瓜。

那302业主的爹，上月才去世，难不成转世复活了！杨大全轻描淡写幽了一默，不光刺破了年轻保安的满肚困惑，连严肃的警察也笑了，便故意考他：

6栋301呢？

业主姓高，白净的中年眼镜，唱歌挺好听，可还没结婚……8栋804嘛，那是煤气店老板，女儿在外地上大学……杨大全不假思索，如背书般流利。

在场的人都呆了。

全在这儿排着呢，不过才几百户。杨大全指着脑袋，咧开大嘴笑。

神了！这俩事儿传出去后，竟惊动了物业公司老总。

年底总结会上，老总专门叫杨大全介绍经验。他红着脸，有些不好意思。

你们不晓得，那些年，沙尘暴闹得厉害，草场全荒漠了，羊养不成，我才出来打工的。

啥好记性啊，都是几十年放羊练出的。天天只琢磨羊了，几百上千只羊儿，哪个尾巴短，哪只犄角弯，哪个叫声怯……我能记得一清二楚。随便哪只，甭管跑哪儿吃草，我就是闭着眼，抖抖耳就能知道……做小区保安呀，我又找到了放羊的感觉呢！杨大全两眼放出异彩。

大伙都听得愣了。物业公司老总很兴奋，就准备请他做一次保安大培训。没想还没开班，杨大全竟急匆匆请假回内蒙古老家了。不久后，就听说他辞去了工作。

年轻保安挺纳闷，业主们也十分失落。哎，你说一个保安，业务精致到这份儿上，恐怕稀罕。

春节后的一个下午，年轻保安正玩着微信，通信录亮起个红点。哟，新朋友——老羊？也上微信了？

发来的照片里，杨大全坐在草坡上，摇曳的野草望不到边，有一大群悠闲的羊儿。

草原复绿了。我的钱又换了群羊。这些年，我可是天天都梦见在草坡子，看羊儿白云一样飘呢，呵呵……

老羊你忘了？我老乡，收废品的余老头住院那会儿，你借给他两千元嘛。这钱，他拿来了，要我想办法还你呢。

噢——嗯……他不是早还了吗？你退回给他吧！

年轻保安为老羊茫然的反应感到惊讶，心里嘀咕，明明人家没还，你却硬说还了，怎么记性糊涂成这样？

哪天来我老家，请你们喝羊奶酒吃正宗烤全羊！杨大全冒了个憨笑。

愣愣的年轻保安，眼前便闪出个扎白毛巾挥鞭儿的老羊倌，恍惚连耳畔都是羊铃铛的叮当声。

姥姥和黑毛驴

张淑清

我小时候，经常去姥姥家蹭饭吃。

姥姥家宽敞的院子里，有几棵歪脖子枣树，一块菜园子，还有一个，木板搭成的厩，那是一头黑毛驴的房子。

黑毛驴有着干净光滑的毛，两只眼睛很大也很亮。狗蛋舅舅从集口牵回毛驴的时候，姥姥喂它苞谷吃，毛驴就和姥姥熟络了，数过它的牙齿，已经有三岁零六个月了。

姥姥从此有了伴儿，我和毛驴。

姥爷走了好多年，姥姥的日子空荡荡的。她经常枕着姥爷的黑白照片，睡了又醒，醒来就和姥爷说话。毛驴和我正好填补了姥姥的孤独。

狗蛋舅舅头几年对毛驴很细心，白天下田犁地，拉粪，架子车只是装个半饱。手中捏着柳条鞭子，也只是扬一扬，舍不得落在毛驴身上。

黄昏，狗蛋舅舅和姥姥将苞米秸秆用铡刀切碎，拌点家里稀缺的黄豆，毛驴借着如水的月光，埋头撮一口，又撮一口。姥姥和狗蛋舅舅是毛驴的家。

狗蛋舅舅的毛驴拉车，为街坊四邻带来了方便，那时候，狗蛋舅舅给社员打零工，一天也就挣五元钱，还不供饭。毛驴拉车给狗蛋舅舅，带来一笔可观的利润。毛驴是他们家的宝贝。

春秋两季，农活最忙。姥姥的毛驴揽着七八家土地的活儿，一天下来浑身湿漉漉的，毛发就像打水里捞出来的，我叔辈的大舅偏不识好歹，嘴上说，犁了地，翻了垄，就付钱给姥姥和狗蛋舅舅，结果，粮食都收获进仓了，大舅也不吱声。

狗蛋舅舅就埋怨姥姥怎么摊上这门亲戚？以后不给他家犁地了，姥姥叹口气说，我去要。

姥姥扯着我的手，姥姥的身子有些摇晃。隔着一道胡同，就是大舅家，没等姥姥说话，大舅笑眯眯地告诉姥姥，他要将媳妇那边的侄女介绍给狗蛋舅舅。

姥姥当然欢喜，狗蛋舅舅奔三的人了，她做梦都寻思老儿子讨上老婆。

相亲那天，坐在毛驴车上。阳光照着，毛驴脖子上围着的绸布，红得喜庆。姥姥说，毛驴带来的好运气，狗蛋啊，毛驴是咱家的福星呢。

狗蛋舅舅说，那是，那是，毛驴子是菩萨派来的。狗蛋舅舅摸出一盒大生产香烟，递到大舅手里，这事，就仗着你里外活动，成了，你家的地儿，我一起就种了。

大舅吐出几圈烟雾，嗯嗯，这毛驴也算是你和青青的媒婆。

那天，毛驴儿把几个人平安送到女孩家，又稳当当地沿路返回。不过，回来的车上，多了一个人。

那就是我的小舅娘。

狗蛋舅舅趁着人不注意，把剥壳去皮的一捧花生米，偷偷塞进女孩手里，亲事就成了。

当然，后来。狗蛋舅舅说，主要原因还是姥姥妥协，媳妇一进门，姥姥交权，让媳妇说了算。五间草苫房，在当时是女子找婆家首要的条件。狗蛋舅舅与媳妇结婚后，对毛驴不那么上心了。毛驴子常常是饥一顿饱一顿。毛驴就咴咴咴朝着住在西屋的姥姥叫。

姥姥原先是在东屋的，东家东家，不当家了，姥姥主动搬到西间。

毛驴吃不饱，白天还要劳作。姥姥用苞米粒喂毛驴，小舅娘看见槽子里的米粒，指桑骂槐。

姥姥说，人做事，天在看。

小舅娘说，牲口就是牲口，人吃的苞米粒都不多。

姥姥说，毛驴吃不好，干不动活。

小舅娘说，干不动活，就杀了它吃肉。

姥姥看一眼日头，扭头看看毛驴，毛驴也看看姥姥。

姥姥掉泪，毛驴也落泪。

毛驴不知怎么一个劲叫唤，狗蛋舅舅慌了，姥姥仔细查看了毛驴的眼睛和下身，姥姥说，该给毛驴配种了。

驴驹子，市场上老贵了，一粮仓苞米价。

狗蛋舅舅，牵着毛驴去乡里，找了一头模样，体型，牙口都合适的公驴，凑合了一对姻缘。

毛驴怀孕那段时光，偶尔吃一瓢小舅娘给的豆子，小舅娘心情好，毛驴就好，姥姥好，我也好。

毛驴生下一对小驴驹子，小舅娘高兴得手舞足蹈，等小驴能蹦能跳出栏后，那天下午，叔辈大舅带着几个劳力，拿着一把牛耳尖刀，绳索来了。

毛驴因孩子被卖，有四顿不吃不喝了，夜里，我和姥姥借着月色，端着一瓢黄豆粒喂它，也不吃，歇斯底里地叫。

姥姥横立在毛驴前面，颤抖着说，你们杀毛驴，我不同意。

小舅娘说，你不同意你能当驴犁地使？

姥姥还是被拖开。

毛驴被绑在一根石柱上，朝天空哀嚎了很久。

姥姥望着石柱上挂着的毛驴皮，笑了，又哭了。

后来，狗蛋舅舅用卖毛驴的钱买了一辆手扶拖拉机耕地。

姥姥从此就不会笑了。

变 身 记

陈惊鸽

有一天，我带着儿子去亲近大自然。当我们穿过一个长长的山洞，突如其来的光明便刺得我睁不开眼。眯着眼睛的时候，我看见我手里牵着的居然是我自己。我怕是花了眼，努力将眼睛睁圆——依旧看到的是我自己。

这？我有点恐慌。我觉得是不是我脑子出了问题。

我挣脱儿子的手，一个趔趄跑到山洞旁的清泉下，准备用冰凉的山泉把我激清醒。却发现清泉下的我自己竟然是儿子的模样。

这——这——这——这究竟是怎么回事？当我惊恐万分的时刻，听到儿子在我背后大喊：豆豆，你快回来，不许玩水。

豆豆？我恍然大悟：我居然变成了儿子，儿子变成了我。

我想向周围的人寻求帮助，却发现没有一个相熟的人。我想给我的丈夫打电话，可儿子死活不给我手机。还训斥我道：天天都记挂着玩手机，眼睛都要看瞎了。啊，苍天，儿子不仅长相变成了我，就连说话的口吻都变得跟我一模一样。

既然已成事实，我只好乖乖听儿子的话。毕竟，我现在变成了三岁小孩儿的模样。

我们大概是在一个景区旅游。这里山清水秀，景色很美。只可惜我完全没有心情。儿子看起来心情不错。他不让我玩手机，自己却穿着我的漂亮花裙子，忸怩出不同的造型自拍，惊艳得花枝乱颤。

走哇走……走哇走……我走不动了。事实上，我也没走多远，就觉得累了。我怎么那么弱不禁风了，之前我可是个无敌辣妈，抱着孩子都能走上几里路。哦，我想起来了，现在的我是个三岁的孩子，我的长相跟体力甚至语言表达能力都是三岁的标配。

走不动了，我便跟儿子撒娇：妈妈，妈妈，我走不动了，要抱抱。

儿子一本正经地说：豆豆，才走了几步你就走不动了。你怎么那么懒。还怎么当男子汉？

我感到很委屈，却什么也表达不出来。不知道是不是天气太热的缘故，反正我是真走不动了。

走哇走……走哇走……我走得满头大汗，我想喝一瓶冰镇矿泉水，儿子却不同意，丢给我一个保温水壶。我喝着里面的温水，感觉浑身更无力了，像得了瘟疫一样。

这山望着那山高，我丝毫提不起任何兴趣，满脑子想的是游乐场里的碰碰车。我感到我快被碰晕了，仿佛要热中暑了。可儿子还是强势又固执地拉着我往前走。时不时还要我摆出各种各样的造型配合她拍照。

终于到达了山峰，儿子看起来很兴奋，搂着我又啪啪啪地拍了几张，还把他那红红的唇印在我的脸上。我看到他长长的涂着红色指甲油的手指轻巧地敲完朋友圈的那一刻，我们终于可以坐下来休息了。

儿子对我说：宝宝，你在这儿坐会儿，哪儿也不要跑，妈妈去给你买午餐。还没等我说出我想吃啥，儿子旋风一般冲到了小卖部。他的裙摆扇到了我的眼睛，让我一阵眩晕。

我看到儿子在问了价格后，眉拧了一下。稍后便抽出一张百元大钞，慷慨大方地递给老板说来碗水饺。

热气腾腾的水饺端来了，儿子拿着大勺子往我嘴里送。我咬了一口，发现味道不太好。兴许是肉馅放得太久了。我皱着眉头，刚想发表意见，儿子就又把水饺杵到了我嘴边。我勉强又咬了一口，有点反胃。我想吐出来，谁知道我刚张嘴往外吐，水饺就被儿子用勺子接住，又塞到了我嘴里。我没什么心理准备，只感到一阵恶心，胃里翻江倒海，便哗哗地吐了一地。

儿子气得直蹦，用手打了我。一边打我一边说：我花了那么贵的钱给你买的，我都没舍得尝一口，你却不好好吃。回去饿你三天三夜，看你还作精！我被儿子的阵势吓得哇哇大哭起来。我感到委屈，我想说我不是作精，是天太热了，我真的吃不下这怪味的水饺。

我不想让儿子伤心，我想给儿子解释，让他自己尝一尝。可我发现我无法组织好我的语言，我心里明白嘴巴却说不利索。我才三岁，三岁，三岁。

我很着急，我很难过，我不知道该如何是好。我只能更加使劲儿地哭。我哭得昏了过去。

醒来的时候，我发现我躺在一张大大的床上，儿子酣甜地睡在我的旁边。此刻的他是他原本的模样。我赶紧爬起来照照镜子，镜子中的我也变成了我自己。

韩妈借钱记

梁丽红

临近正午的时候，韩灵和韩妈顶着一路的骄阳终于来到了大姑家。

大姑父提来开水泡茶招待韩灵和韩妈。韩妈说，大热天的，就别客气了。

是啊，这拨高温也不知啥时候过去。大姑父说。

话虽如此，韩妈却在不知不觉中一连续了三杯热茶，韩妈的嗓子似乎也不太舒服，每喝完几口都要欲言又止地咳嗽两下。

大姑父也许看出了些什么，问，弟妹今天来，是不是还有别的事情？

韩妈愣了下，一口茶水噎在喉中，但即刻又放下手中的茶杯，果决地答道，大哥，那我就不绕弯子了。韩灵她爸不是开三轮车把那老人给蹭了嘛，我们就把准备给韩灵上大学的学费钱赔偿给人家了。这眼瞅着就要开学了，实在是没法子，就来求助你和大姐了。

韩妈的话音还未落稳，眼见大姑父手里的茶杯像只惊弓的鸟儿，摇摇晃晃地被大姑父强行摁在了桌上。

片刻沉吟后，大姑父说，弟妹，韩灵考上了大学，我这个做大姑父的脸上有光。按说要是手上有闲钱，出多少都是理所应当的。

可是不怕你和孩子笑话，大姑父是驴子拉屎外面光啊，我这个村小的代课老师，说着好听，吃工资的，实际上每月领那点儿钱恨不得掰成八瓣来花。

韩妈要开口说话，却传来大姑吆喝大姑父去厨房端鸡蛋面的声音。大姑父转身出去的时候，韩灵的眼泪唰一下就流下来了。

韩妈眉头紧蹙，让韩灵快擦掉眼泪，说哭哭啼啼对大姑家不吉利。韩妈说，放心，妈来做这个坏人，大姑父是咱最后的希望，妈不能让你像妈一样做个没文化的睁眼瞎。

大姑煮的鸡蛋面，汤香面滑，能解千愁。韩灵一口气吃掉了小半碗，再抬头看妈妈，一筷子都没动。大姑问是不合口味？还是咸了淡了？韩妈只笑笑说不饿，大姑就放下碗筷陪着韩妈一起说不饿。

大姑父有点急眼了，半真半假地打趣道，咋，没钱借给你，也不吃大哥大姐家的饭了，这是不打算认我们这个亲戚啦？

韩妈叹了口长气，语重心长地看着大姑父，大哥，你是个文化人，咋也有犯糊涂的时候呢？今天我要真从你家空手走出去，不吃你家饭，不和你走亲戚，这都是小事。

大姑父瞪着眼珠子，那啥是大事？难不成你还让公安来抓我。

韩妈也急眼了，大哥你说的啥话，我凭啥，再说打断骨头还连着筋呢。可是大哥你想过没有，这样的亲戚关系你不帮忙，就算我不说啥，街坊四邻会信你一分钱没有？从今以后别人会骂你冷血，骂你无情无义，骂你看不起穷亲戚。大哥你是脸面朝外的人，这道理比我懂。

韩灵真切切地看着大姑父那张原本紧绷，铁青的脸，忽地扑哧一声笑由阴转晴，大姑父嘿嘿嘿地露出两排大白牙对韩妈说，好，好，好，你厉害，行了吧。不过，钱我是真没有。这样，你在家等着，我去给你借。

大姑父带着大姑把从校长那预支来的工资，和从同事那凑来的钱交给韩妈时，忧心忡忡地说，想着点还啊，这可都是掐着脖子挤出来的钱。

韩妈接过大姑父手中的钱，狡黠一笑，说，大哥请放心，钱到我手了，啥时候还我说了算。

大姑父一听，囧着脸要理论。韩妈不理他，转身握着大姑的手，认真地说，大姐，我心里有数，都计划着呢，等卖了秋粮首先紧着你的还。韩灵，还有我们一家子会永远念着大姑和大姑父的好的。

大姑笑眯眯地点着头，我知道，我知道的，我知道你的。母亲扭头睨着大姑父，看看，还是我大姐亲。大姑咯咯咯地笑了起来。气得大姑父唉声叹气地指着韩妈说，你这个人，你这个人啊，坏得很哩。

大姑想留韩灵和韩妈住一夜，韩妈坚持要回去。

路上，韩灵问韩妈，如果大姑父今天没有借给咱钱，你真的不和他走亲戚了吗？

韩妈一脸凝重地看着韩灵，韩灵，你记住，除了我和你爸，任何人都没有义务借钱供你上学。你大姑父借钱给咱是人情，不借是根本。不管今天借没借到钱，你大姑和你大姑父都是我和你爸永远无法割舍的亲人，也是你的。

韩灵想到自半个多月前妈妈擅自把学费拿去当赔偿金起，自己就没再开口喊声妈的事，鼻子一酸，眼泪扑棱棱就出来了。

金　玲　婶

李小菁

春节时金玲婶找到我，让我在省城帮忙找个活儿干。

金玲婶刚五十岁，身体还算结实，从没有走出过县城。我说军娃子不是在广东上班吗，工资肯定够你俩吃喝，你受那罪干啥。

金玲婶说就是在家闲得慌。她又说，这事情不要告诉军娃子啊。

军娃子的父亲，也就是我的小叔叔，很早就去世了，金玲婶独自把军娃子带大，军娃子打工，金玲婶种点庄稼，母子俩生活也不容易，况且我是家族里唯一一个在省城有正式工作的，不能不帮。

收假后，金玲婶跟着我到了省城。我寻思，这些年家政比较赚钱，金玲婶勤快爱干净可以试试。我立即在网上发布消息，留的是我的电话，毕竟还得我把关。

很快就有人打电话让去“面试”。我们倒了两次公交车，一个多小时才到东郊某小区。在路上金玲婶很紧张，问我，这家是具体让我干啥啊。我说这家里老人年纪大了，行动自如，让你洗衣做饭收拾屋子。她又问那工资多少钱啊。我说也就两三千吧。到了地方，对方一见面就说，你去给她找像样的衣服穿再来。真是狗眼看人低。我气得拉着金玲婶就走。

第二个电话是在我们回去的公交车上接的，我就问有哪些要求，对方说得聪明伶俐一点。我“啪”地挂掉了电话。之后，又接了好几个电话，听着都不太靠谱。

晚上，金玲婶忧心忡忡地说，听说工地上工资高，要求也不多，我身体结实，我去工地试试。

那哪行，你一个女人家，军娃子知道了还不怪我啊。

第二天早上，我在卫生间刷牙的时候手机响了，我估计是金玲婶找活儿的，就让金玲婶接。等我洗漱完，金玲婶已经穿戴整齐了，说，在建国路的东胜小区，让打扫家里卫生。

听着咋样?

工资还给得高。

先不要谈工资啊，得看那人……

好着呢，你去上班吧，我自己去了，放心，电话我已经记下了，不认识路就问。

那我一起。

真的不用，耽误你上班。金玲婶使劲推辞。

我这才发觉她把自己带出来的一个背包也背上了，便不好再说什么。

一直到快吃中午饭的时候，金玲婶打来了电话，说，这挺好的，家里活儿也不重，你放心好了。我还没来得及说话，电话就挂了。我把金玲婶找工作的事情，打电话汇报给我妈，我妈觉得我这个侄儿责任尽到了，让我安心上班。

在繁忙的工作中，我把她的事情忘记了。一个多月之后，我突然接到一个陌生电话，对方是一个女人，冷冰冰说让我把金玲婶带走。金玲婶的电话打不通，我匆忙打车到了建国路东胜小区。金玲婶就在小区门口。身边还站着一个四十多岁的女人和六十多岁的女人。四十多岁的女人抱着双臂，冷冷地看着金玲婶。六十多岁的女人在嘟囔，给你说了不要找农村人吧，你看看……

看到我，金玲婶的眼神充满了恳求。

磊子，我……

你先别说话。四十多岁的女人厉声说道。

你凭啥不让我婶子说话?!

四十多岁的女人冷笑了一声。好吧，我也懒得跟你们废话，按照当初说好的，一天85块，35天一共2975块，你数数。她把一个信封递到我跟前。

我面无表情把钱接下来，对金玲婶说，走，回家。

谁知道六十多岁的女人说话了，给你说啊小伙子，你这婶子手脚不干净……

我把身子转过去，你说谁呢?

哎哟，你可别不信，给她买菜的钱她每次都买超市不新鲜的特价菜，那省下来的钱也没见她给我们，这跟偷有区别吗……

我没有……金玲婶喊。

别辩解了，前两天我的银镯子不见了，要不是我女儿压着我不让我说，我早都跟你算账了!

说够了吗？菜你们都吃了，不能证明你说的事情吧。镯子你也没有证据是吧？那闭上你的老嘴。我拉起金玲婶直接打车回家。

我真的没有。到家后，金玲婶的眼泪涌了出来。

我相信你。我按着金玲婶的肩膀说。

我让金玲婶先在我家住两天再说。可是第二天回来，金玲婶说她找到活儿了，就是某酒店里的保洁员，活儿不重，一天就十个小时，两班倒，而且还管住宿。酒店离我太远，我也就懒得去看她。

入冬的某一天，我上班路上，妈妈突然来电话了，你这几天回来一下吧，你知道你金玲婶的事情吧。

金玲婶打工的事情？

妈妈压低声音说，我是说你金玲婶得病的事情。

我一愣。

妈妈继续说，你金玲婶去年就查出来得了乳腺癌，晚期，她一直瞒着，疼了就吃止疼药，出去打工军娃子都不知道，她就是想死之前给军娃子攒点钱……前些天啊，她可能觉得时间不多了，从城里回来了，把病例让你爸还有几个伯伯看了，大家把她送到医院，这几天昏迷了，医生让准备后事……

不知道为何我眼前突然浮现出一张脸，是金玲婶守寡时候的脸，那张脸真年轻啊。

莲儿花开

杨丽平

静幽幽的石马山下有一个静悠悠的小村庄，小村庄前有一座弯弯的小石桥，桥下是条清悠悠的小河，河水轻悠悠、慢悠悠地流着，流经莲儿的家，流出小村，流向远方。

青砖灰瓦白墙的小屋后是娘的菜地。莲儿说，这里是娘的“车间”。莲儿工作的地方也在车间。可娘的“车间”比莲儿的车间美上一千倍，一万倍！黄灿灿的油菜花，紫莹莹的豌豆花，蓝湛湛的苋菜，绿莹莹的葱蒜，露出地面来的白胖胖的大萝卜，圆滚滚的包菜，还有不远处紫红的牵牛、粉红的桃花、黄葱葱的柚花……莲儿觉得，娘的菜地就是个花园，大花园！比城里的花园还要美！

“莲儿，真的不走了？”

“阿娘，真的不走了。”莲儿在帮娘摘菜。叶子上晶莹的露珠滑落在莲儿并不白皙却修长好看的手上，凉凉的、柔柔的。

“村头的燕子她们过完年就走了，昨天，你堂妹她们几个也进城了。”娘停下手里的活，看着莲儿。“你真的决定不走了？”娘想再次确定莲儿的话。

“阿娘，是真的不走了，我就留在家。阿娘，我可从不骗人的。”莲儿笑，那笑与露珠一样在晨光里晶莹透亮。

“那倒是。”娘心里想着，也笑了。娘欣慰、娘庆幸、欢喜有这么个孩子。

莲儿是娘在路边捡来的。那时的莲儿就像一块用花布包裹着的小猫儿。阿爸担忧：这孩子，定是患了什么大病，不然怎会被狠心抛弃！

“可怜的孩子，就算是有绝症，咱也把她养着！”娘把“小猫儿”抱回了家。踏进家门的娘，看见屋前月牙形池塘里的莲花开得正盛，就给她取了名儿叫“莲儿”。

所幸，莲儿没大病，更没患绝症。莲儿和两个哥哥一样健康地长着，长大的莲儿很好看，好看得就如家门前那一池的莲花。和村里很多女孩一样，莲儿初中毕业没多久就进城打工了。娘没隐瞒莲儿的身世，娘还让莲儿去找自己的亲生父母。进城打工的莲儿通过各种途径，竟然真的找到了亲生母亲。女人有着一个幸福且富裕的家，女人也一直在寻找当年被丢弃的骨肉。女人愧疚，她让莲儿回来，今后再不分开，女人不让莲儿再打工了，说有能力给莲儿更好的未来！女人以为莲儿会答应，娘也以为莲儿会离开自己。可莲儿没有。娘劝莲儿走，为了以后的日子。莲儿说：“阿娘，我不走。找到亲生父母是我的愿望，但我没想过要离开您和阿爸。”莲儿还说，今后她一样会不忘报答、孝奉两对父母。

莲儿没走，娘开心。可这回，莲儿再不走，娘担心了。

“强子过几天就回来了，他回来，第一个找的肯定是你！”娘一脸担忧，“强子是不会放过你的，你还是赶紧离开，找地方躲躲。”

“阿娘，我才不怕他哩。”莲儿起身，向娘的菜地四处望。深呼吸。“啊！真香！阿娘，我闻到了泥土的香味，空气的香味！还听到了菜伢儿和花草的呼吸！”

“别岔嘴了。莲儿，你真不怕强子？”

莲儿是与强子、燕子他们一起进的城，进的也是同一家工厂。强子因为伙同几个厂外人一起偷盗厂里财物，被莲儿举报，判了半年牢。那时，厂里还拿出五千元奖励莲儿，莲儿收下了。燕子他们为此再不把莲儿当朋友，都说莲儿卖友求财，不念同乡情！春节回来的时候，燕子他们才知道，莲儿把五千元全寄给了强子娘。

“阿娘，我是真不怕。强子在里面时，我与他一直有写信，我还盼着他早日出来呢。”莲儿的脸染上了一层淡淡的红晕，只是娘没注意到。

"强子原谅你了吗？"这是娘最担心的事。

"原谅了，他还感激我。"

"真的吗？"娘惊喜。"你这丫头呀，以后不关自己的事就不要管，阿娘不希望你惹事。"

"阿娘，我不惹事，就算惹事惹的也是好事。"莲儿俏皮地看着娘。

莲儿还没告诉娘，她决定真的要惹出一件大事来。一个月前，她已和在城里的父母商量好了，就等着强子回来。莲儿决定不走了，她就待在小村庄里。她想让这个静悠悠的小村变得更美。

喊　　魂

张玉萍

竹林冲的王老爹，坐在大门口的岩磴上唠叨着：崽一回来，屋里就有了人气子；平时啊，鬼影子都没个！

崽从屋里走出来，扯起脚就往外走。王老爹说："崽，你去哪里？"崽说："我去春生屋吃饭。"王老爹有些生气了，说："好不容易回来一趟，就在自己屋里吃！""爹你一个人吃算了，我和春生有事讲。"崽说着，人却走了老远。王老爹愣愣地望着崽的背影消失在巷子里。

不知坐了多久，王老爹感到肚子有些饿了，于是他撑着膝盖艰难地立起身，佝偻着进了屋。崽不回来吃饭，他也懒得重新煮饭炒菜。他从电饭锅里装了一小碗中午吃剩的饭，在八仙桌前坐下。八仙桌上，摆的也是中午吃剩的半碗黄豆和几片醋黄瓜。

就着橘黄的灯光，王老爹吃着吃着，心里的火气上来了。王老爹骂道："兔崽子，一回来就往外蹿，也不晓得陪你爹吃餐饭。"

崽回来的时候，王老爹已经洗漱完准备睡觉了。王老爹听见窸窸窣窣的声音，就岔起脚进了崽的房间，崽正把衣服一件件地往箱子里塞。

"怎么，要走？""嗯。""什么时候？""明天。"王老爹的心"咯噔"一声沉了下去。王老爹说："崽，后天是中秋节，不能过了节再走？""爹，我和春生已经订好了明天九点钟的高铁票了，六点半就要出门。"崽边说边匆匆往箱子里塞衣服。

王老爹的脸抽搐了几下。他蹲下身，捉住崽的手说："崽，过了节再走吧，就耽搁两天。""不！"崽的语气很坚定。"不再考虑一下？""我和春生得赶在中秋节前返回厂里。爹，你是不晓得，这次过节值班，老板发金条嘞。”崽两眼发光，声音颤抖。王老爹觉得崽的话像黄豆一样砸到自己身上，生疼生疼的。“崽，后天也是爹的生日。”王老爹低声说。“啊？这个……这个……”崽一时呆了。

王老爹趁势抓紧了崽的手，低声哀求道：“爹不要金条，爹就想要你陪陪。”“爹，你放手，高铁票都买好了，不去几百块就浪费了。再说，金条不要，我就是屎屎。”崽两眼发红，嗓音中带着哭腔。

王老爹猛地松了崽的手，从箱子里抓起一件衣服，站起身朝门口歪去。他站起来的时候，头晕目眩，差点摔倒。

“爹，你做啥子去？”崽冲着王老爹的背影喊道。“喊魂！”“喊魂？”崽急忙追出来，说：“爹，又不是七月半，你喊魂做啥子？”“你的魂都丢了，我得喊回来。”王老爹哆嗦着说。“爹，你……好吧，随你吧。”崽退回去继续收拾衣物。

王老爹进了自己的房，换了一身干净的衣裳出来。

“兔崽子，魂都跑了。”王老爹骂道。王老爹进茶堂屋倒了一盆水，洗脸、洗手、理头，再把全身上下拍打一番。

“列祖列宗，你的后人把魂丢了，你们保佑我把他的魂喊回来……”王老爹边烧钱纸边说。他从神龛上抽出三根香，点燃，插进香炉，鞠躬。最后，抽一根擎在手上，抱着崽的衣服，踉跄着出了门。

“八斤，回来咯；八斤，回来咯……”王老爹从河的上游喊到下游。

“八斤，回来咯；八斤回来咯……”王老爹从河的下游喊到上游。河滩上长满了一丛丛的杂草灌木，他没看见藏在杂草里的石块，他的脚绊到了大石块，身子失去重心，像狗吃屎样摔倒在地上。

王老爹爬了半天也爬不起来。他的脚磕出了血，生疼生疼的。王老爹渐渐冷静下来：我这是做啥子？崽其实也不容易啊！我真是老糊涂了。

蓦地，身边传来抽噎声，几滴豆大的泪珠掉在王老爹的手臂上，滚烫滚烫的。

又逢木棉花开

李木兰

那年，香考上了镇中学的高中，她家离镇中学有3公里的路程，先途经一片刺丛林，再经过那棵硕大的木棉树，更恐怖的是还要经过一片草坡的墓地才能到达镇中学。

刚开学的第三天晌午，吃过午饭的香挎着一个草绿色的书包，又赶去学校上课。每当她来到木棉树下，总会停下来，背靠着木棉树歇息透风。海南的秋天跟夏天一样热，还不到开花期的木棉树，浓郁的绿叶吹拂着秋风，透着一丝丝凉爽。

过一会儿，挎着一个灰色书包的煜也来到木棉树下，发现站在了木棉树旁的香，俩人互看一眼。

“你也是上镇中学的吧？哪个村人？”煜先开口。

“陈村，上高中，你呢？”香问。

“我是游村人，名叫游昌煜，也是上高中，32 班的。”煜回答。

“嗯！我 33 班，教室跟你的教室隔壁。我叫陈香。”香说。

“咱们同路，时间不早了，上学去。”煜催促。

俩人一前一后边走边聊，不觉已到了中学的大门口。

陈香停住脚步说：“我胆子小，来上晚修，我最怕路过那片墓地了，每晚你能不能在木棉树下等我？我们一起走过那片墓地好壮胆。”

“行，17 点整，我们在木棉树下见。”煜回答得干脆利落。

淡淡的暮色降临，香和煜按约定时间到达木棉树下。四周草木丛里此起彼伏的鸟虫鸣叫声，傍晚时分听起来怪荒凉的。

陈香先开口：“没有你壮胆做伴，晚修我都不敢去上。”

煜给她壮胆：“有我在，不怕！高中了，不上晚修，跟不上课程的。”

木棉花开又花落，他俩约定 17 点整，在木棉树下见，结伴到学校上晚修，一约就是两年。

高中毕业那年，全国恢复高考，煜考上了广州的华南农业大学，他是镇中学唯一考上国线一本的学生。整个镇中学沸腾了，偏僻的草鸡镇中学飞出了金凤凰。

香却高考落榜，此时，陈村小学一位老师调走，缺老师，村民见她是高中生，便推荐她当代课老师。

煜收到了高考入学通知书，那时候上大学，国家不但免学费，每月还补贴伙食费，家长经济负担轻。但家里一贫如洗的煜，幼年阿爸早逝，孤儿寡母，家处山村里，没有一分一毫的收入。因此，煜连到海口秀英码头坐船赴广州的路费也没有。还是镇中学出力及镇政府出面，东凑西凑捐款助他，他才有资金赴广州。

赴广州那天，香为他提布包行李，把他送到那棵木棉树下。这棵木棉树，是他们上高中的必经之路。日头晒，他们在此遮天蔽日；雨水天，他们在此躲雨。多么熟悉的木棉树，煜停在木棉树下久久不愿离去。

还是香先开口：“煜，去吧，镇上只有一班开往海口的班车，别误车。你的零花钱，我每月发代课工资，就立马到镇邮政所准时寄你。”

煜恋恋不舍地看着香！香也羞涩地望着他。

煜说："星期天，你有空就到我家看看我妈。如果你对我好，就等我四年，好吗？香点点头。"

煜接过香手中的行李，捏捏她粗糙的手："我走了，你保重。"煜一步三回头。

香背靠木棉树，目不转睛地盯着煜的背影直到消失。不知过了多久，她才感觉到脸颊湿漉漉的，她也分辨不出到底是泪水还是汗水！

四年，难熬的时光。

煜大学毕业分配到广东省园林厅工作，听说是靠一个女同学家人的关系进去的。

春风得意的煜回游村过春节了，他没有告知香，是别人告诉香的，香自信满满，相信煜会来找她。

煜并没有主动来找香，她开始心急，可自尊不让她主动去找他。

又逢木棉花开，春节过后，香天天有事没事就来到那棵木棉树下，她相信，在这里，她肯定会见到煜。

这天晌午，香又背靠木棉树等待煜。果然不久，煜提着行李箱出现在香的面前。香没说话，默默地盯视他。

"香，你也在这里？"煜有点意外。

"我在等你！"香的语气有硬度。

"香，你四年寄给我的零花钱，每一笔我都记在本子里，我会连本和利还你。我在广州工作，远水救不了近火，咱俩，咱们……"煜支支吾吾。

"别说了，你走吧。"香说完，用陌生的眼神怒盯他。

"香，对不起。我走了。"煜说完，头也不回地离开木棉树下，走得那么决绝。

香不和煜道别，她仍然背靠木棉树，木棉树就是她的依靠。她抬头仰望满树红艳艳的木棉花，只见没有绿叶陪衬的木棉花，独自绽放在枝头，显得十分孤傲。木棉花为谁而开？为谁而红？

蝼　蚁

赖燕芳

在铁路边，火车叫了，又迅疾远离了。他隔着铁丝网，看着铁轨，心潮澎湃。

不久前，他还是一名铁路工程师，正意气风发，可人生无常，谁能预料到。那天，在开车时他接了一个电话，手机不慎掉到车里，他下意识地去捡。这时马路中突然冲出一个女孩，他一个拐弯闪避，就与旁边车道的大货车发生了碰撞。醒来时，他躺在病床上，惶然地环顾四周，看着密集的医疗器械把他整个人固定得紧紧的，当他的目光落在空洞的右裤脚时，整个人顿时感到浑身发冷。

他记起了，昏厥前，大货车无情轧过大腿……

一直没日没夜照顾他的年迈双亲，看到他醒来，忍不住呜咽起来。被折断的“翅膀”，让他的心霎时间如瓷瓶般炸碎。如此，一天又一天，他的脾气性情越来越怪，总是莫名地想发火。

这天，他趁着父母在午睡，一个人坐着轮椅，偷溜到这铁路旁。突然间，天黑得瘆人，狂风大作，树影摇曳。他正欲翻过铁丝网，到铁轨中间，等待那即将到来的火车……

这时，有一个稚嫩清脆的童音传来：“妈妈，你看，这里有一群蚂蚁。”

“对啊，宝宝，他们在搬家，浩浩荡荡地出发了，场面可壮观了。”

他看到一对母子站在离他不远的铁丝网前，那是一个面目清秀的少妇，而她身旁的小男孩穿着病服，头发被剃光。循着小男孩所指的方向，他看到一支长长的蚂蚁队伍，黑压压一片，在草地上转来转去。

健全的蚂蚁们能自由自在、无拘无束地前往世界上的任何一个角落。看着，看着，不知怎的，他体内有一团愤懑之火在翻滚燃烧，抑制不住地往外喷涌而出，冲破了一切理性的束缚，一个十分恶毒的念头冒出来。

说干就干，他将轮椅推过去，俯下身，伸出手指，朝密密麻麻的蚂蚁压来，大大小小的蚂蚁顿时慌张逃窜四散。“原来你们也知道，不逃就会没命，呵呵，贪生怕死的小东西。”他在心里冷笑。

他压住了一只来不及逃窜的小蚂蚁，捻着那只小蚂蚁，断了肢的蚂蚁还在蠕动挣扎。这时乱作一团的小蚂蚁中，有几只爬上他的左脚噬咬他，像针扎一样地痛，麻痒痒的感觉在身体蔓延。于是他放下这只断肢的小蚂蚁，只见它跌跌撞撞地爬向蚂蚁群中。他又报复性地点了一支烟，用烟头去烫地上的蚂蚁。这时，蚂蚁们反而不再四散逃窜，它们在几只大蚂蚁的指挥下，一只只用柔软的触角相互传递信息。很快，一支长长的蚂蚁队伍又再继续爬行，整整齐齐地向着它们的巢穴爬去。

他惊讶地看着这支浩气凛然的蚂蚁队伍，不经意间抬头，看到小男孩正一脸惊恐地看着他，这一刻，他才意识到自己残忍无比，是个刽子手。

“妈妈，那个叔叔好残忍，杀死了那么多蚂蚁。”小男孩怯怯地说完，不等妈妈和他的回答，便转身投进了妈妈的怀抱。

他的心蓦地下沉，可他却开不了口，只是张着嘴巴，呆呆地、不知所措地看着小男孩。

没等来他的解释，那对母子的声音仍在风中回荡。

“妈妈，为什么连蚂蚁也怕死，被人一压，就要逃跑？”

“对啊，宝宝，你看，连蝼蚁这种小生灵尚且偷生，何况我们是人，更要贪生才对。”

“我也怕死，妈妈，医生说我得了白血病，我还能活下去吗？”

“连蚂蚁都这么坚强，无畏无惧任何阻挡，一直勇往前行。你也会好好的，会有配型成功的造血干细胞，你打了针也会好起来的。”

“好的，妈妈，哪怕以后打针疼狠了，我也不哭了，我一定会好起来。”小男孩似乎一下子破解了一个大难题，他不再惘然，目光倏忽变得清澈，散发着奕奕神采，他挽着妈妈的胳膊，欢蹦乱跳地离开了。

天空渐渐变得明朗，一扫方才的阴霾，一场预料中的大雨并没有如期而至，隆隆的火车声不断冲击他的耳膜。

望着小男孩那渐行渐远的背影，目光再次扫向草地上仍在集结爬行的小蚂蚁，突然他鼻子一酸，眼角有些湿润，一瞬间他迫不及待地推着轮椅，想早点回到医院，一转身，看到年迈的双亲正焦急地向他走来。

母　心

姚筱红

“嗒嗒嗒”三下敲门声响起，母亲打开门，是一对20来岁的年轻人，一人手里抱着一个小婴儿，男的还背了个背篓。

男的红着脸对母亲说：“孃孃，我们找八字先生算过了，他们一定得拜第一个见到他们的人做干爹。”

母亲没回过神来。

女的微笑着对母亲说：“孃孃，我们是来感谢小美医生的。”

女的话还没有说完，男的又抢着说：“因此，我们问着找来了。”

女的说：“是小美医生给我接的生，她是第一个见他们的人。”

男的说：“孃孃，对不起，打扰了。”

母亲把年轻夫妇让进屋里，喜笑颜开地请两位坐。

母亲朝里屋喊我：“美，出来啊，你看谁来了！”

我从里屋出来，女人对我微微一笑，抱着手里的小婴儿站了起来：

“小美医生，强强和勇勇看你来了。八字先生说，你是他们的干爹。快，让干爹看看！”女人一脸的灿烂，说话间朝我走来。

我想起来了，这是前不久在我班上生双胞胎的素素。我感到惊讶：“素素，这么快满月了？”

素素说：“是啊！你是孩子们的贵人哦，你有俩儿子了，快看看你的儿子！勇勇、强强快睁开眼睛看看你们的爹！”

我的脸一下子羞红了，我还是个黄花闺女呢！

“妈，我还没结婚可以收干儿子？”我不好意思地问母亲。

“所以我们叫他俩喊你爹！”素素笑嘻嘻地说。

“谁说不可以呢！我老家的习惯，如果孩子一出生，就能找到贵人做干爹或者干妈，孩子定有出息！美，你看他们多可爱啊！”我母亲说。

素素接过母亲的话头告诉我：“勇勇是哥哥，要瘦一点，强强是弟弟，个子要长一点。”

“能做别人干爹干妈的，必定是能人！美，你有这个福分呢！”母亲兴奋地说。

在素素和母亲的诱导下，我勉为其难地接过素素手中的孩子。瞧着一模一样的两个小家伙，怪可爱的。我心里泛起一阵爱来，调了个手，就把哥哥认成了弟弟，把弟弟认成了哥哥。

母亲悄悄到厨房里忙活着，一会儿就给素素和她丈夫弄好了鸡蛋面，要他俩趁热吃。

我才细细打量素素和她丈夫。他俩都穿着大裤脚，解放鞋，衣服干干净净。脸上都带着红色，素素是白里透着红，丈夫是黑里透着红，这是典型的山里人。

素素和她丈夫读过书，初中毕业后在家务农，住在离这里60多公里的六里镇团山村。那里田土贫瘠，庄稼收成不好，还好他们承包了一个鱼塘，勉强够生活。

“孃孃，这是他编的篮子，给孃孃买菜用。”说到这里，素素把一个竹编菜篮子递给了母亲。

“编得真不错！”母亲接过篮子，左看右瞧，脸上满是喜悦。

素素丈夫从背篓里拿出一个塑料袋，说这是给我们的鱼。母亲高兴地把鲤鱼倒腾到大盆里，有的摇动着尾巴在盆里欢快地游了起来，有的在盆里挣扎了几下，就开始翻飘了。

“唉，路途太远了，不然不会翻飘的。”素素丈夫红着脸不停地搓着双手说。

“干爹试试合不合脚？”素素拿出一双有“喜”字的鞋垫递给了我。

母亲从里屋出来手里拿了两个红包：“来，勇勇、强强一人一个，这是你们的小美爹给的。你俩这下好了，有小美爹的罩子，她可是医学院的高才生，你俩朝着她长吧！”

我觉得我中奖了，一下子有了两个儿子，谁又敢说他俩今后没有出息呢！

鱼　事

王　巍

岳父喜欢钓鱼。

自己不吃，却又每每收获丰盛，只能送人。如此数年，亲邻好友见鱼俱躲，腻。岳母有退休金，不稀罕拿小鱼去换俩小钱。于是，冰箱常常鱼满。不几天扔了，野猫大喜，再添新鱼。再扔。

妻每每娘家归来，大包小包，不是鲫鱼、鲢鱼、鲤鱼、黑鱼、小猫鱼，就是炸鱼、烧鱼、腌鱼、冻鱼、瓦块鱼。小儿抱怨，到幼儿园，小朋友总嫌他身有鱼腥，老师厌，我也弃。妻赌气说回头喂狗！至此，鱼事成为腹事。

思下，拎了几条，送与办公室邻桌小李，小李老师接了鱼，面若桃花，第二天一早就给我带来几个蜜枣粽子，说是婆婆包的，礼尚往来嘛，拿来分享。喜滋滋，回家交与妻。妻疑，她怎么不给人家，偏给了你。我说，因为我给了她鱼呀！妻道，这就是问题所在，学校那么多老师，你怎单单只给小李老师呢，这说明什么?！我张大了嘴巴，也只迸出了七个字：说明你无事生非！妻展开杏眼，挽我便走，去找校长。说未雨绸缪，要把这场婚外恋扼杀在萌芽之中，并顺便给小李老师敲敲警钟。是可忍孰不可忍，俗女难养，无端起萧墙。为了笑脸如花无辜的小李，我自甘委屈，向妻求饶，你以为你男人是蛋糕啊，谁都想切一块。放过我吧，以后再不向女同事示好，只安心工作，育人桃李。方休。

鱼依旧在冰箱里泛滥，冰箱的门开始变形。

不几日，小李老师随口说，谢谢王主任啦，我老公最喜欢吃鱼，让我谢谢你送的野草鱼呢。我忙说，啊啊，既是兄弟喜欢吃，回头我再拿来几条送你。顺嘴吐英豪，说完又心底打鼓。坐另一个窗下的张老师说，王主任偏心啊，一个办公室坐着，只给小李老师，拿我和黄老师当外人吗？还是年轻好啊！小李憨憨地笑，不知作何。黄老师就跟着说，是啊，我们也知道钓来的鱼儿，味道美啊！

为了宁事，第二天，我直接从岳父家拿走了一包鱼，分给三位老师。三位老师很开心，不几天张老师给我一包荠菜，黄老师给我一包樱桃，我不敢拿回家，怕老婆好事，待他们走后，信手给了小李。小李欢颜，说回家给老公包荠菜饺子。

晚上，带他们娘儿俩散步。经过一家一楼小院，院子里有出墙的红樱桃，儿子看了又看，说，想吃樱桃。我心底叹息，就带儿子唱樱桃好吃树难栽的歌。儿子说为什么树难栽。妻说，不就个樱桃嘛，一会儿碰着了给你买。转过街角，一个农妇在三轮车上卖荠菜。妻跟我说，买点吧，回头给你包几个荠菜包子。我眼睛润润的，摸了一下妻子的头，无语。

第二天，隔壁左办公室老师问我要鱼。

第三天，隔壁右办公室问我要鱼。

第四天，没有鱼了，岳父肾结石住院了。

第五天，其他班级的老师问我要鱼。

小时候，娘就对我说过，做事能少一村不少一家。背着妻从菜市街鱼市买了数条草鱼分了出去，老师们就笑了，道，和你开个玩笑，你还当真啊！好！好！

有人不好了。第六天，我看见校长从前面过，忙连声问候，却听不见。追上去，再问候。校长打哈哈说，你家有马良鱼塘啊，全校老师都品尝到你家的鲜鱼咧！

哦哦，嗯哪嗯哪——

第七天一早，我到菜市街给校长买了几斤大黄鲶鱼。

第八天，校长没来学校，听说鱼刺卡喉，住院了。接下来，所有的老师都不理我了，吃到鱼的说我后来给的分量少，味也不鲜，不知从哪儿弄来的糊弄人；还有没吃到鱼的，说我拍校长马屁，拍到驴蹄子上去了，惹校长住了院，评职称也泡了汤，不亏，活该。

万劫不复，带老婆儿子逛，正遇见张老师、黄老师两个去理疗养生。张老师开口就问我老婆，我送给你们的香荠菜包包子没，放点豆干粉丝，味道好得很。我连忙搪塞左右言他，老婆睁着两只杏眼不知所以，只是嗯啊嗯啊的。黄老师又抓起我老婆的手左看右看，道，听你家王主任说，你的手年年有冻疮，你把我给你的樱桃揉出汁来，反复涂抹，我婆婆用这法子，冻脸都治好了。

我瞥见老婆的眼已露鳄鱼之光，我的心慌了，直淌虚汗……刚才她还对我柔声细语，说，岳父康复很快，又准备鱼竿了。

老家河南

侯家豪

晚上七点，还有半个小时演出才开始，“侨胞之家演唱点”已经座无虚席。

近年来，越来越多台湾同胞回到大陆寻根问祖，为更好地给他们提供服务，政府着实费了不少的心思。“侨胞之家演唱点”是由市委统战部主办的一项零距离聚侨心活动，邀请台胞台属观看豫剧、河洛大鼓等地方戏，以加深与同胞之间的感情。

“小王，今天是谁来唱啊？”陈中问身边的陪同人员——统战部的秘书王念。陈中是半个月前从台湾回来的，他祖籍河南，从小在台湾长大，本来计划住两天就走，谁知道一回到河南，河南博大精深的文化深深吸引了他：从夏代到北宋，先后有二十个朝代建都或迁都于河南。中国八大古都河南有四个，九朝古都洛阳、七朝古都开封、殷商古都安阳、商都郑州。有记载着人类祖先在中原大地繁衍生息的裴李岗文化遗址、仰韶文化遗址、龙山文化遗址；有“人祖”伏羲太昊陵、黄帝故里和轩辕丘；有最古老的天文台周公测景台；有历史上最早的关隘函谷关、最早的禅宗寺院白马寺；有“中国第一名刹”嵩山少林寺和闻名中外的相国寺；等等。巩义本地也不少，北宋皇陵，北魏石窟，慈云寺，康百万庄园，杜甫故里，等等。都让他叹为观止，流连忘返。

“陈大叔，今天说大鼓书的可是曲神啊。”王念兴致勃勃地介绍道，“大鼓书他排第二，没人敢说自己是第一。”

陈中好奇地问：“曲神？他姓曲吗？”

王念笑着摇了摇头，接下来给陈中介绍了曲神的情况。曲神本名刘渠生，他音韵宽广，唱腔多变，不管是壮烈沙场、快哉江湖，还是抒情叙事、家庭苦情都能张口就来，驾驭自如。他唱《水浒》《赵云截江》《战鼓催征》等武书时扮相潇洒，气势豪迈，唱腔清越洪亮；演绎《郭举埋儿》《鞭打芦花》《三人哭活紫荆树》时则音韵凄苦，感人至深，闻者无不潸然泪下。时间久了，大家就送他一个雅号“曲神”，他的本名倒没几个人记得了。

“哦？那我可就拭目以待、洗耳恭听喽！”陈中有点迫不及待。他小时候总是听父亲念叨大鼓书，哼唱河南戏，今天终于可以欣赏到原汁原味的表演了。

说话间，曲神登场了。曲神两鬓斑白，双目炯炯有神，精神矍铄，看不出是年过花甲的人了。

“邙岭慈云秋风，河洛石窟晚钟。为避灾荒离家走，故乡只能梦中游……”曲神一个亮相，一段浑厚悠扬的念白瞬间勾住了众人的神魂。只见他左手月牙板上下翻飞，似一对银白色的蝴蝶，叮叮当当的音色水一样流出，伴随着右手敲击书鼓的咚咚节奏，开始了演唱。

“咱家在哪里啊，咱家就在邙山头。吃过哪百家千家饭，走过千村万村路。学过哪百灵喜鹊叫，听过哪黄河洛河哭……”

不知道为什么，陈中听着听着，眼角有泪珠滑落。

王念察觉了陈中的异样，忙问他：“陈大叔，您怎么啦？”

陈中忙擦拭了眼角的泪水，叹了口气，说：“我想到了父亲……小王，这首曲子叫什么名字？”

“陈大叔，这首曲子叫《老家河南》。”

“好！好！好！不愧是曲神啊。明天他还来吗？”陈中意犹未尽。

“来。听说给台胞演出，他每天都来，而且不要一分钱的报酬。”

第二天晚上，陈中又来到“侨胞之家演唱点”。让他奇怪的是，曲神的压轴戏依然是《老家河南》：“咱家在哪里啊，咱家就在黄河边……”

“陈大叔，您有所不知啊。曲神也是有故事的人……”王念随后讲了曲神的身世。

曲神的爷爷和伯伯被抓了壮丁，后来去了台湾，一去几十年，父亲和全家人都盼望着亲人团聚的一天。为了找到家人，也为了让台湾同胞能欣赏到家乡戏，曲神曾多次计划到台湾演出，最终因老父卧病在床没有成行。所以，只要有台胞在场的演出，他必唱的曲目就是《老家河南》。

一时间，陈中唏嘘不已。

三个月后，曲神突然接到了王念的电话。“曲神，不，刘老师，告诉您一个好消息！陈中大叔回到台湾后，将您的家事以及《老家河南》通过各种渠道在台湾传播后，帮您找到了家人！不幸的是，您的爷爷已经去世，但您的大伯还健在，他为了有朝一日见到你们，后半辈子戒了烟，戒了酒，今年 84 岁了，身体依然很棒。今天下午的飞机，五点到新郑机场……”

挂断电话，曲神一转身，发现中风多年的父亲的脸上爬满了小溪一样的泪水。

疯　子

王晓飞

民权在仁家凹村有个响当当的绰号，叫“疯子”，其实民权一点都不疯，平时与人玩笑，没高没低，逗孩子玩，没轻没重，实际上他心里有底。

民权弟兄四个，他是老大，老三出门招了“驸马”，硬说照管老人还有他的一份，就和老二共管他大。他大当了一辈子生产队长，土地刚一下户，就驾鹤西去了。民权和老四管的老娘，老娘是小脚，已经八十有八，行动不便，老四和媳妇都在西安，民权对他老娘说，甭熬煎，有你娃我呢。

民权的媳妇当年是一朵花，现如今满口没牙了，说话或笑起来，也是一朵花。民权的四弟叫民铎，省城卖擀面，一年擀坏几根大擀杖，生意做得风生水起，但没有忘记回来看看老娘。民权对民铎说："兄弟呀，你做你的生意，要捎几个药费钱哥不反对，过年过节要回来，哥也不阻挡，平时交给老哥吧！"民铎难为情地点点头。

村子的人搬走一家，村子就静谧一截，再搬走一家，炊烟就少了一些，最后只剩下民权一家，虽然城里也买了单元，儿子儿媳和孙子住着，老母亲坚决不去，民权和媳妇打消了入住的念头。民权说，咱这老房子，土糊基厚墙，看起来不够洋气，住进去冬暖夏凉。夏天，民权在靠窗的地方放了席梦思，撑了大蚊帐，冬季，他家的火炕两米四宽，昼夜热火。

仁家凹村只剩下两户，民权不再养牛，一只羊，一只狗，一只猫，再就是一群鸡。羊提供鲜奶，日里也有收入；鸡下蛋自己吃，也捎给孙子吃，吃不了的卖钱；猫是逮老鼠的。没有老鼠，猫和狗能带来村庄的气氛。村庄里有了牛羊猪狗猫鸡，村庄才像个村庄，有村庄的气息母亲才高兴。

饭做熟了，民权从核桃园除草回来，村主任隔着沟喊："疯子——把你妈领到沟底照相，年检呢！"民权让母亲先吃，他端来青辣子炒绿西红柿，咥了两个蒸馍，喝了一杯茶。母亲说："饭太烫！"民权拿来一个竹扇子扇。母亲吃好了，民权蹲在炕边，背着老娘，到了照相地点，照相的当即竖起大拇指。

村里过事，民权坐头轮，吃完了，米饭上面放菜，一路疯跑回去，到家饭还是烫的。有人问："疯子，你跑啥，没人抢你的饭！"民权眯着眼说："懂个屁，走慢了就冷了！"民权不怕母亲啰唆，天下了雨，别人串门闲谝，或要几个人打麻将，民权看一会儿电视，就去和母亲说话，有的话，他已经听了一百回，母亲还是不厌其烦地絮叨，他照样津津有味地听着。

旦胡的家在民权的硷底下，两人又是同年，就成家里常客。他妈爱看的电视旦胡不喜欢，又嫌他妈爱问爱啰唆，陈芝麻烂谷子的，说了一遍又是一遍，把人说得心里颇烦。旦胡跑来问民权："疯子哥，你家咱姨是不是也爱啰唆？"民权打了旦胡一拳，骂道："你瓜㞞不懂，人老了都这样，她要听别人说道，她说话你得耐着性子去听，这就是世事，对老人的搭话，要有浓厚的兴趣，这就是孝道，你再这么胡说，小心哥捶你！"

冬天下起了大雪，老人喜欢满天飞雪的情景，母亲要出去看，民权说："就在窗户上看！"母亲不高兴。民权在场院放一张椅子，椅子上铺了垫子，再把母亲背出去，坐着看。旦胡走过来，说："你真疯了还是假疯，这么大的雪，把老娘背出来淋雪，真个是个疯子！”民权瞅旦胡半天，笑而不语。

民权给母亲烧炕，把烟筒故意堵一部分，浓浓的柴烟从灶口出来，在屋里久久弥散。旦胡老远就喊：“疯子哥，疯子哥，你这回是真疯了！好端端的吸风灶，哪来这么浓的烟味，你存心要呛死老娘！”

民权说：“你才真瓜实了，懂得个狗屁吗！乡下生活了一辈子，闻惯了这柴烟味，烧炕不闻烟味，还像个乡下吗，还有人间烟火气息吗？”旦胡恍然大悟，伸手拧开了民权的大电视。

仁家凹有个讲究，借药罐不送，民权这天到旦胡家取药罐，正碰上旦胡和媳妇吵架。“疯子哥来了好，你给评评理！”民权说，“咋回事，大声嚷闹啥呀，不嫌丢人！”“好疯子哥呢，”旦胡媳妇抢先说：“咱村就剩下咱两家，说出来也不嫌你笑话！卖了核桃的几千元块钱，抓药眼看花完了，我哥一分钱不往回捎，你说娃娃念书也花钱，我这日子咋过呢？”

民权眉毛拧成了疙瘩，当即拨通了枣胡的电话：“胡呀，你这长时间看过你妈么？”电话那边说：“疯子哥，还没顾上呢，等钱一发，立马就回去！”民权说：“你狗日的小心着，你妈病了半个月，你不在跟前照顾，钱都不及时捎，你还是人吗？”“疯子哥……”电话那边还在喊，民权已挂断了电话。

“疯子哥，我哥把钱送回来了。”中午吃饭时，旦胡来民权家，民权正在招呼母亲吃饭，小凳子放在炕上，菜碟和饭碗放在凳子，民权妈吃得有滋有味。民权对旦胡说：“旦胡兄弟，哥给你说，咱普通农家，吃得不一定高档，但要按时按点，端到跟前，穿的不一定绫罗绸缎，冬天得穿暖和；该端出去的，及时端出去，该拿进来的，及时拿进来，有空坐到跟前拉呱拉呱……这是做人的本分。”

这一年年底，民权被评为镇上十大孝子，改选时，高票当选村民组长。民权说：“选错人了，我没有啥事迹！”旦胡说：“没选错，你不是疯子，事迹全在这点点滴滴里！”

风 雨 声 声

惹残烟

房东家传来读书声。

是高尔基的《海燕》。生猛眼角湿润起来，这还是大学时生猛最喜欢的一篇文。那时候他是班上的文体委员，朗诵比赛就凭《海燕》拿下学校第一，也就是从那年开始他收获了一个小号——生猛的海燕。想着这些曾经上得了台面的荣誉，都被这流年搅得所剩无几。怪自己的散漫？怪流年是把利刃？怪自身运势的不足？生猛常常被这些借口困扰。

雨越下越大，被风吹得有些纷乱。

生猛头痛得厉害，昨晚36岁生日狂饮的哥们儿凌晨才散去，3和6两块奶片在一堆呕吐物里透着诱人的红。生猛绕过一堆残渣，拉开衣柜拿出件皱巴巴的白衬衫，抖了抖穿在身上，驱车出门刚好七点半。

逢雨必堵，蠕动的车流让生猛想起去年离婚的媳妇。36岁，这正是青年到中年的分界岭，生猛是骨头渐老薪资却仍然微薄，媳妇想离婚的小算盘终于有一天摊牌了。办离婚证那天，生猛总结了一句，爱情就是奢侈品。

其实每个人都有成为哲人的潜质，关键是看你被生活逼到了哪一步。

开车到销售部又迟到了半小时，生猛弓着身溜到墙角落。这是生猛的根据地，在这里可以藏住一脸的晦色。听着前三强早会的业绩汇报，生猛头痛越发严重起来。在这个业绩优就有话语权的销售行业，订单量只会让生猛抬不起头。

散会后，生猛到隔壁药店去买了几包头痛粉，顺便同药店里的女导购暧昧了一会儿。暧昧同爱情的区别在哪儿，生猛偶尔也会想想这个问题，当爱情是奢侈品的时候，暧昧似乎可以定义为小商品。当然这套定论常会让生猛反思自己是否意识行态上出了问题？

躺在阳台的藤椅上，听着夹杂在风雨声中的读书声，生猛看见房东仰着下巴，扯着白色的床单，支着叉棍往竹竿上挂着床单。房东看见生猛打量着床单上的百合刺绣，扯着嗓门说了一句，这是我家美美绣的。

你热爱生活，生活就会赋予你美好的东西。生猛记得美美读书中的这句话。生猛却找不到热爱生活的任何理由，抱怨、颓废让他失去了发现美的能力。

屋外传来敲门声，房东从门外递进来一碗说是酸菜馅的饺子，临走还补充了一句：这是美美包的饺子，就是爱读书的美美，也是爱刺绣的美美。

生猛接过房东递进来的粉色饭盒，心里突然有种酸溜溜的感觉：该死的，别人的生活这才叫生活，就连名字都这样的应景。

隔窗听雨，如疲惫之人在院外喘息，哆嗦着冰冷的双手叩击门板，似乎要进来。房东家阳台的盆栽在黑夜里如一团粉粉、黄黄的雾气，隐隐约约，若有若无。

门外再次响起敲门声，紧接着传来房东尽量压得很低的声音：美美犯病了，辛苦你开车送送。太晚了，又是下雨天，房东努力解释着……

这是生猛第一次见到美美，她是房东患有先天性心脏病的女儿。

斗 蛋 王

三月丫头

王小建今天醒得特别早。

一骨碌从床上爬起来直嚷嚷：妈妈，早饭做好呢？今天我要早点去上学。

读到五年级了，每天王小建都是妈妈喊到第三遍，从被窝里连拖带拉，才睁开惺忪的睡眼。

今天不一样。

王小建心里充满了斗志，梦里就把班里，不，把全校的同学打得个落花流水。包括那个高傲得像个公主，平时从不看他一眼的美丽班长陆小鹿。

王小建乖乖地喝完粥，背上书包，拎着一个手提袋迫不及待地爬上妈妈的电瓶车。

走进教室，才发现还有比他更早到校的。同桌陈小村的桌子上放着一枚大鹅蛋。白白胖胖的鹅蛋静静地躺卧在一个漂亮的彩色蛋网里。

王小建一直就是陈小村的手下败将。没办法，陈小村奶奶家养鹅，每年立夏都挑了鹅蛋里的“巨无霸”，班上的同学几乎都曾是他的手中败将。

哼，今年我要把你打得哭爹叫娘喊我大爷。王小建偷偷把手提袋塞进桌肚。

陈小村傲慢地扫视一眼王小建，从彩色蛋网里取出白胖胖的鹅蛋，在上面用水彩笔画了个胜利的笑脸。

在王小建的苦苦煎熬里，第二堂课的钟声终于敲响。

当班主任老师说出“斗蛋开始”四个字时，王小建快速从手提袋里取出了“超级巨无霸”。

“超级巨无霸”一亮相就引来一片惊呼声。

陈小村傻了眼，一脸不可置信。陆小鹿第一次向王小建投来热辣辣的眼光，还主动来到他身边，请求摸一摸“超级巨无霸”。呼啦啦，班里好多同学都离开座位朝王小建这边拥过来。

一切都在王小建的意料之中，他感觉自己就是一个绝世高手。

王小建用眼睛的余光瞥了一眼落寞的陈小村，心里乐开了花儿，他感觉是鸡蛋花的花。

不要斗了，实力悬殊太大了，今天的“斗蛋王”肯定是王小建。同学们叽叽喳喳地议论开来。听到议论的王小建心里美滋滋的，挑衅地拿起“超级巨无霸”

在陈小村面前晃来晃去，恨不得马上就砸碎他白胖胖的大鹅蛋。

有同学陆续奉献上鸡、鸭、鹅蛋，无不一一成为“超级巨无霸”的掌下冤魂，瞬间或碎或裂，惨不忍睹。

就在王小建耀武扬威“孤独求败”之际，一个声音让热闹的教室炸开了锅。

老师，我请求取消王小建的“斗蛋”资格。他这枚“蛋”既不是鹅蛋也不是鸭蛋更不是鸡蛋，肯定是人造蛋。说话的是陈小村。

班主任拿过王小建手中的“超级巨无霸”，掂了掂分量：乖乖，差不多有三斤重呢，王小建，你告诉大家这是什么蛋?

这是鸵鸟蛋，是舅舅花230块从苏州买回来送给我的。

王小建同学，请你给大家讲讲有关鸵鸟蛋的知识吧！

老师，我就是想做“斗蛋王”，关于鸵鸟蛋，嗒嗒……王小建有点难为情。

班主任扶了扶眼镜说，还是我来给大家上堂课吧。鸵鸟是世界上最大的禽类动物，鸵鸟蛋则是世上最大的蛋，鸵鸟蛋一般高度15厘米，宽12厘米，重量1公斤至1.5公斤。鸵鸟蛋不仅有较高的营养价值，蛋壳也大有用途。人们在鸵鸟蛋壳上通过彩绘、浮雕、镂空、景泰蓝镶雕等艺术手法制作成“鸵鸟蛋工艺品”，可根据需要，定制各种图案、文字、动物、山水画，如旅游景点、开业纪念、自警诗词、个人纪念等，有很高的观赏和收藏价值。

听完讲解，同学们又投入一场更为热烈的讨论中去。

最后班主任提议，王小建的鸵鸟蛋今天不参与“斗蛋”，授予其“特别荣誉斗蛋王”奖项。教室里响起了雷鸣般的掌声。

王小建看到陈小村也在使劲地鼓掌，手掌都拍红了。王小建的心里又乐开了花，这回是鸵鸟蛋花的花。

下课后，其他班级的同学得知王小建有一枚“超级巨无霸”，里三层外三层团团把他围住。王小建兴高采烈地现学现卖给大家讲解有关鸵鸟蛋的知识。

立夏的太阳当空照下来，王小建手中的鸵鸟蛋幻化成了彩绘、浮雕、镂空、景泰蓝镶雕。王小建看到鸵鸟蛋壳上的图案分明就是班长陆小鹿美丽的头像。他感到背后一阵阵袭来陆小鹿火辣辣的眼光。

两　棵　树

浊　木

地头长着两棵树。一棵是桐树，另一棵是它的伴儿。

这块地算是上等地。相对于东王屯一带全都是沙质土来说，壤质土比例稍高，平整，临近机井，水渠从地头经过，浇庄稼时不用过几条路，不用接水管，方便又省事。位置在村边，干活时几步路就到了。

同样的庄稼，这块地要比别的地多收差不多五分之一。

地分给光棍春锁后，他先是在地头栽了一棵树。想想自己光棍一个，就别让树也当光棍了，于是又栽了另一棵树。

地肥，水足，野外阳光充沛，树可劲地长，也长得格外高。有人目测说，高度绝不低于 13 米。阔大的树冠严严实实罩下两片树荫。春锁浇地时一个人往树荫下一躺，每隔十分钟，堵老口，开新口，就成了。

三伏天屋里热得受不了，春锁会喊上邻居胖子秋召，各拿一张塑料纸铺到树下，睡得呼呼香。

遇到急雨骤临，人们没少在树荫下躲避。

不论是避暑还是避雨，胖子秋召没闲着，双眸总是盯着眼前的地放光。

他心里羡慕死了光棍春锁。做梦都在想着自己何时能承包这块地。

美梦终于成真。在村民小组土地调整时，这块地分给了秋召一家。

可把胖子秋召高兴坏了。

走路都哼上了小戏。就差没笑出声来。

过了没几天，胖子秋召嘴关了，眉头皱起了，脸拉的长长的，一副讨债不还的模样。

为啥？为地头那两棵树！

以前地是春锁的，树也是春锁的，没啥可说。如今，地成了秋召的，树却还是春锁的，这怎么行？

人说荫凉到哪儿，树根到哪儿，那么大的树，根须早已伸到地里头，自己的地，自己的肥，自己浇的水，很大一部分都让两棵树给吸走了。这且不说，上面有那么大的树冠罩着太阳，树荫下的庄稼见不着阳光，地下有盘根错节的树根张着大嘴，两棵树周围的庄稼根本吸收不到养分，算下来有一两分地基本上绝收。

妻道：“你给春锁说说，让他把树挖了就得了。”

秋召却张不开口：“春锁没少帮咱。我没法说。”

“那让别人带个信吧。”

口信是带了。春锁也答应了。就是不见行动。

第一年过去了，树没挖。

第二年，树还在。

光棍春锁照样在树下面睡觉、避雨。

妻说："他不挖，咱挖。顶多费点力气。树让他拉走就是了。"

秋召苦笑："这多不好看。出了力还叫人笑话。"

"有啥笑话的！春锁是一个人过，拿不起心劲儿。咱挖了就挖了。你等等等，最后还得挖。到底是树也长了，庄稼也少收了，人也惹了。不信你走着瞧！"

过了第三年，胖子秋召终于忍不住了。他狠了心，将地面以上部分的树皮剥去了一人多高。

树死掉了。可两个树身还直直挺着。

到了冬天，仍不见春锁有动静。秋召无奈找人锯倒，拉回去扔到春锁门口。

春锁动也没动。第二天直接换成了钱。

新一年开春，从树根处发出了新芽，很快就蹿了两人多高。不几年，又长成了两棵大树。

这回的树理所当然归秋召所有了。

胖子秋召再也不嫌树吸肥吸水遮阳了。他给树的周围增加追肥和浇水的数量、次数，同时及时疏剪树枝。

两棵桐树又成材了。地里的庄稼也小有收获。

秋召又开始哼起了小戏。

三伏天躺在树荫下，他还结结巴巴念起了女儿教他的一首古诗：

庭院田间小巷边，枝繁叶茂手相牵。
树阴似盖遮炎暑，花穗如烟胜紫鹃。
躯挺速生纹理好，材良制作壁橱全。
今朝植得泡桐旺，明日招来金凤缘。

数年后，组里进行了新一轮土地调整。秋召的地再次调整。这块地又归了春锁。

胖子秋召如法炮制。人走了，地头的两棵大树还长在那里。

春锁催秋召锯树。秋召嘴上答应着"锯，锯。有空就锯"，就是总没空。

三年后，光棍春锁也来个照葫芦画瓢，剥掉了两棵树的树皮。

剥了皮秋召也没时间锯。

春锁放话说："秋召可别想等着我给他锯倒送去。他再不把树弄走，我就把这两棵树烧了。"

听到这话，秋召来气了："要这样说我还就真不动了。我等着看他咋点火！"

两个人彻底翻了脸。见面招呼也不打了。

不久，组里进了工作队。工作队员给春锁介绍了一个寡妇。两个人见了面，都有意。春锁回来就想整修房子，还想做几件家具，可手里啥也没有。

为解两家的疙瘩，工作队员来找到秋召。秋召很快就想开了。

工作队跟春锁不沾亲不带故的，都这么热心。我和他是多年的老邻居了。那些年，他真是没少帮我。

又想起女儿教他的古诗："今朝植得泡桐旺，明日招来金凤缘。""躯挺速生纹理好，材良制作壁橱全。"秋召忽然觉得这诗怎么就像是给光棍春锁写的呢！

会瓦匠的秋召帮春锁整修了房间，锯了两棵桐树送给春锁做了家具。

春锁娶回了媳妇，光棍也有了自己的伴儿。